D0838937

LE VISIONNAIRE

DU MÊME AUTEUR

CONTES ET POÈMES

L'Illusionniste, suivi de *Le Guetteur*, Écrits des forges, 1973.

ROMANS

L'Emmitouflé, Robert Laffont, 1977 ; Boréal Compact, 1991.
Le Bonhomme sept-heures, Robert Laffont, 1978 ; Seuil, 1984.

Les Fils de la liberté

I. *Le Canard de bois*, Boréal/Seuil, 1981-1982 ; Points-Romans, Seuil, 1982 ; Boréal Compact, 1989.
II. *La Corne de brume*, Boréal/Seuil, 1982 ; Boréal Compact, 1989.
III. *Le Coup de poing*, Boréal/Seuil, 1990-1991 ; Boréal Compact, 1998.

Les Chemins du Nord

I. *La Tuque et le Béret*, L'Archipel/Édipresse, 1992.
II. *Le Bouleau et l'Épinette*, L'Archipel/Édipresse, 1993.
III. *L'Outarde et la Palombe*, L'Archipel/Édipresse, 1999.

Il n'y a plus d'Amérique, Boréal/L'Archipel, 2002.
Tête heureuse, Boréal, 2005.

RÉCITS

Racontages, Boréal, 1983.
Le Vrai Voyage de Jacques Cartier, Art Global, 1984.

ESSAIS

La Vie d'artiste (le cinquantenaire de l'Union des artistes), Boréal, 1987.

LITTÉRATURE JEUNESSE

Au fond des mers, Boréal, 1987.

EN COLLABORATION

Marco Polo. Le nouveau livre des merveilles, Boréal/Solin, 1985.
Montréal, un parfum d'îles, photos de François Poche, Stanké, 1994.
Les Inuit : savoirs, vie quotidienne et spiritualité, photos de François Poche, PFP Éditions, 2006.

LOUIS CARON

LE VISIONNAIRE

LE TEMPS DES BÂTISSEURS *

roman

ÉDIPRESSE

l'Archipel

Pour rédiger ce roman, l'auteur a bénéficié de l'appui du Conseil des arts et des lettres du Québec.

Notre catalogue est consultable à l'adresse suivante :
www.editionsarchipel.com

Éditions de l'Archipel
34, rue des Bourdonnais
75001 Paris

Et, pour le Canada, à
Édipresse Inc., 945, avenue Beaumont,
Montréal, Québec, H3N 1W3.

ISBN 978-2-8098-1692-1

Élise, tu es entrée dans ma vie par la porte d'un roman.

Tu m'as dit : « Bonjour, je suis Marie-Moitié » *et tu sortais tout droit des pages du* Canard de bois, *le premier tome de ma trilogie des* Fils de la liberté.

Ta présence à mes côtés m'a relancé dans l'écriture.

Ce roman sera donc le témoin de ton passage dans mon existence.

L'ARBRE AUX ARCHITECTES

Sept architectes sont perchés dans les branches de mon arbre généalogique paternel, mon arrière-grand-père Louis, mon grand-père Louis, deux des frères de mon grand-père, Joseph-Henri et Jules, un de mes cousins de mon père, Jean-Louis, ainsi que mon oncle Léon et son fils Jean. En plus de ces architectes reconnus comme tels, il faut également compter mon père Édouard et une cousine, Andrée, qui ont aussi œuvré dans le domaine en qualité de dessinateurs. En tout, neuf de mes ascendants étaient donc engagés à un titre ou à un autre dans la profession. On peut parler à coup sûr d'une dynastie d'architectes.

En parcourant la liste de leurs œuvres, il est toujours possible qu'on relève une ou des omissions bien involontaires, une église par-ci ou un presbytère par-là. Un fait demeure, ces artistes de la pierre et du papier ont tracé les plans et surveillé la construction d'au moins cent cinquante-sept œuvres architecturales dont une cathédrale, deux monastères, une centaine d'églises, des presbytères, des couvents, des collèges, des hôpitaux, des palais de justice et un certain nombre de résidences prestigieuses. Ce serait déjà un bilan fort impressionnant, mais tout n'a pas encore été dit.

À cette dimension proprement architecturale il faut ajouter que, pour ce qu'il en est des deux premiers Louis – mon arrière-grand-père et mon grand-père –, ces fondateurs de la dynastie exécutaient eux-mêmes la construction des édifices qu'ils avaient conçus, en plus d'en fabriquer le mobilier, autels, bancs et confessionnaux, avant de les livrer clé en main à ceux qui les leur avaient commandés. Dans les bureaux de leur manufacture de Nicolet, qui employait jusqu'à deux cents personnes au plus fort de son activité, on trouvait en permanence, en plus de l'architecte en titre, quelques dessinateurs dirigés par un chef d'équipe d'origine britannique, ainsi qu'un nombre variable d'artistes selon les projets en cours, dont des sculpteurs sur bois, de même qu'un peintre et maître verrier italien. Sans compter quelques apprentis en divers domaines, qui logeaient chez leur patron.

Héritier du prénom comme du nom, j'ai entendu très tôt l'appel de la profession. Au début de mes études classiques, j'avais pris l'habitude d'ériger sur mon pupitre une barricade de gros dictionnaires latin-français ou français-grec, derrière laquelle je dessinais les plans de bâtiments imaginaires, églises, couvents, et même la demeure que je me promettais d'habiter un jour.

Mais j'avais une autre passion, l'écriture. J'occupais généralement le premier rang de la classe en composition française. C'était bien la seule matière dans laquelle j'excellais. Nos maîtres insistaient pour que nous transcrivions en tête de notre travail le plan qui avait présidé à sa conception. À une ou deux exceptions près, mes confrères contournaient cette exigence en déduisant leur plan des pages qu'ils venaient de noircir. Pour ma part, je traçais ce plan bien avant de me mettre à la tâche et je m'y conformais en exécutant mon travail. C'est ainsi que je suis devenu architecte des mots.

Ma formation scolaire a pris fin à la mort de mon père. J'avais seize ans. Les hasards de la vie combinés à mes dispositions naturelles m'ont orienté vers le journalisme. S'en est suivie une carrière en communication. Pendant toutes les années au cours desquelles j'ai œuvré dans cet univers, un sentiment de remords me hantait à la pensée que j'avais rompu la chaîne de talent et de compétence forgée par mes ancêtres architectes.

À mi-parcours de la trentaine, j'ai fini par abandonner mon dernier emploi pour devenir écrivain à plein temps, et j'en suis vite venu à ne plus faire la distinction entre l'écriture dans la pierre et celle que je pratiquais sur le papier. On ne s'étonnera donc pas qu'au seuil du grand âge je mette enfin en chantier une trilogie romanesque où mes ancêtres architectes tiendront les rôles principaux. Il était temps que je reconnaisse l'héritage que ces précurseurs m'ont transmis.

Toutefois, en partant à la rencontre de mes aïeux, je me suis retrouvé devant des entités éthérées. Dans l'enfance, chaque midi autour de la table, mon père ajoutait quelques pages fleuries à la saga familiale, ne se privant pas de gratifier ses ascendants de tous les attributs des saints du ciel. Je ne peux lui reprocher sa dévotion à l'endroit de nos ancêtres. Comment lui en vouloir ? J'avais seize ans. Je n'étais pas prêt à envisager la vie avec le regard pondéré de l'adulte. Je n'ai jamais eu l'occasion de parler d'homme à homme avec mon père. Qu'on me permette de le déplorer ici.

Pour combler les lacunes laissées par la compréhensible réserve de mon père, je me suis permis d'enfoncer mes mains dans la pâte humaine pour pétrir à ceux dont je perpétue ici la mémoire une authentique personnalité romanesque. Je ne me suis pas privé de mélanger les destinées et d'emmêler les psychologies. Aussi, je ne le redirai jamais assez, chaque ligne de cette œuvre de fiction relève de la plus pure création littéraire et surtout pas de la biographie. Elle reflète une réalité inédite. La vérité réinventée.

« [...] nous sommes un maillon dans la chaîne des générations et nous avons parfois, curieusement, à "payer les dettes" du passé de nos aïeux. C'est une sorte de "loyauté invisible" qui nous pousse à répéter, que nous le voulions ou non, que nous le sachions ou pas, des situations agréables ou des événements douloureux. Nous sommes moins libres que nous le croyons, mais nous avons la possibilité de reconquérir notre liberté et de sortir du destin répétitif de notre histoire, en comprenant les liens complexes qui se sont tissés dans notre famille. »

Anne Ancelin Schützenberger,
Aïe, mes aïeux !
(Desclée de Brouwer, 1993)

Entre terre et ciel, dans la campagne aux abords de L'Islet-sur-Mer, une maison basse revêtue de planches dressées à la verticale, blanchies à la chaux il y avait déjà un certain temps, portes et fenêtres à ras des champs, un grenier et un appentis sous des toits pentus de bardeaux de cèdre moussus. Une misère. Au Canada français du milieu du xixe siècle, une maison de ferme comme les autres, entourée de bâtiments agricoles en mauvais état. La route filait devant, bourbier ou poussière selon la saison. À proximité, la rivière Trois-Saumons se déversait dans le fleuve démesuré, *la mer* dans le langage imagé des gens de la Côte-du-Sud.

En cette mi-octobre, les Saintonge célébraient la fête de l'Action de grâce. Ils n'avaient pourtant ni gratitude à témoigner à leur Créateur pour le remercier d'une récolte qui les aurait comblés, ni chants de louanges à faire monter vers les cieux en reconnaissance de quelque faveur particulière. La famine menaçait un grand nombre d'exploitations agricoles du Bas-Canada. La pluie, l'orage, la grêle, suivis de vents déboussolés, affolaient les étés depuis plusieurs années. Pommes de terre pourries et veaux mort-nés. Les membres des familles des deux frères Saintonge étaient pourtant rassemblés chez l'aîné.

En bout de table Frédéric, le chef de la tribu, en début de quarantaine, une âme de poète sous une carrure de bûcheron, un pied sur la terre héritée de son père, l'autre sur le pont de la goélette qu'il avait bâtie de ses mains avec l'aide de son fils homonyme. À bord de *La Charentaise*, les Frédéric père et fils faisaient du cabotage sur la démesure du fleuve, depuis le quai de L'Islet jusqu'à l'île d'Anticosti.

À l'autre extrémité de cette table le frère de Frédéric, Félicien, plus jeune mais déjà voûté, noueux, le regard par en dessous. Ce froussard vivait dans la hantise du vent. Quand le nordet ne soufflait pas dehors, c'était dans sa tête qu'il sévissait. Cet autre membre de la descendance des Saintonge s'entretenait dans la conviction que le malheur n'allait pas tarder à s'abattre sur sa famille, sur sa grange, sur son frère Frédéric, trop rêveur à ses yeux. Félicien mangeait en fermant le poing sur sa fourchette. Sans qu'on ait jamais eu l'audace d'en faire état devant eux, les deux frères étaient connus sur toute la Côte-du-Sud comme étant les deux « F ».

Pour leur part, les épouses officiaient en grand tablier blanc, du poêle à l'évier, entre le feu et l'eau. Celle de Frédéric, Géraldine, gouvernait les marmites et les ustensiles, rougeaude et courte sur pattes mais persuadée qu'elle naviguait dans son bon droit. En dépit des épreuves qu'Il ne manquerait pas de leur envoyer, le bon Dieu pourvoirait à leurs besoins comme Il le faisait pour les petits oiseaux. Ses enfants couraient partout, comment serait-elle parvenue à les dénombrer ? Car elle comptait sa progéniture, Géraldine, un, deux, cinq, sept. Dans une éruption d'affection, elle attrapait parfois le premier de ses petits qui se trouvait à sa portée et l'élevait à la hauteur de son visage, serrant les dents pour se retenir de lui mordre les joues.

— Cher enfant de mes amours aimées !

Ogresse d'amour, Géraldine.

L'autre épouse, celle de Félicien, Francine, grande, mince, souple, un regard d'eau, des gestes qui invitaient à danser. En d'autres temps et lieux, elle aurait été reine. En ce matin à contretemps, elle venait vers la table, une pile d'assiettes dans les mains. Deux des filles aînées se levèrent pour l'assister. Chacun savait que Francine était la troisième « F » de la famille élargie mais ici, encore et davantage que pour les deux premiers, personne ne se serait permis d'évoquer en sa présence la similitude des initiales. Dans l'ordre des préséances familiales, venait ensuite le fils aîné de Frédéric. Un solide maillon de la chaîne des Saintonge, cet autre porteur du prénom. Comme tout un chacun dans ce coin de pays, il maniait la bêche, la hache et le godendard mais, sitôt sa part des corvées assumée, le jeune homme s'installait à une extrémité de la table de la cuisine, défroissait du poing fermé une page de journal, humectait du bout de la langue la mine d'un crayon et faisait surgir dans les marges du texte imprimé une vision enluminée de la réalité, portes, fenêtres, courbes d'un toit et rambardes ouvragées. À vingt ans, il en était encore à bâtir sur le papier, mais ceux qui voyaient au-delà des apparences prédisaient que ce prodige dresserait un jour sur le paysage de remarquables constructions qui soulèveraient l'admiration des générations.

Autour de ces piliers familiaux s'agitait une trâlée de marmots et d'adolescents qui s'affirmaient chacun comme il le pouvait, dix-sept rejetons si on additionnait ceux de Félicien à la progéniture de Frédéric. De grands gars en blouse de travail et aux jambes de pantalons trop courtes, des filles à rubans et une ribambelle de bambins empêtrés dans leurs robes longues, garçons et filles.

Les deux mères s'affairaient à servir un grand plat d'anguilles, le menu des jours ordinaires, assorti de pommes de terre et de thé allongé à l'eau chaude. En dépit de l'austérité, des rires résonnaient dans la maison basse. Pour surmonter les éclats de voix des enfants, les adultes haussaient le ton. Quelqu'un avait négligé, sans doute un petit, de bien refermer la porte de la maison donnant sur l'extérieur. Un grand chien jaune se permit d'entrer, en quête de pitance ou à tout le moins de caresses.

— Toi, dehors ! lui enjoignit Géraldine.

Dans le même temps, Francine se dirigeait vers le poêle pour remettre au chaud le plat qui contenait les restes d'anguilles. Frédéric se leva en hâte pour ouvrir la porte du fourneau devant sa belle-sœur. La troisième « F » le mit en garde :

— C'est très chaud.

Frédéric approcha sa tête de celle de sa belle-sœur au point d'effleurer son chignon de sa joue.

— Tu sais très bien que je n'ai pas peur du feu.

Et il ajouta à son oreille, dans un murmure :

— Foin d'odeur !

Francine refoula un fou rire pour lui répliquer :

— Foin fou !

*

L'Action de grâce avait été maussade. Le lendemain se leva radieux. Le bord de mer orchestrait un quatuor, vent violoncelle et vagues de velours sur lit de galets. Ce temps ne durerait pas. Le ciel fronçait déjà les sourcils à l'ouest. Il fallait tirer le meilleur parti possible de ce répit.

Géraldine s'était levée en jetant de vifs coups d'œil à la fenêtre. Au passage du boghei d'une de ses voisines, elle se précipita sur la route. Cette paroissienne se rendait au village où un cercle d'âmes pieuses piqueraient une courtepointe que la paroisse vendrait aux enchères, quelque temps avant la Noël, au profit des familles dans le besoin. Avec son manteau sur le dos et son chapeau fleuri de travers sur la tête, Géraldine revint en coup de vent dans la maison, ce qui donna du poids aux directives qu'elle adressa à Frédéric.

— Les enfants sont à toi pour la journée. Ne les laisse surtout pas courir dehors. Les devoirs, les leçons, tout est inscrit dans leurs cahiers.

Le temps pour Frédéric de chercher une réplique appropriée, Géraldine s'était déjà hissée sur le siège du boghei. La voiture se mit à rouler en grinçant. La route fut à nouveau déserte, ruban dénoué de part et d'autre d'un Frédéric statufié devant sa demeure. Il entra pour annoncer :

— Les enfants, mettez-vous vite une bouchée dans le corps. Les grands, occupez-vous des petits. Aujourd'hui, l'école ça se passe dehors.

Des cris, des rires et des courses folles emplirent la cuisine. Selon le rituel établi par Géraldine, on aurait dû débarrasser la table pour transformer les lieux en salle de classe. En effet, l'école du village était trop éloignée des terres des frères Saintonge pour que leur progéniture puisse la fréquenter. Au plus fort de l'hiver, on aurait fini par perdre l'un ou l'autre des petits, dévoré par un banc de neige. Géraldine, qui avait fait des études, assurait donc elle-même l'instruction de la marmaille réunie des deux familles. Comme chaque jour de la semaine, les enfants de Francine et de Félicien arrivaient tour à tour chez leur tante pour passer une autre matinée la tête penchée sur leurs livres et leurs cahiers. L'annonce que l'école se tiendrait dehors entraîna chez les nouveaux venus le sursaut d'euphorie que les premiers avaient connu. Frédéric refoula les plus grands hors de la cuisine pendant qu'il finissait d'habiller les petits.

De son côté, soucieux avant tout de s'éclipser sans attirer l'attention, le fils Frédéric rassemblait en hâte une planchette qui lui tiendrait lieu d'écritoire, quelques pages de journal ainsi qu'un crayon à la mine bien taillée. Il partit. Deux ou trois des aînés des garçons des deux familles en profitèrent pour filer à sa suite, mais ceux-là se dirigèrent vers l'étable où ils étaient chargés de ramasser le fumier. Pour leur part, les plus grandes des filles s'empressèrent d'aider les plus jeunes à se couvrir la tête de leur tuque et à passer leurs mitaines. Les petits s'éclipsèrent enfin à leur tour. Les grandes filles s'installèrent alors à une extrémité de la table pour repriser des chaussettes. Avant même que d'être mères, elles pratiqueraient les gestes qui font d'une maison le havre d'une vie.

Dehors, ils devaient bien être une petite douzaine, frères et sœurs, cousins et cousines. Ils s'élancèrent en direction de la berge caillouteuse à la poursuite du chien jaune qui bondissait comme un cabri. Constatant que le fils Frédéric s'éloignait de son grand pas mesuré, les enfants s'élancèrent à sa suite. Ils le rattrapèrent sans peine. En quelques paroles bien senties, le jeune homme refroidit leurs ardeurs.

— Laissez-moi tranquille ! Je travaille, moi !

Les enfants s'esclaffèrent. Comment pouvait-on se promener sur la grève et travailler en même temps ?

— Allez retrouver mon père, leur enjoignit le fils Frédéric.

Et il fit quelques pas d'ogre, les bras tendus dans leur direction. Ils se sauvèrent en simulant des cris d'effroi. Frédéric en profita pour disparaître derrière un bosquet de conifères distordus par le vent.

La petite troupe se trouvait à ce moment au bout de la terre de Frédéric le père, contiguë à celle de Frédéric son frère. Les cris des mouettes, la profonde respiration des vagues, la nature entière jouait un air de bonheur. Les enfants n'avaient pas encore appris à reconnaître la béatitude dans laquelle ils baignaient. Ils commencèrent à se poursuivre et à se bousculer. Cependant, trois des filles, deux petites et une grande, formaient un groupe à l'écart.

Elles avaient délimité un emplacement sur le sol. Penchées sur le sable incrusté de cailloux et de coquillages, elles y avaient esquissé à l'aide de bouts de bois la forme d'une maison, toiture, porte et fenêtres. Elles s'employaient maintenant à ériger une clôture imaginaire autour de ce logis, à l'aide de fragments de joncs. La plus grande, qui était partie en exploration, rapportait un arbuste de petite taille qu'elle transplanta à proximité de l'habitation, comme on le fait pour ombrager son chez-soi.

Quelques pas plus loin, assis sur le sable, les pieds bien écartés devant lui et la tête dans les nuages, Frédéric le père flottait dans la béatitude. Des cris le ramenèrent sur terre. Les enfants se poursuivaient en se lançant des menaces à la tête. Frédéric rassembla son monde autour de lui.

— Si votre mère vous voyait courir comme des fous, c'est moi qui serais grondé.

Ce qui fut reçu par des bêlements d'étonnement.

— J'avais promis à votre mère et à votre tante que nous ferions l'école aujourd'hui.

Des glapissements montèrent. Frédéric tempéra ses propos.

— Mais personne n'a dit qu'il était nécessaire de s'enfermer entre quatre murs pour s'instruire.

Des exclamations accueillirent cette affirmation.

— Mais vous n'êtes pas au bout de vos peines pour autant, pondéra Frédéric.

Et il les entraîna toutes et tous devant l'œuvre que les filles avaient entrepris d'ériger sur le sable.

— Nous avons ici trois brillantes jeunes personnes qui nous donnent un bel exemple de ce que nous pourrions entreprendre ensemble. Vous allez bâtir chacun, chacune, votre maison. Les plus ambitieux pourront y adjoindre une grange ou une étable. Peut-être un magasin général, un atelier de maréchal-ferrant, une cordonnerie.

21

Et puis, il nous faudra des routes pour relier tout cela. Un village, je vous dis.

Les enfants se regardaient en déplorant qu'on leur en demande trop. Frédéric ouvrit les bras pour les inviter à embrasser le paysage.

— Si vous y mettez tout votre cœur, la journée vaudra bien quelques heures d'école. Vos mères apprécieront l'effort que vous aurez fait tous ensemble. Et moi, ça m'évitera d'être grondé pour vous avoir laissé courir dehors.

La matinée se déroula dans l'enchantement. Il y eut, bien sûr, des calculs d'angles droits, obtus ou aigus, l'observation des effets du vent sur les bancs de neige, figurés par de petites buttes de sable, l'apprentissage des termes appropriés pour désigner l'un ou l'autre des éléments relatifs à l'architecture d'une maison, solage, lucarne et parement, ainsi que quelques tentatives laborieuses de les orthographier correctement en les écrivant sur le sable durci.

En milieu de journée, Francine apparut sur la berge, portant un grand panier plein jusqu'à ras bord de tranches de pain de ménage, de lard et de pointes de tarte à la mélasse. Une bouteille de lait pour les petits, du thé pour les plus grands.

— Je vous ai cherchés partout! leur jeta-t-elle à la tête dans un éclat de rire. À la cave, à l'étable, sur la route. Tous les enfants des deux familles disparus d'un seul coup! J'étais sur le point d'aller quérir Félicien pour organiser une battue. Heureusement, j'ai fini par vous apercevoir au loin. C'est une bonne idée que vous avez eue de profiter de la journée. Il n'y en aura peut-être plus beaucoup comme celle-là avant longtemps. Mais tout de même, vous auriez pu me prévenir!

Les enfants l'entourèrent. Ils réclamaient à manger en même temps qu'ils s'efforçaient de partager avec Francine les découvertes qu'ils avaient faites depuis qu'ils avaient mis le pied dehors. Tout en portant attention à ce qu'on lui annonçait, Francine distribuait à chacun de quoi apaiser sa faim. À ses côtés, la dominant de sa grande taille, Frédéric la couvait d'un regard bienveillant. Francine venait de toucher le fond de son panier après en avoir retiré un petit paquet enveloppé dans un linge.

— C'est pour nous deux, annonça-t-elle à Frédéric.

— On pourrait faire honneur à ce que tu nous as apporté en marchant tranquillement au bord de l'eau, suggéra-t-il.

Francine acquiesçait déjà en s'adressant aux enfants.

— Les plus grands surveillent les petits, annonça-t-elle à la tribu.

Sitôt dit, Francine et Frédéric gagnèrent le rivage en se partageant le pain et le fromage, la tête inclinée l'un vers l'autre, leurs épaules s'effleuraient au rythme de leurs pas. Ils s'arrêtaient parfois, le temps de se tourner l'un vers l'autre, et ils reprenaient leur promenade enchantée. De loin, l'une des fillettes, une enfant d'une dizaine d'années, ne les quittait pas des yeux.

— Regardez les amoureux ! s'exclama-t-elle.

Les autres levèrent la tête tous en même temps pour voir de qui il pouvait s'agir. Déçus d'avoir été dérangés pour si peu, deux garçons se ruèrent sur l'auteure de la plaisanterie et la renversèrent sur le sable. Le chien jaune s'élança sur les traces du couple. Il fut sans doute le seul à constater que Francine et Frédéric se tenaient par la main.

*

Le soir vient tôt en automne dans ce pays. Après la radieuse journée, le ciel s'était effondré une fois de plus sur la Côte-du-Sud. La pluie claquait sur les bardeaux de cèdre de la toiture. On venait à peine d'achever le souper. Le plafond de la grande pièce s'abaissait. Les murs se rapprochaient. Trois lampes à pétrole repoussaient comme elles le pouvaient les bordées de mélancolie que le gros temps engendrait. La famille s'était regroupée par affinités autour de ces îlots de lumière, les petits devant la huche à pain, la mère assistée des plus grandes des filles autour de l'évier, les Frédéric père et fils chacun à son bout de la table, de part et d'autre d'une lampe dont la mèche fumait. Le père avait sorti d'un tiroir une feuille de papier, une plume et de l'encre. Il lissait maintenant sa page du tranchant de la main tout en rameutant ses pensées. Depuis plus d'un an, il rédigeait des billets qu'il envoyait au *Pays*, un journal qui prônait l'annexion du Canada par les États-Unis et qui se faisait une religion de prêcher l'anticléricalisme. Comme bon nombre de ses contemporains, Frédéric s'était abrité derrière un nom de plume pour signer ses écrits. *Le Visionnaire* s'acharnait à donner à l'avenir un sens différent de celui que prônaient les apôtres de l'ordre établi. L'ombre projetée par la main de Frédéric suivait la trace de son écriture sur le papier.

LES JOURS MEILLEURS

Les curés comme les politiciens nous prédisent des jours meilleurs : faites comme je vous dis et réélisez-moi. Vous nagerez ainsi dans le bonheur. Depuis l'époque où nous avons été chassés du paradis terrestre, ceux qui prétendent gouverner à la fois nos consciences et nos portefeuilles ne cessent de nous en promettre un autre dans l'au-delà. Céleste, celui-là. Une seule condition : il faut mourir pour cela.

À l'autre extrémité de la table le fils, qui n'avait pas droit à du papier neuf, crayonnait une fois de plus dans les marges d'une page de journal. Il protégeait son œuvre des regards indiscrets en arrondissant le bras gauche. Une forme apparut bientôt. Le jeune Frédéric reproduisait la huche à pain avec une remarquable dextérité. Il s'étira en se rejetant en arrière sur sa chaise. Il reprit cependant bientôt sa position arrondie pour donner une série de vifs coups de crayon qui ornèrent le panneau de la huche d'un assemblage de barreaux sur lesquels il fit reposer une main courante. Emporté par l'élan, il déploya un cercle qui se révéla être une roue dont le moyeu s'attachait à la base de ce qui devenait de ce fait une ridelle. Un timon confirmait l'intention. De la huche, Frédéric Saintonge avait fait une charrette. Il plaqua la paume de ses mains sur son visage et se frotta les yeux comme pour décalquer son dessin sur sa vision intérieure. Il prit ensuite une grande inspiration qui lui permit de reconnaître que sa création pouvait avoir quelque intérêt. De son côté, son père était en quête d'une phrase qui prolongerait la pensée qu'il avait commencé à élaborer.

Ceux qui nous tiennent en laisse nous jettent des promesses comme on donne une poignée d'avoine à un cheval. Leurs attentions n'ont rien à voir avec une quelconque forme d'affection. Nous ne nous en rendons pas compte mais, du moins pour la plupart d'entre nous, nous sommes les esclaves de ceux qui prétendent vouloir notre bien.

Le jeune Frédéric cherchait un autre espace dégagé entre les colonnes imprimées de la page du journal. Il s'y trouvait un peu à l'étroit mais il n'entreprit pas moins de reproduire le gros évier de pierre de la cuisine. C'était un bloc rudimentaire d'où sortait un tuyau qui traversait le mur pour rejeter l'eau souillée à l'extérieur dans un tonneau qui débordait, posé sur une pierre plate qui faisait office de dalle.

Comme pour la huche qui s'était métamorphosée en charrette, l'artiste transforma l'évier de pierre en fontaine de village en l'adossant à une stèle finement ciselée et ornée d'un visage de jeune fille. On se serait attendu à une Vierge comme on en voyait tant au Canada français. Frédéric, lui, proposait plutôt un frais minois de demoiselle, du genre de celui qui hante l'esprit des garçons depuis la nuit des temps.

Le jeune Frédéric n'avait jamais mis les pieds dans les grandes villes, encore moins dans les vieux pays d'Europe, mais il avait reproduit avec une précision étonnante les fontaines qui ornent les places des villages de France. Il lui était arrivé de feuilleter quelques gros livres proposant des scènes de la vie dans l'Ancien Monde, mais, pour l'essentiel de sa besogne, il s'était laissé porter par sa rêverie. Pendant ce temps, son père achevait de consigner une autre des pensées qui l'habitait.

Dans notre Nouveau Monde fondé par les Français, ne laissons pas ceux qui font profession de guider nos destinées nous enfermer derrière les barreaux de leurs avantages. Encore une fois les Anglais ont le haut du pavé. Notre clergé et ceux, parmi les nôtres, qui ont pactisé avec cette race nous ont livrés à ces rapaces en évoquant les enseignements de Jésus-Christ. Au fait, dans quel camp se range-t-il, le fils de Dieu ?

En haut de la page du journal, à gauche du grand titre, le jeune Frédéric avait entrepris ensuite de représenter la table sur laquelle il se penchait. En soi, ce meuble n'avait rien d'inspirant. Quatre grosses pattes carrées et un plateau épais fait d'un bois marqué par l'usage. Après lui avoir donné une patine qui l'ennoblissait, le jeune Frédéric torsada des colonnes de part et d'autre de cette surface derrière laquelle il éleva un retable comme ceux qui ornent les autels des églises. Un foisonnement de rayons surgissait d'un soleil couchant qui en occupait le centre. Pendant ce temps, le père ciselait la section qui allait livrer la conclusion de son billet.

Vivons pendant que nous sommes en vie. C'est ici et maintenant, la tête dans les nuages et les pieds légers sur la terre glaise, que nous accomplirons notre destinée. La condition humaine n'est pas une punition. Elle est tout simplement le seul moyen dont nous disposons pour nous assurer des jours meilleurs sur cette planète.

Et Frédéric le père signa son ouvrage de son nom de plume, *Le Visionnaire*.

Du côté de l'évier, Géraldine et ses filles avaient fini de récurer les casseroles. Elles caquetaient en mettant leurs linges à sécher. Quelques fous rires ponctuèrent des remarques à propos des toilettes portées à l'église par certaines L'Isletoises le dimanche précédent. Géraldine se tourna subitement vers la table où son époux et son aîné se penchaient sur les instruments de leur création.

— Vous êtes encore là tous les deux en train de gratter du papier ! leur lança-t-elle. Allez donc plutôt donner un coup de main aux garçons à l'étable.

Les deux Frédéric échangèrent un regard dans lequel se révélait une pointe d'incompréhension. Le père se permit de répliquer.

— Il y a longtemps que les garçons sont revenus de l'étable. Dans l'état où sont nos affaires, on ne va tout de même pas doubler la ration des bêtes.

— Vous restez là comme deux notaires, insista Géraldine, quand il y a tant de ravaudages qui ne peuvent plus attendre.

— C'est bien ce qu'on est en train de faire, riposta le père, réparer le monde à notre manière.

Le fils chiffonna sa page de journal et s'en fut la jeter dans le poêle avant de se diriger vers l'escalier plutôt raide qui menait au grenier où se trouvaient les chambres. Les filles, qui entouraient leur mère quelques instants plus tôt, comprirent sans que personne ait à insister que le moment était venu d'en faire autant. Quand tout ce monde eut atteint le galetas, Frédéric se tourna vers Géraldine.

— Ce garçon est d'une patience exemplaire, constatat-il. Essaie donc de ne pas toujours lui couper les ailes !

*

En rejoignant Géraldine dans le lit de la seule chambre du rez-de-chaussée, Frédéric s'attendait à trouver son épouse endormie, tant les journées d'une femme comptent pour le double de celles des hommes sur la balance des efforts humains. Ce soir-là, Géraldine retournait toutefois une grosse contrariété dans sa tête quand Frédéric se glissa avec des trésors de précautions sous les couvertures. Il allait se projeter dans le lointain des astres. La voix de Géraldine le ramena sur terre.

— Fallait-il que tu sois innocent pour croire que les enfants ne me diraient rien !

Frédéric se retrouva assis.

— Tu m'as dit que tu avais fait l'école aux enfants aujourd'hui, enchaîna Géraldine. Tu m'as menti.

— Absolument pas, se défendit-il. Ce n'est pas parce que nous avons passé la journée dehors que nous n'avons rien appris.

— Ne joue pas au plus fin avec moi ! Tu n'as pas suivi le programme que j'avais préparé dans les livres et les cahiers.

— Il y a bien des façons de s'instruire.

— Et toi, tu connais tous les moyens pour passer à côté de tes responsabilités.

Une fois de plus, l'incompréhension les poussait à se jeter l'un contre l'autre. En caleçon long, toujours sur son séant sur la portion étroite du lit que Géraldine lui concédait du côté du mur, Frédéric se savait ridicule. Géraldine abusait de sa position. Elle insista.

— Tu passes ta vie à te défiler. Un labour en retard, un pré mal fauché, tu commences tes journées en essayant de venir à bout de ce que tu aurais dû avoir accompli la veille.

— Je l'ai dit bien des fois, plaida Frédéric. Les jours sont trop courts.

— Et ce n'est pas en t'envolant vers les étoiles, lui assena Géraldine, que tu vas rattraper le temps perdu !

Frédéric choisit de fuir en laissant échapper un long soupir. Pendant un moment, la nuit parut se refermer sur lui. Géraldine brisa cependant de nouveau la trêve.

— En y pensant bien, je me dis que ça ne ferait aucune différence que tu ne sois pas là. Même quand tu travailles, tu as la tête ailleurs. À la fin, si tu t'ennuies tant de cet ailleurs, tu devrais aller voir ce qui s'y passe.

— Tu veux que je quitte la maison ! protesta Frédéric.

— Je ne te chasse de nulle part puisque tu n'es jamais vraiment là.

Frédéric se grattait la tête. Il choisit de se taire. Peine perdue. Son épouse enfonça un autre clou.

— Au point où en sont les choses, non seulement tu ne nous manquerais pas si tu t'en allais, mais je me demande parfois si cela ne nous soulagerait pas un peu. Avec ta tête qui flotte au-dessus de tes épaules, on dirait que tu ne te rends pas compte que nous vivons à tes côtés.

Frédéric enjamba Géraldine pour se lever. Pieds nus sur le plancher glacé, il tâtonna de la main au pied du lit pour trouver la chemise et le pantalon qu'il y avait laissés. Il s'habilla sans dire un mot et s'engagea dans le couloir qui menait à la cuisine.

— Tu fuis encore ! prononça Géraldine pendant qu'il s'esquivait.

De l'autre côté de la cloison, Frédéric tisonna le feu du poêle et y ajouta une bûche. Sa berceuse lui tendait les bras. Il mit en branle le mouvement auquel tout être humain se reporte depuis qu'il a été expulsé du ventre de sa mère.

*

L'automne s'abat sans prévenir sur la Côte-du-Sud. Sur la berge du fleuve, des arbustes tourmentés par les embruns salés se recroquevillaient. Les peuplements de vigne sauvage étaient déjà tout rouillés. L'un de ces bosquets végétaux présentait en son intérieur un abri naturel reposant sur un lit de sable. Le frémissement des feuilles raidies par le froid créait des éclats de vitrail qui se projetaient sur les parois de cette alcôve.

Dès que les circonstances le permettaient, pendant que Géraldine faisait l'école aux enfants et que Félicien s'enfermait dans son atelier devant l'établi pour examiner vingt fois sous tous ses angles le même objet à réparer, Francine et Frédéric convergeaient vers cet abri. L'épouse de Félicien annonçait qu'elle allait ramasser du bois flotté sur la berge, pour le déposer hors de portée de la marée. Francine et les enfants viendraient recueillir ce combustible à la première occasion. Pour sa part, le mari de Géraldine faisait savoir à sa conjointe qu'il partait redresser une clôture. Dans ces solitudes salées, Francine et Frédéric prenaient congé des réalités ordinaires. Cette pratique durait déjà depuis plus d'une année.

Ce matin-là, ils s'étaient jetés dans les bras l'un de l'autre comme pour effacer toutes les salissures que la vie quotidienne avait accumulées sur eux. Il faisait cependant beaucoup trop froid pour aller plus loin que s'embrasser. C'était Francine qui avait rompu l'étreinte la première. Elle s'était assise sur les talons.

— Sais-tu ce qu'il m'a dit pas plus tard qu'hier ? lâchat-elle comme si elle poursuivait une conversation qu'elle aurait entretenue avec elle-même. Il a encore pris sa voix de prophète pour déclarer : « Il n'y a pas pire menteur que celui qui se tait. » Il me rend folle.

— Je ne suis pas certain qu'il sache lui-même ce qu'il veut dire avec ses adages, répondit Frédéric en escomptant apaiser sa compagne.

— Il est plus malin que tu le crois. Sa manière à lui, c'est de ne pas avoir l'air de l'être.

Frédéric revisitait dans sa tête les jeux de son enfance avec son frère Félicien. La première cabane sommairement bâtie sur la côte de l'autre côté de la route. En très grande partie, Frédéric en avait été l'architecte et le constructeur. Le radeau qu'ils avaient assemblé sur la berge en recueillant des troncs d'arbres que les glaces de la débâcle avaient arrachés au printemps. Là encore, l'aîné avait dirigé l'entreprise. Félicien avait été égal à luimême en changeant fréquemment d'humeur et en quittant les lieux quand le cours des travaux ne tournait pas à son avantage.

— Il est trop faible pour se permettre d'être franc, prononça Frédéric.

— Il m'arrive parfois de souhaiter qu'il meure, avoua Francine en serrant les dents. Je m'entends le dire et j'ai honte, mais je ne vois pas comment je pourrais rompre avec lui en supposant qu'il continuerait à mener une vie normale.

Assis sur ses talons, devant elle, Frédéric tendit les bras pour lui prendre les mains. Sa simple façon d'exister enveloppait Francine d'un grand apaisement.

— Tu sais pourquoi je t'aime ? lui demanda-t-elle.

Elle s'empressa de répondre à sa propre question.

— Tu n'as même pas besoin de me parler pour me faire du bien.

Il sourit. Elle éclata de rire. Elle secoua sa chevelure pour remettre en place ses émotions.

— Je suis arrivée trop tard. Tu étais déjà pris. Je me suis rabattue sur lui. Il m'a bien eue avec les phrases creuses qu'il lance en toute occasion. Je l'ai pris pour un philosophe. En réalité, il n'est qu'un imbécile. Tu le sais, toi, ce que je dois faire ?

— Si je le savais, je te l'aurais déjà proposé.

Il n'eut qu'à tirer sur les mains de sa compagne pour l'entraîner jusqu'à lui. Ils roulèrent sur le sable. Sa bouche retrouva la sienne. Accrochés l'un à l'autre comme des noyés, ils se mirent à rouler d'un bord à l'autre comme sous l'effet d'une forte houle.

À ce moment, un pépiement d'oiseaux se fit entendre. Des rires et des cris pointus. Une bande d'enfants, cinq ou six filles et garçons, déboulait vers la berge. Un courant d'air les fit dévier de leur trajectoire. Ils approchaient du bosquet à l'intérieur duquel Francine et Frédéric retenaient leur respiration. Et si, dans un élan incontrôlé, l'un d'eux se jetait à l'assaut des buissons pour y dénicher quelque trésor ? Fort heureusement, l'un des garçons s'était avancé sur la berge. Il ramassa un galet qu'il lança de toutes ses forces en s'efforçant de le faire ricocher sur l'eau. Toute la bande courut vers le rivage pour essayer d'en faire autant.

Pendant ce temps, Francine et Frédéric pratiquaient une ouverture dans le rideau végétal qui débouchait sur le pré donnant sur leurs demeures. Courbés comme des Indiens dans les hautes herbes qui les dissimulaient, ils s'élancèrent chacun dans sa direction, l'une légèrement vers l'ouest, l'autre modérément vers le levant.

— J'en ai assez d'avoir peur des enfants ! hurla Francine dans le vent.

*

Un temps roux de lichens sur l'affleurement rocheux à marée basse, moutons de nuages aux lourdes panses violettes et prairies couvertes à perte de vue d'une plante herbacée flétrie par la saison sur les battures du fleuve. Les rouches.

Les familles des deux « F » s'employaient dans l'Anse-aux-Oies à faucher et à ramasser ces herbes salées. Elles tiendraient lieu de fourrage pour les bêtes pendant l'hivernage. Chacun, chacune des membres des deux familles remplissait une fonction bien définie, rouage de la machine humaine asservie à sa survie.

Félicien ainsi que Justin, son aîné, fauchaient le foin sauvage à grands élans. Géraldine, assistée de Reine et de Françoise, les plus grandes des filles des deux familles, retournaient à la fourche les meulettes qu'on avait laissées sur la prairie la veille. Arthur, Clément et Aristide, trois cousins vigoureux dont le principal souci consistait à se montrer chacun plus énergique que les deux autres, ramassaient les andains qui avaient commencé à sécher sur le sol. Ils les transportaient vers de longues tables sur pilotis, connues dans ce petit pays sous le nom d'allonges. L'herbe sauvage séjournerait là, hors de portée des marées, en attendant qu'on vienne la récupérer pour la déposer sous le museau des ruminants.

Plus loin, au-delà de ces tables, s'activait un trio inattendu. Les deux Frédéric, assistés de Francine, déposaient de lourdes fourchetées de ce foin de mer dans un tombereau auquel était attelé un cheval mélancolique. Une fois de plus, Francine se distinguait en accomplissant un travail d'homme. L'effort collait les mèches de ses cheveux sur son front. Le jeune Frédéric accordait ses gestes à ceux de cette femme hors du commun. Quant à

33

Frédéric le père, il travaillait comme deux en se portant au-devant des gestes de Francine.

La matinée coulait vers la mi-journée. Les cousins qui transportaient les andains vers les allonges commencèrent à se quereller. C'était inévitable. Clément jeta sa fourchetée sur son cousin Aristide. Une poursuite s'engagea sous le regard amusé d'Arthur. À l'écart, Philomène veillait sur le dernier-né de la famille de Félicien, lequel dormait dans un panier à pommes. Soudain, Géraldine poussa un cri. Elle venait d'apercevoir son petit Eugène, un bambin de cinq ans, qui était parvenu à se jucher sur une pierre tapissée de mousse imbibée d'eau. Félicien, qui se trouvait à proximité, observait la scène, le menton posé sur ses deux mains au bout du manche de la fourche qu'il venait de planter devant lui. Géraldine accourut en criant.

— Ne bouge pas, mon bébé.

Frédéric, qui avait vu la scène de loin, s'était élancé le premier en direction de son fils qui triomphait du haut de sa position. Il arriva sur les lieux quelques pas devant Géraldine et tendit les bras. Voyant un jeu dans ce geste, le petit s'y jeta. Son père le déposa par terre en lui donnant une tape d'amour sur le derrière.

— Tu vois, proclama-t-il à l'intention de Géraldine, il s'en est tiré une fois de plus, le petit bonhomme.

Ignorant la provocation lancée par son mari, Géraldine se tourna vers son beau-frère. Elle était de plus petite taille que Félicien, mais elle compensait cet inconvénient en roulant ses « r » comme une pierre à moudre.

— Tu aurais pu l'empêcher de grimper là-dessus ! Mais non ! tu es resté planté là comme un spectateur au cirque !

— C'est en tombant qu'on apprend, affirma Félicien pour justifier sa conduite.

Frédéric sentait qu'il devait éteindre ce feu de paille avant qu'il ne dégénère en conflagration. Depuis longtemps, son épouse trouvait que le « F » de son beau-frère rimait trop aisément avec fainéant.

— Toi, remets-toi vite au travail, lança-t-il à Félicien. Il va pleuvoir.

Et il s'en retourna vers Francine pour reprendre ses fonctions du côté des allonges. Ce faisant, il constata que le jeune Frédéric s'éloignait vers la propriété familiale avec son tombereau rempli à ras bord. Le jeune homme déverserait son contenu dans la section de la tasserie réservée à cet effet. L'approvisionnement des bêtes serait ainsi assuré pour les prochains jours.

Le départ du jeune Frédéric réservait à son père et à Francine un moment d'intimité qu'ils n'entendaient pas négliger. Chacun sa fourche enfoncée dans le sol, ils recommencèrent à tisser un pan de la conversation qu'ils prolongeaient chaque fois qu'ils se retrouvaient hors de portée des oreilles indiscrètes.

— J'ai encore passé la nuit avec toi, murmura Francine en mettant la main sur le bras de Frédéric. Je n'en peux plus de t'aimer dans mes rêves et de prétendre pendant le jour que tu m'es indifférent.

Des effilochures acérées lui rayaient la voix. Elle ajouta :

— Ce n'est pas une façon de vivre !

— Du moins, tempéra Frédéric sur un ton de tendresse, on travaille ensemble pendant quelques heures presque chaque jour. C'est déjà ça !

— J'aurais bien d'autres choses à partager avec toi que de travailler, tu sais !

— Ton faiseur de proverbes dirait : « Pour être heureux, vivons cachés », lui signala Frédéric.

Francine grimaça :

— Essaie donc de ne pas toujours le ramener entre nous, celui-là ! Il le fait déjà très bien tout seul.

— Tu as raison, reconnut-il, mais je ne peux pas m'empêcher de penser qu'il nous surveille tout le temps.

Francine posa la main sur le bras de Frédéric. Elle l'attira vers elle.

— Je commence à en avoir assez de vivre en prison ! lança-t-elle à dents serrées.

— Dans des cellules côte à côte, tout de même…, tempéra-t-il.

— La semaine dernière, enchaîna Francine, j'ai scié un premier barreau de ma cage.

Frédéric soudain en alerte.

— Tu veux dire quoi ?

Francine leva la tête pour mieux saisir son regard.

— Jeudi, je suis allée me confesser comme d'habitude…

— Il faudra bien que ça finisse un jour, cette mascarade ! s'énerva Frédéric.

— … il a ouvert le guichet, poursuivit Francine. J'ai dit : « Mon père, je m'accuse d'avoir commis le même péché que vous… »

Frédéric écoutait les yeux grands ouverts.

— Je lui ai tout déballé, enchaîna-t-elle, sa prétendue nièce en pension au presbytère, les soi-disant dames pieuses en tête à tête avec lui à des heures pas catholiques. Ce que tout le monde sait et fait semblant de ne pas savoir.

Frédéric se vida de tout son air.

— Tu as fait ça ?

Francine répondit par l'affirmative en présentant à Frédéric toute la franche fraîcheur de son visage.

— Il n'a pas dû apprécier que tu le confesses à ton tour, parvint-il à formuler.

— Au début, j'ai senti que ça l'énervait mais, par la suite, j'ai bien constaté que ça l'émoustillait. Tu aurais dû le voir pendant que je lui racontais tout ce que nous faisons ensemble. Il salivait comme un porc.

— Je veux bien croire que c'était une belle occasion de lui remettre ses propres fautes sur le nez, mais, tout de même, as-tu pensé aux conséquences ? Si mon frère, ma femme et nos enfants devaient un jour découvrir notre secret, tout ce monde-là se mettrait ensemble pour nous chasser de la paroisse. Je suis toujours prêt à quitter Sainte-Anne, mais pas de cette façon !

Francine ébaucha une grimace.

— Il ne dira rien à personne. Il est tombé dans le piège. Après m'avoir entendue lui décrire en détail tout ce que nous inventons pour nous prouver que nous nous aimons, il est resté muet pendant un bon moment...

La troisième « F » se mit à rouler des « r » pour imiter la voix suave du curé :

— ... puis il m'a invitée à aller le rencontrer au presbytère pour reparler de tout ça.

— Fidèle à sa réputation, à ce que je vois ! s'exclama Frédéric.

— Il m'a fait des propositions, précisa Francine. Voilées, mais des avances tout de même.

— Il y a longtemps que j'ai envie d'aller lui mettre mon poing dans la face, à ce démon en soutane, gronda Frédéric. Je sens que le moment est venu de me soulager.

Francine avait resserré sa poigne sur le bras de Frédéric. Une fois de plus elle planta son regard dans le sien.

— Tu n'en feras rien. Il nous tient, nous le tenons, et celui qui a le plus à perdre, c'est lui.

Frédéric durcissait les poings. Elle en enveloppa un dans ses mains.

— Ni lui, ni personne ne l'emportera jamais sur nous, prononça-t-elle. Et pour ce qui est de nos familles, il faudra bien qu'un jour nous cessions de leur mentir.

— Il est encore loin, le temps où on pourra s'aimer à cœur ouvert dans ce pays.

Pour lui prouver le contraire, Francine l'étreignit sans prendre la peine de s'assurer que les autres ne les observaient pas de là-bas.

— Tu n'en finis pas de me demander : « Tu sais pourquoi je t'aime ? », lui murmura-t-elle à l'oreille. Eh bien, à mon tour de te retourner la même question. « Tu sais pourquoi moi, je t'aime ? » Parce que l'avenir, tu n'attends pas qu'il arrive. Tu le bâtis d'avance dans ta tête. Tu l'annonces dans les écrits que tu envoies aux journaux. Alors, ne commence pas à avoir peur du futur quand c'est du nôtre qu'il s'agit !

Et elle ajouta d'une voix qu'une houle d'émotion menaçait de submerger :

— Et reste du côté de la vie. Par gros temps, il y a du brouillard dans ton regard. Ne perds jamais ta lumière, mon visionnaire !

*

Une bruine froide montait de la mer. Le jeune Frédéric tardait à revenir avec le tombereau. Frédéric le père pressentait que le moment serait bientôt venu de donner à son monde le signal du retour à la maison.

— Prends le temps de souffler encore quelques minutes, recommanda-t-il à Francine. Je vais voir où en sont les autres là-bas. S'il se met à tomber de la pluie comme je le prévois, elle pourrait tout aussi bien se changer en neige avant que nous ayons fini de ramasser les rouches.

Et il se dirigea vers la berge où les membres des deux familles accomplissaient chacun sa besogne en déployant une détermination bien mal partagée, les jeunes, pourtant par nature débordants d'énergie, mettant beaucoup moins d'ardeur à la tâche que leurs aînés. Cependant que Francine, demeurée seule, descendait au plus profond d'elle-même.

Dans sa cage, l'oiseau ouvrait les ailes. Un souffle nouveau sonnait le rappel de sentiments que la vie contrariée de Francine avait un temps effarouchés. Il valait cent fois mieux payer le prix et affirmer sa différence, plutôt que de vieillir flétrie dans un plumage fané.

Francine repassait dans sa tête une scène de son théâtre familier, son époux apathique, ses enfants tiraillés entre un père et une mère aux tempéraments opposés, sa belle-sœur également, barricadée derrière la forteresse de ses certitudes. Les deux familles entremêlées, chacun occupé à faire tourner l'engrenage de la survie dans son sens.

Elle porta sa pensée sur le village, les maisons basses, serrées les unes contre les autres et qui tournaient le dos à la mer pour ne pas entendre l'appel des ailleurs. Sans rien perdre pour autant des mouvements de la rue. La pointe du clocher de l'église, phare dressé contre les aléas de l'existence.

Posant de nouveau son regard sur le pré, elle distingua une tache sombre qui se découpait sur le paysage luisant de rouille. L'abbé Cyprien Desnoyers descendait vers le bord de mer. Il venait droit sur elle. Le voyant approcher, Francine mit les poings sur les hanches pour bien marquer sa détermination à de ne pas céder de terrain. Ce faisant, elle projetait ses formes vers celui qui arrivait. À coup sûr, l'homme d'Église interpréterait cette attitude comme une provocation.

— Comment se fait-il que tu ne sois pas là-bas, avec les autres femmes ? lui lança-t-il dès qu'il fut à portée de voix. Il faut toujours que tu te pavanes devant tout le monde ! Je vais te faire passer tes ardeurs, moi ! Je t'ai demandé de venir me rencontrer au presbytère. Tu n'en as rien fait. Je te donne une dernière occasion de te racheter. Je veux t'entendre en confession jeudi matin à 10 heures.

Francine allait répliquer. Frédéric arrivait au pas de course. Il s'interposa entre la femme et le prêtre, saisissant ce dernier par le bras en même temps qu'il lui servait un avertissement à sa façon.

— Tu ne t'approches plus d'elle ! Tu m'entends ?
gronda-t-il d'une voix sourde.

En tutoyant l'homme de Dieu, Frédéric le dépouillait
de son immunité sacerdotale. Il poursuivit tout en lui
secouant le bras.

— À compter d'aujourd'hui, ce que tu lui fais, à elle,
c'est à moi que tu le fais, et je te préviens, je peux devenir
très désagréable quand je suis contrarié.

Depuis le rivage, les membres des deux familles
s'étaient figés devant cette scène dont l'énormité n'entrait pas dans le cours de leur vie coutumière. Frédéric
s'était mis en marche, remorquant le prêtre à sa suite. Les
courtes jambes de l'abbé tricotaient serré sous la soutane
pour s'accorder aux longs pas de celui qui l'entraînait.
L'un des pieds de l'abbé buta sur une pierre. Il tomba à
quatre pattes par terre. Dans un effort pour se relever,
l'abbé Desnoyers se retrouva à genoux. Frédéric profita
de l'occasion pour lui décocher une remarque acérée.

— Tu devrais profiter de ta posture, lui suggéra-t-il,
pour demander pardon à Dieu de tout ce que tu fais dans
son dos avec les dames patronnesses.

L'abbé tourna la tête vers Frédéric.

— Qui es-tu, toi, pour me donner des conseils ?
lui lança-t-il. Tu fricotes avec la femme de ton frère, ce
qui te rend mille fois plus coupable que pour un péché
ordinaire.

Un silence de mort accueillit cette accusation. Frédéric
attrapa le curé par le bras, le remit debout et l'entraîna
d'un bon pas en direction du village. Ils s'arrêtèrent
encore une fois à mi-chemin de leur course.

Le petit troupeau humain qui était demeuré en bord
de mer vit alors Frédéric, le dos courbé, sermonner
l'abbé Desnoyers comme un enfant qu'on réprimande.
De temps à autre, Frédéric prenait le curé par les épaules
et le secouait comme pour s'assurer que ses remontrances
descendaient bien jusqu'au tréfonds de sa conscience.

Pendant ce temps, le jeune Frédéric revenait de l'étable avec son tombereau. Sa trajectoire allait croiser l'endroit où, de toute évidence, son père et le curé se retrouveraient s'ils se remettaient en marche. Il fit un large détour pour les éviter, s'engageant de ce fait dans un secteur plus accidenté de la côte. Le cheval renâclait. Son guide lui tenait la bride courte. En même temps, le jeune homme ne pouvait détacher son regard de l'invraisemblable tableau qui s'offrait à lui.

Il y eut un moment où Frédéric le père leva le poing au-dessus de l'abbé Desnoyers comme s'il allait l'abattre sur sa tête. Il libéra enfin sa victime en lui donnant une brusque poussée des deux mains contre la poitrine. Le curé agrippa le bas de sa soutane pour la relever et déguerpit.

Les membres des deux familles constatèrent alors que Frédéric revenait vers eux du pas chaloupé de l'homme satisfait d'avoir accompli une démarche dont il avait trop longtemps reporté l'exécution.

— Il commence à tomber des gouttes, leur fit-il remarquer. On rentre.

*

On était dans le dernier décan d'octobre. En même temps qu'on prenait des dispositions pour que les humains traversent l'hiver sans trop souffrir, on devait se préoccuper du sort des animaux. Le troupeau avait été décimé, quatre vaches abattues dont la viande avait été vendue au village, une cinquième débitée dont les parts furent déposées dans une dépendance dont les murs étaient remplis de bran de scie pour y maintenir la température basse. Des trois vaches restantes, deux étaient en cours de tarissement. La seule et dernière qui était encore en lactation fournirait le lait nécessaire aux enfants pendant la saison froide. Gérées avec rigueur, ces réserves suffiraient à entretenir la famille jusqu'aux rives du printemps.

Sous le coup de ces réaménagements, l'étable de Frédéric Saintonge avait pris l'apparence de la cale d'un navire qui va entreprendre une traversée outre-mer. Le soir s'établissait de plus en plus tôt. De loin en loin on avait fixé des chandeliers à trois branches à des piliers de bois. Leur faible lueur creusait davantage des cavernes d'ombre qu'elle n'éclairait. Au niveau inférieur, pratiquement hors de portée des chandelles, trois parcs distincts abritaient, l'un, deux moutons, l'autre, une vingtaine de canards, et le dernier, un porc et une truie. Chaque espèce bêlant, cancanant et grognant dans l'espoir d'être nourrie en premier. Des poules voltigeaient à mi-hauteur des lieux. Elles se dépenseraient en vains allers-retours d'un bout à l'autre de l'étable jusqu'à l'extinction des feux.

Ce soir-là, contrairement à l'usage, c'étaient Frédéric et Géraldine qui faisaient le train. Lui récurait les dalots, elle trayait l'unique vache encore en lactation. En temps normal, deux des garçons auraient assumé ces tâches, assistés à l'occasion par une des filles mais, cette fin d'après-midi-là, en rentrant à la maison, Géraldine avait annoncé qu'elle souhaitait s'entretenir en privé avec son mari. À l'heure de la traite, elle avait donc entraîné ce dernier vers les bâtiments après avoir confié la préparation du repas aux plus grandes de ses filles. Judicieuse précaution. Les propos échangés à l'étable par les époux Saintonge auraient déboussolé les jeunes consciences. Assise sur un banc bas devant le flanc de la vache, Géraldine tirait sans ménagement sur deux des pis de la bête. Elle attaqua la première.

— Qu'est-ce qui t'a pris de te jeter sur le curé devant tout le monde ?

Pour toute réponse, Frédéric frappa le rebord de sa pelle sur le flanc de sa brouette pour en faire tomber la bouse qu'elle contenait. Géraldine connaissait son homme. Elle n'attendait pas de réponse, du moins pas dans l'immédiat. Elle poursuivit :

— As-tu pensé aux enfants ? Les nôtres, ceux de ton frère. C'est un exemple à leur donner, tu crois ?

Tout à sa besogne, Frédéric fit grincer sa pelle sur le ciment du dalot. Géraldine serra les dents en ajoutant :

— « Ce que vous faites au plus petit d'entre vous, c'est à moi que vous le faites. » Pareil pour un prêtre du bon Dieu ! Tu l'as oublié ?

Frédéric se racla la gorge pour laisser passer une réponse.

— Je sais que tu ne voudras jamais l'admettre, mais c'est lui qui navigue sans gouvernail !

Géraldine accueillit ce sévère point de vue sur son curé avec la plus extrême réserve. Elle pressentait qu'en abordant une aussi lourde question sur le ton de la confrontation elle n'obtiendrait rien d'autre de la part de son mari qu'un refus obstiné d'admettre la vérité.

— Tout le monde le sait, continua Frédéric, il est loin d'être un enfant de chœur, ton curé ! Si tu ne me crois pas, parles-en à ta belle-sœur.

Le regard de Géraldine fouilla à son tour la pénombre autour d'elle. On aurait dit qu'elle s'attendait à y voir apparaître le pasteur de la paroisse. Après avoir laissé le temps au temps de faire son effet sur son interlocutrice, Frédéric enchaîna :

— S'il est nécessaire que je te rappelle ce que tu sais déjà, je te dirai que, ton abbé Desnoyers, il profite de ce qu'il entend au confessionnal pour essayer de mettre la patte sur les brebis qu'il convoite.

Le visage de Géraldine s'empourpra dans le demi-jour. Elle leva la tête vers le plafond bas pour ajouter :

— Toi, tes calomnies vont te coûter cher quand tu arriveras de l'autre bord !

Et elle passa son agressivité en tirant plus fort qu'il n'était nécessaire sur les trayons de sa vache. Frédéric avait repris sa tâche. Pour laisser à Géraldine le temps de réfléchir à ce qu'il venait de dire, il ne se priva pas de faire grincer encore une fois sa pelle sur le ciment. Son épouse finit par hausser le ton :

— Quand bien même tu essaierais jusqu'à la fin des temps de me convaincre que l'abbé Desnoyers a fait des propositions à la femme de ton frère, je ne t'écouterais pas, parce que je sais que notre curé est un homme d'Église et qu'elle, la belle-sœur, elle est loin d'être une sainte.

— Tu parles les yeux fermés, lui opposa-t-il.

— Et toi, objecta-t-elle, tu mens la bouche ouverte. Ce que je dis, je le vois dans les tiens, tes yeux.

— Il n'y a pas de la lumière, ici dedans.

— Je lis dans ton âme.

Un silence lourd comme une épaisse couche de neige s'établit sur l'étable. Tout au plus entendait-on les bêtes remuer. C'est dans cet interstice du temps que Géraldine lâcha sa bombe.

— Il en sait plus long qu'il en dit, monsieur le curé ! Et il est pas le seul. Si j'ouvrais la bouche, je pourrais parler longtemps.

Frédéric remâcha une grosse bouffée de silence, ce qui remit Géraldine en verve pour assener ses vérités.

— Il y a déjà longtemps que je vous observe, Francine et toi. Pas besoin d'être un prêtre pour remarquer vos yeux doux d'un bord à l'autre de la table, vos minoucheries dans le coin de la dépense. Il faudrait être aveugle en plus de fermer les yeux pour ne pas voir vos cachotteries ! Tu essaies d'effacer ta faute en la mettant sur le dos d'un autre, et pas de n'importe qui ! De ton curé ! Tu veux que je te dise ? Tu es un lâche, Frédéric Saintonge.

Ce dernier s'ébroua. Géraldine ne lui laissa pas le temps de se ressaisir.

— C'est peut-être ce qui le met dans tous ses états, notre curé, d'avoir entendu en confession tout ce qu'il sait et de ne pas avoir le droit d'en tenir compte dans la vie de tous les jours. Ça l'empêche d'apostropher le coupable pour le prier de laisser sa belle-sœur tranquille.

Frédéric se mordait les lèvres pour ne pas répliquer. Il savait que, s'il prononçait un seul argument en faveur de Francine ou de lui-même, le ciel ou encore Géraldine lui tomberait sur la tête. Il prit les mancherons de sa brouette à demi remplie de bouse. Il allait se diriger vers la porte donnant sur l'extérieur pour y déverser son contenu. Géraldine se leva dans un élan, renversant le tabouret de traite, et vint arracher les mancherons de la brouette à celui qui la dominait de toute sa taille.

— Tu penses que tu vas t'en tirer comme ça ?

— Je n'ai rien à te dire, répondit Frédéric d'une voix tranchante.

— Alors, lui répliqua Géraldine, si tu n'as rien à me dire, moi, je rentre à la maison. J'y suis toujours reine et maîtresse. Et toi, tu n'as plus rien à y faire. Je te laisse encore quelques jours pour prendre tes dispositions et me les annoncer. Mais fais vite. À chaque minute qui passe, mon cœur sécrète une goutte du poison qui pourrait t'être fatal.

Elle sortit en se munissant d'un des falots qu'ils avaient pris plus tôt pour venir à l'étable. Après ce départ et surtout ce sévère avertissement, Frédéric se déplaçait dans l'ombre. L'épaisse odeur des bêtes l'engluait. Les battements de queue de celle dont on venait d'interrompre la traite rythmaient sa remontée en surface. Frédéric se mit en frais de finir de traire la vache que son épouse avait laissée en plan.

Plus tard, en entrant chez lui, il ne fut pas étonné de constater que Géraldine n'avait laissé aucune lumière en prévision de son retour. Il tenait son falot à la main. Il le posa sur la table de la cuisine. La perspective de rejoindre son épouse dans le lit conjugal lui paraissait hautement inappropriée. Il ouvrit le banc du quêteux. C'était un meuble bas placé le long du mur à droite de la porte, une sorte de coffre au fond duquel reposait une paillasse. Le siège et la façade de cet appareil se rabattaient de façon à former un lit. Frédéric s'enveloppa dans un catalogne à dominante de couleur mauve et il s'allongea dans cette boîte en forme de cercueil. Il était à deux pas de ne plus être chez lui.

*

Un vent mauvais battait la côte. S'étant éveillé avant le lever du jour, Frédéric sortit en quête de sa vérité. Ses pas le menèrent d'eux-mêmes sur la berge. Il se mit à marcher vers l'ouest sans se demander vers qui ou quoi il se dirigeait. Une petite heure plus tard, il arrivait aux abords du quai du village. Au chantier naval voisin, on achevait de tirer les bateaux à terre.

L'endroit dégageait une impression d'improvisation et de laisser-aller. Un beau désordre. On finissait pourtant par y accomplir les tâches que les circonstances exigeaient. Frédéric se dirigea vers la cabane qui tenait lieu de bureau au patron de l'entreprise.

Albert Désilets était un petit homme au teint foncé et aux gestes vifs. Apercevant son visiteur, il prit une flasque posée par terre sous son bureau, tira deux tout petits verres d'un tiroir et les emplit à ras bord d'un alcool transparent dont on pouvait deviner l'âpreté simplement en le regardant. Les deux hommes levèrent leurs godets d'un même geste, prononcèrent la formule rituelle et en avalèrent le contenu d'un trait avant de pousser un profond soupir de satisfaction. Ce cérémonial accompli, Albert Désilets se rejeta en arrière sur sa chaise pour signaler à son visiteur qu'il était prêt à l'entendre.

— Il faudrait que tu remettes *La Charentaise* à l'eau, commença Frédéric, qui fut lui-même un peu surpris de ce qu'il s'entendait dire.

— Je l'ai tirée à terre juste hier, fit observer Albert.

— Les choses ont eu le temps de changer depuis ce temps-là, répliqua Frédéric.

Albert regardait son interlocuteur sans comprendre.

— Tu veux aller où comme ça ? Au-devant du père Noël ?

— À Anticosti, lâcha Frédéric comme s'il s'agissait d'une banalité.

Albert posa les deux mains à plat sur la table devant lui.

— Dans ce cas, il faudrait que tu me paies mes services d'avance, parce que je suis à peu près certain que tu ne reviendras pas d'une bordée comme celle-là à cette époque de l'année.

Les deux hommes débattirent de l'à-propos de la démarche, tant et si bien que deux jours plus tard les deux Frédéric prirent leurs quartiers à bord de *La Charentaise*. La goélette était amarrée au nouveau quai que l'on avait achevé de construire pendant l'été à proximité de l'ancien port de L'Islet-sur-Mer. Comme ses rares voisines, *La Charentaise* tirait sur ses amarres. En embarquant en fin de journée, Frédéric le père déposa ses deux sacs de toile dans la pièce aménagée sous la timonerie. Son fils s'y trouvait déjà.

L'endroit tenait lieu à la fois de chambre à coucher, de cuisine et de salle de veille où il faisait bon se réchauffer auprès d'une truie basse sur pattes. Le jeune Frédéric y avait justement fait une attisée. Le père rapprocha le sac de nourriture de l'espace consacré à la préparation de repas. Se retournant vers les lits superposés, il jeta l'autre sac qui contenait ses effets personnels au fond du lit du bas et s'y assit, au côté de son fils. Ce dernier avait déjà déposé ses affaires sur le lit du haut. Penché en avant, le dos arrondi dans l'espace restreint entre les lits superposés, l'aîné tourna la tête vers le plus jeune.

— Je te regarde aller depuis hier. On dirait que tu n'as pas vraiment envie de faire la traversée avec moi. Si tu préfères rester ici, il est encore temps de le dire.

— Ce n'est pas ça, répondit le fils sans chercher à dissimuler ce qui le chicotait. Les misères que vous vous faites, ma mère et toi, avec tout ce qui se dit et ce que je devine, on dirait que ça te pousse à marcher dans le vide. Bien sûr que ça me fait de la peine, à moi, de te voir te mettre en danger, mais il faut que tu saches que je me sentirais mieux si je pouvais comprendre ce que tu as derrière la tête. À force d'essayer de le deviner, j'imagine toutes sortes de folies.

Le père baissa la tête pour répondre.

— Personne ne t'oblige à partir. Si tu préfères rester ici, il est encore temps de le dire.

Le fils serra les dents pour interrompre son père.

— Ce n'est pas pour moi que j'ai peur, mais pour toi. Tout le monde le sait, d'une certaine manière je suis une autre sorte de toi-même, et je sens en dedans de moi ce qui bouillonne dans ta poitrine. Ton idée de te lancer à l'aventure vers Anticosti à ce temps-ci de l'année, après avoir refusé plus tôt de le faire, ça cache quelque chose qui m'inquiète.

Le père mit la main sur le genou de son fils, puis il se leva pour ranger ses provisions. Dans la foulée, il se mit à cuire leur repas du soir sur le petit poêle, des œufs, du lard, des oignons et des pommes de terre. Ils mangèrent en silence et vite, comme on le fait chez ceux pour qui les repas ne sont que des transitions entre des phases plus importantes de la vie. Après le souper, les deux Frédéric se retrouvèrent dans un commun état d'engourdissement, le regard vague, la pipe entre les dents et les mains aux genoux. Le fils renoua pourtant la conversation d'avant le repas :

— Je ne veux pas radoter mais, si tu me disais pourquoi tu t'es enfin décidé à faire la traversée vers Anticosti, je me sentirais mieux.

Pour toute réponse, le père proposa d'aller faire un tour en haut, dans la timonerie. Il se leva et sortit, emportant une lampe. Le fils finit par le suivre.

Les commandes du navire étaient regroupées dans un poste d'observation ouvert sur tous les horizons par une succession de fenêtres qui le ceinturaient. Cette pièce qui surgissait du pont abritait notamment la grande roue du gouvernail. Une odeur de goudron à calfater emplissait les lieux. Au cours de l'été, on avait dû remplacer deux des fenêtres de ce poste de pilotage. À défaut du matériau approprié, on avait serti les nouvelles ouvertures dans la substance grossière avec laquelle on assurait l'étanchéité de la coque. La forte odeur qui s'en dégageait était loin de déplaire au jeune homme. Elle lui rappelait les radoubs en cale sèche dans laquelle il descendait chaque fois qu'il en avait l'occasion pour contempler les formes prodigieuses de ces cathédrales d'eau.

Le jeune homme posa les mains sur les poignées de la roue qui occupait le centre de la pièce et, s'abandonnant à un réflexe commun à tous ceux qui sont nés en bord de mer, il se mit à déplacer le poids de son corps d'une jambe sur l'autre pour contrebalancer l'effet d'une houle imaginaire. Par les fenêtres donnant sur le pont, à travers les paquets de pluie qui venaient de commencer à s'abattre sur elles, et dans le crépuscule qui s'installait en même temps, il contempla la silhouette des mâts, des vergues, des voiles sagement enroulées et des câbles. Le jeune Frédéric était en précaire équilibre entre partir et rester. Le père se mit soudain à parler sur un ton qui laissa croire à son fils qu'il allait enfin lui dévoiler les raisons de son étonnant renversement de situation.

— Si je savais ce qui me pousse à faire la traversée vers Anticosti, je te le dirais. Ce qui se passe dans la tête et dans la poitrine d'un homme, c'est comme le temps qui se fait dans le ciel et qui s'abat sur la terre. Bien sûr, j'ai une idée de ce que j'aimerais qu'il m'arrive, mais rien ne me dit que c'est ce qui va se produire. Alors, aussi bien rester prudent et laisser le temps au temps de se faire. Tu es d'accord ?

Le fils tourna la tête vers le brouillard qui mijotait dans le soir. En même temps, le père se levait du coffre sur lequel il était assis de guingois.

— On descend, annonça-t-il. On va aller s'installer pour la nuit.

*

Au matin, le père et le fils profitèrent d'une voiture qui se rendait au village pour se faire déposer devant le magasin général où ils comptaient se procurer tout le matériel et les provisions nécessaires à un aller-retour à Anticosti. Bien qu'il fût encore très tôt, un choix coloré de villageois se trouvait déjà dans l'établissement.

Des hommes à pipe et des femmes aux doigts accrochés à des châles et à des crémones étaient installés sur des chaises, des bancs et des barils disposés en cercle autour du poêle. Les retardataires se tenaient debout au deuxième rang. Une vapeur montait des bougrines mouillées. Ensemble, ces paroissiens désœuvrés ressassaient les théories les plus invraisemblables engendrées par le comportement récent de Frédéric Saintonge à l'endroit du curé.

On entrait dans la saison où l'on n'aurait rien d'autre à faire que de déjouer la monotonie des jours en attisant les commérages. L'ouverture de la porte avait déclenché le tintement d'une clochette qui avait apaisé les chuchotements. L'apparition des deux Frédéric acheva de jeter tout ce beau monde dans l'expectative.

Les Saintonge traversèrent l'espace réservé aux palabreurs de toutes espèces, entre les deux fenêtres en saillie faisant office de vitrines de part et d'autre de la porte d'entrée. Ce passage entraîna un silence aussi tranchant que la poussée d'air glacial qui s'était introduite dans l'établissement lors de l'ouverture de la porte. Le père et le fils avancèrent vers le comptoir derrière lequel officiait le propriétaire de l'établissement. Grand, mince, le crâne dégarni sauf pour une couronne de cheveux blancs frisottés, le bonhomme Thibault était revêtu d'un tablier qui lui conférait la stature d'un célébrant.

— Je dois faire une course à Anticosti, commença Frédéric le père. À cette époque de l'année, on ne sait pas combien de temps une pareille embardée pourrait durer. Il me semble qu'il serait prudent de charger *La Charentaise* de provisions pour un bon mois.

— J'ai tout ce qu'il te faut pour ça, mon gars, déclara le père Thibault.

Frédéric pencha la tête au-dessus du comptoir comme on le fait au confessionnal.

— Je vous paierai à mon retour, annonça-t-il à voix basse, quand j'aurai touché mes gages.

Le bonhomme Thibault fit une grimace.

— Ça, mon garçon, répliqua-t-il à voix haute afin que ses colporteurs de bonnes et mauvaises nouvelles puissent l'entendre, c'est un risque que je ne peux pas prendre. À ce temps-ci de l'année, attendre pour me faire payer que tu sois revenu d'Anticosti, mon père aurait jamais laissé passer ça. Et c'est pas ta femme non plus qui pourrait me rembourser si t'en revenais pas. Sans compter tout ce que tu me dois déjà…

Le sang de Frédéric s'était figé. Le silence des compères et des commères regroupés comme en prière autour du poêle solidifiait l'air. Il est des minutes qui se comptent en éternité. Frédéric émergea de sa stupeur en abattant son poing sur le comptoir. La vitre qui le recouvrait se fendilla en forme d'étoile. On entendit les pattes d'une chaise racler le plancher.

— Dans ce cas, vous n'êtes pas près de me revoir ici ! gronda Frédéric.

Pour toute réponse, le bonhomme Thibault se contenta de plisser les yeux derrière ses cils broussailleux. Alors Frédéric se tourna vers son fils.

— Viens-t'en vite, toi ! Ces gens-là sont contagieux. Ils pourraient nous rendre aussi méchants qu'eux.

En sortant, Frédéric le père garda la tête haute pour passer devant le cercle des radoteurs qui examinaient consciencieusement le bout de leurs chaussures. Derrière lui, son fils dut se frayer un passage entre une pyramide de tonneaux de mélasse et un adolescent dégingandé qui s'y appuyait. Comme il ne venait pas à l'esprit du malotru de s'écarter pour céder le passage, le jeune Frédéric força le blocus. Leurs épaules se heurtèrent. Le blanc-bec se raidit. Le jeune Frédéric s'immobilisa pour affronter son empêcheur de sortir en paix. L'autre finit par céder. Frédéric le fils quitta les lieux à grands pas. Il ignorait encore qu'il venait de faire ses adieux au magasin général de L'Islet.

*

Le père et le fils prirent chacun une direction opposée. Avant d'aller plus loin, Frédéric le père tenait à régler une question importante avec son frère Félicien. Pour sa part, Frédéric le fils se faisait fort de procéder à un examen attentif de tous les mécanismes et instruments de navigation de la goélette. Le père à l'est, le fils à l'ouest.

Frédéric avait donc le souffle un peu court en entrant dans la demeure de son frère. La perspective de se retrouver en présence de Francine sous les yeux de son mari lui faisait gargouiller le ventre. À son grand soulagement, la troisième « F » semblait absente. Frédéric aborda donc Félicien avec des salutations si diplomatiques que ce dernier se réfugia derrière une formule intimidante.

— Ah ! il est venu la queue levée, l'animal !

Les deux hommes portaient sur la vie un regard divergent. L'un gardait la tête tournée vers les étoiles, l'autre examinait le sol avant d'y faire le moindre pas. À l'insistance de Frédéric, ils s'enfermèrent au salon où ils n'avaient pas remis les pieds depuis le décès de leur mère. Celle-ci y avait été exposée dans son cercueil trois ans plus tôt. Félicien s'installa dans une bergère dont la rigidité des coussins bourrés de crin lui donnait l'air d'un pantin. Frédéric demeura debout, les pieds écartés sur le tapis tressé. Ses premiers mots contractèrent l'atmosphère :

— Je ne suis pas venu discuter avec toi du beau et du mauvais temps.

Puis, comme s'il citait une parole d'évangile :

— Tu ne trouves pas que nous avons déjà mangé assez de misère ?

À sa manière habituelle, Félicien riposta en déformant un proverbe.

— Comment veux-tu qu'on voie grand quand on chie des petites crottes ?

Frédéric ne se démonta pas. Il fit valoir que leurs terres réunies feraient aisément vivre leurs deux familles, ce qui n'exigerait pas un effort disproportionné de la part de Félicien si Frédéric lui en accordait l'usufruit. Félicien s'abrita une fois de plus derrière un adage de son cru.

— Te voilà encore en train d'essayer d'attraper la lune avec tes dents !

— Écoute donc un peu ce que j'ai à te dire plutôt que de me réciter les fables de La Fontaine, lui opposa Frédéric.

Et il se lança dans une tirade qui ne laissait aucune place aux répliques imagées de son frère. Frédéric admit qu'il n'avait pas d'autre choix que de faire la traversée vers Anticosti en cette période hasardeuse de l'année. Comme son frère le savait, il n'était pas homme à laisser sa famille dans l'indigence, une catastrophe advenant. Il avait donc élaboré un plan qui mettait Félicien à contribution. Ce dernier ne put se retenir de lui servir un autre des dictons qui faisaient écran entre lui et ses interlocuteurs :

— Il vaut mieux laisser un enfant morveux que de lui arracher le nez.

Frédéric haussa le ton pour bien faire comprendre à son frère que le temps n'était plus à la dérobade. Il entendait lui concéder par acte notarié l'usufruit de sa terre. Une fois de plus Félicien riposta avec des « vin qui vire vinaigre » et autres « plumes au vent » avant d'annoncer qu'il réfléchirait à cette proposition. Frédéric comprit qu'il devait laisser Félicien soupeser à loisir les avantages que cette éventualité lui réservait. Il lui restait encore à formuler sa requête la plus pressante.

Il demanda, exigea plutôt de son frère qu'il lui prête l'argent nécessaire pour approvisionner *La Charentaise* en vue de sa traversée vers Anticosti. Félicien n'ignorait pas que Frédéric connaissait l'existence d'un pécule assez rondelet que Francine lui avait apporté en dot lors de son mariage. Ils tournèrent quelque temps autour du pot. Félicien lâcha un : « Qui a de l'argent a des pirouettes » dont Frédéric ne s'attarda pas à déchiffrer la signification. Il enfonça le clou.

L'affaire était sans risque. Frédéric rembourserait l'emprunt assorti de généreux intérêts dès que la goélette toucherait le quai de L'Islet au terme de sa course. Il jugea enfin utile de rappeler à son frère l'engagement pris au chevet de leur mère mourante de se porter secours et entraide mutuelle en toute circonstance. Félicien finit par céder en formulant un « pain coupé n'a pas de maître » qui mit un terme à la séance.

De retour à la cuisine, les deux frères se retrouvèrent devant Francine qui venait d'entrer, portant une dame-jeanne à deux mains contre sa poitrine. Elle s'immobilisa. Frédéric cligna des yeux pour lui signifier son affection. Francine se mit alors à bercer sa dame-jeanne comme on le fait pour témoigner son affection à un enfant qui vient de nouer seul ses chaussures pour la première fois. Frédéric s'en fut sans tarder, pour ne pas encourager Francine à déployer davantage ses aptitudes théâtrales.

Une semaine plus tard, *La Charentaise* ayant été dûment approvisionnée au village voisin pour une traversée beaucoup plus longue que celle qu'on allait entreprendre, un groupe de cinq ou six personnes, selon que l'on comptait ou non le petit Eugène que Géraldine portait dans ses bras, se tenait sur le quai de L'Islet pour assister au départ de la goélette. Le jeune Frédéric et l'un des deux grands gars qu'on avait engagés pour prêter main-forte à la manœuvre s'apprêtaient à dénouer les amarres pendant que le second hissait le foc. *La Charentaise* huma le vent. Francine s'attardait à bord. Elle conversait avec Frédéric par la fenêtre ouverte de la timonerie.

— Va-t-elle finir par lâcher mon mari ! grommela Géraldine.

— Elle est en train de lui manger le blanc des yeux, siffla son beau-frère Félicien entre ses dents.

Relevant le devant de sa jupe à deux mains, Francine sauta à ce moment sur le quai pendant que la proue du bateau virait vers le large. Les mousses embarquèrent au tout dernier instant, et *La Charentaise* décolla. On serait sans nouvelles de son équipage jusqu'à la date imprévisible de son retour. Celles et ceux qui restaient à terre feraient le décompte des heures et des semaines en se demandant où cette embardée mènerait les navigateurs. Surtout en cette saison !

*

En quittant le port de L'Islet à la frontière entre octobre et novembre, *La Charentaise* avait laissé dans son sillage un automne qui faisait déjà des gesticulations d'hiver. En l'absence de ses deux Frédéric, Géraldine s'était chargée des manœuvres défensives. Assistée de ses filles, elle avait inséré dans les interstices entre les fenêtres et leur cadre des bandes de tissu découpées dans de vieilles pièces de vêtements.

Pendant ce temps, les garçons avaient fini d'enfouir les légumes d'hiver dans des bacs de sable à la cave. D'épaisses tranches de lard reposaient dans des jarres entre des couches de sel. Le bois de chauffage emplissait la remise attenante à la maison. Pour leur part, les bêtes ne se résignaient pas à passer l'hiver à l'étable. Elles appelaient à l'aide dès qu'elles entendaient des pas à proximité du lieu de leur détention. Toutes dispositions qui entretiennent la mélancolie.

Depuis le départ de Frédéric, Géraldine portait une boule d'angoisse dans sa poitrine. Il suffisait qu'elle écarte un rideau à la fenêtre ou qu'elle donne un coup de balai au plancher de la cuisine pour que des forces maléfiques se jettent sur elle, dissolvant en une amère inquiétude son assurance habituelle.

Comme c'est souvent le cas dans les tournants les plus troublés de l'existence, Géraldine n'avait personne à qui confier sa détresse. Jusque-là, faute de quelqu'un d'autre, sa belle-sœur Francine avait accueilli ses confidences mais, depuis que Frédéric avait révélé par son attitude l'attachement particulier qu'il vouait à cette parente par alliance, un doute acéré blessait Géraldine. Elle ne pouvait s'enlever de l'esprit l'image de Francine s'attardant jusqu'au dernier instant en compagnie de son beau-frère à bord de la goélette. L'épouse de Frédéric y avait vu la confirmation que son mari entretenait des rapports illicites avec la femme de son frère, ce qui la rendait totalement vulnérable. À quoi bon se plaindre quand on n'a plus personne à qui confier sa peine ?

Un après-midi de ciel si bas que son âme ne parvenait plus à décoller de terre, Géraldine s'était mis en tête qu'elle devait poser de toute urgence un geste, fût-il banal en apparence, pour ne plus laisser le désarroi mener sa vie. N'ayant rien d'autre à quoi se raccrocher, elle choisit comme toujours d'opérer dans le domaine des accommodements domestiques. Elle demanda donc à Julien, l'un de ses fils qui traînait dans la cuisine, d'atteler la jument grise à la carriole. Elle annonça qu'elle se rendait au magasin général, confiant la famille à Reine, la plus responsable de ses filles.

Avec l'église, l'étude du notaire et le cabinet du médecin, le magasin général du père Thibault comptait parmi les quelques institutions significatives dans la vie des L'Isletois. Ce grand bâtiment avait presque la taille d'une grange. La façade ouvrait sur la rue deux grandes fenêtres en saillie ornées d'enseignes vantant les mérites des thés, écheveaux de laine et instruments aratoires que l'établissement proposait à sa clientèle. À l'arrière, s'alignait une succession de hangars où l'on entreposait la marchandise trop encombrante pour occuper l'espace du magasin proprement dit. Géraldine connaissait bien les lieux. Elle mena son attelage devant la seconde porte donnant sur l'une de ces annexes.

Pour affronter la saison de tous les dangers, l'épouse de Frédéric ne pouvait compter que sur quelques pièces de monnaie enfouies dans le sucrier. La petite idée à laquelle elle s'accrochait lui paraissait d'autant plus astucieuse qu'elle n'entraînerait aucune dépense. Après avoir attaché sa jument au poteau prévu à cet effet, elle entreprit de transporter à l'intérieur du hangar deux grandes poches de jute qui contenaient une dizaine de cruchons de grès remplis de sirop d'érable, fruit des entailles du printemps précédent. Elle s'était mis en tête d'échanger ces provisions, qui n'avaient coûté que leur labeur aux membres de sa famille, contre quelques pintes de mélasse importée de la Barbade. Ce troc romprait la monotonie de l'ordinaire et rendrait les enfants fous de joie. Toute à la satisfaction que sa démarche faisait naître en elle, Géraldine traversa à pas légers la succession de dépendances qui débouchaient sur le magasin où elle comptait conclure sa transaction.

Le tribunal des causes entendues d'avance siégeait comme à l'ordinaire autour du poêle dans la grande pièce enfumée. En ce jour maussade, un sujet de discussion que Géraldine n'identifia pas d'abord enflammait les esprits. Des éclats de voix s'élevaient avec des accents tout aussi passionnés que lors des plus bouillantes assemblées politiques où les candidats avançaient les promesses les plus invraisemblables. Réservée de nature, Géraldine choisit de rester à l'écart avant de se présenter au comptoir devant lequel s'alignaient déjà deux clientes en attente. Les bribes de conversation qu'elle perçut lui transpercèrent le cœur.

— Pas besoin de savoir lire pour deviner ce qu'il a voulu dire, soutenait un grand-père à bonnet rouge. Les oreilles, c'est pas fait juste pour empêcher la casquette de descendre trop bas.

— Je veux bien te croire mais, c'est pas clair, ce qui s'est passé. Une chicane entre hommes, ça peut bien porter sur autre chose que les femmes.

— Moi, je dis qu'il est peut-être pas aussi blanc qu'il veut le laisser entendre, le curé !

58

— Il confesse sa nièce Jeannine de jour comme de nuit, répondit un grand gars en se fendant d'un large sourire.

— T'appelles ça confesser, toi ?

— Dis plutôt qu'il lui donne des pénitences à sa manière, intervint un freluquet fier d'être parvenu à placer un mot.

Une volée de rires pointus emplit la salle, suivie d'un épais silence qui préparait ce qui allait arriver.

— Vous êtes rien qu'une bande de vicieux ! lança l'un des petits vieux en ricanant entre ce qu'il lui restait de dents. Si ça peut vous soulager, je vais vous le dire, moi, qui est l'élue de son cœur, à Frédéric.

— Essaie donc pas de nous faire accroire que tu en sais plus que tout le monde !

— Que ceux qui veulent entendre m'écoutent. Les autres, restez donc dans votre innocence ! les tança le patriarche.

Un grondement de marée, fait de raclements de gorges, de toux, de frottements de bottes sur le plancher et du grincement de la porte du poêle qu'on ouvrait et refermait pour y secouer la cendre des pipes, porta l'assistance au sommet de l'effervescence.

— C'est la belle Francine, la femme à son frère, annonça le détenteur du secret.

Un silence aussi profond que la trépidation qui l'avait précédé laissa le temps à chacun d'avaler le poisson tout entier avec ses arêtes.

— Tu dis ça pour faire l'intéressant ! objecta le freluquet à lunettes.

— Je le dis parce que c'est la vérité. Les enfants de ma fille les ont vus marcher ensemble, au bord de l'eau. Ils se tenaient par la main. C'est pas une preuve, ça ?

— Se tenir par la main, objecta une femme à la voix aiguë, ça ne fait pas des enfants forts.

— Un vrai coucou. Il pond dans le nid des autres, prononça le freluquet qui ne manquait jamais une occasion

d'agrémenter leurs bavardages de comparaisons emprun-
tées aux lois de la nature.

— Sans vouloir t'offenser, mon Elphège, les mâles, ça
ne pond pas, lui fit observer la dame à la voix haut per-
chée. C'est les femelles qui font ça.

— Je me comprends, rétorqua le jeune homme.

— Toi, si t'étais marié à une petite bonne femme gras-
souillette et courte sur pattes comme celle de Frédéric,
lâcha un autre qui attendait depuis longtemps l'occasion de mettre son fion dans la conversation, t'aurais pas
le goût de sauter la clôture de temps en temps ?

C'en était plus que Géraldine ne pouvait supporter. Paralysée de douleur, elle allait s'enfuir quand un
accès de rage la propulsa en avant. Son entrée dans
le cercle des radoteurs plongea l'assemblée dans la
stupeur. On n'entendit plus que le crépitement du feu
dans le poêle.

— Si vous avez quelque chose à me dire, trouva-t-elle
la force de leur lancer en mordant dans ses « r » comme
si elle les écrasait chacun entre ses molaires, venez donc
me parler en pleine face plutôt que de vous raconter des
histoires d'oiseaux en mettant votre main devant votre
bouche, bande de faces à grimaces !

Et elle fit aussitôt demi-tour, retourna dans le hangar,
remit son sirop dans sa carriole et repartit en direction de
sa demeure. Il s'était mis à tomber sur L'Islet une pluie
épaisse qui laissait présager de la neige.

*

Pendant plus d'un mois, les regards avaient convergé
vers le large. On était toujours sans nouvelles de *La Charentaise*. Au magasin général, les assesseurs du tribunal des causes entendues d'avance soulevaient des

hypothèses d'autant plus terrifiantes qu'elles étaient vraisemblables.

— Sûr qu'ils se sont fait bardasser comme il faut en piquant vers Anticosti, énonça un vieillard édenté qui s'efforçait de se donner un air inspiré en se frottant le menton. Le golfe, c'est une chicane de courants.

— Tu peux le dire, renchérit un autre au visage raviné. Sitôt que l'été a viré de bord, le nordet danse une gigue du démon dans ces eaux-là. Les moutons courent sur le dos des vagues comme s'ils avaient le loup à leurs trousses. Vous pouvez me croire, j'ai navigué, moi, dans cette fin du monde-là pendant bien des années, et j'ai fini par comprendre qu'un bon chrétien n'a rien à faire en hiver dans cette antichambre de l'enfer. Mais personne veut nous écouter !

— Frédéric Saintonge, lui, c'est pas pareil, ricana un escogriffe qui portait son casque de fourrure enfoncé de travers sur la tête. Le diable puis lui, ils doivent bien se comprendre, vu qu'ils ont tous les deux la même chose en tête. Je veux dire dans leurs culottes.

Un éclat de rire unanime accueillit ce qui ne s'élevait même pas au niveau du trait d'esprit. Pour ces paysans de la mer, le golfe du Saint-Laurent en automne était l'endroit où se célébraient les noces tragiques des Terriens avec la traîtrise des abîmes insondables.

— Taisez-vous donc ! intervint une villageoise qui se dirigeait vers le fond du magasin. À force de parler du malheur, il va finir par penser que vous l'appelez.

— C'est bien beau, le vent, mais il ne faut pas oublier la glace non plus, renchérit un pronostiqueur pessimiste en levant le nez vers la dame qui s'éloignait. Dans les approches de l'hiver, les bordages prennent de bonne heure sur la Côte-Nord. Ces jours-ci, la glace a sûrement commencé à se former aux alentours d'Anticosti. Le mieux qui pourrait leur arriver serait qu'ils restent prisonniers sur l'île. On ne les reverrait pas avant le printemps.

Un silence lourd de réflexions sous-entendues sanctionna l'énoncé de ce vœu déchirant. Chacun feuilletait en lui-même la chronique des naufrages qui avaient ponctué le cours de sa vie.

À la même heure, du fond de sa cuisine, Géraldine poursuivait ses tractations avec le bon Dieu. « Si vous me les ramenez sains et saufs tous les deux, écoutez bien ce que je vous propose en échange. Mon garçon, d'abord. Si vous me le laissez en vie, vous le regretterez pas. Normalement, c'est à lui que reviendraient la terre et la goélette. Mais mon Frédéric, lui, il a autre chose dans la tête. Depuis qu'il est tout petit, il noircit les espaces blancs dans les gazettes. C'est un bâtisseur dans l'âme. Il veut faire des chefs-d'œuvre. Il se voit à la tête d'une bande d'ouvriers, scieurs de bois, maçons, plâtriers, tous les corps de métiers. »

Géraldine se leva, marcha jusqu'à l'évier, actionna la pompe et fit couler un peu d'eau dans sa tasse d'étain. Les yeux dans le vague, ce qui est sûrement l'attitude la plus appropriée pour rencontrer le regard de Dieu, elle mordit une fois de plus dans ses « r » pour faire à son Créateur une proposition qu'il ne pouvait refuser. « Gardez-moi-le bien en vie, et je le laisserai partir pour qu'il se consacre à bâtir des églises pour Votre plus grande gloire. Hein ? Qu'est-ce que Vous dites de ça ? »

Elle revint vers la table, les deux mains sur sa tasse comme pour une offrande. « Pour ce qu'il en est de mon mari, suggéra-t-elle cette fois au Créateur d'une voix plus hésitante, c'est une autre paire de manches. Il ne veut pas vous écouter, alors imaginez ce que ça peut être avec moi. Je sais bien qu'il vous a déjà pas mal offensé mais, si ça peut arranger les choses, je suis prête à me sacrifier pour qu'il ait l'occasion de revenir à de meilleurs sentiments. Il a annoncé qu'il avait l'intention de s'en aller parcourir les grandes routes comme le Juif errant. Pour moi, ce serait la fin du monde qu'il s'en aille. J'aurais à m'occuper toute seule des enfants, de la ferme, de tout... Eh bien mon Dieu ! j'accepte tout ça d'avance, la misère, la solitude, les enfants élevés sans père, si Vous m'accordez ce que je Vous demande. Qu'il parte de son côté, mon Frédéric, mais qu'il marche dans le droit chemin là où il sera rendu. »

Et, sous le coup d'une dose de confiance renouvelée, Géraldine se dirigea vers la fenêtre pour jeter un coup d'œil dehors. Un rayon de soleil de fin du jour apparaissait au bas de l'épaisse couche de nuages à l'horizon. Dieu avait-il entendu sa prière ?

*

Dans l'autre maison Saintonge, Francine et Félicien jouaient au chat et à la souris. Félicien se croyait malin mais, à n'en pas douter, c'était Francine qui tenait le rôle du félin. Le dos rond et les bras ballants, Félicien errait sans but dans la cuisine. Penchée sur l'évier, Francine se retournait vers lui d'un geste vif, le clouait d'un seul regard contre la cloison et le tenait là jusqu'à ce qu'il cède et se défile.

Ce jeu de confrontation muette se poursuivait encore à l'heure de se mettre au lit. Félicien y montait le premier. Il se tassait tant qu'il le pouvait contre le mur auquel le meuble était appuyé. Francine occupait le côté de la couche qui donnait sur l'espace dégagé de la chambre. Elle avait conservé cette position acquise au temps où elle devait se lever la nuit pour bercer des enfants qui réclamaient du lait ou des consolations. En entrant à son tour dans le lit, Francine se tenait donc le plus loin possible de son mari, tout au bord de la couche. Une troisième personne aurait pu s'allonger à son aise entre les deux époux.

Avec ce jeu cruel, Francine cherchait à arracher à son mari quelques cris de protestation, voire des plaintes. Le mutisme de Félicien tenait du déni. Il n'était pas possible que la rumeur ne l'ait pas atteint. Quelqu'un, quelqu'une, quelque part, avait bien dû lui révéler les détails les plus crus des relations que Francine avait entretenues avec Frédéric !

Dans des circonstances à peu près normales, Francine aurait abordé le sujet avec la même franchise avec laquelle elle traitait tout ce qui concernait sa propre vie. Mais cette fois-ci elle s'y était refusée car, en soulevant la question, elle aurait refoulé une fois pour toutes son mari dans le mutisme, voire le déni. Elle ne voyait maintenant plus d'autre issue que de le quitter. Elle tenait pourtant à éviter qu'il ne s'effondre. Il fallait donc qu'il exprime ses sentiments pour remettre sa vie en marche. La stratégie de Francine connut enfin un début d'aboutissement à un moment où elle ne l'attendait plus.

Il ventait à écorner les bœufs, ce qui mettait déjà Félicien dans un état de vulnérabilité. Dans la cuisine, il rôdait d'une fenêtre à l'autre, jetant un regard inquiet sur les toitures de ses bâtiments de ferme. Il finit par se réfugier en bout de table pour curer le tuyau de sa pipe à l'aide d'une brindille qu'il venait d'arracher au balai posé près de la porte d'entrée.

— Qu'est-ce que tu avais d'affaire à jardiner chez le voisin ? marmonna-t-il sans avertissement préalable.

Francine sursauta. Elle se ressaisit aussitôt. Elle ne devait répondre à aucun prix. Laisser parler Félicien. Celui-ci ajouta sur un ton plaintif :

— Qu'est-ce qu'il a de plus que moi, mon frère ?

Comme Francine demeurait toujours muette, Félicien servit à son épouse la maxime la plus appropriée qu'il put tirer de sa mémoire à tiroirs.

— « Qui croit sa femme et son curé est en danger. »

Alors, sa femme vint s'asseoir en face de lui. Elle joignit les mains sur la table devant elle. Félicien prit cette attitude pour une admission de culpabilité. Il crut pousser son avantage en prononçant le dicton incisif que lui suggérait la situation.

— « Mais il n'y a point de si belle rose qui ne devienne gratte-cul. »

À court de sentences, du moins dans l'immédiat, Félicien ébaucha alors le geste de se lever. Une fois de plus, il allait mettre fin à ce qu'il estimait avoir été un moment de faiblesse. Étaler ses peines, dévoiler ses blessures, exhiber même sa colère vous rendait vulnérable. C'était l'affaire des femmes. Félicien ne connaissait qu'un comportement qui fût digne d'un homme véritable, et c'était d'enrober ses secrets de silence. Francine se leva à son tour. Penchée en avant, elle posa les mains à plat sur la table dans l'attitude d'un plaideur qui confronte un témoin.

— Tu ne vas pas recommencer à te réfugier dans le silence ?

— Parlez à un âne, répliqua Félicien en se rasseyant, il vous répondra par des pets.

Francine n'allait pas s'arrêter en si bon chemin. Elle poussa résolument son avantage :

. — On dirait que ça ne te fait rien que je couche avec ton frère ! Essaie donc de me dire quelque chose qui te vienne du cœur, sinon je finirai par conclure que j'ai bien fait de me jeter dans les bras de quelqu'un d'autre.

Elle avait visé juste. À voix basse, le menton contre la poitrine, Félicien commença à admettre que sa propre attitude avait pu jouer un rôle dans le cours de la relation de son épouse avec son frère à lui.

— J'aurais peut-être mieux fait de m'occuper plus de toi, satisfaire tes caprices, te laisser aller à Sainte-Anne-de-Beaupré en pèlerinage avec les autres femmes.

Francine en avait le souffle coupé. Félicien passait-il délibérément à côté de la question, ou n'avait-il vraiment rien compris de ce qui rendait leur vie de couple intenable ? Il s'enlisa encore davantage.

— Je t'ai pourtant tout donné, une bonne terre, une maison à l'épreuve du vent, de nombreux enfants. Pendant un certain temps j'ai même accepté que les garçons aillent à l'école, même si j'avais le plus grand besoin de leurs bras pour me seconder ici. As-tu déjà manqué du nécessaire ?

Francine était muette de stupéfaction.

— À toi de parler maintenant ! décréta Félicien qui venait de glisser ses avant-bras sous ses bretelles.

Dans cette posture, il avait l'air d'un siffleux dressé sur ses pattes de derrière pour regarder les chevaux passer sur la route. Francine allait se ressaisir. Oubliant qu'il venait de réclamer qu'elle parle à son tour, Félicien lui barra le chemin en creusant sa propre fosse.

— Tu trouves que l'herbe est plus verte dans le pré d'à côté ? Bien, tu te trompes, ma pauvre femme ! Les affaires de mon frère sont dans un état lamentable.

Il enchaîna en prenant un air entendu.

— Il est venu me rencontrer avant de partir pour Anticosti. Je ne peux pas te révéler tout ce qu'il m'a dit sous le sceau de la confidence, mais il faut que tu saches que des jours meilleurs s'annoncent pour nous deux, et plus vite que tu le penses. S'il disparaissait en mer, c'est moi qui prendrais charge de sa terre. D'un autre côté, s'il revient sain et sauf, il m'a confié qu'il ne traînera pas longtemps par ici. Dans ce cas également, c'est encore moi qui aurais son bien entre les mains.

Il se tut pour laisser ces révélations se déposer au plus profond de la conscience de Francine. Étouffée d'indignation, celle-ci n'avait plus que ses yeux ahuris pour riposter.

— Quand tu seras prête à me demander pardon, conclut Félicien, j'effacerai le souvenir de tout ce qui est arrivé entre nous et nous pourrons recommencer comme avant. Mieux qu'avant, même. « Qui a de l'argent a des pirouettes », lança-t-il en se fendant d'un clin d'œil qui fit chavirer Francine de douleur.

*

Après des nuits sans espoir et des matins sourds et muets, des coups frappés à la porte firent sursauter Géraldine. Elle se précipita pour ouvrir. C'était Francine, sous un grand châle détrempé.

— Il faut que je te parle, annonça la belle-sœur.

— Ce n'était pas nécessaire, répondit Géraldine d'une voix venue d'ailleurs.

Pendant quelques instants qui leur semblèrent une éternité, les deux femmes purent mesurer l'abîme d'incompréhension qui les séparait. Pour sortir de l'impasse, Francine retira son châle et le secoua sur le tapis d'entrée avant de l'accrocher au clou près de la porte. Sans attendre que Géraldine l'y invite, elle se dirigea vers l'autre extrémité de la table. Toujours debout, Francine posa les mains sur le dossier de la chaise de Frédéric. Ce frêle rempart lui redonnait l'assurance qui ne lui manquait pourtant pas d'habitude.

— Je ne pouvais pas rester chez moi en faisant semblant qu'il ne s'est rien passé, commença-t-elle. Tout le monde ne parle que de ça au village. Il est impossible que tu n'aies rien entendu.

— Je ne suis ni sourde ni idiote, répliqua Géraldine. Qu'est-ce que tu me veux ?

Francine inclina la tête de côté pour bien marquer sa bonne volonté.

— M'expliquer.

— C'est trop tard, riposta Géraldine.

— Que ça te plaise ou non, enchaîna Francine, il va bien falloir que nous comprenions ce qui nous est arrivé si nous voulons reprendre chacune nos vies en main.

— Il me semblait que vous aviez trouvé la réponse tous les deux…, lui opposa Géraldine.

Francine poussa un soupir en s'asseyant pour joindre les mains sur la table devant elle.

— Ce n'est pas plus facile pour moi que pour toi, tu sais.

— Je te ferai remarquer que c'est moi la victime, lui signala Géraldine.

— Nous sommes dans le même bateau toi et moi, fit valoir Francine. Au village, ils parlent de moi comme si j'étais une femme facile et ils s'amusent de ce qui t'arrive. Nous ne sommes pas plus avancées l'une que l'autre.

Géraldine dut lutter pour ne pas répondre. Francine avala une bouffée de silence, avant de poursuivre de sa voix la plus posée :

— Je t'ai fait du mal. Je t'ai blessée. Je ne pouvais pas faire autrement…

— Tu ne m'enlèveras pas ma peine en faisant l'innocente ! se raidit Géraldine. C'était avant qu'il fallait y penser. Maintenant, tout ce que j'attends de toi, c'est que tu me dises ce que vous comptez faire tous les deux quand il sera revenu…

— Franchement, reconnut Francine, je ne le sais pas.

Elle ne mentait pas. Elle ne disait pas non plus toute la vérité. Une autre couche de silence épaissit l'atmosphère. Subitement, Géraldine laissa éclater un sanglot mal contenu qui se transforma en lamentation. Elle porta la main devant sa bouche. Francine se leva et s'approcha de sa belle-sœur à pas mesurés. Elle demeura debout, les mains sur le dossier de la chaise sur laquelle la femme de Frédéric arrondissait le dos.

— Il est le vent, commença Géraldine en étirant les syllabes comme une personne qui délire. Il a la tête pleine de rêves. Et toi, tu lui as donné de la corde comme à un cerf-volant.

Francine se mordait les lèvres.

— Moi, je suis la terre, poursuivit Géraldine. Je n'ai jamais rien souhaité d'autre que de me blottir bien au chaud dans mon terrier avec lui et nos enfants tout autour de nous. J'ai bien essayé de convaincre Frédéric qu'il pourrait faire son bonheur entre les quatre murs de notre petite vie. Peine perdue. Quand il consentait à s'asseoir à l'autre bout de la table – sais-tu que tu étais justement à sa place il y a un instant ? –, quand il s'installait à son bout de table, c'était pour laisser sa pensée parcourir le monde comme un oiseau. Je croyais qu'il courait après des lubies, refaire la Nouvelle France, défaire l'union des deux Canada, écrire des poèmes d'amour à la Charente, à sa fameuse Saintonge. Je me trompais. C'est toi qu'il allait rejoindre dans les nuages. Voilà ce qui arrive quand il vous pousse des ailes de chaque côté du cœur.

— Et toi, se permit de demander Francine, que lui diras-tu quand il reviendra ?

— Ce sera à lui de parler. Moi, je n'ai plus de mots pour dire ce qui m'étouffe.

Francine finit par passer une main d'oiseau sur l'épaule de Géraldine, à peine un effleurement, et elle s'en fut comme elle était venue, en rejetant son grand châle mouillé sur ses épaules.

*

Un petit matin frisquet. Sur la route, une couche de glace s'était formée sur l'eau qui emplissait les ornières. Un voyageur se présenta à L'Islet, porteur d'une terrible nouvelle. *La Charentaise* avait fait naufrage sur une pointe rocheuse de la Côte-Nord. On ne savait rien du sort de l'équipage.

Les commères colportèrent cette nouvelle aux quatre coins du village. Une voisine s'empressa d'en prévenir Géraldine, dont le cœur d'épouse et de mère cessa de battre quelques instants avant de se mettre à sonner le tocsin.

En fin de journée, ceux des enfants de Francine qui avaient recommencé à fréquenter l'école du village rapportèrent à leur tour l'information à leur mère qui s'enferma dans sa chambre. Félicien, qui avait tout entendu en faisant mine de ne pas écouter, allait d'une fenêtre à l'autre comme s'il s'était attendu à apercevoir la carcasse démembrée de la goélette de son frère.

Dès lors, les deux familles adoptèrent l'attitude réservée de ceux qui s'apprêtent à vivre un deuil. Géraldine cessa de faire l'école aux derniers des enfants qui s'assemblaient encore autour de la table de sa cuisine. On leur interdit de jouer, de crier et même de rire dans la maison. Chacun adopta une attitude réservée comme dans une église. Le temps s'épaissit. Les heures s'étiraient désormais en demi-journées. Il fallut attendre encore toute une semaine pour en apprendre davantage.

Le capitaine d'un bateau de pêche dont les filets raclaient les fonds de la Côte-Nord avait appris dans quelles circonstances la goélette *La Charentaise* avait fait naufrage. Il avait ensuite relayé cette information à un autre patron de pêche, lequel, par le plus grand des hasards, arrivait à L'Islet quelques jours plus tard pour discuter le contrat de construction d'un nouveau bateau auprès d'un chantier naval de la Côte-du-Sud. Nouvelle inespérée, l'équipage de *La Charentaise* était sauf. On rapportait même que les navigateurs s'étaient employés à transporter à terre tout ce qui pouvait être récupéré de la cargaison. Les membres des deux familles Saintonge poussèrent un soupir unanime sans toutefois se permettre d'aller encore au bout de leur souffle.

Plusieurs jours plus tard, un matin de décembre, alors que des vents déchaînés propulsaient des billes de neige durcie à l'horizontale, deux silhouettes de quêteux, mendiants aux yeux creux et au visage mangé de barbe sous le capuchon, un sac à l'épaule pour tout bagage, approchèrent du village, venant de l'est. Ceux qui les aperçurent crurent voir s'animer une illustration des anciens Canadiens tels qu'on en voyait dans les livres. Courbés devant les éléments, les yeux rivés sur la route, ces vagabonds infortunés franchirent la distance qui les séparait des demeures des Saintonge. Arrivés là, ils poussèrent la porte de la première d'entre elles.

Comme à l'habitude, Géraldine était entourée de ses filles et de quelques garçons. Elle se figea, poussa un cri perçant et lâcha l'assiette qu'elle était en train d'essuyer, laquelle se fracassa sur le plancher à ses pieds. Les deux Frédéric étaient de retour. Géraldine n'avait pas eu trop de mal à les reconnaître sous les apparences de ces deux mendiants. Leurs yeux les avaient trahis.

À mesure que les nouveaux venus retiraient leurs vêtements qu'ils secouaient au-dessus du tapis tressé de l'entrée pour en faire tomber la glace et la neige qui s'y étaient accumulées, les enfants lâchaient l'un après l'autre la jupe de leur mère en reconnaissant tour à tour leur père et leur frère. Ils commencèrent par sauter sur place en poussant des cris de joie avant de se précipiter sur eux pour les étreindre, qui par une cuisse, qui par la taille. Les deux hommes se retrouvèrent vite chargés d'enfants.

Mais les Frédéric père et fils n'étaient plus que l'ombre d'eux-mêmes. Ils étaient vivants, mais exténués. Devant leur état, Géraldine porta la main à sa bouche avant d'éclater en sanglots. Elle finit par avancer vers eux. Hésitante, elle enlaça son fils. Le mari et père contemplait leur étreinte. Il fit un pas de côté. Géraldine en profita pour tirer une chaise et inviter son époux à y prendre place.

En même temps, elle dirigea son regard vers le poêle sur lequel mijotait une soupe dans une grande marmite. Géraldine s'empressa d'en verser une pleine louche dans un grand bol qu'elle posa devant son mari. Elle en fit autant pour son fils. Les nouveaux venus se jetèrent là-dessus comme s'ils n'avaient pas mangé depuis des jours. Tableau émouvant, trois ou quatre paires d'yeux échelonnées à divers niveaux des marches de l'escalier contemplaient le spectacle du père et du fils qui se ravitaillaient après être enfin parvenus à regagner leurs foyers. Les enfants comprenaient mal ce qu'ils voyaient. Derrière leur barbe, leur père et leur frère leur apparaissaient sous les traits des prophètes dont ils avaient vu une représentation à l'école dans un manuel d'histoire sainte illustré de peintures célèbres.

On n'entendait que le bruit des cuillères cognant contre le rebord des bols. Tout en s'affairant du côté de l'évier, Géraldine jugea qu'il était enfin décent de poser la question qui lui brûlait les lèvres :

— Pour l'amour du ciel, qu'est-ce qui vous est arrivé ?

Comme personne ne répondait, elle se tourna vers la table. Frédéric le père somnolait, la tête penchée en avant dans sa barbe. D'un geste, Géraldine invita son fils à monter se coucher dans son lit à l'étage. Elle prit ensuite son mari par le bras et le conduisit à petits pas vers le lit conjugal, dans la chambre du rez-de-chaussée.

*

Quand il s'éveilla, tard le lendemain, Frédéric le père éprouva l'étrange sensation d'être mort. Il reposait bel et bien dans son lit, mais du côté réservé à sa femme, emmitouflé sous de lourdes catalognes et une grande courtepointe. Trop bien pour être vivant et, de surcroît, en un endroit qui ne lui était plus familier. Il se souleva sur les coudes. Son épouse se tenait à proximité, comme si elle y était restée tout le temps qu'il avait sommeillé.

— C'est à peine si je sais où je suis, prononça Frédéric. Encore moins quelle heure il peut bien être. Tard, si j'en juge par l'appétit que j'ai.

Pendant ce temps, Géraldine s'était penchée sur lui.

— Je venais justement voir si tu t'éveillais pour t'offrir à manger.

Frédéric se demandait si son épouse avait consenti à dormir à ses côtés. Il n'osait s'en enquérir. Il finit par s'enquérir d'un autre mystère qui le taraudait :

— Mais où sont donc tous les enfants ? On n'entend pas un cri, même pas un mot.

— Je les ai envoyés chez ton frère. À leur âge, il n'est pas facile de rester sages.

— Et Frédéric ?

Géraldine désigna l'étage de la pointe du menton.

— Je suis montée le voir tout à l'heure. Il dort comme un bébé.

Le père se redressa pour examiner les alentours. À l'odeur, il estima que sa femme faisait frire du lard qui embaumait tout le rez-de-chaussée. D'un signe de tête, elle l'invita à passer à table. Mal remis de ses émotions, l'époux de Géraldine raccorda ses gestes à d'anciennes habitudes. Il endossa sa vieille robe de chambre, que sa femme avait jetée sur le pied du lit, et reprit sa place en bout de table. Géraldine le servit, s'assit en face de lui et attendit qu'il ait commencé à dévorer son repas pour l'inciter à raconter leur odyssée.

Frédéric narra par bribes les péripéties de leur folle équipée. De la traversée de l'estuaire en diagonale, du sud-ouest vers le nord-est, il n'y avait rien d'autre à dire qu'elle avait été éprouvante. Le lot habituel de nuits sans sommeil, d'engelures aux mains et aux pieds. Le roulis et le tangage les avaient empêchés de poser une casserole sur le poêle. Ils commençaient à reprendre espoir après que Frédéric eut estimé qu'ils se trouvaient à moins d'une journée des côtes d'Anticosti. Ils toucheraient terre le lendemain. Et, soudain, au plus noir de cette dernière nuit de traversée, Frédéric avait poussé un cri qui avait tiré son fils et les deux matelots de leur torpeur. Le gouvernail ne répondait plus.

— Sainte Mère de Dieu ! s'exclama Géraldine.

— Nous avons bien cru que nous étions perdus !

— Mais comment une telle avarie a-t-elle pu se produire ? demanda Géraldine. Ton bateau, tu le traites mieux qu'un enfant !

— En pleine nuit, au milieu de nulle part, je me creusais la cervelle comme tu le fais en ce moment, sans trouver le premier mot d'une réponse. Pas question, bien entendu, de me pencher par-dessus le franc-bord dans le noir pour tenter de découvrir ce qui s'était passé. Le bateau s'était mis en travers du vent. Ça ballottait. Tout ce que je savais, c'était que le vent et la marée nous éloignaient d'Anticosti.

Après avoir affalé les voiles, ils avaient dérivé pendant toute une journée vers la Côte-Nord, en vue de laquelle *La Charentaise* s'était encastrée dans un récif. En quelques minutes, la goélette était devenue un pitoyable oiseau de mer couché sur bâbord, les mâts, les bômes et le beaupré démembrés.

— Nous n'étions qu'à quelques encablures de la rive, précisa Frédéric.

— Je ne te demanderai pas pourquoi vous n'avez pas tenté d'atteindre le rivage à la nage, se raisonna Géraldine.

— Nous serions morts gelés avant de nous noyer, confirma son mari. La nuit venait. Les vagues battaient la coque couchée sur le flanc. Fort heureusement, une partie de la timonerie émergeait. Nous y avons passé deux jours et autant de nuits, serrés les uns contre les autres pour ne pas mourir de froid.

— Sans manger ? s'enquit Géraldine.

— J'ai réussi à mettre la main sur un morceau de lard et une cruche d'eau. Ça nous a tenus en vie. Vers la fin du deuxième jour, les perspectives d'être secourus avaient beaucoup diminué. La côte, qu'ils apercevaient au loin, était apparemment inhabitée. Des rocs rongés par le vent dans une fin du monde sans pitié.

— Les mousses ont commencé à dire leurs prières. Notre fils a fini par les imiter.

Géraldine manifesta sa satisfaction avant de demander :

— Et toi ?

— Après le mauvais sort qu'il venait de m'envoyer, je ne me sentais pas enclin à adresser des louanges à celui qui venait de me mettre en pareille situation !

— Il y a toujours un mécréant en toi ! marmonna Géraldine.

Frédéric n'entendait pas s'attarder trop longtemps dans ces eaux troubles. Il poursuivit son récit. Ils avaient commencé à mourir lentement. Le froid engourdissait leur esprit en même temps que leurs membres. Ils étaient désormais hors du temps. Jour ou nuit, cela revenait au même, puisque leur sort était de fermer les yeux à jamais.

Un choc contre la coque avait fini par tirer Frédéric de sa prostration. Les autres avaient déjà pris assez de distance pour ne plus rien entendre. De peine et de misère, Frédéric émergea de la timonerie. Une chaloupe pontée menée par deux Indiens venait d'aborder l'épave.

— Vous avez été sauvés par des Indiens ! s'exclama Géraldine.

— Comme Jacques Cartier et Champlain pendant certains des premiers hivers qu'ils ont passés en Nouvelle-France ! s'écria Frédéric. On dira ce qu'on voudra, mais ces gens-là ne laisseraient pas un être humain en détresse. Si tout le monde pouvait adopter cette religion !

— Commence donc par remercier notre bon Dieu à nous de t'avoir gardé en vie, lui conseilla Géraldine. Et cette fois, ce fut elle qui enchaîna pour ne pas trop s'attarder sur le sujet litigieux des mérites de son Dieu.

— Ils vous ont emmenés à terre, je suppose, vos Indiens ? s'enquit-elle.

— Deux à la fois. J'ai fait partir les mousses en premier. Ils étaient sur le point de s'éteindre sous nos yeux.

Les sauveteurs de l'équipage de *La Charentaise* étaient des Montagnais qui pratiquaient une pêche tardive sur la côte en prévision de l'hiver. À l'abri d'un rocher, ils avaient érigé un tipi rudimentaire, mi-tente mi-cabane, qui ne se voyait pas de la mer. Les rescapés y passèrent les premières vingt-quatre heures de leur vie nouvelle, allongés sur des fourrures devant un feu qui enfumait l'endroit, ballottés dans un sommeil hanté de cauchemars.

Remis sur pied après un copieux repas de poisson fumé, les Saintonge et leurs deux engagés n'eurent d'autre projet que de rapporter à terre tout ce qui pouvait être récupéré de l'épave. Les Montagnais furent mis à contribution. Ensemble, ils effectuèrent des dizaines d'allers et retours sur *La Charentaise,* que les éléments démembraient davantage de jour en jour. Quand il n'y eut plus rien à tirer de la coque éventrée, il ne leur resta plus qu'à attendre les secours qu'un des Montagnais finit par amener au terme d'une course en barque qui avait duré cinq ou six jours.

— Vous n'aviez tout de même pas l'intention de transporter tout votre barda à bord de canots d'écorce ? s'enquit Géraldine.

— Les Indiens de la Côte-Nord ne naviguent plus depuis longtemps dans des canots d'écorce, rectifia Frédéric. Ils ont des barques comme nous, plus petites, il est vrai. Et puis, ce qui arrangeait les choses, c'est que, pour ces gens-là, le temps n'a pas la même durée que pour nous. Au bout d'une semaine nous avons vu apparaître un petit caboteur à l'horizon. Après y avoir entassé tout ce que nous avions pu sauver de *La Charentaise*, l'équipage du caboteur a livré aux hivernants d'Anticosti ce qu'il restait des marchandises que nous leur destinions. Cependant, les deux Frédéric et leurs matelots n'avaient pas l'intention de s'éloigner en allant à Anticosti. Restés derrière, sur la Côte-Nord, par un petit matin brumeux et glacé de la mi-décembre, les naufragés avaient vu sombrer l'épave de *La Charentaise*. La suite ne fut plus qu'une succession d'arrangements pour rallier la pointe de Gaspé, d'où ils empruntèrent tous les modes de transport imaginables pour rentrer enfin à la maison.

— Et que vas-tu faire, demanda Géraldine, maintenant que tes beaux projets sont à l'eau ?

— Je ne sais pas, répondit Frédéric.

— Comment voulez-vous que j'y comprenne quelque chose, grommela Géraldine, quand ceux qui prétendent tout savoir n'en finissent pas de dire qu'ils ne savent pas !

Elle se tut aussitôt, en constatant qu'elle venait de retomber dans l'ornière de dénoncer les travers de son époux.

Frédéric avait terminé son repas.

— Je vais voir comment ça se passe dans les bâtiments, annonça-t-il.

Il posa sa robe de chambre sur le dossier de la chaise, soudain déconcertant en grands sous-vêtements beiges, enfila son pantalon, se revêtit du manteau qu'il portait en arrivant, enfonça ses pieds dans les bottes en ruine qui l'avaient mené jusque-là et sortit sous le regard suspicieux de Géraldine. Postée à la fenêtre, elle faisait « non » de la tête en le regardant passer devant ses propres bâtiments de ferme sans s'y arrêter. Quelques centaines de pas plus loin, il pénétrait dans la grange de son frère.

*

Frédéric n'étreignait pas Francine, il s'accrochait à elle comme un homme qui se noie. La femme le pressait contre sa poitrine pour le bercer à la manière des mères qui s'efforcent d'apaiser un enfant secoué de sanglots. Elle n'osait cependant pas l'embrasser encore, tenue à distance par l'épaisse broussaille qui lui mangeait le visage.

— Pourquoi tu es parti dans ces bouts du monde ? se lamentait-elle. As-tu seulement pensé à ce que je deviendrais si tu disparaissais ?

Il la regardait de ses grands yeux effarés comme s'il ne la reconnaissait pas. Elle finit par trouver ses lèvres sous la fourrure. Il tomba à la renverse. Elle n'avait pas relâché son étreinte. Ils roulèrent sur le plancher de la tasserie dans des houles de paille.

Plus tard, après avoir déployé toutes les ressources de la passion pour se dire qu'ils s'aimaient, ils se retrouvèrent accrochés l'un à l'autre dans l'éblouissante poussière que leurs ébats avaient soulevée. Ils reprirent pied peu à peu dans le cours de la vie ordinaire. Ils étaient assis l'un face à l'autre, les jambes allongées devant eux, toujours accrochés par les mains, à se vénérer du regard. Cependant, Francine réprimandait son Frédéric.

— Je t'avais pourtant dit de ne pas te lancer à ce temps-ci de l'année dans le golfe !

Se détachant des mains de Francine, il se rejeta en arrière pour donner davantage de champ à son regard.

— C'est la clé de notre liberté que j'allais chercher là.

— Elle est maintenant au fond de la mer, ta clé, fit-elle observer.

Elle insista.

— Je sais bien que tu es allé naviguer dans un endroit où les gens censés ne vont pas à ce temps-ci de l'année, mais il faudra bien que tu me racontes tout de même ce qui t'est arrivé !

— Je n'ai pas chaviré, siffla-t-il entre ses dents.

— Il a coulé, ton bateau, non ?

— Oui, et ce n'est pas moi qui l'ai envoyé par le fond.

— Qui, alors ?

Frédéric se lança dans le récit des circonstances qui l'avaient mené de son départ de L'Islet à bord de *La Charentaise* jusqu'à son retour à pied à L'Islet. L'évocation de ce périple lui emplissait l'âme d'amertume. Après que la goélette se fut encastrée dans un rocher, Frédéric avait entrepris des opérations de sauvetage avec son fils. Il importait de récupérer ce qui pouvait l'être de la cargaison. Au cours de cette démarche, il s'était attardé à examiner le gouvernail du bateau pour essayer de comprendre ce qui avait pu le rendre inopérant. *La Charentaise* était couchée sur son flanc de bâbord. Le gouvernail émergeait donc presque entièrement. Ce que Frédéric avait découvert en se penchant au-dessus du vide lui avait donné un coup de poing dans le ventre.

L'une des ferrures sur lesquelles pivotait le gouvernail portait une profonde entaille qui s'était prolongée en déchirure jusqu'au point de rupture. La coupure initiale était trop nette pour résulter d'une fatigue normale du métal. Cette encoche ne pouvait avoir été faite qu'à l'aide d'une scie à métaux. Frédéric en était vite venu à la conclusion qu'une main humaine avait saboté sa goélette. Mais qui, et pourquoi ? Une réponse s'était imposée à son esprit. Il allait maintenant la confier à Francine. Mais celle-ci se rebutait déjà.

— Tu ne me feras pas croire...

— Eh oui ! confirma Frédéric. Encore le curé ! Cyprien Desnoyers.

— Et si tu t'étais noyé ? s'offusqua Francine.

— Je serais allé en enfer, annonça-t-il. C'est du moins ce qu'il m'avait prédit.

Francine n'écoutait plus. Elle venait de se rendre compte, en entendant son compagnon prononcer le nom du curé, qu'il sonnait en écho au mot *noyé*. En même temps, Frédéric poursuivait la démonstration qu'il avait commencé à exposer.

— Mais il faudra bien qu'il meure lui aussi, un jour, et qu'il se présente devant son Créateur. Ce jour-là, Desnoyers, il trouvera bien le moyen d'expliquer au bon Dieu qu'il a agi pour le mieux en éloignant de la terre un pécheur qui donnait un exemple pernicieux à ses frères humains.

Frédéric atteignait à son insu un niveau de lyrisme qui aurait bien convenu à ses billets littéraires. De son côté, Francine en revenait à l'examen des causes du naufrage.

— Nous n'avons pas la preuve que c'est lui, insista-t-elle. Je veux dire le curé. Mais, d'un autre côté, on peut être assuré que ce n'est pas le bon Dieu qui a scié ton gouvernail.

— Le bon Dieu n'a pas besoin de stratégies du genre de celles que conçoivent les humains.

— Oui, mais le curé ? Tu le crois capable de ça ? insista-t-elle.

— Ça se voit comme le nez au milieu de la figure, enchaîna-t-il. Je lui ai annoncé que je savais qu'il couchait avec ses paroissiennes. Vu l'état de nos relations, il pouvait craindre le pire de ma part. Pour un homme comme lui, c'était largement suffisant pour qu'il mette en œuvre un plan pour m'exterminer. S'il ne l'avait pas fait, ç'aurait pu lui coûter sa carrière.

— Pas si vite, objecta Francine. Il a déjà du mal à démêler son pied droit de son pied gauche. Tu le vois, toi, dans l'eau glacée jusqu'à la taille, à marée basse, par une nuit sans lune, s'acharner à scier ton gouvernail avec un outil qu'il n'a jamais tenu en main ?

Frédéric esquissa un sourire narquois.

— Ce n'est sûrement pas lui qui a commis le crime, reconnut-il. Ce curé de l'enfer n'aura eu aucun mal à recruter l'un des simples d'esprit qui grouillent autour de sa personne. Je l'entends expliquer à ce pauvre exécuteur qu'en s'en prenant à moi il accomplissait la volonté divine.

Francine bouillait au point où elle ne parvenait plus à trouver les mots qui lui auraient permis de laisser éclater sa révolte.

— Il me paiera ça, gronda Frédéric.

— Non ! s'écria-t-elle en saisissant Frédéric aux épaules.

Elle planta ses yeux dans les siens.

— Surtout pas ! Si c'est bien lui qui a saboté ton gouvernail, tu es encore plus en danger que tu ne le crois. Nous savons maintenant de quoi il est capable. À part le tuer, et ce n'est pas une option acceptable pour des gens comme nous, nous ne pouvons pas grand-chose contre lui. Quelques bonnes taloches, une volée d'injures ne feraient qu'aggraver la situation. Ce ne serait pas suffisant en tout cas pour qu'il ne retourne pas se cacher dans son presbytère. Ça peut devenir très dangereux, un curé enragé !

Dans le vide par-dessus l'épaule de Francine, Frédéric cherchait une réponse à une affirmation aussi incontestable. Sa compagne enchaîna du même souffle.

— Si j'ai bien compris ce qui se dit au village entre les branches, tu te proposerais de confier à mon mari le soin de ta terre, pour t'éloigner d'ici pendant quelque temps.

— C'est plus ou moins ça, oui.

— Alors essaie d'imaginer ce qui pourrait arriver si tu t'en prenais à ce diable en soutane. Il irait frapper chez ton frère pour le convaincre de refuser de s'occuper de ta ferme, sous peine d'aller te rejoindre en enfer. Et puis, il rebondirait chez Géraldine pour la persuader de ne pas te laisser emmener ton prodige avec toi dans tes errances de par le vaste monde. Il te tient par tous les côtés, le curé. Crois-moi, il sera toujours temps de régler nos comptes avec ce Lucifer quand nous aurons trouvé le moyen de partir d'ici tous les trois, nous deux et ton fils.

Frédéric se rembrunit.

— De toute façon, nous parlons pour ne rien dire, puisque je ne partirai pas. C'est ce que le sort a décidé pour moi.

Francine lui saisit à nouveau l'avant-bras.

— Et pourquoi donc ?

— Mais parce que je n'ai plus les moyens de partir, bon Dieu ! L'argent que je comptais empocher en faisant le voyage à Anticosti, j'en dois maintenant au moins la moitié à ceux qui attendent encore que je leur expédie la part des provisions qu'ils n'ont pas reçue. Ma goélette, j'avais prévu de la vendre à mon retour. Elle n'est plus qu'une épave parmi tant d'autres au fond du Saint-Laurent. C'est avec le produit de sa vente que je comptais me bâtir une vie ailleurs. Le curé a gagné. Je suis condamné à rester ici. Et toi, qu'est-ce que tu vas devenir ? Et les enfants, les tiens comme les miens...

Francine enveloppa le visage de Frédéric dans ses deux mains. Elle l'attira vers elle et chercha à l'embrasser sur la bouche à travers sa broussaille.

— Je ne veux pas t'offusquer, lui annonça-t-elle, mais tu admettras que ton frère est beaucoup plus avisé que toi en ce qui concerne les finances. De temps à autre, il me donne un peu d'argent pour que je voie aux affaires de la maison. Et moi, je fais comme lui, je mets quelques sous de côté.

Les traits du visage de Frédéric se détendirent. Francine avait déjà assez fréquenté son homme pour savoir qu'il ne fallait pas le laisser s'envoler trop haut.

— Mais c'est un tout petit pécule, s'empressa-t-elle de préciser, avec lequel j'avance un peu d'argent qui nous servira à aller nous établir ensemble quelque part un jour. Je ne sais pas combien de temps il nous faudra pour y arriver, mais n'abuse pas trop de ma patience. Entretemps, je continuerai de faire tout ce que je pourrai pour engraisser la cagnotte.

— Pourquoi tu ne m'as pas dit tout ça plus tôt ? lui reprocha Frédéric. Ça m'aurait épargné un naufrage.

— Parce qu'on ne prend des recours ultimes qu'après être allé trop loin, lui opposa-t-elle. Et puis, je te ferai remarquer que tu n'es revenu qu'hier et que c'est la première fois depuis longtemps que j'ai l'occasion de te parler dans les yeux.

Ils se jetèrent encore une fois dans les bras l'un de l'autre.

— Tu n'es qu'un gros ours ! gronda-t-elle. Tu devrais prendre exemple sur tes congénères. C'est bientôt l'hiver. Roule-toi en boule dans ton trou. Fais-toi oublier. Tout le monde croira que tu es rentré dans le rang. Nous partirons au printemps.

Elle se dégagea de leur étreinte.

— Maintenant que tu es éveillé, je dois aller renvoyer tous les enfants chez vous. Ils font un chahut du diable dans ma maison. Félicien est au bord de la crise de nerfs.

*

Les Frédéric père et fils jouaient au chat et à la souris sur l'aire devant l'étable. Le fils venait de sortir du bâtiment où il avait fait le train matinal. Le père s'était levé très tôt pour aller tenter de déchiffrer dans le brouillard l'ébauche du destin que le sort lui réservait.

Les deux homonymes s'étaient retrouvés devant la porte basse de l'étable. Le père se rendait y accomplir ce que le fils venait d'achever. Le chien jaune leur tournait autour. Frédéric le père planta son regard dans celui de son fils.

— Et toi, tu n'as pas quelque chose à me reprocher ?

Le jeune Frédéric ne pouvait avoir manqué d'entendre la conversation que ses parents entretenaient par bribes décousues à la cuisine depuis le retour du père.

— Je n'ai pas pour métier de dire aux autres ce qu'ils doivent faire, répondit le jeune homme.

— Je n'en demande pas tant, rectifia le père. J'aimerais seulement savoir si tu fais partie, toi aussi, de ceux qui sont prêts à me pendre, ou si tu es encore capable de me prendre comme je suis.

— Si tu veux vraiment que je te réponde, il faut que tu saches que je ne prévoyais pas avoir jamais l'occasion de trancher une question comme celle-là.

Le père enveloppa son fils dans son regard.

— Et moi, je tiens à te dire une chose avant que tu parles. Que ton cœur penche d'un côté ou de l'autre, tu restes mon fils à jamais.

— Alors, écoute-moi bien, commença le jeune Frédéric. Quand je gribouille mes petits dessins dans les marges des gazettes, il m'arrive de jeter un coup œil sur ce que tu écris de ton côté. Tu parles de crise et de misère. Alors, j'ai cherché à comprendre pourquoi le sort s'acharne contre nous. J'ai mis un certain temps à découvrir que la question n'est pas là. Il ne s'agit pas de savoir pourquoi les choses sont comme elles sont, mais comment on peut s'y prendre pour arriver à les changer.

Le père retenait son souffle.

— Je savais que tu avais du talent en dessin, finit-il par dire, mais je suis forcé de reconnaître que tu te débrouilles plutôt bien également avec les idées.

— Par la suite, enchaîna le fils, il m'est arrivé une ou deux fois de lire un des billets du *Visionnaire* dans *Le Pays*, jusqu'à ce que je m'aperçoive que j'avais déjà lu le même texte, quelque temps plus tôt, sur une feuille de papier étalée sur la table de la cuisine chez nous.

Et le fils conclut ce qu'il venait d'exposer en affichant un large sourire. Le père se mordait les lèvres. Le fils s'empressa d'ajouter, pour ne pas rompre le fil de leur échange en ce moment précieux :

— Mais il y a une énorme différence entre nous deux. Toi, tu jongles avec des idées dans ta tête. Moi, c'est par les mains qu'elles me viennent, mes idées. À mon avis, il n'y en a pas un de nous deux qui a plus de mérite que l'autre.

Frédéric le père cherchait à contenir son émotion en caressant sa barbe avec ses doigts.

— Mais il y a autre chose dont il faut parler ce matin, annonça le fils. Je ne pense pas me tromper en disant que tu t'es mis les doigts entre l'arbre et l'écorce en tournant autour de ma tante Francine. Notre mère commence à en parler ouvertement à la maison. J'en avais déjà deviné un bout. Le reste m'est parvenu par bribes au vent des conversations. Encore hier soir...

Le père se tourmentait la barbe à rebours.

— J'ai eu toute la nuit pour réfléchir à ce qui t'arrive, enchaîna le fils. Je me demande si le moment ne serait pas venu pour toi d'aller chercher fortune ailleurs.

Et il s'empressa d'ajouter :

— Pas pour fuir, mais pour redonner du temps au temps.

Le père allait commenter cette proposition. Le fils n'entendait pas lâcher son idée.

— Il faut que tu le saches, poursuivit-il, si jamais tu décides d'aller refaire ta vie ailleurs, je pars avec toi. Les gazettes sont pleines de propositions adressées aux Canadiens qui sont dans la misère. Le jour où tu choisiras de prendre ce chemin, tu n'auras qu'à me faire signe. Mes affaires sont toujours prêtes. Parce que, vois-tu, je ne veux surtout pas qu'il m'arrive la même chose qu'à toi en restant ici.

Le père cherchait dans sa tête la formule qui lui permettrait de rembourser son fils de l'ouverture d'esprit dont il venait de faire preuve à son endroit. À ce moment, Géraldine apparut sur le pas de la porte de sa maison. Apercevant son mari en compagnie de son fils, elle eut un moment d'hésitation avant de se décider de faire comprendre à ce dernier qu'elle réclamait son aide.

Dans le même temps, Félicien sortait de son étable après y avoir fait lui aussi de son côté le train du matin. Étonné de se retrouver à portée de son frère, il se figea comme devant une apparition.

— Une dernière chose, intervint le jeune Frédéric à voix basse pour terminer la conversation avec son père. Tu ne m'as pas demandé ce que je pensais de ce qui s'est passé entre toi et la femme de ton frère. Si tu veux le savoir...

Son père lui coupa la parole.

— Après tout ce que nous venons de nous dire, je crois que nous avons déjà abordé assez de questions pour ce matin. Va plutôt voir ce que ta mère attend de toi. Moi, je dois avoir une conversation avec celui-là.

Et il tourna la tête vers Félicien, qui se remit en marche en direction de sa maison. L'instant d'après, le frère aîné le suivit. Le chien jaune sur leurs traces.

*

Chez Félicien, la cuisine ressemblait à une caverne de sorcière. Des herbes de toutes espèces pendaient du plafond. Dans les coins, des paniers tressés débordaient de courges et de citrouilles. À l'évidence, le cœur de la maison était le domaine de Francine. L'époux de cette dernière ne devait pas s'y sentir très à l'aise. Pour sa part, Frédéric aurait donné tout ce qu'il possédait pour vivre en permanence au milieu d'un tel foisonnement de vie.

À cette heure, les enfants des deux familles étaient allés prendre leur place autour de la grande table, dans la maison d'à côté, où Géraldine avait recommencé à les instruire du participe passé et des angles aigus. Cependant que, dans la cuisine de Félicien, l'horloge se moquait du temps en battant un temps sur deux. Mais où était donc Francine? se demandait Frédéric sans encore oser s'en enquérir.

— Tous ces végétaux font le plus bel effet ici, fit-il observer. On se croirait au jardin d'Éden.

— Ils seraient bien plus heureux à la cave, objecta Félicien. Les légumes, ça aime le noir et l'humide.

Ils hochèrent tous deux la tête en même temps, mais dans des directions opposées. Les frères étaient assis sur des berceuses basses à fond de babiche, disposées de part et d'autre du gros poêle de cuisine que le maître des lieux n'avait pas jugé opportun d'allumer en dépit du temps froid de ce jour.

— Où est-elle? se permit enfin de demander Frédéric à voix basse.

Félicien leva le menton vers l'étage. En tendant l'oreille, on pouvait en effet percevoir le glissement feutré des pantoufles de Francine sur les marches d'un métier à tisser, ainsi que le va-et-vient de l'ensouple du même instrument.

— On ne pourrait pas aller parler ailleurs tous les deux? suggéra Frédéric. Il me semble qu'on serait plus à l'aise.

— Je n'ai rien à cacher, lui répliqua Félicien. Quant à toi, si tu ne veux pas que les oreilles lui silent, tu n'as qu'à assourdir ton clapet.

— À moins qu'on l'invite à descendre? proposa Frédéric. Ce que nous avons à discuter la concerne autant que nous deux.

— Un bon navigateur ne demande pas à ses passagers de prendre la barre à sa place, répondit Félicien d'une voix qui n'attendait pas de réplique. En haut, elle est amarrée à l'abri.

Frédéric se soulagea en laissant une grosse vague de silence emplir la cuisine.

— Tu voulais me parler ? demanda-t-il enfin à son frère.

— Ce ne serait pas plutôt toi, lui opposa Félicien, qui aurais besoin de vider ton sac ?

Recroquevillé sur sa chaise comme une bête étrange, Félicien jetait sur son frère un œil en coin qu'il voulait sévère, mais il détournait en même temps la tête dès qu'il constatait que ce dernier projetait sa pensée sur lui. Deux percherons aux tempéraments opposés, attelés au même timon. Ce fut tout de même Félicien qui amorça la discussion en énonçant une sentence qui signifiait tout et rien à la fois.

— « Nul n'en dit autant que celui qui ne dit rien. »

Agacé, Frédéric riposta.

— Ce que tu voudrais que je te dise, tu le sais déjà.

— Ce n'est pas pour l'apprendre que je souhaite l'entendre, précisa Félicien, mais pour t'écouter l'avouer.

Frédéric riposta aussitôt pour ne pas laisser le temps à son frère de préparer une autre de ses sentences en forme de piège.

— Si tu tiens vraiment à le savoir, laisse-moi te dire que ta femme n'a pas été très difficile à conquérir. J'en ai déduit que tu n'étais plus à la hauteur de ses attentes depuis un certain temps déjà.

Les deux hommes se jaugèrent pendant un moment.

— Ce n'était pas une raison pour me l'enlever ! finit par s'insurger Félicien. Ma femme, elle fait partie de mon butin !

— Il ne m'est jamais venu à l'esprit qu'un être humain puisse appartenir à un autre, rectifia Frédéric. Bien sûr, on se marie, on se jure fidélité, mais ce ne sont que des stratagèmes pour garder le peuple sous la coupe des curés et, à la limite, des notables de la société. Quand on n'en peut plus de vivre ensemble, ou bien on se soumet et on meurt à petit feu, ou alors on sort la nuit par la fenêtre.

Les deux frères étaient trop occupés à ne pas se comprendre pour remarquer que les mouvements du métier à tisser s'étaient arrêtés à l'étage.

— Et alors, qu'est-ce que tu comptes faire ? demanda Félicien.

— Il se pourrait que je m'en aille.

— Seul ? insista Félicien.

— Ce ne serait pas à moi d'en décider.

— Et tu laisserais Géraldine cultiver ta terre toute seule ?

— Je viens à peine de commencer à réfléchir à cette question, reconnut Frédéric.

— On voit bien à qui on a affaire ! prononça Félicien. Grand parleur, petit faiseur !

Des pas se firent entendre sur le bois brut du plancher d'en haut. Frédéric se leva. Il n'avait pas l'intention de laisser Francine venir s'immiscer dans leur conversation, ce qui les aurait amenés tous deux, son frère et lui, à se dresser l'un contre l'autre comme des coqs pour conquérir le cœur de la belle. Il s'approcha de la porte.

— J'ai encore besoin de tourner tout ça dans ma tête, lança-t-il en posant la main sur la clenche.

Il allait sortir.

— Que tu le veuilles ou non, annonça Félicien, nous ferons nos comptes le temps venu. Tu ne t'étonneras pas, j'espère, que je réclame mon dû.

Frédéric referma la porte derrière lui en se demandant à quelle dette son frère pouvait bien faire allusion.

*

Du haut de la chaire, l'abbé Desnoyers pointait un index accusateur en direction de ses paroissiens.

— Mes bien chers frères, maintenant que nous sommes aux portes de l'hiver, nous pouvons nous parler franchement. Vous avez constaté encore une fois cette année que les récoltes n'ont pas été à la hauteur de vos efforts.

Comme tous les dimanches, la très grande majorité des habitants du village et des campagnes environnantes, à l'exception des malades, des infirmes et de deux ou trois têtes fortes, s'entassait sur les bancs de l'église qui tanguait comme un navire sous le choc des remontrances du curé contre les défaillances de ses paroissiens. L'abbé Desnoyers accablait ses fidèles de réflexions acérées.

— Vous êtes-vous demandé pourquoi votre Créateur n'a pas récompensé vos efforts encore cette année ?

Un grondement de houle profonde montait de la nef, quintes de toux, lourdes chaussures heurtées contre les agenouilloirs, froissement des manteaux et choc des chapelets sur le bois des bancs. Agrippé des deux mains au bastingage de la chaire, l'abbé Desnoyers se pencha en avant pour embrasser toute l'assemblée d'un seul regard.

— Je vais vous le dire, moi, pourquoi votre Père des cieux vous a encore privé des effets de sa bonté cette année. C'est qu'il y a un grand pécheur parmi nous, et Dieu ne peut pas supporter sa vue. Alors, il détourne Sa Sainte Face de tout le village.

Ayant bien attisé la détresse de ses paroissiens, l'abbé Desnoyers fixa son regard sombre sur les deux bancs occupés par les familles Saintonge.

— Je trahirais le secret de la confession si je désignais l'impie devant vous mais, en même temps, je manquerais à mon devoir de pasteur d'âmes si je ne vous mettais pas en garde contre celui dont la conduite détourne de nous tous la bienveillance divine.

Aucun des habitants de la paroisse n'ignorait l'animosité qui sévissait entre le curé et Frédéric Saintonge. Cette hostilité s'était amplifiée depuis le retour de ce dernier, au point que l'on pouvait se demander pourquoi leur coparoissien s'entêtait à occuper la première place, au bord de l'allée, sur le banc familial à l'église. L'abbé Desnoyers prit une profonde inspiration pour mieux ancrer l'inquiétude chez ses paroissiens.

— Le coupable, vous le connaissez. Il est de retour après avoir échappé de justesse à un naufrage qui aurait pu lui être fatal. Il est parmi nous dans l'église ce matin, mais nous pouvons nous demander ce que sa présence dans la maison de Dieu peut bien signifier, puisqu'il fait profession d'être un libre penseur dans la vie de tous les jours. On ne peut pas être à la fois pour et contre quelque chose.

Un faisceau de regards malveillants se projeta sur le banc des Saintonge. De nombreux paroissiens chuchotaient d'une voix aiguë mal contenue. Pour sa part, Frédéric continuait d'afficher une paisible attitude d'honnête homme. L'abbé Desnoyers poursuivit sur le ton de l'indignation.

— Celui qui affronte l'autorité de l'Église encourt non seulement la damnation pour lui-même, mais il risque d'entraîner avec lui dans la géhenne ceux qui prêtent attention à ses propos pernicieux. Aussi est-ce avec toute l'insistance dont je suis capable que je vous mets en garde : tenez-vous loin de lui ! Ignorez-le, même ! Ne tentez surtout pas de le remettre dans le droit chemin. En ma qualité de représentant de Dieu sur Terre, c'est à moi qu'il revient de me porter au secours de la brebis égarée. Je suis habilité par mes fonctions sacerdotales à lui proposer la miséricorde divine. À celui qui se reconnaîtra dans mes propos, je rappelle que je me tiens au confessionnal les mardis et jeudis matin ainsi que le samedi après-midi.

C'est alors que Frédéric se leva. Coincé entre le dossier de son banc et l'agenouilloir, il tourna lentement le dos au curé pour s'adresser à ses concitoyens. Un chuchotement d'écoliers parcourut l'assemblée.

— À l'intention de ceux qui ne l'auraient pas encore compris, c'est de moi que cet épouvantail veut parler, sans oser me nommer.

Sous sa haute taille, la barbe rasée mais toujours sous son abondante chevelure et dans son grand manteau jeté sur ses épaules, Frédéric avait la prestance d'une statue. Il fit volte-face pour se tourner vers son accusateur.

— Ainsi donc, il paraît que tu veux me confesser? Nous sommes dans une église, nous serions donc autorisés à le faire l'un et l'autre si c'est ton désir. Et j'ai même une suggestion à te proposer, nous pourrions laisser les paroissiens décider eux-mêmes de la pénitence qui nous serait imposée. Cela te convient?

Frédéric rapetissait son curé en le tutoyant. L'abbé Desnoyers raffermit sa poigne sur le rebord de la chaire. L'assemblée en oubliait de respirer.

— Ça commence par une formule, poursuivit Frédéric. Il y a longtemps que je ne l'ai pas prononcée mais, tiens! ça me revient : « Mon père, je m'accuse.» Oui, c'est ça. « … je m'accuse d'avoir commis le même péché que vous. »

Il se tourna de nouveau vers l'assistance.

— Ça vous titille, les péchés, hein! vous aimez ça! Vous en voulez davantage?

Puis il reprit son face-à-face avec celui qui le dominait du haut de la chaire.

— Mon père, je m'accuse de dénoncer mon curé devant toute la paroisse, parce qu'il profite de ce qu'il entend au confessionnal pour attirer des femmes dans son presbytère. Ah! il trempe ses mains dans l'eau bénite, mon curé, mais ce n'est pas pour se purifier avant de toucher la Sainte Hostie. Non! C'est plutôt pour les adoucir avant de les plonger dans le corsage de ses paroissiennes.

Le silence se fit si oppressant qu'on put craindre un instant que la voûte de l'église ne se contracte sous l'effet de ce vide sonore. L'instant d'après, Frédéric abattait le plat de sa main sur le dossier du banc qui se trouvait devant lui. Sous le coup, quelques personnes de l'assistance poussèrent de petits cris d'effroi.

— Ose dire le contraire, tonna Frédéric, devant Dieu qui t'entend et te regarde !

— Taisez-vous ! lui enjoignit l'abbé Desnoyers en se réfugiant derrière le vouvoiement qui lui préservait un reste de dignité. Vous oubliez que vous êtes dans la maison de Dieu.

— Je sais très bien où je suis, rétorqua Frédéric. J'étais encore un tout jeune homme quand j'ai participé avec d'autres valeureux ouvriers de la paroisse à l'agrandissement de cette église. Nous avons laissé la sueur de nos fronts et le sang de nos mains dans ses murs. Toi, qu'est-ce que tu fais dans cette maison, sinon y prononcer des paroles creuses que tu t'empresses de contredire dès que tu en as franchi la porte !

Frédéric sortit du banc où il commençait à se trouver à l'étroit. Les fidèles purent craindre un instant qu'il n'aille arracher le curé à son poste de vigie. Le rebelle se contenta plutôt de se tenir debout au milieu de l'allée, face à la chaire.

— En prêchant la charité, tu me fournis l'occasion de la pratiquer. C'est en toute humanité que je te préviens. Nous sommes un certain nombre au village, pas très considérable mais tout de même quelques-uns, à te tenir à l'œil. Si tu continues de tripoter nos femmes dans notre dos, nous irons te dénoncer à l'évêque et tu te retrouveras sur les grands chemins avec les marchands d'huile de serpent de ton espèce.

L'abbé Desnoyers était pétrifié. La nef flambait. Frédéric accorda un court moment de répit à ses coparoissiens pour leur permettre de bien mesurer la solidité du rapport de forces qui s'établissait en sa faveur entre lui et le curé. Dans le même temps sa femme, Géraldine, s'était glissée à la place qu'il avait laissée libre au bout du banc. Elle le tirait par la manche de son manteau. Il n'en tint aucun compte. Puis ce fut l'une de ses filles, Jeannine, qui éclata en sanglots. Frédéric s'efforça alors de reprendre un ton plus posé pour s'adresser de nouveau au peuple assemblé dans la nef.

— Mes amis, le clergé sauve sa peau aux dépens de la nôtre, mais ça ne durera plus très longtemps. Un temps viendra, je ne le verrai peut-être pas mais j'aurai contribué à son avènement, où les derniers fidèles se retrouveront bien seuls dans leurs églises mal chauffées, avec pour toute compagnie quelques vieilles femmes édentées qui ânonneront des prières auxquelles elles n'entendront plus rien.

L'abbé Desnoyers n'allait sûrement pas tarder à riposter. Frédéric n'était pas encore prêt à lui accorder le droit de réplique. Il fit un pas vers l'arrière de la nef. Géraldine tenta de le retenir en l'agrippant par un pan de son manteau. Le vêtement glissa par terre aux pieds de son possesseur, qui n'en fit aucun cas.

— Je quitte cette église une fois pour toutes, tonna-t-il.

Une autre des filles de Frédéric, Noémie, ajouta ses larmes à celles de sa sœur Jeannine. Géraldine prononça le prénom de Frédéric à voix haute comme si elle espérait le faire revenir à la raison en lui rappelant qui il était. Le fils homonyme ne quittait pas son père des yeux. Dans le banc de l'autre famille Saintonge, Francine tenait son poing fermé contre sa bouche. Frédéric tourna la tête une dernière fois vers les siens, puis il fit un autre pas en direction des portes.

— Quand je dis que je quitte l'église, précisa-t-il, je parle du bâtiment avec un petit « é » mais je tiens également à ce que vous sachiez que je quitte aussi l'institution avec un grand « É ».

Abandonnant son manteau par terre au milieu de l'allée, il se dirigea vers la sortie de son pas chaloupé de capitaine de goélette qui a vu bien d'autres tempêtes salées. Au moment de refermer la porte, il put entendre le curé proférer une formule creuse pour tenter d'avoir le dernier mot.

— À genoux, mes frères. Nous allons prier pour la brebis égarée.

*

Frédéric était descendu en bord de mer. Il s'était dirigé vers l'ouest dans un brouillard imbibé de flocons de neige. Il marchait pour marcher, ce qui lui laissait tout le temps nécessaire pour se demander s'il n'en avait pas trop dit à l'église, ou alors pas assez.

D'un côté, ceux de ses concitoyens qui partageaient en tout ou en partie ses convictions reconnaissaient déjà les torts qu'il avait dénoncés. De l'autre, ceux qui ne pouvaient envisager de vivre autrement que dans un monde fondé sur l'autorité, et ils constituaient la très grande majorité, n'admettraient jamais qu'on conteste la position des hautes instances sur ces questions fondamentales. La fracture demeurait totale, sans aucune perspective de réconciliation.

D'autre part, des considérations toutes matérielles ramenaient Frédéric sur terre. Il regrettait d'avoir abandonné son manteau sur le plancher de la nef. Les bras croisés sur la poitrine pour préserver le peu de chaleur qui subsistait sous la laine de sa veste, il progressait dans un temps de chien dont il se demandait, par instants, si son esclandre ne l'avait pas provoqué.

Il n'ignorait pas qu'il devrait laisser du temps au temps avant de pouvoir se remettre dans le droit fil d'une vie qui ne serait plus jamais ordinaire. Peut-être ne le souhaitait-il même pas. En tout cas, il n'entrerait pas chez lui avant de s'être blindé contre la colère de sa femme et l'incompréhension de ses enfants.

En même temps que Frédéric se faisait ces réflexions en marchant sur la berge, les membres des deux familles, qui s'étaient imposé d'entendre la fin de la messe, remontaient dans leurs voitures après avoir filé en rangs serrés hors de l'église au moment de la dernière bénédiction, tête basse et dos rond sous le poids du regard de toute l'assemblée. Et maintenant, ils s'engageaient en direction de leurs demeures. On ne fuit pas de cette façon sans se sentir coupable de quelque chose. Le jeune Frédéric avait pris la place de son père sur le banc pour tenir les guides du cheval. Félicien menait l'autre voiture qui suivait derrière comme à l'habitude.

Dans l'église, l'abbé Desnoyers avait précipité la fin de sa messe. La cérémonie terminée, plutôt que de se diriger vers la sacristie, il s'était avancé dans la nef pour réconforter ceux de ses paroissiens qui en éprouvaient le besoin. Les autres, en plus grand nombre, n'avaient attendu que l'*Ite missa est* pour courir au magasin général où ils remâcheraient le coup d'éclat dont ils venaient d'être les témoins. En temps normal, ils y péroraient pendant des heures sur des peccadilles. En ce dimanche hors du commun, c'est à un véritable tribunal de l'Inquisition qu'ils se sentaient conviés.

Les premiers à entrer dans l'établissement anticipaient avec jubilation la perspective de s'installer sur les bancs et fauteuils disposés en cercle autour du poêle. En temps normal, ces places étaient réservées aux anciens. Dans la confusion de ce matin pas comme les autres, des jeunes et même des femmes les occupaient déjà et ne paraissaient nullement disposés à les céder. Les nouveaux arrivants durent se résigner à rester debout, formant deux cercles concentriques en bordure des lieux. Plus rien ne ressemblait à rien.

Le temps de le dire, la grande salle du magasin général se mit à déborder comme au changement de saison. On s'y frayait un chemin à coups d'épaule ou de parapluie. Une volée de dames avait pris position devant l'un des comptoirs pour tâter des velours, comparer des dentelles et soupeser du drap en émettant des commentaires acerbes. En même temps, un brouhaha de grande marée montait des abords du poêle. La fumée des pipes dont les hommes avaient été privés pendant l'heure de la messe se transforma au-dessus de leur tête en un nuage de gros temps. Il fallut hausser la voix pour échanger les premiers arguments.

Sur la route du retour, les familles Saintonge étaient sorties du village, longeant les clôtures de perches qui bordaient les propriétés des agriculteurs. Dans la voiture menée par Félicien, Francine avait installé deux enfants sur le banc entre elle et son mari. Un silence d'après-funérailles battait aux tempes de chacun. Le reste de la marmaille, frères et sœurs, était entassé sur le plateau arrière. L'une des fillettes défaisait avec ses ongles la couture de la doublure de son manteau. Le chemin s'étirait en grisaille.

Au magasin général, un premier édenté mordit dans l'affaire pour condamner Frédéric :

— Se disputer ainsi avec son curé, moi j'aurais jamais cru que je verrais ça de mon vivant.

— Au beau milieu de la messe, à part ça ! renchérit un grand maigre aux oreilles décollées. Quand il va arriver de l'autre bord, Frédéric, ils vont lui faire payer le double parce que c'est dans la maison du bon Dieu qu'il a fait son coup.

— D'un autre côté, avança un bouffon malgré lui dont le pompon de la tuque ponctuait chacune des affirmations, avec la femme qu'il a, je comprends qu'il se soit jeté sur celle de son frère.

Un délire de rires emplit les alentours du poêle. Sitôt que ce fut possible, un comparse prit la parole en brandissant sa pipe au bout de son long bras.

— Moi j'ai pour mon dire que jusqu'à présent il était coupable de rien qu'une chose, jamais faire comme les autres...

— Qu'est-ce qu'il te faut de plus, Ephrem ? Qu'il couche avec le curé ?

L'assemblée dérapa dans une hilarité incontrôlable. Le comparse à pipe attendit que l'effervescence soit retombée pour achever sa phrase.

— ... mais là, à matin, il vient de se condamner lui-même. Tout ce qu'il a lancé à la tête du curé dans l'église va se revirer contre lui.

— Moi, annonça une vieille ménagère à qui sa maigreur donnait l'allure d'une araignée, vous m'ôterez pas de l'idée qu'il peut pas continuer de rester dans la même paroisse que nous autres. Si on veut que les récoltes de l'été prochain soient moins mauvaises que celles de cette année, il faut qu'il s'en aille !

Pendant ce temps, par le plus indifférent des hasards, les voitures des deux familles Saintonge progressaient sur la route en parallèle avec l'endroit où Frédéric marchait sur la berge. La parentèle rentrait se mettre à l'abri dans ses logis, cependant qu'un homme seul, emporté par sa révolte, payait à pied le prix de sa franchise.

*

Au mitan de l'après-midi, en franchissant le seuil de sa demeure, Frédéric eut un coup au cœur. L'image qui s'offrait à sa vue ressemblait au riant tableau des maisonnées heureuses que l'on découvre dans les livres. On eût dit que le tourment qui le ravageait depuis le matin avait coulé comme de l'eau sur le dos des membres de sa famille. Chacun s'efforçait d'inscrire ses gestes dans le droit fil du quotidien.

Jeannine passait le balai sur le plancher de la cuisine, Frédéric le fils cherchait avec son crayon, dans les marges d'une gazette, à faire ressortir une image qu'il n'était pas encore parvenu à saisir. Un essaim de filles bourdonnait entre le poêle et l'évier, une cuillère à la main ou une casserole d'eau à mettre à bouillir. Les plus petits se chamaillaient dans un coin. Le tout dans une symphonie de cris, de rires et de soupirs orchestrée par Géraldine en grand tablier blanc maculé de taches de jaunes d'œuf. Devant Frédéric qui entrait, tous les occupants de la cuisine se figèrent en même temps. Le retour du père les saisissait d'autant plus qu'ils n'avaient rien fait d'autre depuis le milieu de la matinée que d'attendre cet instant. Le père gagna sa place en bout de table comme s'il était chez lui. Huit paires d'yeux l'assaillaient de questions muettes.

— Je vous ai mis dans l'embarras, finit-il par déclarer. Je ne pouvais pas faire autrement. Le curé...

— On en reparlera quand les enfants seront couchés, lui enjoignit Géraldine.

Après s'être mis à dos la communauté l'Isletoise tout entière, Frédéric ne pouvait accepter que sa propre famille refuse de l'entendre. Il se permit de faire la leçon à Géraldine devant leur progéniture.

— Je sais aussi bien que toi que ce sont des enfants, mais ils ne sont pas dépourvus d'intelligence pour autant. Encore moins de sentiments. Après ce qu'ils ont vu et entendu à l'église, ils doivent avoir plein de questions en tête. Le moins que nous puissions faire serait de les aider un peu à démêler tout ça.

Il se tapota les bras et les cuisses.

— D'abord, commença-t-il en se tournant vers les enfants, comme vous pouvez le constater, je suis encore tout d'un morceau. Le ciel ne m'est pas tombé sur la tête.

Philomène se précipita pour venir enserrer la taille de son père.

99

— Je suis contente que tu sois revenu, papa.

Sa sœur Noémie la rejoignit.

— Tu sais, maman nous a fait mettre à genoux pour demander pardon au bon Dieu de ce que tu as fait.

Frédéric échangea un regard muet avec sa femme. Le silence s'épaissit. Géraldine s'approcha de son mari pour lui gronder quelques reproches à voix basse. Plus que jamais, ses « r » carrés faisaient contrepoint à ses sifflements de colère contenue.

— Que tu me joues dans le dos avec ma belle-sœur, ce n'est pas un exemple à donner aux enfants. Heureusement, ils sont encore trop petits, la plupart du moins, pour comprendre ce que cela signifie. D'un autre côté, que tu jettes le bon Dieu par-dessus bord, ça je ne peux pas l'accepter parce que ce n'est pas un exemple à donner aux enfants. En les élevant comme des petits païens, tu les condamnes d'avance au feu de l'enfer. Et puis toi aussi, bien entendu. C'est écrit quelque part dans les livres sacrés : « Malheur à l'homme par qui le scandale arrive. »

Pour toute réponse, Frédéric se leva en faisant grincer les pattes de sa chaise.

— Je vais chercher du bois.

Quelques-uns des enfants se levèrent pour le suivre.

— Vous restez ici ! décréta Géraldine.

Frédéric se dirigea donc seul vers l'appentis, mais l'autre Frédéric le suivit malgré l'interdit de sa mère et referma la porte derrière eux. Son père avait déjà commencé à se charger d'une brassée de bois.

— Tu as été franc et courageux…, déclara le jeune Frédéric.

Puis, après un silence :

— … mais as-tu pensé aux conséquences ?

Il se pencha pour ramasser lui aussi quelques pièces de bois. Comme son père tardait à lui répondre, le jeune homme le fit à sa place.

— Ce que tu as dit au curé est peut-être vrai, mais tu aurais sans doute mieux fait de continuer à l'écrire dans les gazettes plutôt que de le prêcher devant toute la paroisse. Comme tu as pu le constater, ils n'étaient pas prêts à t'entendre.

D'un brusque mouvement, Frédéric le père rétablit la charge de bois dans ses bras.

— Es-tu en train de me dire que les gens d'ici sont plus bêtes que d'autres ? Qu'il est inutile de leur dire la vérité ?

— Tu as peut-être raison…, répliqua le fils.

Une lueur illumina le visage de Frédéric le père.

— Est-ce que je dois comprendre que tu es d'accord avec moi ?

— Tu as lu beaucoup de livres, avança le fils en guise de réponse. Moi, en tout et pour tout, je n'ai que mon fascicule de *Notions d'architecture*, et ça ne traite que de rinceaux et d'entablements. Mais je ne suis pas aveugle. Je vois bien que le monde va de travers. Pas besoin d'être allé à l'école très longtemps pour le constater. De là à prétendre savoir comment le redresser…

— Mais tu es de mon bord, au moins ? demanda le père en lâchant sa brassée de bois à ses pieds.

— Oui et non, hasarda le fils. La vie est difficile pour tout le monde ces années-ci. La terre ne produit pas assez, et toi, pardonne-moi de te le dire, tu ne lui donnes pas tout ce dont elle aurait besoin. C'est à peine si on mange à notre faim. On gèle dans le grenier la nuit en hiver. Pour ne pas devenir fou, chacun est obligé de s'inventer une autre vie dans sa tête. Moi, je me voyais bâtisseur sur toute la Côte-du-Sud, mais, comme je porte le même nom que celui par qui le scandale est arrivé, personne ne voudra m'engager. Et d'ailleurs, à bien y penser, il n'y a que des granges à bâtir par ici.

Le père fit deux pas en direction de son fils. Celui-ci laissa tomber à son tour sa brassée de bois.

Le père le saisit alors aux épaules pour lui parler dans les yeux.

— Personne, tu m'entends, personne ne pourra jamais t'ôter ton rêve, sauf si toi tu cesses d'y croire.

Le fils écoutait son père en avalant des paroles de feu.

— Ce n'est pas pour rien que nous portons le même prénom et le même nom, poursuivit le père. Nous sommes faits pour la même besogne. Et je sais que nous devons tous deux conjuguer nos efforts pour changer le monde. Moi, je bâtis en papier, pour toi, ce sera la pierre.

Le fils faisait de grands signes de tête pour bien montrer qu'il appréciait l'engagement que proposaient les paroles de son père.

— Mais en attendant, protesta ce dernier en désignant d'un grand geste du bras le village qui se dressait à distance, ces gens-là ne sont pas près de changer d'idée à mon sujet. Ni au tien par conséquent.

Le fils allait s'insurger à son tour.

— Un peu de patience, lui recommanda le père. Le monde ne s'est pas fait en sept jours comme il est rapporté dans les livres de contes pour enfants. J'ai marché une grande partie de la journée pour me mettre un plan dans la tête, et tu peux être assuré d'une chose. Tu en fais partie.

*

Le lendemain matin, Frédéric se leva avant tout le monde. Après avoir dormi sur le banc du quêteux, il éprouvait la sensation d'avoir séjourné dans son cercueil. Pour chasser cette impression affligeante, il sortit pour aller au-devant du petit jour qui était en train d'éclore.

Ses pas s'engagèrent d'eux-mêmes sur la trace de son père. Cet autre Frédéric avait labouré avant lui la terre qui l'entourait. Le passé ne console cependant pas de tout le présent. Indécis, Frédéric tourna en rond autour de la maison jusqu'à ce qu'une envoûtante odeur de crêpes et d'œufs cuits dans la graisse de lard lui parvienne. Un enfant avait sans doute laissé encore une fois la porte de la maison entrouverte. N'y tenant plus, Frédéric rejoignit les autres.

Les enfants garnissaient tout le pourtour de la table. Géraldine venait vers eux, un pichet de sirop d'érable à la main dont elle versa une généreuse portion sur une pile de crêpes dans une grande assiette de service. En même temps, elle tourna la tête vers son mari pour s'étonner de le voir là.

— Ça sent bon jusque dehors, expliqua-t-il.

Les traits de Géraldine se durcirent.

— Je fais tout ce que je peux pour que nous ayons le temps de nous dire ce que nous avons à nous raconter entre quatre yeux. Sitôt le déjeuner fini, j'envoie les plus grands dehors. Les petits, ton Frédéric va les mener chez la tante Cécilia. Ils la regarderont fabriquer la courtepointe de Noël qui sera vendue au profit des pauvres. Pour ce qui est de ceux de ton frère et de Francine, ils resteront chez eux, pour une fois. L'école, c'est à toi que j'ai l'intention de la faire aujourd'hui.

Frédéric esquissa une grimace.

— Je mangerai à ce moment-là, se résigna-t-il.

— Tout dépendra de ce que notre conversation mettra au menu, précisa Géraldine.

Frédéric absorba une bonne bouffée de dépit et s'en retourna dehors. Une demi-heure plus tard, ce qu'il avait anticipé était en train d'arriver.

Les enfants partis, Géraldine avait entrouvert la porte à son intention. Il était entré à pas prudents. Seuls tous les deux maintenant, chacun à son bout de table, Géraldine et Frédéric n'avaient pas tardé à se jeter des mots à la tête. Inutile de préciser qu'il n'avait pas encore été question de garnir la nappe d'une assiette et de couverts pour le petit-déjeuner de Frédéric. Géraldine tenait les poings fermés sur la table devant elle.

— Depuis que tu as fait un fou de toi à l'église, martela-t-elle, il n'y a plus de lumière dans ma vie. Tu as barricadé toutes les portes et les fenêtres. Tu t'es conduit comme un mal élevé et c'est moi qui suis en prison maintenant, avec les enfants en plus.

Frédéric posa à son tour les mains sur la table, à plat pour sa part, et rejeta le buste en arrière pour se justifier.

— Il y a trop de gens dans ce pays qui vivent comme des animaux qu'on garde enfermés dans l'étable pendant l'hiver. J'ai cassé la vitre d'une fenêtre pour nous donner de l'air. Tu devrais me remercier d'avoir osé le faire.

— Je n'en demandais pas tant, répliqua Géraldine.

Frédéric accusa le coup sans rien laisser paraître.

— Maintenant, enchaîna-t-il, il va falloir naviguer avec le vent qu'on a. J'ai bien réfléchi…

— Tu aurais dû le faire avant, lui jeta-t-elle.

Il ne la reconnaissait plus. L'épreuve lui donnait l'aplomb qui lui avait toujours fait défaut.

— Pour me punir, reprit-il, ils vont s'en prendre à toi et aux enfants. J'ai passé ma vie à me jeter devant vous pour prendre les mauvais coups à votre place. Maintenant que je me suis mis toute la paroisse sur le dos, s'ils ne parviennent pas à m'atteindre, c'est à vous qu'ils vont chercher à s'en prendre. Pour vous protéger, je ne vois pas d'autre solution que de m'éloigner.

— Comme un voleur, gronda Géraldine.

— Comme un homme qui assume ses responsabilités.

Il se leva en faisant crisser les pattes de sa chaise sur le plancher de bois rugueux. Il avait pris sa voix d'hiver.

— Je vois qu'il est inutile de discuter avec toi.

— Tu vas où ?

— Je ne peux pas aller bien loin à ce temps-ci de l'année, mais tu peux être certaine que, le jour où le premier bateau quittera le quai de L'Isle, au printemps, j'embarquerai avant tous les autres.

— Je veux bien essayer de te supporter jusque-là, lui répliqua Géraldine, mais n'abuse pas trop, sinon, je ne réponds plus de moi.

Frédéric reçut l'ultimatum de son épouse comme une condamnation. Quelques instants plus tard, cette dernière ajoutait :

— On peut savoir où tu as l'intention d'aller ?

— Si je le savais, lui répondit-il, je ne te le dirais pas.

Et il se dirigea vers la porte. Géraldine se leva à son tour pour marcher vers l'escalier du grenier. Elle s'y engagea. À mi-course elle lui assena :

— À bien y penser, si tu ne revenais pas, ce ne serait peut-être pas plus mal.

Le silence poussa un cri dans la cuisine. Frédéric attrapa son manteau et sortit. Parvenue à l'étage, Géraldine se mit à genoux au chevet de son lit et posa ses mains jointes sur la courtepointe.

*

Frédéric n'avait révélé qu'une infime partie de ses projets à son épouse. Une vingtaine de minutes plus tard, dans le fenil de la grange de Félicien, il en dévoilait la face cachée à Francine. Pour en arriver là, il avait convoqué son amante dans la retraite qu'ils utilisaient par temps froid, alors que leurs cachettes végétales du bord de mer ne leur étaient plus d'aucune utilité.

Il avait aligné en direction de la grange de son frère la tête amovible d'un piquet de clôture composé de deux éléments rattachés ensemble avec du fil de fer. Ce sémaphore improvisé annonçait la convocation à une rencontre immédiate.

Pour sa part, en attendant la suite des événements, Frédéric s'était enfermé dans sa propre étable en s'efforçant de dompter le tumulte de ses émotions. L'odeur éprouvante engendrée par les déjections des bêtes ne l'empêchait pas de caresser dans sa tête le projet qu'il se proposait de soumettre à Francine. Frédéric ne doutait pas un instant que l'aventure qui les attendait les souderait à jamais. La tête ailleurs mais jetant tout de même un coup d'œil constant à la fenêtre ornée de toiles d'araignées, le guetteur aperçut enfin Francine qui se dirigeait vers les bâtiments de Félicien, tête courbée sous un grand châle qui lui recouvrait tout le haut du corps. Au passage, elle replaça la partie amovible du piquet dans sa position d'origine. Ce signal annonçait que le message avait été bien reçu.

Frédéric traversa alors d'un pas de renard l'espace qui séparait sa propriété de celle de son frère. Il pénétra dans la grange de Félicien et s'engagea dans l'échelle menant au fenil sans avoir pris le temps d'apaiser les battements de son cœur. Pour la seconde fois de la matinée, il allait bouleverser l'existence d'une femme. Dans un sens opposé à la première circonstance cependant. Il prit Francine dans ses bras, la pressa contre lui, la berça comme une enfant en chantonnant l'air d'une complainte sans en prononcer les paroles. Elle lui répondit à coups de baisers. Puis, ils roulèrent dans la paille, tiraillés entre leur désir et l'urgence de tirer les conclusions appropriées aux déclarations faites par Frédéric à l'église. Anxieuse de l'entendre, Francine s'accroupit sagement sur les talons dans la paille, mais elle ne put se retenir de parler la première. Dans cette cathédrale dorée, sa voix avait un timbre duveteux.

— Il faut que je te le dise, je trouve que tu as été très courageux. Il n'y avait personne d'autre que toi pour lui jeter ses quatre vérités à la tête, à ce visage à deux faces. Mais as-tu une idée de ce qu'on va devenir, toi et moi, maintenant ?

Frédéric pressait l'une des mains de sa compagne entre les siennes.

— Ce qui vient d'arriver va compliquer pas mal de choses, je le reconnais, mais je suis aligné sur un si beau projet qu'il devrait faire notre bonheur à tous les deux pour le reste de nos jours. C'est tellement exaltant que, même si je voulais revenir en arrière, mon cœur m'empêcherait de le faire.

— Alors, renchérit Francine, qu'est-ce que tu attends pour m'en parler ? Si je dois partir avec toi, il faudra bien que je sache à quoi je dois me préparer.

Francine était à genoux sur la paille. Elle attrapa Frédéric et le pressa contre sa poitrine.

— Je pars le premier, annonça Frédéric en se redressant, dès que le fleuve sera libéré de ses glaces. Toi, tu viendras me rejoindre un peu plus tard.

— Et pourquoi je ne partirais pas avec toi ? s'enquit-elle.

— Parce que, pour aller là où nous allons, il y a beaucoup de choses à préparer.

— Préparer quoi ? insista-t-elle.

Il la prit tendrement par les épaules et fixa ses yeux dans les siens pour lui révéler le secret qu'il achevait en même temps d'édifier en lui-même.

— Nous allons nous transplanter aux États-Unis.

— Ça ne te ressemble pas, fit observer Francine. Le visionnaire qui écrit dans les gazettes que les Canadiens doivent reconquérir leur pays ne serait pas fier de toi.

— C'est dans un autre Canada que nous allons nous installer là-bas.

Francine le regardait comme s'il venait de prononcer une absurdité. Frédéric devait s'expliquer. Pour ce faire, il tira une coupure de journal de la poche de son manteau. Le papier était presque cassé aux plis. Frédéric le déploya avec soin. Il entreprit d'en lire quelques paragraphes tout en se retenant d'enfler la voix pour ne pas révéler leur présence à quiconque aurait pu pénétrer à l'improviste dans le bâtiment. Félicien, notamment.

— « Quelles sont les perspectives d'avenir d'un jeune homme du Canada qui ne disposerait, en tout et pour tout, que d'un capital de deux cents dollars ? À peu près nulles, n'est-ce pas ? Une vie de labeur et de privations serait son lot. Mais si ce jeune homme, muni de cette somme, se dirigeait vers la paroisse de Sainte-Anne, dans l'Illinois, et s'il était prêt à se montrer sobre, industrieux et pieux, il ne lui faudrait pas plus de deux ans pour n'avoir rien à envier au plus prospère fermier du Canada. »

Frédéric fit une pause pour déplier une autre section de sa coupure de journal. Francine profita de cette interruption pour placer un commentaire.

— Tous les deux, nous remplissons les conditions, signala-t-elle, sauf peut-être en ce qui concerne la piété.

Son compagnon sourit tout en dressant la paume de sa main devant Francine pour poursuivre sa lecture.

— « Jeune homme, si tu es heureux au Canada, reste dans ton pays, car l'exil est le plus grand des maux ; mais si tu n'y trouves plus ta place, viens nous rejoindre dans l'Illinois, et tu béniras à jamais le jour où tes yeux se seront posés sur cette missive que la Providence t'adresse. »

— Veux-tu bien me dire qui est l'auteur de ce laissez-passer pour le paradis ? s'enquit Francine.

— Un abbé. Il se nomme Jean-René Quintier.

— Encore un curé ! D'où sort-il, celui-là, avec un nom pareil ?

— De chez nous. Du Bas-Canada.

— Mon pauvre Frédéric, c'est fini, le Bas-Canada. Tu vis dans le Canada uni maintenant.

Frédéric faisait non de la tête et du cœur.

— Ils ne m'enlèveront jamais mon Bas-Canada français.

— Et tu songes à le quitter…, lui fit observer Francine.

— Pour aller en fonder une sorte de prolongement là-bas, si tu le veux bien. Tu sais, les Américains se sont débarrassés des Anglais depuis un certain temps déjà...

— Mais ils parlent toujours l'anglais dans ces États-Unis, à ce que je sache.

— Le pays est peuplé d'immigrants d'origines diverses qui ont conservé l'usage de leur langue. Ça s'appelle un melting-pot.

— Comme quand on met divers légumes dans un même chaudron... Et d'abord, il est où, ton Illinois ?

— À l'ouest des États-Unis. Un territoire vierge. Il n'y a pas si longtemps, on n'y trouvait que des Indiens et des bisons.

— Et maintenant, lui remémora Francine, après avoir affronté un prêtre débauché, tu vas aller te jeter dans les bras d'un autre curé qui se prend pour un homme d'affaires ? Tu sais, tu n'es pas toujours facile à suivre. Tu fais tout un scandale dans l'église pour annoncer au curé qui mène la paroisse de L'Islet que tu ne veux plus avoir affaire aux gens de son espèce, et tu irais te blottir dans les bras d'un de ses semblables aux États-Unis ! Et d'abord, sais-tu ce qui lui a pris, à ton curé défricheur, d'aller fonder un autre Canada dans le grand pays américain ?

Frédéric tapota sa coupure de journal du bout du doigt :

— C'est l'évêque catholique de Chicago qui lui a demandé de venir porter les secours de la religion aux Canadiens français qui avaient entrepris de cultiver les terres laissées à l'abandon après le départ des Indiens du Midwest.

Francine rejeta la tête en arrière pour dégager ses cheveux de son visage.

— Un autre représentant de Dieu sur Terre qui mêle les cartes ! se récria-t-elle. Il est engagé par le bon Dieu pour sauver les âmes, et voilà qu'il met des réclames dans les journaux pour vendre des terres. C'est un missionnaire ou un homme d'affaires, ton... comment s'appelle-t-il déjà ?

— Quintier. Il est sans doute un peu plus homme d'affaires que prêtre, à ce que je comprends, reconnut Frédéric. Il m'a tout l'air d'être un personnage entreprenant qui mettrait ses talents au service d'une cause : attirer de nouveaux colons dans son coin de pays nouveau. Mieux vaut cela que de faire des avances à ses paroissiennes au confessionnal, tu ne penses pas ?

Francine changea soudain de ton. Elle commençait à considérer avec intérêt ce que son compagnon était en train de lui proposer.

— Et les deux cents dollars pour acheter cette fameuse terre dans l'Illinois, tu les prendrais où ?

— Il faudra que j'en discute avec cet abbé Quintier. S'il le faut, je ferai quelques travaux pour lui en même temps que je bâtirai ma cabane.

— Et moi, dans tout ça ? s'enquit-elle. Et ta femme, tes enfants, ta terre ?

— Ma terre, je la vends à ton mari. Ma femme et mes enfants vivront des redevances que Félicien leur versera chaque année. Quant à toi, tu viendras me rejoindre dès que les arrangements seront conclus ici et là-bas. Entre-temps, j'aurai fini de bâtir notre petit château dans ce coin de paradis.

Francine examinait le cheminement du projet en faisant de grands « oui » de la tête. Frédéric ouvrit encore une fois les bras. Elle s'y blottit à la manière d'un oiseau. Ils allaient commencer à se bécoter, mais ils durent reporter la célébration de leurs amours. Félicien venait de pénétrer dans l'étable au-dessous. Les deux amoureux en furent quittes pour ne plus bouger d'un cil pendant une bonne vingtaine de minutes.

*

L'hiver fut long. Tous les hivers le sont. Celui-là s'étira de rigueurs en langueurs. Frédéric avait élu domicile sur le banc du quêteux. La tête, un ballon, le cœur, un papillon, mais les pieds, des racines figées dans la glace. Le passé pesant. L'avenir barbouillé de neige. Confiné à sa propre peau, Frédéric jetait sur les membres de sa famille le regard étonné que l'on porte sur des gens que l'on ne reconnaît plus.

Sa femme, d'abord, Géraldine. Elle était entrée dans sa saison morte. Elle vaquait à ses occupations avec un fatalisme de religieuse, yeux baissés, dos courbé, mains jointes dès qu'elles n'étaient pas occupées. Géraldine n'avait jamais été une séductrice. Mère en tout et pour tout, y compris de son mari, elle avait satisfait les désirs de ce dernier comme on passe la main dans les cheveux d'un enfant pour l'inciter à poursuivre dans la bonne voie. Il n'y avait qu'une issue à la résignation de cette femme. Elle s'allumait quand elle retrouvait ses « Cher enfant de mes amours aimées ! » en mordant à belles dents dans ses « r ». Sans encore envisager la délivrance qui l'attendait au printemps, Géraldine approfondissait les ornières du présent en allant et venant dans la cuisine, un torchon à la main, un ou deux enfants accrochés à son tablier. Cependant que son mari, le dos courbé au bout de la table devant ses livres et ses papiers, s'aventurait jusqu'au rebord du présent depuis lequel il comptait s'élancer bientôt pour planer en direction de l'avenir.

Pour ce qu'il en était du jeune Frédéric, il passait l'hiver sur les plateaux de l'arrière-pays. Il s'était fait embaucher dans une équipe qui sciait des troncs d'arbres en longueur pour en faire des poutres et des planches avec lesquelles on construirait une étable, au printemps, chez un riche cultivateur de la paroisse. Logé, nourri, mais sans gages, comme le voulait l'usage, le jeune Frédéric n'était pas celui qui mettait le moins de cœur à l'ouvrage. Il jetait toute sa fougue dans l'accomplissement de sa tâche. Et même un peu plus.

À la maison, on avait eu des échos de sa conduite par un voyageur. Le jeune Frédéric était en constantes discussions avec son patron. Il proposait des modifications au plan du bâtiment qu'on élèverait aux beaux jours. Il suggérait d'installer de larges baies vitrées dans le mur donnant au sud, afin que le soleil d'hiver apporte lumière et chaleur aux bêtes confinées à l'intérieur. Il recommandait de poser des évacuateurs d'air sur le toit, un peu comme des cheminées sur une couverture. D'aménager un pont roulant pour sortir la litière souillée. Le patron s'amusait des suggestions de son engagé comme un homme laisse un chiot mordiller les lacets de ses chaussures.

Géraldine fronçait les sourcils en apprenant que son fils se permettait toutes ces interventions. Elle voyait de l'inconduite dans cette attitude. À n'en pas douter, le jeune Frédéric finirait par être renvoyé chez lui.

Pour sa part, sans bouger du banc où il se tenait, Frédéric le père tressaillait de joie. Il voyait dans la conduite de son fils l'héritage du tempérament de bâtisseurs dont les premiers Saintonge avaient fait preuve en venant fonder une France nouvelle en Amérique. À leur tour, les Frédéric père et fils contribueraient à consolider une enclave française et même charentaise sur le territoire des États-Unis.

Le père concentrait d'autant plus son attention sur son aîné que les plus âgés de ses enfants, les garçons surtout, refusaient désormais de continuer à s'instruire auprès de leur mère. Ils préféraient exhiber leur force d'adolescents en portant de lourdes fourchetées de fumier à l'extérieur de l'étable, en fendant le bois à grands ahans et en se volant dans les plumes comme des lutteurs de foire. Une portée de jeunes carnassiers.

De leur côté, sur les traces de leur mère comme une nichée de poulettes, les filles gloussaient sans répit.

Ressentant très crûment le malaise ambiant, elles deve-naient encombrantes à force de sollicitude. Des assiettes essuyées deux fois plutôt qu'une, le banc et les chaises constamment replacés autour de la table et le balai passé deux fois par jour jusque derrière la boîte à bois.

Pour ce qu'il en était des tout-petits, au hasard de leurs allées et venues dans la cuisine, ils jetaient des regards éperdus à cet homme qui passait ses journées sur le banc du quêteux ou en bout de table. L'instinct qui rend l'enfance perspicace à son insu leur faisait percevoir le trouble de leur père.

Frédéric constatait par ailleurs que son frère Féli-cien ne lui avait plus donné signe de vie depuis qu'ils étaient convenus d'en venir à un arrangement, lors de leur conversation solennelle dans le salon des grandes circonstances. Ce frère qui avait tant peur du vent, dans quel affolement la tempête actuelle le précipitait-elle ? Le bon déroulement du plan que Frédéric avait élaboré dépendait de l'engagement de Félicien. Ce dernier anéan-tirait-il le projet de son aîné pour apaiser l'inquiétude qui le rongeait ? Frédéric devait s'employer le plus tôt possible à mettre à bas l'échafaudage de « si » et de « peut-être », sans quoi il ne parviendrait pas à édifier son avenir.

Enfin et surtout, Francine. Sur le cours des longues soi-rées d'hiver, Frédéric refaisait le parcours de leurs amours. Au début, il l'avait aimée en secret, ce qui lui permettait de modifier à son gré les scènes du théâtre qu'il se jouait dans sa tête. « Foin d'odeur », murmurait-il à voix basse sur son passage. « Foin fou », répliquait Francine en pressant le pas pour donner de l'allant au bruissement de sa jupe.

Tout le monde savait que Francine avait tiré le mau-vais numéro en épousant Félicien Saintonge. Chaque fois que son mari prononçait l'un des dictons creux derrière lesquels il camouflait l'étroitesse de sa pensée, Francine se raidissait. Au temps où les deux familles se voisinaient encore, Francine avait souvent l'occasion de froncer les sourcils en se tournant du côté de Frédéric. Après des semaines et des mois de coudes qui se touchent et de mains qui s'effleurent, un soir, après le souper, dans l'entrebâillement de la porte de la dépense, Frédéric avait volé un baiser dans le cou de Francine. Ils étaient demeurés figés un instant, puis sa belle-sœur s'était retournée vers lui et lui avait souri. Dès lors, leurs gestes avaient suivi leur propre impulsion.

Et maintenant, les coudes aux genoux sur le banc du quêteux, Frédéric levait des yeux consternés sur la femme et les enfants qui allaient et venaient dans sa cuisine sans les reconnaître tout à fait. Fantômes d'une autre vie.

Dans la maison voisine, une autre femme vivait déjà cloîtrée dans l'attente que l'être aimé lui ait bâti un nid, loin d'ici. Ceux qui faisaient profession d'écrire des romans savaient-ils seulement inventer des histoires si déchirantes ? Pour conforter Francine tout en se rassurant lui-même, Frédéric adressa au journal *Le Pays* un autre de ses billets dans lequel il annonçait à la femme qu'il aimait l'Évangile qui gouvernerait désormais sa vie. Et, par ricochet, son existence à elle.

Il a bien fallu que nos aïeux, petites gens des bords de mer et des marais salants, après avoir enduré mille morts dans les fers des religions adverses, écartelés par l'alliance des nantis contre les petits, réduits sous la férule d'un cardinal, âme damnée d'un roi prêt à tenir tête aux Anglais pour se tailler un royaume dans la terre de Saintonge, il a bien fallu que ces bons bougres tournent un jour le dos à ce qu'ils avaient bâti de père en fils et filles, de siècles en patience, jardins, clôtures, masures et entrepôts, les jambes solidement écartées sur le pont de leurs gabarres, pour mettre le cap sur les étoiles. La vie est ailleurs !

Quand des vieillards édentés étaient décapités, des enfants à peine formés arrachés au ventre de leur mère, la fumée des incendies montant des églises dans lesquelles la populace de tout un hameau était enfermée, tandis que les aulnes reprenaient possession des terres que les métayers avaient abreuvées de leur sang pour engraisser leurs maîtres, il a bien fallu que l'on se décide à aller semer l'espérance sur des rives nouvelles. Ces victimes de l'ordre établi emportèrent la Saintonge dans leur cœur pour la transplanter dans la France d'outre-océan, en Canada, sur les rives du fleuve Saint-Laurent. La survie, au-delà des mers !

Et, maintenant que l'histoire se mord à nouveau la queue, que le clergé de l'ancienne Nouvelle-France recommence à tripatouiller avec ses doigts griffus dans le délicat tissu des consciences, et que les puissants – ou ceux qui aspirent à le devenir – s'apprêtent à vendre leurs frères de sang et de langue aux mercantis du conquérant anglais, faudra-t-il de nouveau tourner le dos à ce que nous avions rebâti ? L'endurance est-elle toujours une vertu ?

Nous réconcilierons le passé avec lui-même en nous tournant vers l'avenir. Une fois encore nous déracinerons notre espérance pour aller la replanter ailleurs. Nous enfoncerons le soc de nos charrues dans une terre que les États-Uniens offrent à ceux qui en veulent. Nous bâtirons un présent à saveur de liberté. L'avenir, dès maintenant !

*

Un petit matin des derniers jours de mars, un vol d'oies blanches passa au-dessus de la demeure de l'aîné des Saintonge. Frédéric se précipita dehors. Alignés sur deux rangées en forme de « v », ces oiseaux migrateurs se dirigeaient vers l'intérieur des terres en cacardant. Un frémissement envahit Frédéric. La neige de tout un hiver se tranformait en une mousse grisâtre autour des

115

fondations de la maison, écume de la saison qui achevait. L'air avait des pointes de douceur. Frédéric revint à l'intérieur, le visage illuminé, en se frottant les mains.

— Elles sont arrivées ! annonça-t-il d'un ton presque joyeux.

Géraldine et les enfants avaient eux aussi entendu les oies. Quelques-uns des petits se bousculaient devant l'une et l'autre des fenêtres basses de la cuisine pour les apercevoir. Leur mère se tenait devant l'évier, un torchon à laver la vaisselle dans les mains.

— Et toi, tu vas les suivre ? lança-t-elle en direction de Frédéric.

— Surtout pas, rectifia-t-il. Elles m'entraîneraient vers les neiges éternelles du nord. Moi, c'est au sud, du côté des prairies, que je veux aller.

— Si tu tiens tant à partir, insista-t-elle, fais-le donc le plus tôt possible. Ça me tue, moi, de te voir affalé sur ton banc comme un vieillard impotent, avec ta tête qui flotte au-dessus de tes épaules comme un ballon.

Elle se pencha de nouveau sur sa vaisselle dans l'évier, à la manière des prêtres officiant à l'autel, tandis que Frédéric reprenait sa faction près de la porte.

Comme pour répondre à l'incitation de Géraldine, les frères Saintonge se retrouvèrent quelques jours plus tard chez le notaire Guérin, au cœur du village. L'étude de l'homme de loi était une autre église, portraits d'austères personnages aux murs, fougères en pots sur des crédences et planchers cirés. Le temple des secrets bien gardés.

Frédéric et Félicien se tenaient droit sur leur chaise, le chapeau sur les genoux. Engoncé dans un gilet qui lui comprimait la bedaine, des manchettes de lustrine enfilées sur les avant-bras de sa chemise, une visière de celluloïd verte lui protégeant les yeux, le notaire Guérin tourna une page du document qui était posé sur son sous-main à l'aide du doigt de caoutchouc qui ne le quittait jamais.

— Nous devons faire ici un subtil distinguo, prononça-t-il, entre la donation proprement dite, le douaire et l'usufruit.

Il s'adressait tout spécialement à Frédéric comme un maître fait la leçon à un écolier attentif. Félicien, lui, examinait le bout de ses souliers. Le frère cadet demeura toutefois impassible quand le notaire le désigna d'un petit signe de tête, au détour d'une des pages de son document. Félicien suivait-il seulement la lecture du papier juridique ? L'homme de loi se rejeta en arrière, mettant sa bedaine en évidence.

— Nous ne disposons donc plus que d'une seule façon de donner suite à votre intention. Cela s'appelle une cession de l'usufruit assujettie à une contrainte de temps.

Il leva le regard vers Frédéric, le doigt de caoutchouc toujours posé à l'endroit où il comptait reprendre sa lecture après être allé au bout de son explication.

— Vous me suivez toujours ?

Et il prolongea sa lecture sans attendre l'acquiescement de son client. Pour sa part, Félicien venait de réaliser enfin qu'il bénéficierait des revenus de la ferme de son frère sans avoir rien d'autre à débourser que des versements annuels à sa belle-sœur.

— « A beau donner qui a la panse pleine », murmura-t-il entre ses dents.

Quant à Frédéric, il avait déjà la tête ailleurs. Toujours une vie d'avance sur celle qui se déroulait au présent. Il s'était imposé la vocation d'accoucher l'avenir de ses promesses. Que cela se fît au détriment de sa sécurité matérielle et même au prix du sacrifice des siens n'affaiblissait pas sa détermination. Des vents puissants mènent ceux qui naviguent au large.

Il apposa sa signature au bas de l'acte. Son frère se résolut à l'imiter après avoir lancé un « L'un ressemble à l'autre comme à un moulin à vent ». Un échange de poignées de main s'ensuivit. Félicien sortit. Frédéric resta derrière en refermant la porte de l'étude. Sitôt seul avec le notaire, il annonça qu'il souhaitait passer un accord secret qui compléterait celui qui venait d'être conclu.

Tant de choses pouvaient survenir dans les terres lointaines vers lesquelles il se dirigeait... L'avenir y était plus imprévisible qu'ailleurs. S'il advenait que son séjour se prolonge, que des circonstances inattendues modifient le cours de sa vie, qu'il n'ait plus les moyens ou l'intention de rentrer au pays, dans le pire des cas qu'il disparaisse dans l'immensité du paysage américain, il faudrait bien que l'accord provisoire qu'il venait de conclure avec son frère puisse prendre une forme permanente.

Le notaire hocha gravement la tête pour marquer qu'il avait bien enregistré chacune de ces hypothèses. Soupçonnait-il que Frédéric n'avait pas l'intention de revenir d'exil ? Ce genre de situation se produisait dans la vie comme dans les romans, songea l'homme de loi.

Frédéric était demeuré debout devant le bureau du notaire. Il crut utile de rappeler la nature hautement confidentielle de cette ultime démarche et des actes légaux qui pourraient en découler. Pour le rassurer, le notaire ne trouva rien de mieux que de lui rappeler le caractère sacré du secret professionnel qui liait tout homme de loi à ses clients. L'équivalent du secret de la confession chez les curés. Cette comparaison fit tiquer Frédéric. Le notaire se ressaisit aussitôt. Il avait été témoin, comme tous les paroissiens, de l'altercation à l'église entre Frédéric Saintonge et le curé Desnoyers. Il reformula donc son argument en engageant cette fois sa parole d'homme. Un regard ponctué d'un moment de silence, et le pacte fut conclu.

Le notaire Guérin rédigerait un appendice au contrat qui venait d'être signé. Advenant le cas où Frédéric Saintonge souhaiterait rendre permanent l'acte provisoire en vertu duquel il venait de céder à son frère Félicien l'usufruit de sa terre et de ses animaux, le notaire mettrait en œuvre, sur simple avis écrit du cessionnaire, l'acte de donation entre vifs qu'avaient l'habitude de signer les agriculteurs du Bas-Canada quand ils sentaient venir la fin de leur vie utile. Dans cette éventualité, le notaire expédierait ce document à Frédéric par la poste, qui le lui retournerait par le même procédé, revêtu de sa signature. Dès lors, le nom de Frédéric Saintonge disparaîtrait du registre des propriétaires fonciers de L'Islet-sur-Mer.

Le code civil du Bas-Canada, conforme en cela au droit canon, consacrait cependant l'indissolubilité du lien matrimonial. Quoi qu'il advînt, Frédéric Saintonge demeurerait l'époux légitime de Géraldine Desrosiers jusqu'au décès de l'un ou l'autre des conjoints. Dans ce pays, la loi n'allait jamais plus loin que ce que préconisait l'Église.

De retour dans l'antichambre, Frédéric chercha le regard de son frère. Félicien baissa les yeux. Frédéric le contourna et sortit le premier.

*

Dans ce pays, le printemps s'éveille pour mieux se rendormir. En mars, il se donne parfois des airs de résurrection alors que de vastes plaques de glace s'accrochent encore aux battures du fleuve. En avril, il peut tout aussi bien jouer un adagio d'automne, avec ses pluies et ses brouillards.

C'était l'un de ces matins où le vent s'amuse à courir après les nuages. La veille, le capitaine Fournier avait envoyé un de ses garçons de course prévenir les passagers qui avaient inscrit leur nom sur sa liste.

— Le capitaine fait dire que les voyageurs doivent arriver de bonne heure demain, lundi matin, qu'on ait le temps d'embarquer les bagages. Beau temps, mauvais temps, on lâche les amarres à 7 heures. Destination Québec.

Dès 6 heures, deux voitures dans lesquelles s'entassaient les familles Saintonge s'immobilisèrent en bout de jetée du nouveau quai de L'Islet. Il s'y trouvait déjà une vingtaine de chars, de cabriolets et de charrettes. Les voyageurs, une trentaine de personnes peut-être, étaient entourés de parents et d'amis. Le premier départ de la saison constituait une balise dans la vie des L'Isletois.

Le petit personnel affecté au chargement des bagages se frayait un passage parmi l'affluence, portant ou roulant des malles, des ballots et des barriques à l'aide de diables et de chariots. Dans tout ce branle-bas on apercevait même des cages abritant des poules et un porcelet empêtré dans sa corde. La passerelle reliant le quai au pont de la goélette arrondissait sous le poids combiné des porteurs et de leur charge. La marée achevait de monter. *La Bonsecours* tirait sur ses amarres.

Chaque famille entourait celui, celle ou ceux qui partaient. Les membres du clan Saintonge se tenaient à l'écart. Les circonstances qui incitaient les Frédéric père et fils à quitter L'Islet en faisaient des sujets d'intérêt. On ne s'approchait pas d'eux cependant. On ne les quittait tout de même pas des yeux.

Sitôt descendues de voiture, les deux familles Saintonge avaient formé un cercle au centre duquel on avait confiné les enfants. Il n'aurait surtout pas fallu que l'un ou l'autre de ces petits s'échappe vers la bordure du quai donnant à pic sur une eau glaciale et agitée. Autour des petits, pour mieux les contenir, on avait disposé les bagages des deux voyageurs. En dépit de ces précautions, Géraldine n'en finissait pas moins de dénombrer sa progéniture.

Frédéric se tenait non loin d'elle, immobile. Il paraissait absent à ceux qui l'entouraient. La main droite accrochée à la courroie de son vieux sac de cuir posée sur son épaule, l'autre au repos contre le rude tissu de son long manteau, il faisait penser à un représentant de commerce en quête de clients.

À dix pas de lui, au milieu d'un autre cercle, Francine gardait la tête haute devant les curieux dont elle sentait bien qu'ils l'observaient à la dérobée. Combien de vieillards édentés n'enviaient-ils pas Frédéric d'avoir obtenu les faveurs d'une créature si désirable ! On se serait attendu à ce que l'époux de Francine se tienne à ses côtés comme un homme qui se réjouit de reprendre possession de son bien mais, contre toute attente, Félicien demeurait à l'écart, l'œil piteux sous son bonnet.

D'autres badauds portaient leur attention sur le fils que Frédéric Saintonge entraînait avec lui dans son exil. Le jeune homme ne semblait nullement troublé de quitter la terre natale pour aller chercher fortune dans des prairies américaines occupées tout récemment encore par des troupeaux de bisons et des tribus d'Indiens. Le fils Saintonge gardait la tête haute en scrutant l'horizon comme s'il lui tardait de prendre le large.

Un peu avant 7 heures, le capitaine Fournier s'avança dans l'ouverture du franc-bord donnant accès à la passerelle. Bombant la bedaine, il ajusta un gros porte-voix devant sa bouche.

— Ceux qui embarquent, restez pas sur le quai comme ça. Les autres, laissez passer ceux qui s'en vont. Si on attendait que vous ayez fini de vous dire tout ce que vous avez pas trouvé le temps de vous dire avant de quitter vos maisons, on décollerait pas du quai avant demain matin. Embrassez vos compagnies puis, ho donc ! venez nous rejoindre à bord. Ceux qui partent pas et qui se trouveraient encore sur le pont de *La Bonsecours*, vous avez rien à faire là. C'est le temps de débarquer. S'il s'en trouve encore un sur le bateau quand on aura détaché les amarres du quai, il devra payer son passage jusqu'à Québec et il sera quitte pour prendre son mal en patience avant que je le remmène mercredi en fin de journée. Ho donc ! les voyageurs ! La marée attend pas. On s'en va.

Géraldine tenait à pleine poignée le fichu qui lui recouvrait la tête et que le vent malmenait. Pour se rapprocher de son mari, elle se résigna à confier ses petits à sa fille aînée Reine. Géraldine avait une bonne tête de moins que Frédéric. Sans lâcher son fichu, elle lui entoura la taille de son bras libre. Échappant à la surveillance de leur sœur, quelques-uns parmi les plus grands des enfants s'avancèrent pour imiter leur mère en ceinturant, qui les jambes, qui la taille de leur père.

— Je n'aurais jamais imaginé qu'on en viendrait là, murmura Géraldine.

— Pour dire la vérité, moi non plus, répondit Frédéric.

— C'est comme si j'assistais à ton enterrement, avoua-t-elle.

— Rassure-toi, lui répliqua Frédéric, je ne suis pas près de mourir.

Ce devant quoi Géraldine ravala un gros sanglot qui s'étira en gémissement quand elle finit par reprendre sa respiration. Elle parvint tout de même à prononcer encore quelques mots.

— Mais je te pardonne.

Elle s'empressa d'ajouter :

— C'est tout de même pas une raison pour aggraver ton cas. Quand tu seras là-bas, essaie donc de pas contrarier tous ceux qui pensent pas comme toi.

Et elle s'éloigna en rameutant sa marmaille autour d'elle. Le fils aîné se trouvait sur sa trajectoire. Elle se jeta dans ses bras. Le jeune Frédéric n'avait pas encore eu l'occasion d'apprendre à consoler son prochain. Encore moins sa mère.

— Mon pauvre enfant, lui confia-t-elle, c'est toi qui devras maintenant veiller sur ton père. Empêche-le de se faire du mal en se chicanant avec tous ceux qui ne pensent pas comme lui. Et toi, avec tes idées de bâtisseur, prends pas des bouchées que tu ne pourras pas avaler. Je vous attendrai tous les deux jusqu'à mon dernier souffle. Votre vrai chez-vous sera toujours ici.

Le jeune Frédéric faisait des petits «oui» de la tête comme un enfant qui ne veut pas contrarier sa mère. En même temps, son regard flottait par-dessus l'épaule de Géraldine. Son père vint à sa rescousse en lui faisant signe de le suivre. Le jeune homme se défit de l'étreinte dans laquelle sa mère le tenait, l'embrassa sur le front, saisit son sac et s'en fut d'un pas leste dans le sillage de l'autre Frédéric.

Au milieu de la passerelle, Frédéric le père se retourna vers ceux qu'il quittait. Son regard rencontra celui de Francine. La jeune femme était plus grande que la plupart des autres femmes qui l'entouraient. Par-dessus les chapeaux et les fichus, Frédéric lui adressa donc un signe de tête qui scellait leur engagement, ce à quoi elle répondit en opinant. Frédéric posa son sac sur la passerelle, se cura la gorge et toisa enfin ses concitoyens massés sur le quai.

— Écoutez-moi ! Ceux qui en ont assez de m'entendre, rassurez-vous, vous serez débarrassés de ma présence dans pas grand temps.

L'intervention de Frédéric avait engendré un silence aussi profond que celui qui se faisait à l'église pendant l'élévation.

— C'est aux autres que je veux m'adresser en premier, poursuivit Frédéric. À ceux qui ont encore un peu de considération pour moi. Dans ce pays, on se connaît d'une génération à l'autre. Nos pères ont coupé du bois ensemble, nos mères ont travaillé à quatre, six, sept paires de mains, à piquer des courtepointes. Le village, au commencement du moins, c'était une grande famille.

La foule rassemblée se toisait comme étonnée de s'entendre rappeler que ceux qui les avaient précédés s'étaient aimés.

— Ceux-là, je les embrasse les uns après les autres et je vous emporte dans mon cœur.

On se touchait du coude. On échangeait des observations du bout des lèvres. Le vent soulevait des pans de manteaux, des pointes de fichus. La vie dans sa plus belle authenticité.

— Maintenant, il faut que je dise quelque chose aux autres avant de m'en aller. À ceux qui n'ont pas envie de me donner l'accolade. À ceux qui sont contents de me voir partir. Rassurez-vous, je ne vous demanderai rien. Je veux simplement régler mes comptes avec vous.

Encore une fois, les L'Isletois jetaient des regards en coin autour d'eux pour s'assurer que leurs voisins ne les jugeaient pas trop sévèrement pour s'être insurgés devant la conduite de Frédéric Saintonge. Ce dernier haussa le ton.

— Vous vous reconnaissez, la bande de radoteux du magasin général ? Les commères à l'affût des mauvaises nouvelles derrière les rideaux de leur cuisine ! Je le sais aussi bien que vous, les années sont dures à L'Islet. Le curé dit que c'est le bon Dieu qui nous envoie des épreuves pour nous rappeler que c'est lui qui mène. Moi, je pense plutôt que c'est à cause de vous autres que les récoltes sont mauvaises depuis quelques années. Comment voulez-vous que les graines germent dans la terre quand vous avez le cœur si sec ?

Frédéric enserrait de toutes ses forces la lanière de cuir de son sac.

— Avant de partir, je tiens absolument à tirer quelque chose au clair. Plusieurs d'entre vous pensent que je suis forcé de m'en aller parce que je me suis permis de dire ses quatre vérités au curé. Vous vous trompez. Je quitte la terre de mes ancêtres parce qu'avec vos bâtons dans les roues vous m'empêchez d'aller au bout de mon chemin.

Il prit le temps de les englober dans un regard circulaire.

— Vos chicanes de village, c'est pas nouveau. Les premiers qui sont arrivés ici, ils partaient d'un monde où les catholiques et les protestants s'entretuaient pour la plus grande gloire de Dieu. Mais il y a toujours eu parmi les mécréants quelques individus qui ont encore un peu d'humanité dans le cœur. C'est eux autres qui ont fini par bâtir le pays où on vit. Il a pas fallu longtemps pour qu'on retombe dans les ornières où le monde s'enlise depuis que nos premiers parents ont été chassés du paradis terrestre. Vous n'aviez même plus l'excuse des deux religions de vos aïeux pour vous détester. Pourtant, vous vous êtes fait un évangile avec ce qui vous divisait. Toujours la méfiance, encore la haine. C'est pour ça que je pars, moi, avec mon fils, pour aller essayer de bâtir un monde où chacun aura le droit de vivre en paix avec sa conscience. Je suis peut-être pas plus fin qu'un autre, mais j'ai la conviction qu'on vient rien qu'une seule fois sur la Terre. Autant en profiter.

Une fois de plus, Frédéric embrassa la foule du regard. Il y retrouvait ceux qu'il avait harangués dans l'église quelques mois plus tôt.

— Une dernière chose, avant de mettre le pied sur le pont de la goélette qui va m'emmener dans un monde nouveau. Je vous demande en grâce de laisser ma famille tranquille. À ceux qui s'acharneraient à tourmenter des innocents, je dis par avance qu'ils sont des lâches.

— « Il cherche son âne et il est dessus », grinça Félicien entre ses dents.

À ce moment, un mouvement se fit dans la foule. On s'écartait pour céder le passage à quelqu'un. Frédéric ne fut pas très étonné de voir apparaître l'abbé Cyprien Desnoyers au pied de la passerelle. En dépit de sa petite taille et de sa frêle constitution, l'homme d'Église cherchait à en imposer avec des moulinets de bras et un doigt pointé vers les cieux.

— Veux-tu bien te taire, Frédéric Saintonge ! lança-t-il de sa voix aigre. Tu auras donc blasphémé jusqu'à la dernière minute ! Malgré tous les avertissements que le Père céleste a pu t'envoyer pour t'indiquer que tu t'égarais, tu te seras obstiné à inciter tes frères et sœurs à violer les lois de Dieu et des hommes. Tu me forces à dire à voix haute que ton départ sera un grand soulagement pour toute la paroisse.

Frédéric releva la tête pour désigner du menton celui qui l'affrontait.

— Tes croassements ne font plus peur à personne, oiseau de malheur !

Et s'adressant à ses concitoyens :

— Vous autres, veillez bien à ce qu'il ne fasse pas trop de mal aux plus vulnérables d'entre vous.

Il tourna le dos au curé et fit les quelques pas qu'il lui restait à franchir sur la passerelle. Au moment où il mettait le pied sur le pont, Francine se précipita vers la goélette. Des manœuvres achevaient de retirer la passerelle. Par-dessus le franc-bord, on vit Francine tendre à bout de bras à Frédéric un petit objet enveloppé dans un bout de tissu de velours que ce dernier baisa avant de le glisser dans sa poche. Un instant, Francine chercha son équilibre au bout du quai, devant le vide. La masse de la goélette avait fait place à l'abîme des eaux. Félicien s'avança pour la ramener dans les rangs.

— « Ta tête donne bien de l'exercice à tes pieds », lui servit-il en guise de remontrance.

Il l'entraîna à petits pas pressés vers ceux qui regardaient *La Bonsecours* s'éloigner vers le large. Une averse malveillante éclata à ce moment. Ils coururent tous se mettre à l'abri sous les capotes des voitures. L'abbé Desnoyers demeura seul au bout du quai, embrasé de la colère du juste, jusqu'à ce que la goélette se soit inclinée sur son flanc de tribord pour commencer à louvoyer contre le vent d'ouest. L'Islet était débarrassé une fois pour toutes de Frédéric Saintonge et de son fils du même nom.

*

Affrontant vents et marées contraires, la goélette avait à peine franchi une quinzaine de milles nautiques dans la journée. Ravalant son orgueil, le capitaine Fournier avait été contraint de se mettre à l'abri derrière l'île au Cheval. Maintenant que la nuit était établie, le bonhomme faisait surchauffer sa pipe, seul dans la timonerie. Sur son lit d'eaux noires, *La Bonsecours* tirait sur le câble de son ancre.

Dans la cale, les deux Frédéric étaient à demi allongés, un peu à l'écart des autres voyageurs, appuyés sur leurs bagages dans le grand espace où les passagers qui n'avaient pas les moyens de faire les frais d'une cabine s'entassaient sous la faible lueur de deux fanaux qui dégageaient une odeur plutôt déplaisante. Au rythme du tangage que les vagues imposaient à la coque, le père et le fils ressassaient le passé dans l'espoir d'y dénicher quelques indices de leur avenir.

— Il faut que je te dise quelque chose à propos de ta mère, commença Frédéric le père. Ça pourrait t'en apprendre aussi un peu à mon sujet par la même occasion.

— Tu n'as pas de comptes à me rendre, lui assura le fils.

— Des comptes, sûrement pas, mais des explications, oui, peut-être. Les pieux mensonges, c'est bon pour les enfants. Aux plus jeunes de la famille, il ne m'a pas été très difficile de faire croire que je partais travailler au loin parce que les temps sont durs. Ce qui n'est d'ailleurs pas faux. Mais toi, tu ne peux pas te contenter de cette demi-vérité. Nous allons vivre ensemble aux États-Unis pendant des mois et peut-être des années. Si on espère se comprendre, il faut que tu saches à qui tu as affaire. Alors, écoute-moi bien. Entre ta mère et moi, la flamme vacillait depuis très longtemps. Elle est maintenant éteinte une fois pour toutes.

Appuyé sur les coudes, le fils regardait son père sans vraiment le voir dans la pénombre.

— J'espère que tu ne t'imagines pas que tu m'apprends quelque chose ? lui répliqua le jeune Frédéric.

— Ce qui s'est passé entre ta tante Francine et moi, poursuivit le père, c'est la conséquence, pas la cause de ma rupture avec ta mère.

Le fils hocha la tête dans le noir.

— S'il n'y avait pas eu Francine, enchaîna le père, j'aurais quitté L'Islet de toute façon. Dans ma tête et dans mon cœur, il y a longtemps que je ne vivais plus avec ta mère. Nous allions chacun notre chemin dans des directions opposées. Moi, je voulais changer le monde. Tu as lu quelques-uns des billets que je publie dans *Le Pays*. Tu as bien compris que je prêche à la fois pour que nous restions fidèles au passé, tout en travaillant de toutes nos forces à accoucher d'un futur qui nous ressemble.

Le jeune Frédéric continuait à faire de grands « oui » de la tête que son père percevait à peine.

— Tandis que ta mère, elle, n'a qu'une règle : que le lendemain reproduise exactement le cours de la veille et même des années précédentes. Comme au temps de ses propres père et mère. Pour elle, la vie serait comme une éternité arrêtée.

Le fils se permit d'intervenir :

— Dans tes écrits, tu n'en finis pas de dire aux autres comment ils doivent se comporter. Tu n'aurais pas pu essayer d'appliquer cette méthode avec ta femme ?

Au tour du père de bouger la tête en forme de « non » sous le pâle reflet des fanaux :

— J'ai tout essayé, jusqu'au jour où j'ai commencé à me rendre compte que c'était elle qui s'acharnait à me faire voir le monde par ses yeux à elle. Elle voulait m'emmener à penser petit. Chaque jour, elle ajoutait un brin au cocon qu'elle tissait autour de moi avec toutes les boules de mousse que la vie fabrique au quotidien.

Le jeune Frédéric crispait les traits de son visage en entendant son père parler ainsi de sa mère. Il savait pourtant, au fond de lui-même, que son paternel avait raison.

— Et toi, plutôt que de rester à ses côtés pour essayer de l'aider à sortir de là, tu es allé cultiver le jardin d'à côté, prononça-t-il sur un ton sans expression.

Le silence les renvoya chacun à ses ruminations. Frédéric le père s'en tira avec une affirmation assortie d'une pirouette.

— Je te l'ai déjà dit et je te le répète, s'il n'y avait pas eu Francine, je serais parti tout aussi bien.

Et il ajouta après un instant d'hésitation :

— Mais il faut que tu saches une chose. Si jamais Francine finissait par venir s'installer à mes côtés, quelque part là-bas où nous allons ensemble, je serais l'homme le plus heureux du monde.

Le jeune Frédéric émit un soupir avant de répondre à son père.

— Et moi, je dis que l'amour est une chose bien compliquée.

Frédéric détourna la conversation comme on le fait en ramenant la barre d'un navire pour le mettre sous un autre vent.

— Ce n'est pas tout de regarder en arrière. Il faut envisager ce qui nous attend devant.

Le fils se redressa pour s'appuyer du dos contre son sac de voyage, se montrant ainsi plus attentif au nouveau sujet que son père allait aborder.

— Tu as sûrement lu dans les gazettes que des centaines, peut-être des milliers de nos compatriotes sont partis travailler dans les usines de textile aux États-Unis.

— Je ne les envie pas. Si une vie entre quatre murs leur convient, c'est leur affaire. Moi, j'ai besoin d'espace.

— Même chose pour moi, lui assura son père. Si je te parle de ceux qui sont allés s'établir en Nouvelle-Angleterre, c'est justement pour t'annoncer que ce n'est pas dans cette direction que nous nous dirigeons. Je t'emmène plutôt à l'autre bout des États-Unis, au sud du lac Michigan. C'est là que se trouve la grande ville de Chicago.

— Les grandes villes, annonça le jeune Frédéric avec un élan d'enthousiasme dans la voix, c'est le paradis des bâtisseurs.

— Les villes, lui répliqua son père, c'est fait pour ceux qui ont de l'argent.

— Ou pour ceux qui veulent en gagner, insista le fils.

— En attendant, rectifia le père, de l'argent, nous n'en avons pas. Alors, nous allons vers un endroit où tout reste à faire à une plus petite échelle.

Le fils se renfrogna. Comme le père ne pouvait pas le constater à sa mine, il enchaîna sur le ton de celui qui dévoile un rêve.

— Il y a à peine quelques années, les plaines de l'ouest des États-Unis où nous allons ressemblaient à un commencement du monde.

Le fils se tourna carrément vers son père.

— Et toi, depuis quelques années, tu me répètes sans arrêt que nous ne devons pas rester enfermés à L'Islet parce qu'il ne peut pas sortir grand-chose de neuf de ce coin de pays qui est déjà vieux. Et maintenant, tu m'annonces que tu m'emmènes dans un endroit qui ressemble aux temps passés. Il ne pourrait pas y avoir un milieu quelque part ?

Son père lui mit la main sur le genou, ce qui ne parut pas l'apaiser.

— Les bisons ont tous déguerpi, je peux te.l'assurer. Le gouvernement des États-Unis a racheté les terres des Indiens. Aujourd'hui, trois ou quatre villages s'élèvent autour de la paroisse où nous allons. Un petit Canada est en train de se bâtir là-bas. Fort heureusement pour toi, tout est encore à faire de ce côté, églises, presbytères, écoles. Pour tes débuts en architecture, ce sera le septième ciel.

— Et comment sais-tu tout cela ? s'étonna le fils.

— L'un des propagandistes de ce nouveau monde, un abbé...

— Encore un curé ! se permit de signaler le jeune Frédéric.

— ... il se nomme Jean-René Quintier. Il a lancé un appel dans les journaux du Canada pour qu'on aille lui prêter main-forte. Il affirme que, aux environs du village qu'il a fondé et qui s'appelle Sainte-Anne, on peut acheter une terre de quarante acres pour à peine deux cents dollars.

Le fils se tourna carrément vers son père, leurs regards dirigés l'un vers l'autre dans la pénombre :

— Je n'en reviens tout simplement pas. Après ce que tu as annoncé dans l'église à L'Islet, tu ne vas tout de même pas aller te jeter dans les bras d'un autre curé !

— Ce n'est pas un curé comme les autres. Et à bien y penser, qui d'autre qu'un prêtre peut consacrer la majeure partie de son temps à travailler à la fondation d'un village ? Les curés, ils gagnent leur vie en une heure, le dimanche, au moment de la quête. Après, ils peuvent s'occuper pendant toute la semaine des autres questions.

— Et qu'est-ce qui te permet de croire, s'enquit le fils, que celui-là n'est pas comme les autres ?

— Il a écrit un livre pour dénoncer les abus de la confession, et il ne se prive pas de rappeler son évêque à l'ordre.

— Comment sais-tu tout cela ?

— Les gazettes en ont parlé. En plus de dessiner dans les marges des pages des journaux, tu devrais parfois jeter un coup d'œil sur ce qui s'y écrit.

Le jeune Frédéric descendit un moment au plus profond de lui-même. Une question qu'il avait refoulée jusque-là prenait des teintes et des odeurs préoccupantes. Il finit par la formuler.

— Il y a encore une chose que je ne comprends pas, intervint le fils. Tu dis que j'ai des dons de bâtisseur. Tu n'arrêtes pas de me répéter que tu m'emmènes dans un coin de pays où tout est encore à construire. Mais en même temps, tu m'annonces que tu veux acquérir une terre que tu entends défricher pour la mettre en culture. Je n'y connais rien, moi, en agriculture, mais je présume que tu ne t'établiras pas sur la terre tout seul.

Le père demeura muet. Le fils avait encore du souffle. Il tira lui-même la conclusion de ce qui venait d'être énoncé :

— Je te donne encore une année de ma vie. Pas plus. Après, je m'occupe de la mienne. Il va bien falloir qu'un jour je me mette à marcher sur le chemin qui me mènera où je veux aller.

Rassuré, le père se leva.

— Il faut que j'aille faire quelques pas sur le pont. Pas la peine de me suivre. J'ai juste besoin de me remettre quelques idées en place.

Il prit son manteau et se dirigea vers l'escalier plutôt raide qui débouchait sur l'écoutille. Le soir n'avait rien d'apaisant. Sur le pont, des bourrasques aiguisaient le temps frais. Frédéric releva le col de son manteau et mit les mains dans ses poches. Ses doigts trouvèrent l'objet que Francine lui avait remis au moment du départ. Il le prit dans sa main et se dirigea vers la lampe accrochée à la bôme du grand mât.

C'était un petit boîtier de velours qui était noué d'un fin ruban. Il le défit. Un bout de papier sur lequel était rédigé un message enveloppait un anneau d'or. Frédéric retourna l'objet pour l'approcher de la lumière, puis il fit de même avec le billet qui accompagnait le présent.

Ce mot représente un serment pour moi. Je te demande de conserver précieusement ce talisman jusqu'au jour où je me serai mise en marche pour aller te retrouver. Tu viendras me chercher au bateau ou à la gare. Quand tu me verras arriver vers toi, tu enfileras cet anneau dans ton doigt. En me jetant dans tes bras, je confirmerai le serment que tu viendras de faire. Et nous serons unis pour la vie.

Frédéric remit l'objet dans son écrin, fourra le tout dans sa poche et descendit à petits pas dans le ventre de la goélette. Il rejoignit l'endroit où son fils était allongé dans son manteau, la tête sur son sac. Il se pencha sur lui.

— Tu peux dormir en paix, Frédéric. Il y a une personne de plus qui veille sur nous.

Le père n'avait pas élevé la voix pour prononcer ces paroles. Le fils ne les avait sans doute pas entendues, sinon dans leur réverbération sur les astres.

*

Bateau, train, charrette, marche, les deux Frédéric pratiquèrent tous les moyens de locomotion pour arriver à destination, sur les routes et les voies d'eau les plus inattendues, sentiers, chemins pavés, rivières en crue ou pratiquement à sec, fleuve et lacs vastes comme des mers intérieures. Un bond prodigieux dans l'espace d'un continent à l'ère des grands âges géologiques.

Après Québec et Montréal, ils atteignirent Kingston sur le lac Ontario, puis Port Toledo en Ohio. À ce point du voyage, ils traversèrent le Michigan d'est en ouest sur une route rudimentaire avant de voir se profiler à l'horizon la silhouette des grands édifices de la ville de Chicago. Ils étaient enfin arrivés en Illinois.

De là, une voie de chemin de fer toute récente les mena au sud, à Kankakee, le chef-lieu du comté du même nom. Parvenus à quelques milles de leur destination, ils ne trouvèrent plus aucun moyen de transport collectif pour les mener au village de Sainte-Anne. Ils s'étaient avancés au cœur d'un continent où les Blancs n'avaient pas encore fini de s'installer.

Un pittoresque agriculteur qui fumait une pipe taillée dans un épi de maïs séché allait dans la même direction qu'eux sur sa charrette. Le jeune Frédéric le héla. L'homme lui répondit en anglais. Depuis plusieurs jours, le père et le fils n'avaient entendu autour d'eux que des conversations dans cette langue. Ignorant jusqu'aux *yes and no* dont ils n'avaient jamais entendu l'écho dans leur L'Islet d'origine, les deux Frédéric entreprirent l'un et l'autre en même temps de s'expliquer à l'aide de grands moulinets de bras. L'agriculteur ne pouvait pas ne pas les comprendre. Sainte-Anne s'entend de la même oreille dans les deux langues. Il était d'ailleurs de notoriété publique dans cette région de l'Illinois que les *Frenchies* étaient en train de se tailler un coin de pays dans cette direction. Le bonhomme fit signe aux deux aventuriers de monter à l'arrière sur sa plate-forme.

C'est donc à la manière des empereurs des temps antiques que les Saintonge père et fils franchirent les derniers milles qui devaient leur permettre d'entrer dans leur nouveau monde. Le jeune Frédéric soutenait que la lumière projetait ici un éclat inédit, conférant à ce qu'elle touchait une réalité plus affirmée que celle qu'on percevait en Canada. À L'Islet, la mer se reflétait sur le firmament. Au cœur du continent, les frondaisons capturaient la clarté pour la rediffuser sur le paysage environnant.

Pour sa part, son père trouvait que l'air de ce pays lui laissait un goût étrange dans la bouche. Dans ce territoire touffu bordé de marécages, l'atmosphère se chargeait d'effluves inédits en bord de mer. La houle de l'herbe était odorante, et des arbres occupés à faire de grands gestes y tenaient lieu de phares.

Ils roulaient depuis quelque temps déjà quand le bon Samaritain immobilisa son équipage au milieu de nulle part et fit signe à ses passagers de descendre. Le père et le fils s'exécutèrent pendant que le bonhomme s'efforçait de leur expliquer dans sa langue les raisons de ce comportement inattendu. Les deux Saintonge ne furent pas peu étonnés de voir la charrette s'engager en plein champ sur des roulières qui ne semblaient mener à rien de particulier, dans l'herbe tourmentée par le vent. Aucune habitation en vue. Tout près du but, le père et le fils se retrouvaient à pied sur le chemin poussiéreux.

À grandes enjambées, le sac à l'épaule, les deux hommes entreprirent alors de franchir à pied la dernière étape de leur périple. La route sur laquelle ils avançaient leur proposait des perspectives déconcertantes sur un paysage à la fois ouvert et fermé, vastes prairies sans clôtures et secteurs densément couverts d'arbres dont ils ne reconnaissaient pas les essences. Çà et là, des ouvertures laissaient entrevoir de grandes étendues de frondaisons exubérantes qui témoignaient de la présence de zones marécageuses qui sont, comme chacun le sait, particulièrement favorables à la prolifération d'une abondante sauvagine. Là-dessus, un soleil cuisant pour la saison. Enfin, à l'horizon, quelques bâtiments de bois brut leur signalèrent qu'ils arrivaient à proximité de Sainte-Anne. Depuis leur départ de L'Islet, ils avaient parcouru près de mille cent milles. Le tiers du continent nord-américain dans sa largeur.

Et voici que, à l'orée du village, les deux Frédéric constataient que Sainte-Anne ne tenait pas ses promesses.

Une succession de cabanes grossièrement assemblées de part et d'autre d'une rue crevée d'ornières. Aux alentours, une mer d'herbe où devaient paître, il y avait peu, des troupeaux de bisons belliqueux. Une vision de désolation. Les nouveaux arrivants se retrouvaient cent ans, peut-être deux cents ans plus tôt, dans la même situation que les Français quand ils avaient débarqué sur les rives du Saint-Laurent.

— Il y a du travail à faire par ici ! s'exclama le jeune Frédéric en serrant les dents.

— C'est pour ça que je tenais tant à t'avoir à mes côtés, lui répondit son père en prenant un ton enjoué pour tenter de désamorcer la déception qui se dessinait sur le visage de son fils.

— Je remplirai mon engagement, déclara le jeune Frédéric, mais je ne finirai pas ma vie dans ce trou perdu.

Le père entoura le fils de son bras libre et le pressa contre lui. C'est dans cette posture qu'ils se dirigèrent vers le cœur de la paroisse où ils présumaient qu'ils trouveraient l'église et le presbytère du fameux abbé Quintier. Après quelques pas cependant, le fils se défit de l'étreinte de son père pour marcher derrière lui en silence.

*

Devant le presbytère, des gens montés sur leurs grands chevaux manifestaient leur mécontentement. Une cinquantaine de personnes peut-être, surtout des hommes et quelques femmes aussi charpentées pour la plupart que leurs maris. Des cris et des poings levés. Une dizaine de ces forcenés étaient grimpés sur la véranda qui ceinturait la résidence du curé. Ils frappaient sans discontinuer à la porte et aux fenêtres. On entendait des « Sors de ton trou, sacripant !» et autres «On te fera ravaler tes mensonges, maudite crapule !» Les rideaux tirés, la porte barrée, l'occupant des lieux n'était de toute évidence pas d'humeur à recevoir ses visiteurs.

L'arrivée des deux Frédéric passa d'abord inaperçue au milieu de cette manifestation. Un homme cependant, qui mordait à pleines dents sur le tuyau d'une pipe ravagée par l'usage, essuya ses mains sur la bavette de sa salopette en s'approchant des nouveaux venus.

— Ce serait-y que vous chercheriez le curé Quintier, par hasard ?

— On dirait qu'il est occupé, répondit Frédéric le père.

— Il y a plusieurs de ses paroissiens qui voudraient se confesser en même temps, finassa l'homme à la pipe.

Un bruit de verre cassé les fit sursauter. L'un des manifestants venait de passer le poing à travers la vitre d'un carreau. Une clameur s'éleva de la foule. On entendit d'autres «Attends pas qu'on aille te sortir de ton repaire !», et encore « S'y vient pas de lui-même, on a rien qu'à mettre le feu à son nique ! Vous allez le voir retontir de là comme un siffleux !»

Les deux Frédéric et leur interlocuteur rentraient la tête dans les épaules.

— C'est sûrement pas de mes affaires, s'enquit l'homme à la pipe, mais vous lui voulez quoi, au Quinteux ?

Frédéric s'éclaircit la voix :

— Paraît qu'il y a des bonnes terres à vendre par ici.

L'autre ouvrit les bras comme des ailes et les laissa retomber en battant les flancs de ses salopettes.

— Plus je te regarde, plus je trouve que tu m'as pas l'air d'être un trop mauvais diable, affirma-t-il. Ça fait que écoute bien ce que j'ai à te dire pendant qu'il en est encore temps. Prends tes cliques et tes claques puis retourne-toiz'en d'où tu viens parce que celui que tu cherches et qui prétend être le curé de cette paroisse a beau être habillé en prêtre, c'est plutôt un suppôt de Satan ! Le diable en personne, si tu veux le savoir !

Frédéric le fils dirigea un regard acéré sur son père. Celui-ci fronça les sourcils, ce qui était chez lui le signe d'une grande contrariété. Les deux Frédéric, l'homme à la pipe de maïs ainsi que les protestataires qui les entouraient maintenant formaient un petit groupe à part qui retenait l'attention. Quelques manifestants se joignirent à eux. Le gaillard qui s'était adressé en premier aux Frédéric présenta les nouveaux arrivants à ses compagnons.

— Mes bons amis, prononça-t-il en s'efforçant d'imiter les gestes et l'accent d'un orateur, vous avez devant vous les deux prochaines victimes du roi des menteurs.

Il baissa la voix comme le fait un bon conteur pour offrir une précieuse confidence à son auditoire.

— Imaginez-vous donc, ces deux-là cherchent une terre pas chère !

Un volumineux éclat de rire accueillit cette assertion.

— Manquait plus que ça, enfer de Satan ! s'exclama un vieillard voûté dont les vêtements comportaient davantage de pièces rapportées que de tissu d'origine. Ça faisait déjà un bon bout de temps qu'il avait pas attrapé du nouveau gibier, le Quinteux. Il devait commencer à avoir faim.

Un jeunot à qui il manquait un bras s'avança et pointa son moignon en direction des nouveaux arrivants.

— Dépêchez-vous de sacrer votre camp d'icitte, mes beaux messieux, si vous voulez pas qu'il vous arrive la même chose qu'à moi.

Frédéric le père commençait à reporter le poids de son corps d'une jambe sur l'autre à la manière des marins par le gros temps. Il leva les bras devant lui, paumes tournées vers ses interlocuteurs pour retenir l'attention et imposer le silence.

— Vous gaspillez votre salive, commença-t-il. Vous ne pouvez pas le savoir, vous ne me connaissez pas, mais il faut que je vous le dise : moi, quand quelqu'un me met en garde contre le danger, mon premier réflexe c'est d'aller voir ce qu'il en est. Et puis, à part ça, pour ce qui est de l'enfer, j'ai découvert que c'est les êtres humains qui l'entretiennent sur la terre. Et puis enfin, en ce qui concerne les démons, j'en ai fréquenté quelques-uns qui ressemblaient étrangement à des gens que je connaissais. Autrement dit, je n'ai peur ni du diable ni des curés. Alors, dépêchez-vous de me raconter ce que vous avez à lui reprocher, à votre abbé Quintier, parce que, dans l'état où vous l'avez mis, je suis certain qu'il n'est pas dans les meilleures dispositions pour me vendre un lopin de terre à un prix raisonnable.

Un chahut s'ensuivit. Des bribes d'explications entrecoupées d'exclamations fusèrent de toutes parts. Une fois de plus, le meneur à la pipe de maïs finit par s'imposer. Les deux Frédéric entendirent le résumé des péripéties qui avaient conduit ces naufragés du Nouveau Monde à se révolter contre celui qui leur avait promis le paradis sur Terre.

*

Sa pipe de maïs à la main, le meneur de la manifestation fit un grand geste du bras pour désigner tous ceux qui se tenaient devant le presbytère.

— On était tous en train d'y passer. On s'est comptés. On était dix-sept chefs de famille. Les dix-sept Dupes. Tout seuls, on allait couler l'un après l'autre. Ensemble, ça faisait du monde, une bonne cinquantaine de personnes en comptant les femmes et les enfants.

Il vida le fourneau de sa pipe en la frappant délicatement, tête en bas, contre la paume de sa main gauche.

— C'est aujourd'hui le jour des comptes. Il nous rembourse le peu qu'on lui a déjà payé et on s'en retourne chez nous en Canada. Les billets de train sont achetés.

Il sortit de la poche de sa salopette une liasse de tickets de l'*Illinois central* et les brandit sous le nez de Frédéric.

— Mais on ne quittera pas la place avant d'avoir récupéré notre dû. Et toi, tu vas nous aider, avec ton petit jeune homme. On n'est plus dix-sept Dupes, mais bien dix-neuf. On va lui chanter un *Libera* à notre façon, au Quinteux. Et puis vous deux, j'espère que vous m'avez bien compris. Quand on en aura fini avec lui, déguerpissez avant qu'il vous ruine à votre tour.

Le jeune Frédéric serrait les dents. Il faisait de grands « non » de la tête. Son père lui mit la main sur l'épaule tout en regardant le meneur des Dupes dans les yeux.

— Je ne suis pas le genre d'homme à partir avant d'être arrivé, déclara-t-il. Si je dois m'en aller, ce sera de mon plein gré et quand j'aurai décidé de le faire. Quant à vous, vous n'obtiendrez rien en donnant quelques claques au visage de votre curé ou en mettant son presbytère sens dessus dessous. J'ai plutôt une suggestion à vous faire. Laissez-moi parlementer avec lui. J'ai deux avantages sur vous. Je ne lui dois rien et je ne suis pas en colère contre lui. Du moins pas encore. D'une manière ou d'une autre, si je ne parviens pas à lui faire entendre raison, vous n'aurez rien perdu.

Une dizaine de minutes plus tard, Frédéric le père montait sur le perron du presbytère de Sainte-Anne après avoir obtenu de ceux qui occupaient la galerie qu'ils en descendent pour rejoindre les autres sur la place. En quelque sorte, une pause dans le soulèvement. Frédéric demeura debout devant l'entrée, immobile, le temps de se laisser bien examiner par le curé dissimulé à l'intérieur.

Le bâtiment qu'on désignait comme étant le presbytère n'était en fait qu'une cabane de colon à peine mieux finie que les autres. Des pièces de bois grossièrement équarries, posées l'une sur l'autre, en formaient les murs extérieurs tout autant qu'intérieurs. Les encadrements des portes et les fenêtres calfatés d'étoupe. Fantaisie inattendue, les vitres de la façade s'égayaient pourtant de rideaux. Le coin de l'un d'eux se souleva. Une ombre apparut. Frédéric parlementa avec le curé retranché. À distance, les dix-sept Dupes ainsi que le jeune Frédéric qui s'était placé devant les autres pour ne pas perdre son père de vue ne pouvaient rien entendre de ce qui s'échangeait entre le quémandeur du dehors et le maître de l'intérieur. Ils furent à la fois inquiets et soulagés, la porte du presbytère s'étant entrouverte, de voir Frédéric pénétrer dans l'antre du seigneur de Sainte-Anne.

*

Frédéric s'attendait à se retrouver devant un freluquet transi de frayeur sous sa soutane. Il découvrait un personnage excentrique, d'assez petite taille, certes, mais porteur d'une barbe qui lui laissait les joues dégagées, surgissant du menton pour recouvrir tout le haut de la poitrine. Le front dégarni semblait témoigner d'innombrables heures consacrées à la prière et à l'étude des textes sacrés. Une tête de prophète qui fréquente les hautes solitudes.

— Vous êtes contre moi, vous aussi ? demanda le curé de Sainte-Anne en verrouillant la porte derrière Frédéric.

La voix fluette contredisait l'expression de détermination qui se dégageait de la personne de l'homme d'Église.

— Ni pour ni contre, répondit Frédéric.

— Si vous n'êtes pas contre moi, insista le curé, pourquoi étiez-vous parmi mes ennemis ?

— Je viens tout juste d'arriver à Sainte-Anne avec mon fils. Vous avez annoncé dans les gazettes que les gens qui le désirent peuvent acquérir des terres par ici. Je m'apprêtais à frapper à votre porte quand je me suis retrouvé au milieu d'une bande d'enragés qui n'avaient pas d'autre envie que de casser les vitres de votre maison. Je ne vous le cache pas, à première vue, ce qu'ils m'ont relaté augure plutôt mal de mon avenir dans ce nouveau coin de pays. À moins que vous n'ayez une histoire différente à me conter.

L'abbé Quintier changea de ton. Penché vers son visiteur, il se frotta les mains l'une contre l'autre.

— Vous seriez donc l'une des brebis qui ont répondu à mon appel ?

Frédéric fit une grimace pour bien montrer à son interlocuteur qu'il ne se sentait pas l'âme ovine. Mais, en même temps, le tumulte avait repris dehors. À l'écho de propos injurieux succédaient des coups répétés à la porte. L'un des enragés profita de ce que le poing d'un de ses coparoissiens avait déjà enfoncé le carreau d'une fenêtre du vestibule pour lancer une menace à travers cette ouverture.

— On t'enfumera dans ta tanière, rat de l'enfer !

Le curé se raidit. Frédéric avait repris son regard de capitaine de goélette.

— Il y a une chose que je ne comprends pas. Comment se fait-il qu'aucun de vos paroissiens ne se porte à votre secours ?

L'abbé Quintier enfonça ses doigts dans sa barbe comme s'il y cherchait une réponse.

— Il ne manque pas d'âmes pieuses dans la paroisse qui seraient prêtes à prendre ma défense, mais le comportement de ces malotrus, dehors, les empêche d'agir. Mes adversaires les entretiennent dans la terreur.

Frédéric opinait comme s'il connaissait bien cette situation.

— Vous allez me dire, poursuivit le curé, que j'aurais dû prévoir le cas où les incapables qui forment la lie de notre société feraient un esclandre pour camoufler le triomphe de leur incompétence. Je ne suis pas un irresponsable, vous savez. J'ai demandé à quelques personnes en qui j'ai pleine confiance de constituer une milice chargée de veiller au maintien de l'ordre dans la paroisse. Malencontreusement, il se trouve qu'aujourd'hui j'ai dû dépêcher ces gens à Bourbonnais où mon confrère, le curé Grandmont, qui sévissait encore récemment à la tête de cette communauté, a laissé derrière lui une population désemparée qu'il fallait d'urgence reprendre en main. Croyez-moi, si mes anges gardiens n'avaient pas été absents, ces lâches n'auraient jamais osé mettre les pieds sur ma propriété. Comme vous le voyez, les mœurs sont encore un peu rudes dans ces contrées nouvellement arrachées à la solitude.

Frédéric toussota.

— Je crains que vous n'ayez raison, acquiesça-t-il. M'est avis que ces drôles de paroissiens ne tarderont pas à commettre des gestes regrettables. Il faut vite les apaiser. Ils m'ont chargé de parlementer avec vous. Qu'avez-vous à leur proposer ?

Une montée de colère envahit soudain l'abbé Quintier.

— Comme si je leur devais quelque chose ! Ces gens-là sont des traîne-savates. Ils n'ont pas mieux prospéré ici, aux États-Unis, qu'ils ne le faisaient auparavant en Canada. Et maintenant qu'ils sont dos au mur, c'est moi qu'ils tiennent pour responsable de leur déconfiture.

En parlant, sa bouche agitait le nuage de barbe grise qui lui fleurissait le menton.

— Ce ne sont que des moustiques, monsieur. Il faut les chasser du revers de la main.

Frédéric trouvait qu'on tardait à en venir au vif du sujet.

— J'entends bien ce que vous me dites, lui signala Frédéric, mais nous nous éloignons de notre sujet, et vos tourmenteurs frappent toujours à votre porte.

143

L'abbé Quintier posa la main sur le bras de son visiteur pour l'entraîner à sa suite dans son bureau.

*

C'était une petite pièce remplie de livres, au centre de laquelle se dressait un grand bureau couvert de paperasses d'où émergeait la pointe d'un crucifix. Un bréviaire sur le tas. Un gros registre du cadastre de la paroisse à côté. Des chaises dépareillées sur le plancher de bois brut. Un banc près de la porte. Dans un angle derrière le bureau, un coffre-fort de métal gris, rongé de rouille à sa base. L'abbé Quintier s'installa à sa table. Frédéric demeura debout devant lui.

— Vous m'annoncez que mes détracteurs vous ont chargé de parlementer avec moi. C'est donc qu'ils ont quelque chose à me proposer.

— Ce serait plutôt le contraire, lui opposa Frédéric. C'est de vous qu'ils attendent un geste. En un mot, ils réclament que vous leur remboursiez les sommes qu'ils ont déjà versées pour acquérir les terres que vous leur avez concédées.

— Ils s'imaginent peut-être aussi que j'irai les labourer en leur absence ?

Frédéric passa les deux mains sur ses cuisses comme s'il désespérait de se faire entendre de son interlocuteur.

— Comprenez-moi bien. Les gens qui sont dehors n'écoutent que leur colère. Il n'y a qu'un moyen pour les apaiser. Vous devez faire un pas vers eux.

— Je leur ai tout donné, s'enragea le curé, et ils en veulent encore davantage ! J'ai acquis les meilleures terres de la paroisse en épuisant mes maigres ressources et je les leur ai cédées à vil prix pour qu'ils puissent enfin couler des jours heureux et prospères. Ces bons à rien n'ont même pas su tirer profit de ce que je leur offrais. Et maintenant qu'ils sont acculés à la faillite, ils me tiennent pour responsable de leurs déboires ! C'en est trop !

L'abbé Quintier fixait un horizon imaginaire devant lui en se disant que la situation aurait été toute différente s'il avait eu ses *Tondeurs* à portée de main pour le défendre.

— Tout ce qu'ils demandent, lui fit observer Frédéric, c'est de ne pas perdre la face.

— Ah ! vous croyez ? s'exclama le curé. Eh bien ! je sais ce qu'il faut leur proposer pour les contenter. Attendez.

Il dégagea un espace devant lui sur le bureau et y rassembla son nécessaire à écrire, l'encre, la plume, le tampon buvard et le papier. Les minutes qui suivirent furent ponctuées par le grincement de la plume. Trois paragraphes plus tard, le curé pressa le tampon buvard sur la surface de sa missive qu'il plia par le milieu.

— Allez leur porter ceci, enjoignit-il à Frédéric en lui tendant le document. Vous verrez, le temps de ramasser leur paquetage, ils s'en iront raconter leur prétendue victoire à leurs semblables du Canada.

Frédéric allait sortir.

— À propos, mon ami. Vous ne m'avez toujours pas dit votre nom.

— Saintonge. Frédéric Saintonge. Mon fils porte le même prénom que moi.

— Saintonge, c'est un nom qui évoque la vieille France, lui fit observer l'abbé. Ah ! la malheureuse France ! Terre impie ! Il m'arrive de songer avec horreur au destin tragique que j'y aurais connu en tant qu'ecclésiastique si mes ancêtres n'avaient pas décidé d'émigrer dans le Nouveau Monde. Mais pour l'heure, la question n'est pas là. Courez vite rendre compte de votre mission. Quand vous vous serez bien assuré qu'il ne reste aucun de ces malotrus dissimulé derrière un buisson, revenez me voir. Nous n'avons pas encore commencé à parler de choses sérieuses, n'est-ce pas ?

*

Dehors, dans la foule, le jeune Frédéric ne quitta pas la porte du presbytère des yeux. Comme s'il avait perçu l'appel de son fils, Frédéric le père apparut sur le perron. Il brandissait un bout de papier. Les dépossédés se regroupèrent devant lui.

— Tu as l'argent ? demanda l'homme à la pipe.

— Il n'a jamais été question d'argent, répondit Frédéric, mais j'ai une proposition pour résoudre l'impasse.

On entendit quelques grognements.

— Des promesses, il a pas attendu ton arrivée pour nous en faire.

Frédéric agitait le document au bout de son bras.

— C'est plus qu'un morceau de papier que j'ai en main. C'est un engagement bel et bien signé. Je vais vous le lire. Écoutez bien. Vous me direz après ce que vous en pensez.

Et il se mit à déclamer le contenu du document d'une voix forte :

— « Devant Dieu, ce jour, moi, Jean-René Quintier, curé de la paroisse de Sainte-Anne en Illinois, consens à me porter au secours des défricheurs qui souhaitent retourner en Canada après l'échec de leur établissement dans la nouvelle colonie que la Divine Providence m'a inspiré de fonder ici. L'engagement que je prends à leur endroit ne constitue nullement une admission de quelque reponsabilité que ce soit de ma part dans le sort qu'ils ont connu depuis leur arrivée ici, étant entendu que j'ai vendu en toute légitimité et sans fausse représentation à chacun d'entre eux un lopin de terre qu'ils ont pu arpenter à leur aise et qu'ils ont librement acquis en apposant leur signature (ou la croix qui en tient lieu le cas échéant)

146

sur les documents appropriés. Ne disposant d'aucune ressource monétaire dans laquelle je pourrais puiser sans mettre en péril le développement de la paroisse, c'est en me fondant sur les plus nobles prescriptions de la charité chrétienne que je m'engage à leur verser le cinquième des surplus que la revente de leur terre respective pourrait engendrer. Leurs noms apparaissent dans les registres que j'ai toujours tenus avec la plus extrême rigueur. Ils recevront leur quote-part le temps venu, s'il y a lieu. *Dura lex, sed lex.* »

L'arrangement proposé par l'abbé Quintier était loin de faire l'unanimité. Et pour commencer, ils n'avaient pas tous bien compris le sens des formules alambiquées qu'il contenait. Par ailleurs, les revendicateurs n'y avaient trouvé aucune allusion aux compensations en espèces sonnantes et trébuchantes qu'ils escomptaient rapporter avec eux en Canada.

On entendit quelques cris de guerre. Les Indiens qui avaient déserté ces plaines quelques années plus tôt ne les auraient pas désavoués. Des invectives et des menaces fusèrent également en direction de Frédéric.

— Tu nous avais promis la mer et tu nous reviens avec un verre d'eau !

— Avec quoi tu veux qu'on les nourrisse, nos enfants ? Avec ton bout de papier ?

— Fallait le dire plus tôt que t'étais du bord du curé !

— Quand on en aura fini avec toi, tu regretteras d'avoir joué au fin finaud avec nous autres !

Frédéric fit un pas en direction de ceux qui le confrontaient. La pointe d'une de ses chaussures dépassait du perron, au-dessus de la première marche de l'escalier. Il brandit de nouveau le bout de papier signé par le curé en direction de la meute compacte des Dupes.

— Vous avez bien entendu ce que propose le curé. À mon tour de vous faire une promesse. Si j'ai bien compris, vous avez toutes et tous l'intention de quitter cet endroit. Moi, je viens d'y mettre le pied avec mon fils. Tant que je serai ici, je défendrai vos intérêts. Je veillerai à ce que le curé vous verse ce qu'il vous doit au fur et à mesure que vos terres seront revendues. Vous avez ma parole.

Des expressions de satisfaction éclatèrent de loin en loin, gagnant bientôt la majorité du groupe. Quelques-uns ramassèrent leur paquetage et s'approchèrent de l'homme à la pipe, lequel avait été désigné pour conserver en sûreté leurs titres de transport.

Frédéric profita de ce mouvement pour descendre se joindre aux mieux disposés. Certains d'entre eux l'observaient comme s'il avait été un grand personnage. Un enfant courut vers lui, le toucha à la manche et repartit à toutes jambes, fier de son exploit.

— Méfie-toi du curé, lança un gaillard toujours récalcitrant à l'intention de Frédéric. Il serait capable d'emberlificoter un charmeur de serpents.

— Dès que tu commences à te sentir attiré par ses belles paroles, tu peux être certain que tu as déjà un pied ou une main dans le piège.

En dépit de ces mises en garde, il y avait de moins en moins de monde sur la place devant le presbytère. Frédéric s'approcha de celui qui détenait les billets de train.

— Et toi, qu'est-ce que tu en dis ?

— Je regretterai toujours d'avoir laissé passer l'occasion de lui mettre mon poing dans la face, à ce profiteur du malheur des autres. Ma femme est morte, il y a six mois passés, morte de misère, je veux dire. Elle est dans le cimetière derrière l'église. Je n'aurai même pas la satisfaction de la ramener dans la terre de chez nous.

Il se tourna vers ceux qui n'avaient pas encore pris de décision.

— Envoyez, vous autres, on s'en va avant que je change d'idée.

Il se planta la pipe entre les dents et se mit à marcher à grands pas sur la route qui menait à la sortie du village vers l'ouest. Les autres le suivirent. Quelques minutes plus tard, les Frédéric père et fils se retrouvaient seuls sur la scène de l'affrontement qui venait de se dénouer sans avoir été vraiment résolu. Seuls avec un chien renifleur et quelques poules picorantes dans un silence strident.

*

Le père et le fils se retrouvaient devant l'abbé Quintier dans le bureau de ce dernier, le premier sur une chaise, l'autre sur un tabouret près de la porte. Entre eux deux, le curé allait et venait en déplaçant de l'air avec sa soutane. Il se frottait les mains l'une contre l'autre comme le font les ecclésiastiques quand ils réfléchissent à la tournure qu'ils souhaitent voir prendre aux événements.

— Monsieur, commença le curé, vous avez un grand talent de conciliateur. Vraiment, je ne m'attendais pas à ce que l'affaire se dénoue aussi aisément. L'arrangement que je leur ai proposé n'était tout de même pas si alléchant !

Le fils regardait le père qui ne quittait pas le curé des yeux. Aucun des deux premiers ne perçait le mystère qui se dégageait du troisième. Quant à l'abbé lui-même, il n'avait jamais fait confiance à personne et il s'étonnait de s'entendre louanger un étranger qui venait de le tirer d'un pétrin dans lequel il s'était proprement fourré.

— Nous sommes de la même race, tous les deux ! s'exclama l'abbé Quintier. Vous êtes un homme de vision. Dès que je vous ai aperçu par l'interstice de mes rideaux, j'ai su que j'étais en présence d'un être de grande valeur, venu mettre ses dons de cœur et d'intelligence au service du développement de la paroisse. Tout un contraste avec ceux que je ne souhaitais plus voir, il y a quelques minutes, sur le parterre de mon presbytère.

L'abbé Quintier, qui s'enveloppait dans les volutes de sa propre éloquence, redescendit doucement sur terre.

— Vous savez, je me retrouve à la tête d'un nombre considérable de lots disponibles pour la culture. Tous excellents certes, mais certains mieux préparés que d'autres à être exploités. Je vous les ferai voir demain. Vous choisirez à votre convenance. Nous réglerons les formalités, et vous vous mettrez à l'ouvrage assisté de votre fils lequel, s'il ressemble à son père, doit être lui aussi doté d'un valeureux tempérament.

Le jeune Frédéric releva la tête en entendant qu'on parlait de lui. Il allait placer quelques mots, mais il fut contraint de se retenir car le curé avait aussitôt repris le cours de son exposé.

— Dans quelques mois, un an tout au plus, il vous sera loisible de rapatrier les membres de votre famille dans le charmant séjour que vous aurez préparé à leur intention. Je présume que cela devrait combler vos plus chers désirs. Et moi, je me réjouirai d'avoir mis en terre le rameau d'une nouvelle lignée de Canadiens de langue française dans le Midwest américain.

Frédéric se leva lentement. On l'aurait dit atteint soudain d'une de ces maladies qui raidissent les membres.

— Je ne peux pas accepter votre proposition, déclara-t-il.

L'abbé Quintier se gratta la barbe.

— Vous m'avez pourtant laissé entendre que vous songiez à vous établir ici.

— C'est vrai, admit Frédéric, mais je n'ai pas eu le temps de m'expliquer plus en détail. Je ne peux pas accepter votre proposition dans les termes où vous l'avez formulée.

— Je croyais pourtant m'être montré magnanime.

— Trop, justement. Voyez-vous, j'ai fondé ma vie sur un principe auquel je n'ai jamais dérogé.

— Les principes sont faits pour faciliter notre existence, monsieur, pas pour l'entraver.

Frédéric poursuivit comme s'il n'avait pas entendu le curé l'inciter à tourner à son avantage les règles de conduite qui gouvernaient sa vie d'honnête homme.

— Je n'ai jamais rien acheté à tempérament, énonça Frédéric. Pas un clou ni un quart de mélasse. Ma goélette, je l'ai construite de mes mains avec l'aide du jeune homme que vous voyez ici, et nous avons utilisé pour ce faire le bois des arbres que nous avions coupés sur la terre que j'avais héritée de mon père. S'il fallait aller réclamer quelque ferrure au forgeron, j'attendais d'avoir amassé l'argent qu'il fallait pour le rémunérer de son travail.

— Votre droiture vous honore, monsieur...

— Saintonge.

— ... choisissez donc la terre qui vous convient, monsieur Saintonge, et mettons cette goélette en garantie du prêt que je vous consentirai. Vous me rembourserez dans une année ou deux, quand vos premières récoltes vous auront redonné des perspectives d'avenir.

Le fils Frédéric remonta à la surface de son mutisme.

— La goélette est au fond de l'eau, annonça-t-il sur un ton lugubre.

— Et, pour la première fois de ma vie, enchaîna le père, j'ai acheté avec de l'argent emprunté quelques produits de première nécessité pour venir ici.

Le curé fit un pas en direction de cet homme qu'il jugeait trop sévère avec lui-même.

— Allons, trêve d'hésitation. Ma colonie ne peut pas se passer d'un individu vaillant et droit comme vous. Deux ans. Vous me paierez dans deux ans. Cela vous laisse amplement de temps.

Frédéric secouait la tête.

— Ce n'est pas ce que j'avais à l'idée en débarquant ici.

151

L'abbé Quintier fronçait les sourcils tout en commençant à élever la voix.

— Mais alors, me direz-vous ce que vous attendez de moi ?

— Si je n'étais pas un homme de conviction, répondit Frédéric le père, je m'empresserais d'accepter votre proposition, sans même être certain de parvenir à respecter les termes de l'engagement. Mais dans les circonstances, je ne peux que vous remercier...

Le curé faisait de grands « non » de la tête.

— Cependant, poursuivit le plus âgé des Frédéric, mon fils et moi sommes tous deux de vaillants travailleurs. Si vous connaissiez quelqu'un qui aurait besoin de bras, nous serions prêts à nous engager en échange de gages réguliers. En vivant au plus serré, dans un couple d'années, nous serions sans doute en mesure de nous porter acquéreurs d'un de vos lopins de terre. Pour l'heure, notre espérance s'arrête là.

Il se tourna vers son fils qui acquiesça d'un infime signe de tête en serrant les lèvres. Ce devant quoi le curé fit un tour complet sur lui-même et alla s'asseoir à son bureau. Il souleva distraitement des papiers, ouvrant et refermant le grand cahier qui contenait le registre des terres. Pendant un moment on put croire qu'il avait oublié ses visiteurs. Il posa enfin les deux mains à plat sur le fouillis qui encombrait son bureau.

— Il y a peut-être une solution, annonça-t-il d'une petite voix qui grinçait un peu dans les aigus. Depuis quelques années, j'avais à mon service un sacristain, une sorte de domestique si vous préférez, quelqu'un qui m'aidait à mettre de l'ordre dans ma vie bousculée. En un mot, un homme de confiance. Il se nommait James Smith. Un Américain qui avait appris les rudiments de notre langue. Vous l'avez rencontré sans le savoir. Ce scélérat se trouvait dans la meute rassemblée tout à l'heure devant le presbytère. Après avoir été aimé comme un fils, ce renégat a grossi les rangs de mes adversaires.

Le père était aux aguets. Le fils, dépassé par la tournure des événements, cachait mal son agacement.

— La place est libre, poursuivit l'abbé Quintier. Et d'ailleurs, voyons la situation comme elle est. N'est-ce pas ce que vous venez de faire, vous mettre à mon service en m'aidant à régler une question délicate avec ces profiteurs qui encombraient ma propriété ? Si la voie de la conciliation vous convient, il vous suffit d'accepter ma proposition pour vous inscrire dans la lignée des valeureux pionniers des cantons français du Midwest.

Frédéric le père triturait un bouton de sa chemise, cherchant à deviner si le « vous » que venait de prononcer le curé englobait son fils ou s'il ne constituait pas plutôt une formule de politesse à son seul égard.

— Et mon fils ? s'enquit-il.

— Qu'est-ce que vous croyez ? Que je vais me priver de jeunes bras vaillants et forts ? Vous serez logés ici tous les deux. Tenez, redistribuons les rôles. Le jeune homme sera mon domestique. Pour ce qui vous concerne, vous voilà promu au rang de secrétaire. Ensemble, vous partagerez les fonctions de sacristain.

L'abbé Quintier parut s'éveiller d'un rêve.

— Vous savez écrire, à tout le moins ?

— Et compter aussi, ajouta fièrement Frédéric le père.

On entendit le fils soupirer. Il bougeait sur sa chaise. Le père se pencha en avant.

— Et pour les gages ?

— Ce sera très simple, annonça le curé. Il n'y en aura pas. Je vous loge, je vous nourris et j'applique les sommes qui devraient rémunérer vos services au paiement du lot que vous choisirez et sur lequel il vous sera loisible dès maintenant de commencer à édifier, à temps perdu, votre future demeure. Vous ne pouvez pas refuser une proposition comme je n'en ai jamais présenté encore à quiconque.

Le curé dévisageait Frédéric le père, qui portait son attention sur son fils.

— Je ne sais pas…, commença celui à qui cette proposition était destinée.

— Allons, allons ! intervint le curé, contentons-nous pour le moment d'un accord de principe. Nous en fixerons les modalités quand la question se présentera. Pour l'heure, de pressants engagements m'appellent, et le remue-ménage auquel vous avez eu le malheur d'assister m'a mis très en retard.

— Nous en reparlerons, proposa Frédéric le père.

— Si vous y tenez, consentit l'abbé, mais pour moi tout est dit. Je vous montre vos quartiers et je vous fausse compagnie.

*

Les Saintonge exploraient le presbytère que le curé de Sainte-Anne venait d'abandonner à leur curiosité.

— Nous sommes débarqués au mauvais endroit, grogna le fils, et ce curé ne me dit rien de bon.

À l'exception du bureau, le rez-de-chaussée de la maison était d'un seul tenant. Au centre, cependant, était aménagé un cagibi sous l'escalier plutôt raide qui menait au grenier où devaient se trouver les chambres. Le dos d'une grande armoire tournée vers la cuisine fermait ce réduit d'un côté. Une tenture en assurait l'intimité de l'autre. C'étaient là les quartiers que l'abbé Quintier réservait à ses nouveaux engagés. Le lit était trop étroit pour accueillir deux personnes. Une chaise tenait lieu de placard. Le dénuement le plus extrême.

— Tu vois bien qu'il n'y a pas de place pour moi ici, marmonna le fils.

— Tu auras toujours ta place là où tu auras envie d'être, lui répliqua Frédéric l'aîné.

Le fils fit quelques pas dans ce qui tenait lieu de cuisine avant de se tourner vers son père.

— Je peux te parler franchement ?

— Je ne t'ai jamais appris à te comporter autrement.

Le fils s'emplit d'air pour aller au bout de sa pensée.

— Je ne comprends plus du tout ce qui nous arrive. Tu quittes L'Islet pour améliorer ta situation et, en accostant ici, tu te retrouves beaucoup plus bas qu'à ton point de départ. Ça commence à ressembler à une dégringolade, tu ne trouves pas ?

Le père tendait le cou vers son fils comme s'il avait eu du mal à comprendre ce qu'on lui disait. Il fronçait les sourcils.

— Ce n'est pas pour me rendre la vie plus confortable que je suis venu ici, rappela-t-il au jeune homme. J'ai quitté L'Islet parce que j'avais besoin de me refaire une paix intérieure quelque part. Ou conjugale, si tu veux.

— Et moi, enchaîna le fils, je t'ai suivi parce que tu disais que je pourrais réaliser mon rêve par ici. Mais ouvre donc les yeux ! Regarde autour de toi ! Ni moi ni toi ne trouverons jamais dans ce bout du monde ce que nous cherchons !

L'environnement était bel et bien misérable. Que du bois brut grossièrement assemblé. Au plus beau du printemps, on avait laissé les doubles-fenêtres en place. C'était peut-être une trouvaille pour se défendre contre la chaleur écrasante des grandes plaines américaines en été ? Pourtant, aucun rideau, sauf devant les ouvertures qui donnaient sur l'avant du bâtiment. Ni tableaux, ni images pieuses aux murs. Seul un grand crucifix dans le bureau annonçait la profession de l'occupant des lieux.

— Nous n'allons pas nous établir dans ce presbytère pour le reste de nos jours, rappela le père à son fils. Tant que nous n'aurons pas pris possession d'un lieu de vie qui nous appartiendra, nous serons encore dépendants du possesseur de ces lieux. Quand je serai roi et maître sur ma terre, tu seras libre de partir pour aller rebâtir le monde à ta convenance. Comme je n'ai pas d'autre proposition à te faire, je suis prêt à accepter la suggestion que vient d'avancer ce curé pas comme les autres. Dépêchons-nous donc de faire ce qu'il faut pour atteindre notre but.

Le fils secouait la tête.

— Je ne te cache pas que je crains de trouver le temps long en attendant ce jour béni, mais il y a autre chose qui me tracasse. Il commence à y avoir trop de curés dans ta vie. Et dans la mienne, par conséquent.

Le père fronça les sourcils. Le fils se lança dans sa démonstration. Il déployait ses idées avec toute la rigueur que mettrait un architecte à agencer les éléments d'une maison.

— Après avoir dit ses quatre vérités au curé de ton village, tu quittes L'Islet en annonçant devant tout le monde que tu abandonnes l'Église avec un grand « É ». Peux-tu comprendre que je ne te suive plus du tout quand, après avoir traversé la moitié du continent américain, tu viens te jeter dans les bras d'un autre ensoutané que tu ne connais ni d'Ève ni d'Adam ? Comment expliques-tu cela ?

Le père faisait des « non » de la tête.

— Je ne suis pas venu m'installer chez un curé. J'ai répondu à l'invitation d'un homme entreprenant qui s'est mis en tête d'édifier sur ces terres nouvelles un village pour les Français du Canada. En ce qui concerne les curés, je te rappellerai que ce sont leurs semblables qui ont fondé les paroisses chez nous. Dans les pays où la vie n'est jamais gagnée d'avance pour personne, les prêtres sont à peu près les seuls à pouvoir consacrer une partie importante de leur temps à mettre sur pied des initiatives qui ne rapporteront pas avant bon nombre d'années.

Le père et le fils comptaient des points, l'emportant tour à tour, mais chacun campait pourtant sur ses positions. Le fils se cabrait devant le spectacle de désolation qu'il avait sous les yeux. Le père voyait trop loin pour s'en tenir à l'état des lieux.

— En quittant L'Islet pour venir m'établir avec toi sur ces terres nouvelles, enchaîna le fils, j'avais compris qu'en arrivant ici je devrais t'aider à bâtir ta cabane et à mettre ta nouvelle terre en culture. Tout ça en attendant de me lancer en architecture. Mais je me désole en constatant que ce n'est pas d'agriculture qu'il est question ici. Nous sommes devenus les serviteurs d'un curé.

Le visage du père se rembrunit. Le fils poursuivit sans en tenir compte. Il ne voulait pas laisser son père interrompre le cours de sa démonstration.

— Et pour comble de malheur, nous tombons en plein charivari organisé par une cinquantaine de Dupes, c'est du moins comme ça qu'ils se désignent eux-mêmes. Ces gens-là réclament qu'on les libère des engagements qu'ils ont pris à l'endroit du curé en pensant que leurs années de vaches maigres seront bientôt révolues. Et toi, au lieu d'écouter leurs revendications qui sont autant d'avertissements pour ceux qui songeraient à les imiter, tu t'empresses de prendre le parti de ce curé dont tu ne sais même pas s'il est un bienfaiteur de l'humanité ou un abominable profiteur. En tout cas, pour sortir de l'impasse, ce prêtre griffonne je ne sais quelles promesses sur un bout de papier, et tu fais avaler cette couleuvre à ceux qui croient mettre ainsi leurs affaires en règle avant de déguerpir. Il faut que je te parle franchement. Là, je ne te reconnais plus.

— Si je n'avais pas joué les conciliateurs, rétorqua le père, les émeutiers auraient mis le feu au presbytère !

— Je veux bien l'admettre, acquiesça le fils, mais tu étais loin d'être arrivé au bout de tes contradictions. Voilà que le curé te propose de devenir son bedeau, et tu t'empresses d'accepter. Et c'est toi-même qui insistes pour que je devienne une sorte de sous-bedeau à tes côtés.

Frédéric le père se raidit. Le fils se crispa.

— Tu aurais pu me demander mon avis ! Je t'aurais dit « non » tout de suite. Je n'ai pas voulu te faire perdre la face devant l'autre mais, puisque nous sommes seuls à présent, permets-moi de te parler franchement.

Le père n'avait jamais entendu son fils s'adresser à lui sur ce ton. Tout au fond de lui-même, il n'était pas fâché de voir son rejeton commencer à acquérir cette assurance qui marque le début de la maturité.

— C'est toi-même qui m'as appris que le premier devoir de chacun était d'aller au bout de ses rêves, poursuivit le jeune homme. Tu as les tiens. Ils te coûtent cher. J'ai les miens, et je ne veux surtout pas y renoncer. Alors, à compter de maintenant il faut que tu saches que je n'attends que l'occasion de partir d'ici.

Frédéric le père fit un tour sur lui-même avant de s'approcher de son fils. Le jeune Frédéric était déjà devant la porte, une main sur la clenche.

— J'ai une vie à bâtir, moi ! lança-t-il.

Et il sortit sur cette parole. Le père se replia lentement vers l'entrée du réduit qui devait leur servir de chambre commune, à lui et à son fils. Il pénétra dans ce recoin sombre et s'assit sur le lit, les mains entre les cuisses.

*

Assis sur le lit de son réduit, Frédéric le père avait fini par poser son écritoire sur ses genoux. Lissé une feuille de papier du tranchant de la main, ébarbé sa plume à l'aide de son couteau de poche et trempé l'instrument de vérité dans l'encre. Il ne savait pas encore qu'il allait s'adresser successivement aux trois personnes les plus marquantes de son existence, la femme qu'il aimait, son épouse et son fils.

> *Toi dont le nom porte l'empreinte de la France et dont le regard m'éclaire jusque dans les profondeurs du continent américain, je n'attends plus que ta venue pour accoucher le présent de son futur.*

Au village, le fils Frédéric explorait son nouveau monde. Sainte-Anne, une cinquantaine de cabanes de bois brut posées de guingois de part et d'autre d'un chemin creusé d'ornières ensablées. Çà et là, des amoncellements de souches hérissées de racines et de branches enchevêtrées. Le jeune Frédéric s'immobilisa pour regretter d'être là. Il lui semblait que son rêve s'arrêtait à l'endroit où commençait celui de son père.

La vue d'une charrette laissée en bordure du chemin lui redonna de l'inspiration. Il sortit le bout de papier qu'il avait fourré dans sa poche avant de partir, le déplia et le posa sur la plate-forme de la voiture. Pendant ce temps, son père en appelait aux significations qui se profilent derrière les mots ordinaires.

> *Toi dont les mains savent apaiser la souffrance et dont l'âme prodigue tout naturellement la guérison, toi qui connais le secret qui gouverne les jours dans tous leurs détours, prends bien le temps de lever les yeux de ton immédiat pour parfumer ton présent de la saveur qui lui redonnera sa candeur.*

Devant la table à dessin qu'il venait d'improviser sur le plateau de la charrette, le fils Frédéric examinait un bâtiment qui tranchait sur la rusticité des constructions avoisinantes. C'était un imposant édifice de deux étages sur la façade duquel s'alignaient de nombreuses fenêtres.

Il était recouvert d'un mortier gris pâle qui lui conférait une certaine élégance. Après l'avoir reproduit avec une grande précision, le futur bâtisseur s'employait maintenant à l'orner d'un clocher et d'un portique coiffé d'un pignon pointu. En quelques coups de crayon, il venait d'ajouter à l'édifice ce qui lui manquait pour imposer sa personnalité.

Absorbé par son œuvre, le jeune homme n'avait pas remarqué qu'une ombre l'observait depuis une fenêtre de l'étage supérieur du grand édifice. Quelques minutes plus tard, la silhouette avait disparu. Le fils Frédéric parachevait son ouvrage en entourant la propriété d'une clôture de planches dont le sommet de chacune était découpé en forme de « v » inversé pour s'harmoniser au pignon du toit du portique. Pendant ce temps, son père tirait une autre pièce conséquente de son feu d'artifice littéraire.

Et toi aussi dont le prénom résonne en écho à celui qui t'a précédé, comme le font les vagues l'une à l'autre semblable sur les parois du roc, toi dont le tempérament résonne comme le cours des torrents les plus fervents, redonne à nos rencontres la ferveur des abords initiaux.

Et il signa comme à l'habitude : *Le Visionnaire*.

De son côté, le jeune Frédéric sursauta. Une personne qui s'était approchée sans bruit derrière lui projetait de l'ombre sur son épure. Il tourna la tête pour découvrir dans son dos un escogriffe en soutane, de laquelle émergeaient deux mains aux doigts décharnés et dont la tête osseuse était posée sur un rabat double. L'attention du jeune homme fut immédiatement attirée par les mouvements de la pomme d'Adam qui montait et descendait selon un rythme soutenu entre le menton et le revers rigide du col amidonné qui la comprimait.

— Je crains de vous avoir effrayé, déplora le visiteur. J'en suis désolé.

— Je ne vous ai pas entendu venir, répondit Frédéric en portant son regard sur les godasses de son visiteur. Vous avez pourtant de gros souliers.

— L'une des conditions essentielles à l'exercice de ma profession consiste à se déplacer sans bruit. Je ne m'en rends plus compte. Vous m'en voyez peiné.

La prononciation de cet être étonnant révélait qu'il était venu de France. Frédéric en fut stupéfait. En premier lieu, le jeune homme prenait conscience qu'il n'avait jamais rencontré de Français. Ensuite, il se retrouvait au comble de l'étonnement devant le fait que ce Français ait pu franchir l'océan pour venir s'établir dans cet avant-poste des États-Unis d'Amérique. Tout une aventure.

— Je suis le frère Régis, poursuivit le nouveau venu, et j'appartiens à la communauté des Écoles chrétiennes. Je suis le directeur de l'école pour garçons que vous êtes en train d'enjoliver avec tant de maîtrise.

Le jeune Frédéric s'imposa de détacher son attention de la protubérance qui battait la mesure sous le menton de l'ecclésiastique.

— C'est plus fort que moi, expliqua-t-il. Quand je vois qu'un ouvrage n'est pas terminé, je ne peux m'empêcher de le compléter. Du moins sur le papier. Un jour, je le ferai pour de vrai.

— De toute évidence, la divine Providence vous a comblé de dons, renchérit le frère directeur. Vous avez le compas dans l'œil. Hélas, vous n'êtes pas tombé ici en terrain fertile. Sur ces terres fréquentées voici peu par des êtres essentiellement tournés vers la nature, personne ne vous commandera jamais un monument digne de votre talent. Les gens d'ici se plaisent à répéter qu'on ne rêve pas du superflu quand le nécessaire suffit à peine. Cela en dit long sur leur degré d'ambition. Mais je ne vous ai jamais vu dans nos parages. Puis-je vous demander ce qui vous amène ici ?

Le jeune Frédéric ravala sa salive.

— Nous sommes du Canada. Mon père a lu dans une gazette qu'on pouvait acheter une terre à bon compte dans cette paroisse. Comme nous n'avions pas les moyens de lui verser un acompte pour en acquérir une, le curé nous a proposé de travailler pour lui au presbytère.

La pomme d'Adam du religieux s'affola.

— Que Dieu me pardonne, je ne voudrais surtout pas manquer à la charité chrétienne, mais je ne peux me dérober à mon devoir de vous mettre en garde.

Le jeune Frédéric écarquillait les yeux.

— Je ne saurais trop vous recommander de demeurer vigilants, énonça le frère. Sous des dehors avenants, le curé Quintier cache un tempérament imprévisible. Pas plus tard que ce matin…

— Je sais, l'interrompit Frédéric. Nous sommes arrivés en plein charivari.

— C'était peut-être un message que vous adressait la Providence, suggéra le religieux.

À cet instant, le tintement d'une cloche se fit entendre.

— Mon Dieu ! s'exclama le frère Régis, je manque à tous mes devoirs !

Empoignant sa soutane à deux mains pour la relever, il s'élança à grandes enjambées vers l'école, tout en prodiguant sans se retourner un dernier conseil à son interlocuteur.

— Dites bien à votre père de rester sur ses gardes !

*

Le jeune Frédéric se tenait debout, les jambes écartées sur les bras d'une croix qu'il venait de boulonner au sommet d'un clocher. Une église de plus à inscrire

162

au répertoire de ses réalisations. La voûte de l'ouvrage évoquait deux mains en ogive. Le maître d'œuvre de ce monument n'entendait pas s'arrêter en si bon chemin. Il donnerait à sa prochaine composition les formes d'une fière goélette à deux clochers, le mât de misaine sur la nef et un mât d'artimon au-dessus du chœur. Emporté par l'émotion, il s'éleva au-dessus de la croix. Ouvrant les bras, il plana à droite et à gauche. Le contact avec le sol fut tout de même plutôt rude. Une douleur au côté. L'abbé Quintier venait de lui donner un coup de pied dans les côtes en pénétrant dans le cagibi où dormaient ses deux nouveaux acolytes.

— Que fais-tu donc là par terre, toi ? Tu n'es pas un animal, à ce que je sache !

Le jeune Frédéric émergeait du sommeil. La veille, il s'était résolu à s'allonger sur le plancher après y avoir étendu son manteau, abandonnant à son père le lit trop étroit pour accueillir deux personnes.

— Allons, debout ! continua l'abbé Quintier. Il est déjà 5 h 30 ! Qu'est-ce que vous croyez, que je vous ai recueillis pour vous permettre de faire la grasse matinée ?

Quinze minutes plus tard, les deux Frédéric suivaient le curé en direction de l'église. De l'extérieur, la maison de Dieu avait plutôt l'apparence d'une grosse grange de pierres sur laquelle on aurait planté un clocher trapu. L'aménagement intérieur surprenait encore davantage.

À première vue, on aurait pu croire que la bâtisse était en cours de construction ou peut-être de rénovation. Mais, à y regarder de près, c'est à une démolition que l'on assistait. Partout, des traces d'arrachements. Le chœur en particulier avait été dépouillé de tous ses ornements, des quelques stalles qui le ceinturaient, de la chaire et même d'une partie de la balustrade.

Les bancs subsistaient dans la nef, mais les stations du chemin de croix avaient disparu. Des niches vides, à mi-hauteur des murs, avaient abrité des statues dont subsistaient quelques menus morceaux au pied de leur emplacement initial. Seuls avaient survécu un Saint Joseph et deux anges ailés.

Et pourtant, en dépit de toutes ces déprédations, une bonne cinquantaine de paroissiens attendaient que commence la célébration de la messe de 6 heures. Plutôt que d'entrer dans le chœur par la sacristie, l'abbé Quintier se présenta à l'église par la porte arrière, suivi de ses deux servants qu'il avait omis d'instruire des rudiments du protocole qu'ils devaient mettre en œuvre. D'instinct, les deux Frédéric suivirent les traces du célébrant dans l'intention d'imiter avec soin chacun de ses gestes.

Debout au milieu du chœur dévasté, le curé demeura muet pendant un long moment avant de tenter d'exprimer toute sa détermination en donnant le plus d'ampleur possible à sa voix aigre.

— C'est ensemble et d'un commun accord que nous avons dépouillé notre église de tous les symboles superflus qui l'affligeaient. Rappelez-vous que par ce choix nous cherchions en premier lieu à nous recentrer sur l'essentiel dans nos rapports avec notre Créateur. En même temps, par cet élan de sobriété, nous adressions un message à celui qui croyait encore posséder un droit de regard sur notre façon de pratiquer le culte. Nous annoncions à ce Prince de l'Église que nous n'avions plus l'intention de le suivre dans le faste et la splendeur derrière lesquels il masque sa pratique idolâtre. *Simplicitatis veritas.*

Les fidèles s'observaient en fronçant les sourcils pour manifester le courroux qu'on leur demandait de vouer à leur évêque. L'abbé Quintier laissa ses brebis frémir d'indignation pendant encore quelques instants, avant de fouetter à nouveau leur foi.

— J'ai reçu une autre missive du prélat qui prétend présider à nos destinées. Vous me permettrez de ne pas prononcer le nom de l'évêque de Chicago. Chaque syllabe de son patronyme me donne des aigreurs.

L'abbé Quintier laissa l'expression de son dégoût se déposer au fond de la conscience de chacun de ses paroissiens.

— Vous l'avez compris depuis longtemps, ce prétendu guide spirituel est en profond désaccord avec les moyens que nous avons choisi de prendre pour aller à la rencontre de Dieu. Que voulez-vous, il est irlandais, et nous sommes la fleur de la civilisation française. À ce titre, c'est avec l'absolue confiance des petits enfants que nous nous adressons directement à notre Père céleste. Et Celui-ci nous rend bien la franche affection que nous lui portons.

L'assemblée remua en bloc pour manifester son assentiment.

— Et voici que ce vendeur du temple nous reproche maintenant de chercher notre chemin dans les pages de la Sainte Bible. Écoutez bien ce que l'évêque de Chicago a encore eu l'audace de m'écrire de sa main sacrilège.

Il brandit une feuille de papier froissé.

— « Si notre Sainte Mère l'Église, au jour infortuné de votre ordination, a fait de vous l'un de ses prêtres, c'était pour répandre Sa doctrine, pas pour distribuer la Bible. »

Un frémissement monta de la nef. L'abbé Quintier parut s'en trouver conforté. Il se lança aussitôt dans une nouvelle envolée.

— Je vous le demande en vérité, par qui, dans cette affaire, le scandale arrive-t-il ? Par celui qui s'inspire de la parole divine pour guider son peuple dans la voie du salut, ou par celui qui interdit la fréquentation du livre sacré pour asseoir son autorité en gardant les fidèles dans l'ignorance ?

Derrière le prêcheur, ses servants échangeaient des regards médusés. L'abbé Quintier fit quelques pas à droite et à gauche, sur l'estrade. Les deux Frédéric le suivirent en prenant des postures compassées.

— Ce n'est pas par hasard, enchaîna le curé, que la Divine Providence a guidé vos pas vers ces terres nouvelles. Dans Son infinie sagesse, le Créateur a voulu que nous nous rencontrions ici, vous et moi, pour que nous reprenions ensemble le chemin de l'antique vérité. Vous êtes à la fois les laboureurs d'une contrée encore vierge et les précurseurs d'une Église d'avant-garde qui a le courage de revenir aux enseignements fondamentaux du catholicisme le plus essentiel. Ne vous laissez donc pas effrayer par les élucubrations de celui qui veut vous éloigner du droit chemin pour vous attirer dans les marécages sur lesquels il voudrait édifier son royaume. Vous connaissez la parole de l'évangéliste ?

Le curé leva les deux mains vers l'assemblée, paumes tournées vers le ciel. Les fidèles entonnèrent en chœur : « Jéhovah est mon pasteur ; je ne manque de rien. » Les deux Frédéric s'étaient croisé les bras. Sur les dernières paroles du psaume de David, « Et j'habiterai dans la maison de Jéhovah pour de longs jours », l'assemblée baissa la tête d'un seul geste. L'abbé Quintier se pencha en avant comme s'il s'adressait à chacun de ses paroissiens dans l'intimité de son âme.

— Vous avez bien entendu ? Jéhovah est mon pasteur. Pas l'évêque de Chicago ! Jéhovah ! Et maintenant, allez en paix et ne vous laissez pas berner par ceux qui adorent les idoles plutôt que de tourner tendrement leur regard vers leur Père.

Les fidèles redressèrent la tête, puis ils se levèrent pour quitter les lieux.

*

Les rayons obliques du soleil matinal doraient la silhouette des deux Frédéric dans la cuisine du presbytère de Sainte-Anne. Le pain grillé sur l'un des ronds du poêle, la confiture de fraises offerte au curé par l'une des dames patronnesses, le café de céréales, le rituel du matin célébrait la douceur de vivre. Pourtant, l'invraisemblance de la situation dans laquelle ils se trouvaient mettait les deux Frédéric sur la défensive. L'abbé Quintier, pour sa part, était allé rassembler ses papiers dans son bureau.

— De toute ma vie, je n'aurais jamais cru assister à une messe comme celle-là, s'étonna le père.

— Tu avais pourtant dit que tu quittais l'Église, lui fit observer le fils.

— En Chine, rétorqua le père, il faut parler le chinois.

— Mais tu ne passeras jamais pour un Chinois pour autant.

Le jeune Frédéric se précipita vers le poêle au-dessus duquel s'élevait une âcre fumée. La tranche de pain qu'il avait mise à griller se calcinait. Il en fut quitte pour manger son pain noir. Au même moment, le curé revenait vers la cuisine sans tirer un seul couinement de ses chaussures. En l'apercevant, les deux Frédéric se turent en même temps, préoccupés à l'idée que leur hôte ait pu entendre les paroles qu'ils avaient échangées quelques instants plus tôt.

— Empressez-vous d'achever de déjeuner, enjoignit l'abbé Quintier à Frédéric le père. Je finis de ramasser mes papiers pendant que vous irez atteler, puis vous me conduirez à Bourbonnais où des gens sans âme ni conscience m'accusent d'un méfait auquel je n'aurais jamais pu songer par moi-même.

Le père allongea le visage pendant que le curé retournait dans son bureau. On percevait nettement cette fois le bruit de ses chaussures sur le plancher de bois brut.

— Crois-tu qu'il nous a entendus ? demanda le fils.

— Il n'a rien dit, mais ça ne prouve rien.

— Nous allons devoir prendre une décision rapidement, déclara le jeune Frédéric sur un ton déterminé. Moi, en tout cas, je ne reste pas ici.

— Où veux-tu aller ? lui demanda son père.

— N'importe où, je ne sais pas, mais je pars. Et toi ?

Les deux Frédéric étaient à la croisée des chemins. Le curé surgit de nouveau dans la cuisine.

— Qu'est-ce que vous attendez pour aller atteler ? s'impatienta le curé en interpellant Frédéric le père.

Et se tournant vers le fils :

— Quant à toi, tu redresseras la clôture du pré dans lequel on n'ose plus mettre la vache à brouter car elle s'en évade dès qu'on l'y mène. Allons ! desservez-moi cette table pendant que je finis une fois pour toutes de mettre mes documents en ordre.

Le fils attendit que le curé ait encore une fois repris le chemin de son bureau pour dévoiler le fond de sa pensée à son père.

— En me promenant dans le village, hier, j'ai fait la connaissance du frère qui dirige l'école des garçons. Il m'a tout l'air d'être un homme raisonnable. Il m'a mis en garde contre le curé…

Le jeune Frédéric tourna la tête vers son père pour s'assurer que son message faisait bien son chemin dans son esprit. Frédéric le père était déjà dehors.

À l'écurie, l'odeur de fumier et de cuir apaisa quelque peu les effarements du plus vieux des Frédéric. Il se déchargea de l'inquiétude qu'il avait accumulée en passant le plat de la main sur la croupe de la bête. Le cheval frissonna.

Frédéric se retrouvait entre l'animal et la paroi du mur de l'écurie, en paix dans cet espace étroit où la vie battait à gros bouillons. Il se pencha pour nouer la sangle sous le ventre de la jument. Ce faisant, il aperçut les jambes de son fils de l'autre côté du cheval. Une voix sans visage.

— Tu te rends compte de la situation dans laquelle tu me mets ? demanda le fils. Comment veux-tu que je m'en aille, si tu restes ? J'ai promis à ta femme, qui est en même temps ma mère, de ne pas t'abandonner.

— Quand j'aurai trouvé un autre endroit où aller, annonça le père, le moment sera venu de réfléchir à la question de rester ou de partir.

— Il sera trop tard.

— En pleine tempête à la roue de ta goélette, ce n'est pas le moment de décider de rentrer tranquillement au port. Dans une circonstance comme celle-là, il n'y a rien d'autre à faire que d'aligner le nez de ton bateau dans le vent et de chevaucher le gros temps.

Le curé apparut dans la porte de l'écurie.

— Vous n'êtes pas encore prêts ? s'impatienta-t-il.

Frédéric le père mit la main sur la bride. Il fit tourner le cheval et l'entraîna dehors.

— Ça vient, répondit-il. Laissez-moi seulement le temps.

— Ici, riposta le curé, c'est moi qui mène le temps.

La voiture était garée dans l'allée, les brancards à terre. Frédéric le père commença à les arrimer aux flancs de la bête. L'abbé Quintier était déjà en train de grimper sur la banquette, ce qui mettait un poids supplémentaire sur les brancards. De son côté, le jeune Frédéric s'était trouvé contraint de tenir le cheval par la bride.

— Toi, tu t'occupes de la clôture ! lui rappela le curé d'un ton sec.

Frédéric le père ayant enfin fini d'atteler le cheval, il s'installa à côté de l'abbé sur le siège. La voiture s'ébranla. Le fils la regarda s'éloigner avec une expression de désarroi sur le visage.

*

Le jeune Frédéric explorait les parties du village qu'il n'avait pas visitées la veille. Il se trouvait maintenant à l'extrémité ouest du bourg, à l'opposé de celle où se dressait l'école des frères. Il découvrit cette fois l'atelier d'un maréchal-ferrant, une sellerie ainsi qu'une carderie de laine. Sur un terrain vague, des roulières creusées dans l'herbe menaient en pente assez raide vers un bâtiment dont Frédéric ne pouvait apercevoir que la toiture, de là où il se tenait. Sans doute un moulin à scie, car on entendait le grondement des rapides d'une rivière cachée sous les frondaisons des saules.

Pour confirmer cette intuition, le jeune homme s'attarda devant un empilement de planches mises à sécher sur le bas-côté de la route, du chêne exempt de nœuds, d'un bon douze pouces de largeur. Il passa la main sur ce bois qui chantait dans la lumière du matin.

Ce fut plus fort que lui. Il étala sur cette table à dessin improvisée une feuille de papier toute neuve qu'il s'était permis de prendre le matin même dans le nécessaire à écrire de son père. Il passa la mine de son crayon sur sa langue et entreprit avec la ferveur des grands créateurs de restaurer la pittoresque réalité qui l'entourait, redressant des perrons, ouvrant des lucarnes sur des greniers aveugles et accolant des dépendances à des bâtisses qui ressemblaient trop à des boîtes.

Tout à son œuvre, Frédéric n'entendit pas le bruit de pas qui approchaient. C'était encore une fois le frère Régis. Le religieux revenait vers le collège, ses chaussures noires apparaissant et disparaissant d'une manière si rythmée sous la soutane élimée que sa démarche en semblait comique. Le jeune homme se demanda à quoi le directeur de l'école pouvait bien se consacrer pour passer ainsi son temps à parcourir à pied Sainte-Anne et ses environs. Pour se faire pardonner son approche silencieuse, après avoir fait sursauter la veille celui vers lequel il se dirigeait, l'ecclésiastique toussota pour signaler sa présence.

— Le curé vous aurait-il pris à son service pour établir les plans de rénovation de Sainte-Anne ? s'enquit le frère Régis d'une voix amusée.

Frédéric secoua la tête.

— Simple exercice, rectifia-t-il. Je me permets de rafraîchir une corniche ou deux sur le papier.

— Et vous ne craignez pas que votre patron vous surprenne en train de vous adonner à votre passion ? Tel que je le connais, il vous a sûrement chargé d'une autre mission.

Frédéric soupesa pendant quelques instants la pertinence d'admettre qu'il désobéissait aux directives du curé.

— Oui, il a évoqué l'idée que je pourrais redresser un bout de clôture, reconnut-il, mais j'avais d'autres projets pour la journée. Ils sont partis aux petites heures, mon père et lui. À ce que j'ai compris, ils ne reviendront pas avant le coucher du soleil.

— Et cette clôture ? s'informa le religieux.

— Pour tout dire, je n'ai pas l'intention d'y toucher, d'autant que la question de mes gages n'a même pas encore été abordée. Et puis vous savez, j'ai d'autres ambitions que de devenir l'homme à tout faire d'un curé de village.

— Il n'y a pas d'occupations déshonorantes, fit observer le frère, pourvu qu'on s'y consacre avec application.

— Mais il n'est pas de plus grand devoir non plus que de mettre ses talents au service de la société.

Le religieux et le jeune homme se regardaient comme s'ils s'observaient depuis deux mondes étrangers.

— À l'école que j'ai le privilège de diriger, nous accueillons chaque année quelques dizaines de jeunes gens que nous préparons du mieux que nous le pouvons à affronter la vie. Je dois vous dire qu'il ne m'est pas arrivé souvent de constater que l'un d'entre eux se soit préoccupé de « mettre ses talents au service de la société ». La jeunesse d'ici se contente de reprendre le métier de ses pères, agriculteur, forgeron ou charpentier, et mères faiseuses d'enfants.

Le frère fit une pause avant de formuler la question qui lui brûlait les lèvres.

— Si vous savez si bien à quoi vous devez consacrer votre vie, je serais honoré de vous entendre m'en révéler le secret.

Frédéric mit un certain temps à réfléchir à la question avant de se rendre à la requête du frère. Ce qui constituait l'admission d'une estime évidente.

— Avant même de savoir tracer les lettres de l'alphabet sur le papier, commença-t-il, je dessinais tout ce que j'avais sous les yeux, rampes d'escaliers, comptoir de cuisine et portes de chambres. Avec les années, je me suis mis à enjoliver ce que je voyais, corniches, volets et cheminées. Et je n'ai pas tardé à comprendre que j'étais venu sur terre pour aider les gens de mon pays à mettre leur habitat en harmonie avec la nature qui les entoure.

— J'aurais dû m'en douter ! s'exclama le frère. Depuis hier, je vous vois crayonner et je remarque que ce ne sont pas des paysages que vous reproduisez. C'est l'habitat humain que vous restaurez. Cela se nomme l'architecture, n'est-ce pas ?

Le jeune Frédéric sourit en guise d'acquiescement.

— Et pourquoi hésitez-vous à le proclamer haut et fort ? s'enquit le frère.

— Parce que je n'aimerais pas que les gens attendent de moi plus que je ne peux leur donner. Je ne suis pas encore prêt à me soumettre aux critiques.

Le frère descendit un instant au plus profond de lui-même.

— Que Dieu vous protège, prononça-t-il, et qu'Il vous aide à accomplir votre destin. En attendant, revenons-en à nos moutons. L'abbé Quintier vous a-t-il dit où il allait ?

— Une affaire pressante à Bourbonnais, déclara Frédéric. Nous y sommes passés en venant ici, je crois.

— Bourbonnais ! s'exclama le frère Régis en joignant les paumes de ses mains devant sa bouche. Bien entendu, vous ignorez ce que l'abbé Quintier est allé y faire !

Frédéric haussa les épaules. Le frère s'adossa à la pile de planches comme on le fait quand on a l'intention d'entreprendre une conversation qui pourrait durer un certain temps. Il se permit même de poser une main sur l'avant-bras de Frédéric.

— Je ne devrais sans doute pas...? mais écoutez-moi bien.

Il dégagea sa main et poursuivit sur le ton de la confidence.

— Vous êtes des gens de cœur, vous et votre père, et j'ai grande peine à vous voir vous enfoncer dans la boue dans laquelle l'abbé Quintier entraîne tous ceux qui le suivent. Je ne parlerai pas des conflits que ce prêtre entretient avec les autorités du diocèse et notamment avec l'évêque de Chicago. Ce sujet pourrait faire l'objet d'une tout autre discussion. Mais il y a plus urgent, croyez-moi.

Le frère se replia encore une fois en lui-même, le temps de laisser monter et redescendre à quelques reprises la pomme d'Adam dont les mouvements saccadés révélaient son trouble.

— Il s'est passé bien des choses étranges dans nos cantons ces derniers temps, et notamment un événement que je n'hésiterais pas à qualifier de crime odieux. Selon toutes les apparences, l'abbé Quintier aurait passé les bornes une fois pour toutes. Si son crime est avéré, sa chute est inévitable et sa déchéance entraînera tous ceux qui le suivent. Vous les premiers, qui êtes maintenant en contact quotidien avec lui au presbytère et ce, même si vous n'étiez pas présents au moment des faits. Quand le diable souffle un air vicié, tous ceux qui le respirent en sont atteints.

Frédéric caressait du doigt l'ébauche de moustache soyeuse qu'il venait de commencer à se laisser pousser sous le nez pour afficher sa maturité.

— Écoutez-moi attentivement, jeune homme, et répétez mot pour mot à votre père ce que je vais vous dire. Quand vous aurez constaté la profondeur du bourbier dans lequel vous venez de mettre les pieds, vous fuirez à toutes jambes ce lieu maudit en me remerciant de vous avoir prévenus pendant qu'il en était encore temps.

Frédéric rangea sa feuille de croquis comme s'il craignait que les révélations du religieux puissent la souiller. Le frère Régis prit une grande inspiration, les yeux fermés et les mains jointes, avant de plonger dans l'horreur des confidences que la charité chrétienne lui imposait de faire.

La première manifestation de l'affaire remontait à environ un an. À l'époque, on murmurait dans tout le comté qu'un prêtre venu de France, l'abbé Jérémie Grandmont, menait une vie dissipée au presbytère de Bourbonnais.

— En d'autres temps et lieux, se permit de relater le frère, le nom de Grandmont aurait dégagé des arômes de sainteté. Dans les années mil soixante-dix, Étienne Grandmont avait fondé une communauté monastique dans le duché d'Aquitaine, aux portes de Saint-Étienne. Est-il nécessaire d'ajouter que le fondateur de l'ordre ne mit que deux cents ans pour occuper sa place dans la cohorte des saints ? Mais, hélas, notre Grandmont d'Amérique n'avait pas les vertus de son homonyme.

Et le frère Régis de se lancer d'une voix chargée d'émotion dans le récit de cette affaire qui aurait pu se résoudre par un simple mandement ecclésiastique, si l'évêque de Chicago n'avait pas commis l'erreur de nommer le curé de Sainte-Anne en suppléance *pro tempore* au curé défaillant.

En plus de s'adonner à l'alcool, le Grandmont de Bourbonnais entretenait des relations intimes avec la fille de son sacristain. Le scandale agitait toute la paroisse et les villages environnants. Les lettres de dénonciation, pétitions et démarches menées auprès de l'évêque avaient fini par porter fruit. Le prêtre fautif avait été rappelé à Chicago où il était à toutes fins pratiques séquestré à l'évêché en attendant qu'on ait statué sur son sort. Dans l'intervalle, l'abbé Quintier n'allait pas tarder à imprimer sa marque dans l'administration des affaires de sa nouvelle paroisse.

Avant d'être relevé de ses fonctions, l'ancien curé de Bourbonnais avait mis en chantier une nouvelle église pour remplacer la petite chapelle rudimentaire que les pionniers avaient érigée il y avait déjà un quart de siècle. D'une part, les habitants de Bourbonnais se chargeraient de l'exécution sans frais des travaux. D'autre part, on avait rapidement écarté l'idée d'employer la pierre pour la revêtir, ce matériau étant jugé trop coûteux en temps et en efforts. Le bois, on l'avait à portée de main dans les forêts de chêne noir qui proliféraient à proximité. Il suffirait de débiter en poutres et en planches ces arbres qui appartenaient plus ou moins à tout le monde puisqu'ils n'étaient à personne en particulier. Ils poussaient sur les terres publiques. On avait donc fait sécher une grande quantité de ce bois l'hiver précédent.

Au moment de l'arrivée de l'abbé Quintier à Bourbonnais, la structure de l'église n'en était encore qu'à l'état d'ossature, dressant ses enchevêtrements de pièces de chêne sous une toiture qu'on avait commencé à revêtir de bardeaux de cèdre. À la grande consternation de ses administrés, le nouveau desservant de la paroisse avait immédiatement suspendu les travaux.

Aux dires du curé intérimaire, la pierre s'imposait quand il s'agissait d'élever un temple digne de ce nom au Maître de l'univers. Les paroissiens avaient rechigné. L'affaire avait rebondi à Chicago. L'évêque avait tranché. Si Dieu avait créé les arbres, c'était pour qu'on s'en serve. Les hautes futaies des plus majestueuses forêts ne représentaient-elles pas les colonnes du grand sanctuaire de la nature ? On poursuivit donc la construction de l'église de Bourbonnais en utilisant le bois qu'on avait déjà préparé. L'abbé Quintier fulminait.

Avant même qu'elle ne fût tout à fait achevée, l'évêque passa en coup de vent à Bourbonnais pour consacrer la maison de Dieu. Le dimanche suivant, le desservant dut se résigner à y célébrer une première messe. L'affaire fut rondement menée. Sitôt l'office terminé, l'abbé Quintier s'engouffra dans le presbytère laissé libre par son confrère, où il s'attabla en compagnie du sacristain et de sa famille pour prendre le repas de midi.

Vingt minutes plus tard, deux enfants affolés parcouraient le village en poussant des « Au feu ! » « Au feu ! » pointus comme des poignards. L'église de Bourbonnais fut réduite en cendres et la rumeur se répandit à l'effet que l'abbé Jean-René Quintier avait incendié de ses propres mains le temple qu'il détestait tant.

— Ce qui est en cours à Bourbonnais aujourd'hui, conclut le frère Régis, nous l'attendions depuis longtemps. C'est le procès ecclésiastique de votre protecteur.

*

La cloche de l'école des frères sonnait à l'autre bout du village. Le directeur de l'institution venait de rater un autre de ses nombreux rendez-vous quotidiens. Plus il courait d'une obligation à l'autre, plus l'accumulation de ses retards alourdissait la charge du frère Régis, et moins il arrivait à la fin de la journée en même temps que tout le monde. Un comportement pathétique qui rendait le personnage sympathique.

Après avoir serré la main du jeune Frédéric, ce qui étonna fort ce dernier, la poignée de main n'étant pas en usage chez les Canadiens français, le frère se remit en marche à grands envols de soutane. Frédéric courut le rejoindre. Ils progressaient côte à côte au pas militaire. Le jeune Frédéric haletait.

— Je voulais vous demander…

— Pas maintenant, répliqua l'ecclésiastique. Je viens d'assurer l'approvisionnement de l'école en légumes de saison. Maintenant que j'ai pris du retard en m'attardant auprès de vous, la cloche m'appelle. Je dois donner la leçon d'histoire. Voilà ce que c'est que de diriger une école sans le personnel et les ressources financières adéquats.

— Je voulais seulement vous demander, persista Frédéric, pour ce qui en est de l'abbé Quintier…

— N'insistez pas, lui répondit le frère. Je vous en ai déjà assez dit. Malgré tout le plaisir que j'ai à vous savoir parmi nous, mon plus grand souhait serait que votre père et vous-même preniez immédiatement vos jambes à votre cou pour aller vous établir ailleurs. Mais je doute que vous m'entendiez. Vous ne seriez pas arrivés jusqu'ici si vous n'étiez pas mus par une détermination hors du commun. Aussi, dans l'éventualité où vous choisiriez de vous installer à demeure dans la tanière du loup, veillez surtout à ne pas contrarier ses lubies. Vous vous retrouveriez sous ses crocs qu'il a plutôt acérés, croyez-moi.

Le jeune Frédéric trottait toujours pour se maintenir à la hauteur du frère qui allongeait les enjambées.

— Il y a autre chose, ajouta Frédéric.

— Quoi donc encore? s'enquit le frère un peu brusquement.

— Mon père m'a demandé de mettre deux lettres à la poste.

— Le comptoir postal est au magasin général.

Ils arrivaient à ce moment en vue de cet établissement.

— Et voilà, annonça le frère en le pointant du menton.

— Mais, annonça Frédéric, mon père a oublié de me donner de l'argent.

— Attendez, répondit le frère en s'immobilisant pour fouiller dans la grande poche de sa soutane.

Il en sortit une poignée de pièces qu'il remit à son compagnon.

— En voilà plus qu'il n'en faut, annonça le frère. Vous me rendrez la monnaie quand vous me reverrez.

Il allait se remettre en marche. Il se ravisa. Mettant une fois de plus la main sur le bras de Frédéric, il riva son regard sur le sien pour lui dire :

— Avec le talent que vous avez, vous devriez songer à vous établir en ville, à Chicago par exemple, où les occasions d'avancement seraient cent fois plus nombreuses qu'ici.

Et le directeur de l'école des frères reprit sa course. Frédéric en fut quitte pour retomber dans la réalité environnante.

Plusieurs voitures attelées étaient garées devant le magasin général. Le jeune homme contourna la bâtisse et chercha un endroit discret où donner suite à la petite idée qui lui trottait dans la tête depuis un moment. Une dizaine de tonneaux étaient alignés, debout devant une palissade qui délimitait la propriété. L'un d'eux allait lui tenir lieu d'écritoire. Il entreprit de donner des nouvelles à sa mère au dos du croquis sur lequel il avait projeté une vision enjolivée du village.

Ma très chère mère, juste un petit mot, je n'ai pas beaucoup de temps, je suis très occupé, nous sommes logés au presbytère en attendant d'avoir pris possession de notre terre. Ici, c'est un nouveau monde qui se bâtit, il y aura beaucoup de travail pour moi. Mon père a toujours la tête dans les nuages et il me dit souvent qu'il pense à vous. Tournez la page et vous aurez une idée du village de Sainte-Anne. On dit que les gens attrapent des fièvres par ici en été mais nous sommes tous les deux en bonne santé.

Je dépose un baiser dans vos cheveux blancs.

Votre dévoué.

Frédéric (le fils)

Il plia la lettre-croquis et la mit dans sa poche. Il pénétra dans le magasin général par une porte latérale. Un nuage de fumée flottait à mi-hauteur de la pièce. Comme dans tous les établissements de ce genre, un brouhaha de conversations s'élevait des bancs et des chaises disposés en cercle autour d'un poêle éteint. Devant un comptoir, quelques dames tâtaient des laizes de tissu. Une ménagère plissait les yeux en regardant un commis emplir son cruchon d'une mélasse épaisse qui sortait de la bonde d'un tonnelet. Un grand paysan en salopette délavée débattait avec un autre employé du prix d'un rouleau de fil de fer. Frédéric fit un tour sur lui-même pour s'orienter dans ce bric-à-brac. Un petit homme rondelet se tenait derrière un comptoir vitré, en veste noire, une visière de celluloïd verte sur la tête et les bras de sa chemise dissimulés sous des manchettes de lustrine. Il mâchouillait un bout de cigare.

— Tu cherches quelque chose, mon gars ?

— Le bureau de poste.

— T'es en plein dedans.

Frédéric tendit l'enveloppe de son père et la lettre-croquis destinée à sa mère.

— Il me manque une enveloppe.

— J'ai ce qu'il te faut. Ce sera trois sous.

Frédéric commença à inscrire l'adresse sur l'enveloppe que venait de lui tendre le commis.

Mme Frédéric Saintonge
L'Islet-sur-Mer

Il s'arrêta, hésitant.

— Que faut-il mettre ?

— Rien qu'à t'entendre, je sais qu'il faut écrire Canada.

Frédéric jeta un coup d'œil à l'envoi que son père avait préparé. Il y lut :

Canada français

179

Le commis de la poste avait le regard agile et la réplique toujours prête.

— Mets Canada. Ça suffira.

— Vous êtes sûr ?

— Je connais ma géographie, se rengorgea le responsable de la poste. Tu crois, toi, qu'une enveloppe c'est le bon endroit pour organiser un débat politique ?

Frédéric hocha la tête, s'exécuta dans le sens de ce qui venait de lui être suggéré et tendit la poignée de monnaie que lui avait remise le frère Régis.

— Servez-vous.

— Tu ne sais pas encore compter ? À ton âge !

— Pas en monnaie des États-Unis, non.

Le commis étala les pièces sur la vitre du comptoir, les regroupa selon leur valeur, en retint une part qu'il déposa dans un tiroir, désignant ce qui restait en pointant le menton.

— C'est à toi.

Frédéric fourra la monnaie dans sa poche et s'éloigna sans saluer celui qui venait de le servir. Le bonhomme le regarda se diriger vers la porte principale de l'établissement. Ce faisant, le jeune étranger longeait l'assemblée des faiseurs de bonnes et mauvaises nouvelles. Ce qu'il entendit l'incita à ralentir le pas.

— Tu veux que je te dise pourquoi le curé, il a pas voulu que l'autre aille chercher le ciboire dans le tabernacle ? Parce qu'il savait qu'il était pas là.

— La Sainte Vaisselle, ça doit jamais sortir de l'église, formula un des compères.

— Oui, mais le curé, lui, il savait d'avance ce qui allait se passer, reprit le premier. Que le feu allait prendre pendant l'heure du dîner.

— Voyons donc ! intervint une dame d'une voix aiguë, il a beau être un prêtre du bon Dieu, il pouvait tout de même pas deviner ce qui allait arriver.

— Ouvre-toi donc les yeux, Émérentienne ! lui répliqua le meneur de jeu. Il en voulait pas, le Quinteux, de l'église en bois que le curé d'avant avait fait bâtir ! Après la messe, caché dans la sacristie, il a attendu que tout le monde soit sorti. Faut dire que la veille, il avait bourré les confessionnaux de paille. Il a suffi de deux ou trois allumettes, puis il est parti prendre son dîner au presbytère avec les autres.

— C'était pas au-dessus de ses forces, commenta un petit vieux au regard par en dessous, rapport qu'il fait la pluie et le beau temps depuis qu'il est arrivé par ici.

— Surtout la pluie ! renchérit un autre.

— Un vrai taureau ! conclut celui qui avait initié la conversation. Il tient tête même à son évêque.

Ce disant, il porta un regard circulaire sur son auditoire pour mesurer l'effet de ses propos. La présence de Frédéric détonnait dans ce tableau familier.

— Qu'est-ce tu fais là, toi, mon garçon ? D'abord, t'es qui, toi ?

Frédéric demeura muet. Les mises en garde du frère Régis lui tourbillonnaient dans la tête.

— Je le reconnais, annonça le vieux au regard par en dessous. C'est le petit jeune homme qui vient de s'installer au presbytère avec son père.

Frédéric se dirigea vers la sortie.

— Attends ! lui lança un autre.

Frédéric avait déjà la main sur la poignée de la porte à moustiquaire, qui s'ouvrit d'elle-même à l'initiative du frère Régis. Celui-ci était donc revenu sur ses pas. Frédéric en demeura bouche bée.

— Venez ! lui enjoignit le frère.

Le jeune homme sortit. Comme à son habitude, le religieux s'était remis en marche sans attendre celui avec lequel il avait sans doute l'intention de converser. Tout en poursuivant sa progression, il tourna légèrement la tête pour s'adresser à Frédéric.

— Éloignez-vous du magasin. Attendez que je sois entré dans le collège, comptez jusqu'à cent puis venez frapper à la porte et demandez à me voir. Il faut que j'aie un entretien avec vous. Votre avenir pourrait en dépendre.

*

Il y avait deux parloirs à l'école des frères. Le plus grand était destiné aux parents des quelques pensionnaires qui visitaient occasionnellement leur progéniture. Le second, minuscule, permettait tout juste à deux personnes de s'entretenir, assises de part et d'autre d'une table. En cette matinée de début d'été qui faisait déjà sentir ses ardeurs, l'atmosphère était quelque peu étouffante dans le petit parloir. Malgré le beau temps, personne n'avait jugé bon d'ouvrir la fenêtre. Le frère avait joint ses mains noueuses sur la table. Le jeune Frédéric avait posé les siennes sur ses genoux. On percevait dans le lointain la monotone récitation d'une leçon ânonnée par de fraîches et jeunes voix.

— J'ai bien failli ne pas l'entendre, commença le frère.

Frédéric tendait le cou dans une attitude attentive.

— J'étais distrait par tout ce que je venais de vivre, continua le frère. Tout en me dirigeant vers l'école, je suis descendu en moi-même. C'est alors que j'ai perçu sa voix.

— La voix de qui ? se permit de demander Frédéric.

— Le Saint-Esprit, répondit le frère en ayant l'air de s'étonner que Frédéric n'ait pas deviné l'identité de cet interlocuteur privilégié. Il a déversé des paroles de sagesse dans mon cœur et je suis parti en courant à votre recherche.

— Heureusement que j'ai traîné un peu, fit observer Frédéric.

— Le Saint-Esprit m'aurait aidé à vous retrouver, le rassura le frère.

Il joignit les mains en ovale. Il arrondissait ses deux mains, seuls les bouts de ses doigts se touchant comme s'il tenait une grosse pomme entre ses paumes.

— Et qu'est-ce qu'il vous a tant dit, le Saint-Esprit ? s'enquit Frédéric.

— Ne précipitons rien, répondit le frère. Prenons le temps de tout bien mettre en place pour que la suggestion du Paraclet prenne son entière dimension dans votre esprit.

Et le frère Régis se mit à peindre l'arrière-plan du tableau que lui avait inspiré l'Esprit ailé. Des deux échanges qu'il avait eus avec Frédéric depuis qu'il avait fait sa connaissance, il ressortait que ce dernier n'avait absolument pas pour vocation de défricher un lot pour en cultiver la terre.

— Ce n'est pas parce que vous êtes un Français du Canada que vous avez des dispositions pour l'agriculture, prononça le frère.

Frédéric acquiesça pendant que son interlocuteur continuait de réfléchir à voix haute.

— À chacune des deux reprises où j'ai eu l'occasion de vous rencontrer, vous aviez un bout de papier et un crayon à la main, mais vous n'étiez jamais en train de reproduire la forme des maisons, le volume des arbres, la rondeur des nuages, en un mot le paysage. Non ! Chaque fois, vous vous préoccupiez d'enjoliver les constructions.

Il se fit un silence pendant lequel l'évidence de ce qui venait d'être dit descendit au plus profond d'eux. Frédéric ne put retenir un signe d'approbation. Il ouvrit la paume de ses mains devant lui.

— Mon père me l'a souvent rappelé, j'avais cinq ans quand j'ai commencé à reproduire puis à rafraîchir tout ce que contiennent les maisons, tables, chaises, bahuts et plus tard, les habitations elles-mêmes, courbes des toits, cuisines d'été et rambardes de galeries. Personne ne m'a jamais appris à le faire. Je le savais de naissance.

Les deux hommes s'observèrent le temps qu'il fallut pour apprécier cette vérité.

— Si ce que nous venons de dire est exact, et ça l'est, reprit le frère, vous n'avez rien à faire à Sainte-Anne...

— Cela, je l'ai déjà compris, s'emporta Frédéric, mais je ne sais toujours pas où je dois aller !

— ... et le Saint-Esprit vient de me révéler le destin qu'il vous réserve, acheva le frère.

Le jeune Frédéric se transforma soudain en un bloc d'attention vibrante. Le religieux pencha la tête vers lui au-dessus de la table et lui mit la main sur le bras.

— En tant que directeur de l'institution dont j'ai la charge ici, je siège quelques fois par année au grand conseil de l'enseignement catholique du diocèse de Chicago. Depuis environ deux ans, la Providence m'a mis en présence en ces occasions d'un homme qui manifeste les plus grandes marques de considération à mon endroit, sans que le champ de ses activités ne recouvre en aucune façon le mien.

Frédéric hocha la tête en se demandant où le frère l'entraînait.

— Je sais maintenant de quel dessein Dieu veut vous faire l'instrument.

Et le frère raffermit sa poigne sur le bras de Frédéric.

— L'homme dont je désire vous parler est un Canadien du Canada. Il vit à Chicago depuis de nombreuses années. Il se nomme Désiré Deblois et il est architecte. Lors de notre dernière rencontre, nous avons appris que les jésuites l'avaient commissionné pour dessiner les plans d'un bâtiment qui deviendra leur principale institution d'enseignement dans le diocèse. L'édifice devrait avoir quatre étages et se dressera sur une propriété de dix-neuf acres.

Frédéric n'osait trop s'abandonner aux pensées qui lui illuminaient le cerveau comme des éclairs. Pour éviter de tomber dans un piège que son imagination aurait elle-même fabriqué, il commença par nier la vraisemblance de ce que les propos du frère semblaient lui suggérer.

— Mais je ne suis pas un architecte, moi, et je ne sais pas comment on fait d'aussi grands édifices.

Le frère Régis lui tapota le bras.

— Personne ne vous demande de dessiner à vous seul les plans du collège des jésuites de Chicago. Par contre, comme il n'existe pas encore de véritables écoles d'architecture dans ce pays, pas davantage qu'au Canada d'ailleurs, du moins je le crois, les architectes s'entourent tous d'apprentis comme le font les notaires et les avocats avec leurs clercs.

Frédéric n'osait envisager ce qu'il entrevoyait.

— J'écris dès aujourd'hui à ce M. Deblois, enchaîna le frère, et je vous recommande chaleureusement à son attention. Ma démarche devrait être accueillie sans réserves, sans quoi l'Esprit saint ne me l'aurait pas inspirée.

Des déplacements étaient en cours dans l'école, bruits de pas et grincements de pattes de chaises sur les planchers.

— Mais je manque à tous mes devoirs, se reprocha le frère. Après m'être fait remplacer pour le cours d'histoire, je ne peux tout de même pas tarder à me présenter au réfectoire pour surveiller le dîner.

Le frère se leva. Frédéric en fit autant et vint se placer dos à la porte.

— Une dernière chose, lança le jeune homme. En attendant la réponse, je ne me vois pas coincé au presbytère entre mon père et le curé. Cela me donnerait des pensées négatives qui pourraient déplaire au Saint-Esprit. Il y a une solution toute simple. Il suffira que je me trouve une cachette dans la nature quelque part aux environs, en attendant d'apprendre un jour, peut-être, qu'une réponse est arrivée.

Le frère Régis ouvrit les bras de chaque côté du corps.

— Malheureux ! Vous allez vivre de quoi ? Vous abriter où ?

Le jeune Frédéric haussa les épaules. Le frère fit un de ses longs pas pour venir se placer sous les yeux de son interlocuteur.

— Écoutez-moi bien, jeune homme. Je prends sur moi de vous accorder le privilège de résider ici en attendant l'issue de la démarche. Nous ne vivons pas dans l'abondance mais, quand il y en a pour vingt-six, on peut sans doute en nourrir un vingt-septième. Allez, venez ! On nous attend au réfectoire.

*

Le lendemain matin, le jeune Frédéric entra au presbytère comme s'il y était chez lui.

— Où est mon père ? interrogea le jeune Frédéric.

— Je te répondrai, lui répondit l'abbé Quintier, quand tu auras la décence de formuler ta question poliment.

— Puis-je vous demander où est mon père ? reprit le jeune Frédéric en exagérant les touches de délicatesse.

— Je te le dirai quand tu auras répondu à ma propre question, lui servit l'abbé Quintier. Comment se fait-il que tu n'aies pas redressé la clôture du pré de la vache comme je te l'avais demandé ?

— Tout simplement parce que je me suis retrouvé contraint d'accomplir une démarche beaucoup plus importante que celle que vous m'aviez confiée.

— Un soupçon de respect suffira, lui servit le curé.

Le jeune Frédéric prit un ton truffé de précautions oratoires pour exprimer de nouveau sa requête.

— Auriez-vous l'obligeance de m'informer des allées et venues de mon père ? articula Frédéric en accentuant le pointu de sa prononciation.

L'abbé Quintier dut se pincer les lèvres pour lui répondre sans élever la voix.

— Tu l'as bien constaté tout comme moi, ses affaires ne sont plus dans le cagibi sous l'escalier. Pas plus que les tiennes d'ailleurs. J'ai dû céder la place à quelqu'un dont la présence ici m'était devenue indispensable.

La porte s'ouvrit à ce moment. Un gaillard apparut. Il était plus grand que l'abbé et ses muscles donnaient à penser qu'il devait être un bagarreur de premier ordre.

— Mon frère Gustave, annonça le curé Quintier en accentuant l'emphase de sa présentation.

Le jeune Frédéric jetait des regards à droite et à gauche.

— Et mon père, il est où ?

— Va donc voir au grenier de l'écurie, lâcha un abbé Quintier agacé.

Le jeune Frédéric aurait eu le réflexe d'aller rejoindre sur-le-champ son homonyme, mais Gustave bloquait la porte. Le curé n'en avait pas fini avec lui.

— Avant que tu partes retrouver ton père, annonça le curé au jeune Frédéric, je vais t'expliquer pourquoi la présence de mon frère m'était devenue indispensable ici. Et je suis persuadé que tu reconnaîtras que ma décision d'installer mon Gustave à votre place était la bonne. Vois-tu, aujourd'hui, à Bourbonnais, des faits troublants ont été évoqués, des événements du passé sur lesquels tout le monde ne porte pas le même regard. Les avis sont à ce point partagés que je crains que des individus malveillants ne viennent frapper à la porte du presby-tère pendant la nuit pour me demander de justifier ma conduite. J'ai donc fait appel à mon ange gardien...

Il se tourna vers son frère pour incliner légèrement la tête devant lui.

— ... pour assurer ma sécurité. Et si cela devenait nécessaire, nous aurions recours à la petite milice que ce valeureux Gustave a constituée pour faire régner l'ordre dans la paroisse et même dans le canton. Voilà pourquoi j'ai été contraint de vous reloger tous les deux, ton père et toi, au grenier de l'écurie. En cette saison, vous y serez à l'aise. Il va sans dire que vous continuerez de prendre vos repas ici avec nous.

Frédéric fit un pas vers la sortie. Gustave ne broncha pas jusqu'à ce que son frère l'ait invité d'un signe de tête à s'écarter. Quelques instants plus tard, le jeune Frédéric gravissait en courant l'escalier menant au grenier de l'écurie. Son père, qui l'avait entendu monter, l'attendait en haut, devant la dernière marche.

— Où étais-tu donc ? l'interpella ce dernier un peu abruptement.

— C'est justement de ça que je suis venu te parler.

Le père s'écarta pour laisser son fils prendre pied sur le plancher à ses côtés. Dès qu'ils furent sur le même plan, ils entreprirent de s'expliquer en même temps. Le père voulait savoir à qui et à quoi son fils avait consacré sa journée. Le fils ne pouvait plus attendre pour révéler à son père les perspectives nouvelles qui s'ouvraient devant lui. Il leur fallut s'asseoir dans un coin du grenier qu'ils débarrassèrent de sa paille avant de bourrer chacun sa pipe, pour se lancer dans une conversation animée. Avant toute chose, le fils souhaitait apprendre dans quelles circonstances son père avait été évincé du cagibi du presbytère.

— Nos affaires avaient déjà été déplacées quand le curé et moi sommes revenus de Bourbonnais, précisa le père. L'abbé aura sans doute retrouvé son frère parmi la foule qui entourait les ruines de l'église, là-bas, et il l'aura dépêché ici, à Sainte-Anne, pour ménager ses arrières.

Du même souffle, le fils s'informa des raisons qui avaient mené le curé à Bourbonnais.

— Une sorte de procès, expliqua le père. Il était présidé par un ecclésiastique dont la soutane était enjolivée d'un large ceinturon rouge, et par un autre dignitaire revêtu d'un surplis brodé.

— Et qui était l'accusé ? s'enquit le fils.

— L'abbé Quintier, répondit laconiquement le père.

— On l'accuse de quoi ? s'étonna le jeune Frédéric.

— D'avoir incendié l'église de Bourbonnais. Si j'ai bien démêlé tout ce que j'ai entendu, il est plus que probable que ce soit le cas.

Et Frédéric le père déchargea à son tour un plein carquois de questions en direction de son fils. Pourquoi n'avait-il pas redressé la clôture du curé, et surtout à quoi avait-il consacré sa journée ? Et pourquoi n'était-il pas revenu au presbytère prendre le repas du soir avec tout le monde ? Avait-il seulement mangé ? Où avait-il dormi ? Le jeune Frédéric n'attendait que ce moment pour vider son sac.

— Depuis que nous sommes arrivés ici, expliqua-t-il, je suis allé marcher à deux reprises dans le village. Par le plus grand des hasards, à chaque occasion, j'y ai rencontré le frère qui dirige l'école. Il m'avait vu dessiner. Il a demandé à voir mes croquis. Il s'est rendu compte que je m'intéressais à l'architecture. Il s'est enquis de ce qui m'amenait ici et de ce que je comptais faire de ma vie. Je lui ai avoué que je n'étais pas heureux dans ce coin perdu où jamais on ne bâtirait rien d'autre que des cabanes plus qu'ordinaires. Il s'est empressé de me répondre qu'il partageait mon avis. Il m'a ensuite raconté qu'il avait fait la connaissance à Chicago, dans un groupe de travail où ils siégeaient tous les deux, d'un architecte auquel on venait de confier le soin de dessiner les plans du nouveau collège des jésuites. Et, sans que je lui aie rien demandé, il m'a annoncé qu'il allait écrire à cette personne pour lui proposer de me prendre dans son bureau à titre d'apprenti dessinateur.

Le père était soufflé. Il dévisageait son fils comme s'il ne le reconnaissait plus. Il parvint enfin à retrouver la parole.

— Mais, en attendant que cela arrive peut-être un jour, insista-t-il, tu n'as pas l'intention de continuer à remplir tes fonctions au presbytère à mes côtés ?

— Absolument pas, trancha le fils. D'ici à mon départ pour Chicago, le frère m'a invité à m'installer à l'école.

— Ni toi ni moi ne pourrons jamais payer ta pension ! s'inquiéta le père. À moins que ce frère généreux ne te confie quelque travail, rentrer du bois de chauffage ou peler des pommes de terre.

— Rien de tout cela, rectifia le fils. Le frère Régis m'a tout simplement déclaré que, s'il y avait de la place pour vingt-six personnes dans son établissement, il y en avait sûrement pour une vingt-septième.

Le père laissa échapper un profond soupir. Ce qu'il venait d'entendre dépassait ce qu'il connaissait de la vie en société. À l'origine de tout, chaque individu devait contribuer à sa propre survie. C'était l'une des lois les plus fondamentales de l'existence. Tout au plus pouvait-on rêver qu'avec le temps certains parviendraient à manifester un peu de compassion les uns à l'endroit des autres. Et voilà que, à peine arrivé à Sainte-Anne, son fils faisait l'objet de l'attention particulière d'une personne qui ne le connaissait ni d'Ève ni d'Adam. Le père demeurait subjugué devant le fait qu'on reconnaisse la compétence particulière de son rejeton.

— Mais alors, réussit-il à formuler, es-tu en train de m'annoncer que nos chemins vont se séparer ?

— Oui et non. D'abord, ce n'est pas parce que je vais dans ma propre direction que je rejette la tienne. Après tout ce que tu m'as enseigné, que je sois mousse ou capitaine, j'avancerai toujours dans un sillage où tu seras déjà passé avant moi. Tu demeureras mon père, c'est-à-dire celui qui m'aura appris le courage dont je fais justement preuve en ce moment. Il faut bien que je le dise, c'est avec un petit frisson d'inquiétude que je pense à ce qui m'attend.

Le fils s'interrompit et réfléchit un instant avant d'ajouter :

— Mais en y pensant bien, n'est-ce pas ce que tu es en train de faire toi-même, marcher dans ton propre chemin ?

Les deux Frédéric ravalaient de gros bouillons d'émotion. Le fils parvint enfin à formuler ce qui le taraudait :

— Mais toi, il faut bien que je te le dise, je ne comprends pas ce que tu es venu chercher ici. En tout cas, tu n'as sûrement pas encore trouvé ta réponse, puisque tu continues d'affronter ici les mêmes obstacles qui se dressaient devant toi là-bas. À la limite, si tu ne souhaitais pas finir tes jours au Canada au côté de ma mère, vous auriez tout aussi bien pu convenir qu'elle irait s'établir au village où tu l'aurais entretenue dans le respect que tu lui devais.

— Ce que tu proposes, lui opposa son père, n'était tout simplement pas possible parce qu'il y avait déjà une autre personne qui prenait toute la place dans ma vie.

— Ça, je le savais depuis un certain temps, mais je n'étais pas prêt à l'envisager.

— C'est pour cette raison que je suis venu ici. Pour me préparer à entrer dans la vraie vie qui m'attend.

— Et si je te demandais qui est cette personne, finassa le fils, rien que pour t'entendre me le révéler ?

— Ta tante Francine, prononça le père.

Le fils s'amusa à ouvrir des yeux étonnés alors qu'il avait découvert depuis longtemps la relation que son père entretenait avec sa tante.

— J'avais bien remarqué que tu lui tournais autour, mais je me disais que c'était sans doute pour la consoler d'être tombée entre les pattes de ton frère.

— Oui, sourit Frédéric le père, c'est un peu comme ça que tout a commencé. Mais je me suis vite retrouvé dans ses filets. Pourtant, je continue de penser que, si le curé de la paroisse ne s'était pas mêlé de ce qui ne le regardait pas, nous en serions peut-être restés là. Ce célibataire frustré ne supportait pas de nous voir heureux. Plutôt que de sermonner Francine, il s'est mis en tête de la séduire. Ce n'était vraiment pas une conduite digne du pasteur d'une paroisse. Tu connais ta tante. Les approches du curé l'ont mise hors d'elle-même. Tout bien soupesé, c'est le curé de L'Islet qui nous a jetés dans les bras l'un de l'autre.

Figé par l'étonnement, le jeune Frédéric n'en finissait pas de retourner dans sa tête et dans son cœur les révélations qui confirmaient ce qu'il avait toujours pressenti.

— Serais-tu en train de m'annoncer, finit-il par demander, qu'à ton âge, avec la famille que tu as, tu es prêt à recommencer ta vie ?

— Je ne recommence pas ma vie, rectifia le père. Je commence à vivre.

*

En quittant l'écurie ce matin-là, Frédéric le père était accompagné de deux femmes imaginaires qui marchaient de part et d'autre à ses côtés, Géraldine, renfrognée en elle-même, et Francine, épanouie comme le printemps prématuré des Amériques. Durant le court trajet qui le menait de l'écurie au presbytère, il eut le temps de reprendre pied dans une réalité écartelée entre peine et exaltation. Il repassait dans sa tête des bribes des deux missives qu'il avait reçues au cours des jours précédents. Celle de Géraldine d'abord, factuelle comme ces télégrammes dont l'usage se répandait depuis quelques années.

La vie suit son cours, rien n'a changé depuis ton départ, tu pourrais être mort et ce serait la même chose... l'un des petits a mal aux dents, la plus grande est en train d'apprendre ce que c'est d'être femme... ton petit Eugène n'en finit pas de demander quand tu reviendras...

On aurait dit que l'auteur de ce message trop factuel n'escomptait pas de réponse. En retournant les phrases dans sa mémoire, Frédéric se demandait comment il avait pu s'attarder aussi longtemps auprès d'une épouse qui ne voyait rien d'autre en lui que le père de ses enfants.

Avant d'entrer chez le curé, Frédéric repassa dans sa tête de larges pans de l'autre missive qu'il avait apprise par cœur à force de la relire. Celle de Francine, bien entendu.

Mon grand amour, je cours vers toi, je me jette dans tes bras, je t'embrasse de toute mon âme et de mon corps aussi. Je ne vis plus depuis que tu es parti. Tu es dans ma tête et dans mon cœur la nuit comme le jour. L'air que je respire a ton odeur.

J'attends l'heure où tu m'annonceras que je peux aller te rejoindre, mais il ne faudrait pas que cela tarde trop car je sais maintenant que l'on peut mourir de prendre son mal en patience.

Il faut aussi que je te dise, le jour même de ton départ, Félicien s'est mis à être méchant avec moi. Il m'a tordu le bras dans le dos et il m'a dit : Tu peux crier tant que tu voudras, maintenant il ne t'entend plus. Je suis allée m'enfermer dans la chambre et je n'en suis pas ressortie de toute la journée. C'est ce soir-là qu'il a commencé à dormir sur le canapé tout défoncé sur lequel les enfants sautent depuis des années dans la cuisine. Moi, je ne sors de ma chambre que quand il n'est pas là ou que les enfants sont autour de moi. Il n'oserait pas me faire du mal en leur présence.

Pour éviter d'étouffer, je me répète à tout moment qu'un jour je finirai par aller te rejoindre. Je ne vis que dans l'espoir de respirer de l'air qui a déjà été respiré par toi.

C'est Géraldine qui m'a donné ton adresse. Elle ne voulait pas que je te révèle ce beau geste de sa part. Alors, tiens ta langue. À propos, elle n'a pas l'air d'être prête à sortir de sa torpeur. Elle n'est pas méchante avec moi. Tout juste malheureuse.

Quelques heures plus tard, Frédéric le père bêchait, un peu en retard pour la saison, un coin de potager derrière le presbytère. Son fils surgit de nulle part. Il tenait lui aussi à son tour une lettre à la main.

— Ma mère m'a écrit ! annonça-t-il. La lettre est arrivée ici, au presbytère. Je ne sais pas qui lui a donné l'adresse. Le curé l'a remise au portier de l'école. On peut présumer qu'il n'avait pas envie de me voir. Pour tout dire, moi non plus.

Le père avait planté sa bêche dans la terre meuble. Il s'essuyait les mains sur ses salopettes. Pour ne pas trop entamer son indépendance, le jeune Frédéric se mit à lire lui-même à voix haute la précieuse missive. Le père en profita pour bourrer sa pipe. Sa tête s'enveloppa d'un nuage de fumée odoriférante tandis que le fils déclinait les bontés de sa mère.

Cher enfant de mes amours aimées, je prends ton visage dans mes deux mains et je te regarde dans les yeux. Dis-moi que tu te portes bien, que la vie n'est pas trop dure pour toi dans cette terre étrangère et que ton père n'abuse pas de tes forces.

Le jeune Frédéric leva les yeux de sa lettre pour s'adresser à son père.

— Je lis tout, ou préfères-tu que je saute certaines phrases ?

— Si tu passes des lignes, lui répondit le père, je vais imaginer le pire. Aussi bien entendre la lettre en entier.

Le jeune Frédéric reprit son déchiffrage.

Ici, depuis que ton père avait pris ses distances avec moi, je m'étais habituée à me tourner vers toi quand je sentais le besoin d'un appui. Depuis que tu n'es plus là, je suis envahie de sentiments partagés. J'en veux à la vie de t'avoir entraîné ailleurs. En même temps, je me dis que c'est tout un cadeau que tu te fais en découvrant le monde.

En fin de compte, je me console en pensant qu'un jour tu reviendras ici et que tu seras devenu un vrai monsieur, plus grand que celui que tu serais devenu si tu étais resté parmi nous.

Prends bien soin de toi. Dis tes prières chaque soir et veille sur la pureté qui doit t'accompagner jusqu'à ton mariage. Moi, j'égrène chaque jour un chapelet à tes intentions.

Et elle avait signé :

Ta mère aimante

Depuis quelques instants, Frédéric le père regardait par-dessus l'épaule de son fils en direction du presbytère. Menée par Gustave, la calèche du curé entrait dans l'allée. L'abbé Quintier s'apprêtait à en descendre sans même attendre qu'elle soit arrêtée.

— Cours vite te cacher derrière l'écurie, lança le père à son fils. S'il t'apercevait à mes côtés, ma bêche plantée dans la terre devant moi, on se ferait passer tous les deux un savon…

*

Un mois plus tard, dans la fournaise d'un été prématuré, Frédéric le père entreprenait d'ériger les fondations du futur presbytère de Sainte-Anne. Les relations entre le curé de Sainte-Anne et les évêques successifs du diocèse n'en finissant pas de se détériorer, l'abbé Quintier avait pris la décision de faire bâtir à ses frais un presbytère qui lui appartiendrait en propre. C'était en même temps une façon de faire un pied de nez à celui en qui il ne reconnaissait plus un supérieur.

Une quinzaine d'années plus tôt, en arrivant dans ces contrées encore primitives, ce prêtre entreprenant n'y avait trouvé que quelques habitations rudimentaires, l'ébauche d'une église qu'une poignée d'âmes pieuses n'était jamais parvenue à achever, ainsi qu'un presbytère qui n'évoquait, somme toute, qu'une cabane comme toutes les autres habitations du village. Dans l'état de sous-développement de cette région trop nouvelle pour avoir pris son essor, personne ne s'était préoccupé d'établir clairement les titres de propriété de ces constructions.

Une démarche après l'autre, l'abbé Quintier avait commencé à reprendre les choses en main. Il avait donné à l'église la forme à peu près convenable d'un temple consacré au service divin, et au presbytère une allure à peu près acceptable. Mais les choses avaient recommencé à se détériorer après l'accession de Mgr O'Leary au siège épiscopal de Chicago.

Le nouveau prélat s'était mis en tête de regrouper sous son autorité tous les bâtiments ecclésiastiques de son diocèse. Non seulement cherchait-il à resserrer son emprise sur la façon dont ces établissements étaient entretenus, mais il avait la secrète ambition d'en rapatrier l'entière propriété à l'évêché pour en consolider le patrimoine. Le curé de Sainte-Anne avait pris la tête du mouvement d'opposition à cette politique.

L'esprit de l'abbé Quintier ne connaissait pas le repos. Il avait conservé l'âme des pionniers qui, depuis l'arrivée des Français en terre d'Amérique, semaient les germes d'une civilisation nouvelle, des rives de l'Atlantique jusqu'aux prairies du cœur du continent. Le curé Quintier consacrait donc le plus clair de son temps à développer au plan matériel la paroisse dont il avait la charge, bien davantage qu'il ne se préoccupait de l'épanouissement spirituel des âmes que l'autorité religieuse lui avait confiées.

Il avait commencé dès son arrivée à acquérir à titre personnel le plus grand nombre possible de terres de la paroisse et des environs. Il les revendait en lopins de taille suffisante pour assurer la subsistance d'une famille. C'était avec les profits de ces initiatives qu'il avait assumé à ses frais la finition, même sommaire, de l'église, ainsi que le réaménagement à peu près confortable du presbytère. Maintenant que le nouvel évêque réclamait la propriété de la demeure du curé, ce dernier avait donc décidé de puiser encore une fois dans ses réserves personnelles pour mettre en chantier une autre maison curiale qui lui appartiendrait, celle-là, en propre. Il y avait affecté Frédéric le père.

Celui-ci assumait donc, outre ses fonctions de sacristain et d'homme à tout faire au presbytère, la mission de construire la future résidence du curé de la paroisse. Un vague arrangement couvrait l'aspect pécuniaire de la situation. Sans qu'aucune somme n'ait été précisée, M. Quintier en était arrivé à faire accepter par Frédéric que la valeur d'une année de ses services serait déduite du coût d'achat du lot qu'il choisirait, le temps venu, pour s'y établir avec sa famille. En attendant ces jours bénis, le sacristain-bâtisseur était toujours logé et nourri aux frais du curé. Arrangement précaire que Frédéric refusait de remettre en question, se contentant de rêver du jour où Francine viendrait unir sa vie à la sienne en terre nouvelle.

Pelle, truelle et brouette, Frédéric le père s'échinait donc à gâcher le mortier avec lequel il jointoyait les pierres qui constitueraient les fondations du nouveau presbytère. Se redressant pour essuyer dans la manche de sa chemise la sueur qui lui brûlait les yeux, il se retrouva devant son fils, lequel s'était approché sans faire plus de bruit qu'à son habitude.

— T'es beau à voir à matin ! lui lança le père. Plus vivant comme jamais !

— Non seulement je suis vivant, répliqua le fils, mais je ressuscite !

— Tu ne peux pas être à la fois vivant et ressusciter, s'amusa le père.

— Si on veut parler pour se comprendre, précisa le fils, disons que je commence une nouvelle vie.

— C'est pourtant toujours la même qui coule dans tes veines, fit observer le père.

— Peut-être que tu ne regardes pas avec les bons yeux, lui suggéra le fils.

Le jeune Frédéric allait déballer son sac. Le père et le fils ne s'étaient pas beaucoup vus ces derniers temps. Le père travaillait d'un soleil à l'autre, six et parfois sept jours par semaine. Le fils se tenait éloigné du presbytère et de son écurie pour ne pas se retrouver en présence du curé. Par ailleurs, les rapports du frère Régis et des membres de sa communauté avec l'abbé Quintier et ceux qui le suivaient étaient loin d'être au beau fixe. En un mot, on s'évitait. C'était maintenant à la chapelle de l'école des frères que se pratiquaient les rites attestés du culte catholique. Une petite partie de la population de Sainte-Anne y faisait ses dévotions, même en l'absence de prêtre, tandis que la vaste majorité de ceux qui avaient suivi l'abbé Quintier dans sa dérive continuaient de dépouiller l'église. Rien pour rapprocher les deux camps.

— Tu vas bientôt être forcé de tourner la tête du côté de Chicago quand tu penseras à moi, annonça le fils à son père. Le frère Régis a reçu la réponse à la demande qu'il avait adressée à l'architecte de Chicago. La lettre était dans le courrier ce matin. Ce monsieur accepte de me prendre à titre d'apprenti.

Frédéric le père écarquillait les yeux comme si le bonheur qui incombait à son fils rejaillissait sur sa propre personne.

— Tu vas donc quitter Sainte-Anne…, marmonna le père.

— Dès cet après-midi.

Un coup au cœur pour le plus âgé des deux. Le fils se rapprocha d'un pas.

— Il y a un visiteur à l'école, expliqua-t-il. Il repart vers Bourbonnais après le dîner. Il a accepté de me laisser monter dans sa calèche. De là, je prendrai le train pour Chicago.

— Avec quel argent ? s'inquiéta le père.

— Le frère Régis m'a remis une petite somme pour faire mes premiers pas.

— Et tu le rembourseras comment ?

— Il m'a dit qu'il considérait cette avance comme un investissement. Il ne me réclamera rien tant que je ne me serai pas mis à mon compte en architecture.

— Il devra faire preuve de beaucoup de patience ! s'exclama le père.

— Et toi ? finit par demander le fils pour changer de sujet.

— Oh ! moi, répondit le père, je poursuis mon chemin sans savoir s'il me conduit vraiment quelque part. Ça me force à envisager l'avenir avec un cœur résigné. Tout de même, d'ici une couple d'années tu devrais pouvoir venir passer le temps des fêtes dans ma maison, ici à Sainte-Anne.

— Je ne sais vraiment pas où je serai dans deux ans, répliqua le fils.

Les deux Frédéric allaient emmêler leurs perspectives d'avenir dans un nuage de possibles. C'est alors que, retroussant sa soutane à deux mains, l'abbé Quintier surgit en fonçant vers eux de toute la vitesse que lui autorisaient ses courtes jambes.

— Avez-vous fini de bavarder pendant que mon temps passe ! s'insurgea-t-il.

— Mon fils quitte Sainte-Anne aujourd'hui, lui répondit Frédéric le père, et je ne sais vraiment pas quand je le reverrai. Vous comprendrez que j'ai besoin d'échanger quelques mots avec lui.

— C'est avec votre bouche que vous parlez, lui opposa le curé. Ne pouvez-vous donc pas continuer de travailler avec vos mains et votre tête pendant que les mots se font tout seuls ?

Le père était décontenancé. Le fils interpella l'abbé Quintier.

— Vous ne pourriez pas laisser mon père un peu tranquille ! Rentrez donc chez vous et laissez-moi faire mes adieux à celui que je ne reverrai pas de sitôt.

— Toi, lui jeta l'abbé Quintier avant de prendre la direction de son presbytère, je te conseille de demeurer poli jusqu'à la fin de ton séjour ici, si tu ne veux pas que tes insolences se retournent contre celui que tu veux protéger.

Et tournant la tête vers Frédéric le père :

— Quant à vous, monsieur, remettez-vous au travail si vous souhaitez que je continue à vous entretenir.

*

Le lendemain du départ du jeune Frédéric, son père mangeait comme d'habitude au presbytère. Après le repas, l'abbé Quintier lui remit une lettre en lui rappelant que chaque journée de travail bien remplie le rapprochait de la terre promise. Et le curé s'était lancé dans l'éloge de la vie conjugale en citant Marie et Joseph dont il louait les vertus matrimoniales, assumées dans un support mutuel et une parfaite concordance de vues. Frédéric acquiesça en piaffant d'impatience. Il n'avait qu'une idée en tête, se retrouver par la magie du courrier en compagnie de la femme dont la seule pensée suffisait à illuminer sa vie.

M. Quintier le retint encore quelque temps avec des commentaires exaltés sur la vie à deux qui pouvait, si elle était pieusement menée, s'élever au rang d'un autre sacerdoce. Quand il put enfin quitter les lieux, Frédéric se dirigea une fois de plus vers le grenier de l'écurie. Il y faisait une chaleur accablante. Il redescendit donc aussitôt et alla s'asseoir au pied du mur arrière du bâtiment qui servait à la fois d'écurie au cheval et de domicile pour lui-même. L'endroit était encore à l'ombre à cette heure. Il décacheta l'enveloppe et déplia la lettre avec l'empressement que l'on met à prendre l'être aimé dans ses bras.

Mon amour, je cours vers toi, je me jette dans tes bras et je fonds en larmes. Il y a une dizaine de jours, ton frère est venu bien près de m'enlever la vie.

Frédéric reçut le coup en plein cœur. Il y posa la main qui tenait la lettre. Francine s'agitait dans sa poitrine. Il reprit sa lecture comme on se jette tout habillé dans une mer déchaînée pour sauver une personne en détresse.

Il revenait du village, il ne se supportait plus, méchant avec le chien, la porte claquée et verrouillée derrière lui, un poing au bout de chaque main. Je n'ai pas su ce qui pouvait bien lui être arrivé mais j'ai présumé que quelqu'un, là-bas, avait dû le traiter de cocu ou quelque chose de ce genre. En tout cas, en entrant il s'est avancé droit vers moi. Je ne reconnaissais plus son visage, Il a serré ses deux mains autour de mon cou en me poussant contre le mur. Il n'arrêtait pas de répéter : « Qu'est-ce qui t'a pris de faire ça ? » Je ne voyais pas de quel « ça » il voulait parler. Mes amours avec toi, ou un incident récent dont je ne me serais pas rendu compte sur le coup ? Mais je n'avais pas trop le temps de penser. Je me débattais. Je commençais à étouffer.

Frédéric ne pouvait plus entendre ces mots. Le cœur lui cognait dans les oreilles. Une boule d'amertume lui emplissait la gorge. La poitrine vide d'air. Il revivait ce que Francine avait éprouvé ce jour-là dans sa cuisine. Elle poussait des cris pointus. Il finit par se replonger dans la lettre que ses mains avaient chiffonnée.

Mes yeux étaient grands ouverts et je voyais noir. Une grosse pierre dans la poitrine. Il y a eu des coups à la porte. Félicien s'est retourné sans me lâcher. Il avait tout juste desserré un peu ses mains. J'ai poussé un hurlement, et j'ai entendu Géraldine me répondre dehors. « C'est toi, Francine ? » Elle essayait d'ouvrir la porte. Le verrou était mis. J'ai réussi à crier : « L'autre porte. » Elle est entrée par le hangar. Celui que je ne peux plus appeler mon mari avait toujours les mains autour de mon cou mais il ne serrait plus. Géraldine lui a dit : « Lâche-la ! » Il a obéi comme un petit chien et il est allé s'enfermer au salon.

Frédéric ne savait plus où il était. Le sang glacé dans les veines. Ravagé par deux sentiments à la fois. La panique, comme celle qui avait envahi Francine, et une haine nourrie de rage à l'endroit de son frère. Il poursuivit la lecture de la lettre comme pour se porter au secours de celle qu'il aimait.

Géraldine m'a prise dans ses bras. Elle pleurait. Elle me pressait contre elle en me disant : « Qu'est-ce qu'il t'a fait, mon bébé ? Qu'est-ce qu'il t'a fait ? » Moi, je n'arrivais pas encore à répondre. Son regard m'enveloppait. Elle m'a dit : « Je venais te demander de m'aider à sarcler les premiers légumes de la saison. Ramasse tes affaires. À partir de maintenant, on va tout faire à quatre mains. »

Toujours assis par terre, appuyé au mur arrière de l'écurie du presbytère de Sainte-Anne, Frédéric sentait le souffle de Francine soulever de nouveau sa propre poitrine. Pour s'approcher d'elle, il n'eut d'autre choix que de reprendre sa lecture.

C'est arrivé il y a maintenant plus d'une semaine. Géraldine a dit à toute ta famille qu'il y avait eu quelque chose entre Félicien et moi et qu'il valait mieux que nous restions sans nous voir pendant un certain temps. Les enfants ont avalé ça sans trop poser de questions. Je me suis remise à vivre à petits pas.

Maintenant, il faut que je te parle de nous deux. J'imagine que tu es debout comme d'habitude pour me lire. Prends le temps de t'asseoir. Mets tes deux mains à plat sur la table de chaque côté de la lettre. Emplis-toi de bon air frais et ferme les yeux. Tu vois ? Je suis devant toi.

Étonné de se trouver assis comme le lui recommandait Francine dans sa lettre, Frédéric songeait que c'est par en dedans qu'on rejoint le mieux les absents. Il avait fermé les yeux. Il dut pourtant les ouvrir pour achever sa lecture.

Tu ne dois surtout pas t'en faire pour moi. Géraldine m'a sauvé la vie et ça nous a rapprochées à un point que tu ne peux pas imaginer. Nous étions des belles-sœurs. Nous sommes devenues des sœurs. Je peux demeurer ici chez toi, dans l'air que tu as respiré toute ta vie, le temps qu'il faudra. La seule chose qui m'inquiète, c'est le sort de mes enfants qui sont restés dans l'autre maison. J'envoie régulièrement un des tiens voir comment ça se passe. Apparemment, tout est normal.

De ton côté, tu ne m'as pas encore dit où tu en étais toi, là-bas, ce qui me donne à penser que tu es loin d'être rendu au point où je pourrais déjà aller te retrouver. Ne changeons donc rien à nos projets. Travaille pour amasser ce qu'il faut pour acheter une terre. Préviens-moi quand ce sera fait. J'irai te rejoindre et nous bâtirons notre avenir ensemble. Ce que je viens de te

203

raconter a dû te bouleverser. Regarde en avant. C'est
moi que tu aperçois là-bas au bout du chemin. Je viens
vers toi. Quand l'épreuve sera terminée, nous serons
unis pour l'éternité.

Et c'était signé :

La femme de ta vie

Frédéric détacha ses yeux de la lettre. Elle contenait tout à la fois la déchirure qui rendait à Francine sa liberté et la promesse qu'une vie nouvelle allait s'instaurer entre la femme qu'il aimait et lui-même. À la fois le glas et un carillon de joie. Frédéric passait du froid au chaud sans reprendre le contrôle de ses sentiments. Un appel de l'abbé Quintier l'affola.

— Monsieur Saintonge ! Où êtes-vous, monsieur Saintonge ?

Frédéric ne répondit pas. Il lui semblait qu'il n'avait jamais encore éprouvé pareil besoin de demeurer seul en compagnie de la femme dont l'absence illuminait déjà sa vie.

*

Le dimanche suivant, après la messe qui n'en était plus une mais plutôt une séance d'invectives lancées par l'abbé Quintier à l'endroit des autorités diocésaines de Chicago, le sacristain-bâtisseur s'était vu accorder un congé. Frédéric le père n'avait pas beaucoup chômé depuis son arrivée à Sainte-Anne. En ce beau jour, son patron de curé lui concédait enfin un répit. La vérité était qu'une rencontre devait avoir lieu au presbytère, dont il valait mieux que Frédéric ne soit pas témoin.

Gustave Quintier, le frère du curé, y avait convoqué la poignée d'hommes, sept ou huit, qui composaient la petite milice à l'aide de laquelle ils comptaient maintenir le bon ordre dans la paroisse pendant les temps troublés qui s'annonçaient. L'abbé avait donc suggéré à Frédéric de se préparer un en-cas et d'aller explorer le coin de pays où il entendait s'établir.

Parti au hasard vers l'ouest du village, Frédéric refit sans le savoir l'itinéraire que son fils avait emprunté aux premières heures de leur arrivée à Sainte-Anne. Talus, tas de planches et moulin à scie en bordure d'une petite rivière. L'eau frissonnait sur un fond de roches. Frédéric retira ses chaussures, les noua l'une à l'autre pour les porter autour de son cou et roula les jambes de ses salopettes avant de se mettre les pieds dans l'eau. Aux endroits les plus profonds il en avait tout au plus à mi-mollet. La rivière n'en était pas une. En cette saison, à peine un ruisseau. Des arbres bordaient chaque rive, formant une voûte au-dessus du chemin d'eau. Tout au bonheur de se sentir débordant de vie, Frédéric se mit à marcher, son en-cas dans l'une des vastes poches de ses salopettes. Sans le savoir, il ressemblait à un grand héron.

Il s'arrêta un moment pour observer un petit poisson qui mordillait une herbe aquatique. Dans le calme qu'engendrait son immobilité, il fut étonné d'entendre un flacotement de pas dans l'eau. Il en déduisit que quelqu'un venait dans sa direction, par-delà la courbe qui s'arrondissait sur la droite. Un être étrange apparut en effet, revêtu d'une grande soutane noire. Les deux hommes semblaient aussi étonnés l'un que l'autre de se retrouver dans un endroit aussi inattendu. Tout le monde ne consacrait pas son dimanche à marcher pieds nus dans un ruisseau ! Le nouveau venu fit encore quelques pas pour s'approcher de Frédéric.

— Vous êtes bien la dernière personne que je m'attendais à rencontrer ici ! annonça l'homme en noir. Vous êtes l'autre Frédéric, le père du jeune homme. Je vous ai entraperçu autour du presbytère.

Frédéric observait son interlocuteur comme s'il s'était trouvé par le plus prodigieux des hasards devant le bonhomme qui scie du bois sur la lune. Le religieux était vêtu d'une soutane plutôt élimée qu'il relevait à deux mains jusqu'à la hauteur de ses genoux, ayant lui aussi une paire de chaussures nouées autour du cou et montrant surtout, au-dessus du rabat refermant le col de sa soutane, une pomme d'Adam affolée qui montait et descendait au rythme des émotions qui l'assaillaient. Et elles étaient nombreuses en ce moment.

— Oui, je suis Frédéric, répondit ce dernier. Et vous devez être l'un des frères de l'école.

— J'en suis même le directeur, précisa l'autre. C'est moi qui ai accueilli votre fils dans notre institution. Je ne vous cache pas que c'est également moi qui ai eu l'idée de l'envoyer faire son apprentissage à Chicago chez un architecte de ma connaissance. Les choses se sont arrangées pour le mieux. Ce jeune homme est très talentueux.

Et le frère relâcha la poigne d'une de ses mains qui relevait sa soutane pour la tendre à Frédéric. Celui-ci présenta également la sienne tout en arrondissant les yeux pour accomplir ce rituel que les Canadiens français ne pratiquaient généralement que pour offrir des condoléances à l'occasion des funérailles.

— Je me nomme Régis, continua le frère, et vous aurez deviné à mon accent que je suis d'origine française. J'appartiens à la communauté des Frères des écoles chrétiennes. Certains prêtres et religieux français sont en mission au Canada, tout comme ici d'ailleurs aux États-Unis, depuis la fin du siècle dernier. Mais vous savez sans doute cela.

Frédéric opinait. Les deux hommes s'étaient mis à marcher côte à côte. Ils venaient de nulle part et s'en retournaient ensemble dans une même direction.

Frédéric se résolut enfin à débourrer ce qu'il avait sur le cœur.

— Sans vouloir vous offenser, il faut que je vous dise... vous auriez pu me consulter avant d'envoyer mon fils au bout du monde.

— Nous craignions que vous refusiez de l'autoriser à accepter la proposition qu'on lui faisait. Nous étions d'accord là-dessus tous les deux, votre fils et moi. Pour ma part, en mon âme et conscience, je me répétais que ce jeune homme avait beaucoup trop de talent pour qu'on le laisse en jachère.

Ils avançaient côte à côte, claudiquant de-ci de-là pour éviter de marcher sur des pierres immergées, couvertes de mousse glissante. Ils firent ainsi quelques pas en silence, avant que le frère ne s'arrête en se tournant vers Frédéric pour capturer son regard.

— Ma réflexion porte sur vous également, monsieur. Je ne vous connais pas, mais votre fils m'en a dit assez long sur vous pour que j'aie compris que vous valez beaucoup mieux que le sort qui vous attend ici. De vous à moi, vous ne devriez pas lier votre sort à cet abbé qui est en voie de ne plus en être un. Selon ce que j'ai appris lors de mon dernier séjour à Chicago, ce prêtre déviant pourrait être bientôt dépouillé de ses attributions ecclésiastiques.

— J'ai bien vu qu'il prêche davantage contre l'évêque qu'il ne commente l'Évangile, reconnut Frédéric.

Le frère se pencha en avant, inclinant légèrement la tête vers Frédéric afin de s'assurer que ses paroles pénétraient jusqu'au tréfonds de la conscience de son interlocuteur.

— Disons les choses comme elles sont, commença le religieux, M. Quintier déforme la vraie religion pour constituer une secte de zélés propagandistes de son culte à lui. C'est à la chapelle de notre école que les derniers paroissiens qui sont demeurés fidèles à la confession romaine viennent maintenant puiser l'espérance.

— Je le reconnais, admit Frédéric, son église ne ressemble en rien à la maison de Dieu qu'on nous avait habitués à fréquenter. À ce propos, pour être franc, je ne veux pas vous le cacher, c'est dans la solitude que je m'entretiens maintenant avec l'entité qui ne porte plus d'autre nom pour moi que « Mystère ».

— Je ne suis pas certain de bien percevoir ce que vous voulez dire, reconnut le frère sur un ton qui ne dissimulait pas une pointe de désapprobation.

— Je dis simplement que je n'attends plus de réponse de la part de qui que ce soit qui se serait installé où que ce soit au-dessus de nos têtes.

— Péché d'orgueil ! s'exclama le frère.

— Tout au contraire, rectifia Frédéric. Extrême humilité ! Entendez-moi bien. Je ne nie et je n'affirme rien. Je dis simplement que nous sommes comme des enfants perdus dans la forêt. Nous ne savons ni d'où nous venons ni où nous allons. Sourds, myopes et muets. Sans vouloir vous offenser, il faut que je vous parle franchement. À mon avis, ceux qui nous font des descriptions paradisiaques du sort qui nous attend dans l'au-delà sont comme des enfants qui racontent des histoires imaginaires à leurs poupées de cire ou de plâtre.

Le frère regardait autour de lui comme s'il cherchait un appui pour s'opposer aux convictions hérétiques de Frédéric.

— Mais alors, s'enquit le frère en haussant le ton, pourquoi êtes-vous donc allé vous agenouiller, pieds et poings liés, devant ce curé ?

— D'abord, il faut que vous sachiez que je ne m'agenouille plus devant qui que ce soit depuis un certain temps. Faut-il que je vous rappelle que je suis venu ici pour mettre une terre en culture ? En abordant l'abbé Quintier, c'est à l'agent des terres que je m'adressais.

— Oui, mais pourquoi ici précisément ? se permit d'insister le frère.

— Parce que votre M. Quintier proclame dans toutes les gazettes du Canada qu'il est en train de fonder une nouvelle colonie française aux États-Unis.

— Trois fois hélas ! soupira le frère.

— On dirait que vous lui reprochez cette démarche, suggéra Frédéric.

— Pardonnez la rudesse de mes propos, maugréa le frère, mais il faudra bien que je finisse par vous le dire. Ce prêtre est un escroc. Il n'a pas d'autre but que de duper le plus grand nombre possible de ses concitoyens afin de s'engraisser à leurs dépens.

— Je ne suis pas un idiot, intervint Frédéric. Si vous ne le savez pas, je vous annonce que je suis arrivé à Sainte-Anne le jour où les dix-sept Dupes entouraient le presbytère.

— Et cela ne vous a pas inspiré le réflexe de prendre vos jambes à votre cou pour aller chercher fortune ailleurs ? s'étonna le frère.

— J'étais à bout de ressources, confessa Frédéric. Je n'avais plus d'autre choix que d'arriver quelque part.

— Et maintenant que vous vous êtes un peu refait une santé financière ? s'enquit le frère.

— Ici également, il vous manque un renseignement. Je n'ai pas encore touché un centime de ce qu'on me doit.

— Ce qui prouve la justesse de ce que je vous disais à l'instant ! marmonna le frère. Cet homme est un escroc.

Le frère reprit sa marche, imité par Frédéric. C'était un spectacle fort étonnant que de voir ces deux adultes déambuler dans le ruisseau à la manière des enfants, leurs chaussures au cou, l'un les jambes de ses salopettes roulées sur les mollets, l'autre la soutane retroussée. Le frère se remit à parler d'une voix plus basse et en même temps plus conciliante.

— J'entends ce que vous me dites et j'en conclus que vous n'avez pas d'autre choix que de continuer à cheminer dans la voie sur laquelle vous êtes déjà engagé mais, de grâce, demeurez prudent. Pour ma part, je continuerai de chercher une issue honorable à votre situation. Je vous ferai signe dès que la divine Providence m'aura inspiré.

Ils étaient parvenus à l'endroit où un sentier s'ouvrait sur la côte sauvage menant à la route du village. Le frère tendit pour la seconde fois la main à son compagnon de promenade. Cette fois, Frédéric la prit sans hésiter.

— Vous êtes un homme convaincant, annonça Frédéric.

— Et vous, lui rétorqua le frère, un être de cœur.

Le religieux salua son compagnon de promenade d'un signe de tête et s'engagea sur la piste qui remontait la pente, toujours pieds nus, sans doute pour ne pas faire un mauvais sort à ses chaussures. Resté seul, Frédéric mit un certain temps à réaligner ses sentiments sur ses certitudes.

*

Gustave Quintier était plus grand que son frère, et surtout une telle sensation de puissance se dégageait de sa personne que, à sa vue, on s'écartait de sa trajectoire. Le cheveu ras, le regard noir, il arborait une tenue qui rappelait celle de la confrérie des shérifs de l'Ouest qui maintenaient la loi dans ces frontières imprécises. Par-delà les apparences, il appartenait plutôt à la catégorie de ces individus que les gardiens de l'ordre s'efforçaient d'empêcher de nuire au cours normal de la vie. Les hors-la-loi.

Gustave, les jambes de pantalon en accordéon, le gilet noir à l'avenant sur une chemise blanche que l'usage avait jaunie, la boucle noire nouée de travers, une fine moustache et un feutre cabossé enfoncé sur les yeux, le tout sous un mince sourire alternant entre moquerie et défi. Somme toute, une tête dont on avait d'instinct envie de se méfier. Gustave Quintier tenait son autorité de son frère qui avait lui-même acquis la sienne directement de Dieu. Gustave pouvait donc se croire investi lui aussi d'une mission quasi sacrée.

Chacun arborant l'uniforme de sa profession, soutane et tenue de shérif, les deux Quintier étaient assis l'un face à l'autre aux extrémités de la table de la cuisine du presbytère de Sainte-Anne. Une poignée d'hommes les entourait, sept ou huit, certains sur des chaises, d'autres debout, tous occupés à s'empiffrer des aliments étalés sur la table, pain, beurre, rôti de lard froid et pichet de bière fabriquée par l'un des acolytes de Gustave.

— Les deux ou trois premiers qui refuseront de nous suivre, prononça ce dernier, on leur fera subir un traitement spécial qui ôtera aux autres le goût de les imiter.

— La tête dans l'abreuvoir des chevaux, lança l'un des compagnons de Gustave, ça vous remet les idées en place.

— Pas autant que le crâne rasé, renchérit un autre. Tu te rappelles le gars à Bourbonnais ? Quand il est ressorti de chez lui après deux mois, il est venu nous trouver pour nous remercier de l'avoir aidé à remettre ses idées en ordre.

— Pas trop vite, leur recommanda l'abbé Quintier. Plutôt que de vous amuser à évoquer les plaisanteries que vous pourriez faire à ceux qui n'endosseraient pas notre cause, commençons donc par nous remettre en tête ce qui nous rassemble. Cela pourrait guider notre démarche. Des âmes charitables nous ont prévenus que l'évêque de Chicago se proposait de venir réclamer la propriété de l'église. Dans l'immédiat, nous ne devrions donc pas chercher à nous en prendre à ceux qui ne penseraient pas comme nous, mais bien plutôt nous empresser d'emmener le plus grand nombre possible de paroissiens à s'aligner dans nos rangs pour défendre ce que nous avons de plus cher. Autrement dit, dignité d'abord…

— … et anonymat, ajouta Gustave.

— … J'allais dire discrétion, renchérit l'abbé. Sans signifier la même chose, cela se rapproche.

Les gibiers de potence recrutés par Gustave estimaient que la cause à laquelle on les destinait n'était pas à la hauteur de leur compétence. Elle requérait autant de psychologie que de muscles.

— La nuit, masqués, personne ne nous reconnaîtra, avança l'un de ces larrons qui enfournait en même temps qu'il parlait une généreuse portion de lard enrobée dans un morceau de pain.

— Quand il y en aura un qui aura passé une journée et une nuit complètes ligoté dans le clocher, pronostiqua un autre qui n'avait pas encore ouvert la bouche, ses semblables finiront par comprendre assez vite !

— Tout doux ! intervint le curé. Je viens de vous rappeler que nous ne sommes pas une milice dont la mission serait de répandre la terreur. Notre but est de rallier le plus grand nombre possible de gens à notre cause. Quant à ceux qui ne nous appuieraient pas…

— Ils ne sont pas fous, tout de même ! s'exclama Gustave. Ils ne pourront pas rester longtemps insensibles à nos arguments.

— Ce qu'il faut leur mettre dans la tête, insista l'abbé Quintier, c'est que cette église, ce sont eux qui l'ont payée avec leurs petits sous du dimanche. Comment peut-on imaginer qu'ils laisseraient l'évêque inscrire ce monument à son nom dans les registres ?

— Il y aura toujours des récalcitrants dans le lot, pisse-culotte et vire-capot ! rappela un diable noir dont le sens des propos qu'il avançait s'entendait davantage dans le ton qu'il adoptait plutôt que par leur signification. Un bon coup de pied au cul facilite énormément la compréhension.

— Mais ce n'est pas tout, fit remarquer l'abbé. La question n'est pas uniquement de préserver nos droits de propriété sur l'église, il est également crucial de déterminer quelle religion nous allons y pratiquer. Je suis maintenant persuadé que nous sommes presque unanimes dans la paroisse à rejeter les extravagances somptuaires des princes de l'Église catholique qui se prennent pour des empereurs romains. Cette église est à nous. Nous entendons y mettre en usage une religion où chacun des fidèles comptera d'abord sur ses propres ressources pour s'approcher de son Créateur. Nous avons déjà commencé à rejeter les pirouettes qui transformaient jusqu'ici nos pratiques religieuses en grotesques imitations des courbettes des courtisans à l'endroit de leur souverain.

L'abbé Quintier avait levé la tête en prononçant ces derniers mots et, ce faisant, il avait aperçu le visage de Frédéric qui l'observait à travers la masse des corps et des visages des sbires de Gustave.

— Tu n'étais pas parti pour la journée, toi ? s'exclama le curé.

— Je commençais à avoir faim, répondit Frédéric.

— Tu n'avais pas pris un casse-croûte ?

— Le grand air m'a ouvert l'appétit. Je l'ai déjà mangé.

— Mais tu ne rends pas compte que ce qui se passe ici ne te concerne pas ? objecta l'abbé Quintier.

— Je ne vais tout de même pas me priver de me nourrir parce que vous avez des visiteurs ! lui opposa Frédéric.

— Tu pourrais à tout le moins te montrer plus discret. Prends ce qu'il te faut et va manger dehors.

— Parfois, s'interrogea Frédéric d'une voix songeuse, je me demande si, au temps des Évangiles, vous ne seriez pas parti avec les cinq pains et les deux poissons qui étaient disponibles pour nourrir toute la foule. Ce qui aurait privé le Christ d'un de ses plus beaux miracles.

Et il sortit après avoir ramassé trois bouts de pain et un reste de rôti de lard sur la table. L'abbé Quintier jugea prudent de ne pas pousser l'affaire plus loin. Pour le moment du moins.

— Allons ! prononça-t-il. Il n'y a plus de temps à perdre. Les nouvelles en provenance de Chicago ne sont pas bonnes.

Il sortit à son tour, suivi de son frère et de toute la bande. Ils passèrent l'un après l'autre à côté de Frédéric, qui s'était installé sur la première marche du perron de la cuisine pour finir d'avaler son pain et son lard.

*

Frédéric Saintonge était désormais persuadé qu'il allait bâtir à lui seul le nouveau presbytère de Sainte-Anne. Il fondait également ses perspectives d'avenir sur une autre conviction. Cette entreprise de longue haleine allait déboucher sur l'acquisition d'une terre sur laquelle il bâtirait le nid dans lequel il convoquerait Francine à venir partager la splendeur de ses jours et l'intimité de ses nuits.

Il s'employait donc à cette entreprise des premières lueurs du jour jusqu'au crépuscule du soir. Les fondations avaient déjà surgi de terre, quatre murets de pierres serties dans le mortier. Bien avant de mettre en place les derniers éléments de ce solage, Frédéric avait commandé à l'agriculteur que l'abbé Quintier lui avait désigné les poutres qui soutiendraient le plancher du rez-de-chaussée. Des troncs de frêne de vingt-sept pieds de longueur qui avaient été coupés l'automne précédent, laissés à sécher depuis ce temps et apportés sur le chantier la veille par des villageois équipés de deux charrettes attachées l'une à l'autre. Impressionnant convoi.

Le paysan et ses fils avaient équarri ces poutres à la hache sur trois faces, la quatrième ayant été consciencieusement planée pour recevoir le bois qui formerait le plancher. Sitôt ces poutres déposées à proximité des fondations, les transporteurs s'étaient empressés de s'éclipser afin d'éviter d'être réquisitionnés par l'abbé Quintier pour exécuter d'autres tâches. Frédéric s'était encore retrouvé seul. Il avait fini par mettre au jour la stratégie déployée par le curé pour mener à terme le chantier de son nouveau presbytère. Les matériaux lui seraient fournis sans frais par ses paroissiens. Pour ce qu'il en était de la main-d'œuvre, Frédéric assumerait à lui seul la responsabilité d'édifier le bâtiment et ce, sans aucun émolument, compte tenu du fait qu'il se nourrissait au presbytère actuel et dormait au grenier de l'écurie, en plus d'accumuler des inscriptions dans un carnet du nombre d'heures effectuées, le tout en vue de l'acquisition d'une terre en bois debout au terme d'une année de ce régime. L'arrangement le plus profitable et le moins exigeant... pour le curé.

Sauf pour les cas où une seconde paire de bras ou un cheval étaient requis pour déplacer les matériaux les plus lourds, Frédéric appréciait d'être laissé à lui-même sur le chantier, cette situation lui permettant d'orienter ses pensées vers les sujets qui l'attiraient. Ainsi, en cette chaude matinée d'août, tout en s'échinant à mettre l'une des poutres en place, Frédéric passait en revue la situation des siens.

Son frère Félicien était entré dans la saison de la démence, victime désormais de sa propre méchanceté. Réfugiée chez sa belle-sœur, Francine vivait entre deux mondes, celui de Géraldine et de ses enfants d'une part, et d'autre part celui, encore inespéré, où elle viendrait rejoindre l'homme qu'elle aimait à Sainte-Anne.

Son fils Frédéric, maintenant en apprentissage chez un architecte de Chicago et dont on pouvait présumer qu'il s'illustrerait en cours de carrière en dessinant des édifices prestigieux. Et lui-même enfin, paria à L'Islet après avoir renoncé à l'Église et réduit, à Sainte-Anne, à tenir le rôle d'homme à tout faire pour un curé qui se faisait bâtir un presbytère de rechange au cas où son évêque le priverait de l'usage de celui qu'il occupait déjà.

Frédéric tira une feuille de papier froissée de la poche de sa salopette, mouilla de sa langue la mine de son crayon et, ayant déposé son document sur un bout de planche qu'il réservait à cette fin, il inscrivit les premiers mots d'un billet qu'il entendait rédiger pour donner de ses nouvelles à l'ensemble des siens par l'intermédiaire du journal *Le Pays*.

Sur la terre étrangère, privé de ton regard, je me console de ma solitude en pensant à ceux et celles qui sont venus en premier, rongés de souvenirs de part en part, rêvant au jour béni où ils pourraient enfin rentrer à la maison.

Frédéric souleva son chapeau, se gratta la tête et se mit à réfléchir à la façon dont il allait s'y prendre pour parvenir à fabriquer un levier sommaire mais assez puissant pour soulever l'extrémité d'une des poutres afin d'en déposer le bout sur les pierres d'un des murs des fondations. Avant d'en faire autant pour l'autre extrémité.

Et peu à peu se sont faites les fiançailles des premiers venus avec les nouvelles arrivantes, jusqu'au jour des solennelles épousailles entre les anciens et les promises fraîchement transplantées.

Étant parvenu au prix d'efforts considérables à mettre en place cette première poutre, dont il estima qu'elle lui avait demandé plus d'une demi-heure d'acharnement, il évalua que l'ensemble des opérations nécessaires pour asseoir les poutres qui soutiendraient le plancher l'occuperaient pendant au moins deux bonnes journées. Il se cracha dans les mains, saisit le crayon qu'il s'était posé sur l'oreille, en mouilla encore une fois la mine et, penché sur sa planchette et son papier, se creusa le ciboulot pour accrocher quelques lignes à celles qu'il avait terminées plus tôt.

Il en sera ainsi de ceux qui, forçats héroïques dans ces lointaines solitudes, parviendront à poser les assises d'une civilisation nouvelle, depuis la frontière canadienne jusqu'au plus profond des vastes plaines américaines.

Deux heures plus tard, exténué mais l'appétit mis à vif par l'effort qu'il avait déployé, Frédéric reprit souffle, assis justement sur la seconde poutre qu'il venait d'installer. Il passa son mouchoir sur son visage et son cou avant de s'envoyer un souffle d'air lourd et chaud au fond des poumons. Il jeta un regard complice du côté de la proche forêt, ignorant les gargouillis de son estomac. Il inséra alors son crayon entre les trois premiers doigts de sa main droite pour donner une conclusion appropriée à l'ouvrage de mots qu'il entendait achever.

Depuis nos premiers parents expulsés du jardin des dieux jusqu'à nos pères pionniers dans leur potager, célébrons notre joie d'édifier sans ménagement ce pays radieux sous la courbe des cieux.

Concentré sur son ouvrage, Frédéric n'avait pas entendu l'abbé Quintier qui approchait à pas de loup.
— Mais que faites-vous donc encore ? s'exclama le prêtre. Tous les prétextes sont bons pour ne pas travailler, n'est-ce pas ?
Frédéric se releva et fourra le bout de papier et son crayon dans la poche de sa salopette. Cette fois, il n'avait pas eu le temps d'apposer la signature du *Visionnaire* au bas de son billet.
— Je prenais quelques notes, se justifia-t-il.

— N'aggravez pas votre cas avec des mensonges, le prévint le curé. Le dîner est avancé d'une demi-heure aujourd'hui. Je dois retourner à Bourbonnais.

Et, après avoir laissé s'échapper un profond soupir, il ajouta :

— Plaise à Dieu que cette période de ma vie se termine au plus tôt !

Dans son for intérieur, Frédéric songea que cette remarque s'appliquait tout aussi bien à lui.

*

L'architecte Désiré Deblois fit claquer le couvercle de son briquet en le refermant d'un geste sec, les poumons emplis à ras bord d'une imposante bouffée de fumée de son cigare, avant de dissiper un épais nuage au-dessus de la tête de ses acolytes installés à leur table à dessin devant lui. Il était un peu plus de 8 heures ce matin-là et la journée s'annonçait chaude et humide, comme toujours en cette fin d'août dans les quartiers du nord de Chicago.

À portée de vent du lac Michigan, l'architecte Désiré Deblois venait de faire l'acquisition d'une résidence bourgeoise de brique rouge avec fenêtres en saillie pour y installer une équipe d'architectes et de dessinateurs, après s'être vu octroyer le contrat de préparer les plans du collège Saint-Ignace-des-Jésuites. Le salon double était encombré de six tables à dessin adossées les unes aux autres au centre de l'espace. On y dénombrait un architecte américain, deux dessinateurs, l'un canadien français et l'autre américain, ainsi qu'un apprenti comme en accueillaient alors tous les ateliers d'architecture.

— Nous sommes quatre, commença Deblois, cinq avec moi, et nous allons devoir travailler comme dix.

Le patron du bureau d'architecture était un petit homme à la tête ronde dont les lunettes aux verres cerclés de métal accentuaient le galbe. Au plus fort de la canicule, il était vêtu d'un costume trois-pièces de couleur beige. On se demandait comment il parvenait à loger ses orteils dans des chaussures au bout si effilé. Il pouvait avoir dans les quarante-cinq ans. Il leva les yeux pour s'adresser au petit jeune homme qui était assis à sa droite.

— Va donc nous chercher le café, Fred. La journée pourrait être longue.

Le garçon allait se lever. Son patron le retint toutefois en lui mettant la main sur l'avant-bras. Il tenait à le présenter d'abord à ses futurs collègues.

— Il se nomme Frédéric Saintonge. Il vient du Canada, tout comme moi. Ce petit jeune homme a encore tout à apprendre de notre profession, mais je me suis laissé persuader que son talent méritait qu'on l'aide à le développer.

Frédéric demeurait mi-assis, mi-debout, un peu raide dans son costume neuf, la casquette posée sur la table devant lui. Il salua d'un signe de tête circulaire ceux qui étaient assemblés dans la salle.

— Tu peux y aller maintenant, enchaîna l'architecte en relâchant sa prise sur Frédéric pour faire un geste de la main qui tenait le cigare en direction de la cuisine.

Désiré Deblois était américain, ses parents d'origine canadienne-française ayant émigré à Chicago quelques mois avant sa naissance. Issus d'un milieu pauvre, les parents de Désiré Deblois étaient parvenus à se hisser au niveau de la classe moyenne. Désiré, leur rejeton excentrique, pouvait désormais se permettre d'être lui-même, c'est-à-dire un lunatique fumant le cigare et qui ralentissait sans en être conscient le rendement de ses troupes, de sorte que les plans des projets qu'on lui confiait étaient souvent livrés à l'extrême limite des délais prévus.

Frédéric revint peu après dans le salon double avec un plateau chargé d'une cafetière, de tasses, de sucre, de cuillères et de lait. Ne sachant trop comment assurer le service, il posa tout simplement le plateau sur l'une des tables à dessin. Les personnes présentes entreprirent alors de verser elles-mêmes leur café et de se passer de l'une à l'autre les ingrédients et instruments appropriés.

— Laissez-moi maintenant vous présenter à notre nouveau petit jeune homme, annonça Désiré Deblois en exhalant un autre de ses nuages nauséabonds.

Et désignant l'aîné de ceux qui se trouvaient autour de la table :

— *Mr William Fullister. He's the king architect here in Chicago.* Après moi, bien entendu…

Lequel se leva pour saluer. Il n'avait plus qu'une couronne de cheveux et cultivait une attitude de constante réserve sur son visage. Une rivalité latente régnait entre Fullister et Deblois, le premier n'ayant pas assez d'ascendant pour diriger une équipe, le second pas suffisamment de discipline pour mener sans aide un projet à terme. Deblois avait donc besoin de Fullister. L'inverse était tout aussi vrai. Le patron poursuivit :

— J'invite notre ami Fred à faire la connaissance de notre ami Zéphirin Langlois. Il est dessinateur en architecture dans cette ville depuis une dizaine d'années. Comme son nom l'indique, il est d'origine canadienne-française lui aussi.

Langlois se leva, salua à la ronde et entreprit de faire un petit discours.

— Je suis très honoré d'avoir été convié à participer à ce projet, lequel ne manquera pas d'accroître, si c'est encore possible, la renommée de l'étude Deblois. En ce qui me concerne…

— Mon cher Langlois, l'interrompit le patron, vous aurez l'occasion de prononcer quelques mots lors de l'inauguration du collège. Pour le moment, il me reste encore à faire découvrir l'autre dessinateur à notre jeune collègue. Il est américain, celui-là. Mr Dan Sinclair.

Se trouvant coincé entre la table et le mur à l'autre extrémité de la pièce, le dessinateur américain se contenta d'incliner le buste pour saluer le jeune Frédéric, ce qui lui aplatit sur la poitrine la barbe qu'il avait fort longue.

— Permettez-moi de vous signaler, ajouta M. Deblois, que Mr Sinclair a été l'un des artisans du projet des fameuses maisons en rangées dans lequel s'est impliqué le célèbre cartographe McNally. Mais le temps passe... Pour ce qu'il en est de ce jeune homme, signala enfin M. Deblois en tournant la tête vers Frédéric, j'aimerais préciser qu'il m'a été chaudement recommandé par une connaissance dont j'apprécie la largeur de vues, le frère Régis, lequel dirige l'école des garçons de Sainte-Anne, dans le comté de Kankakee. Ce religieux siège à mes côtés à la Commission diocésaine du développement des instances francophones. Par ailleurs, vous constatez comme moi qu'il ne reste plus à ce jeune Frédéric qu'à apprendre à faire le service du café, n'est-ce pas ?

Et il avala une grosse bouffée de fumée de cigare pour faire passer la plaisanterie. M. Deblois posa ensuite son *barreau de chaise* dans le cendrier que le jeune Frédéric avait pris l'initiative d'apporter en même temps que le café. Le patron ne manqua pas de signaler d'un sourire la délicatesse de ce geste.

— Et maintenant, conclut l'architecte en se frottant les mains l'une contre l'autre, ceux d'entre vous qui ne le sauraient pas encore doivent l'apprendre, j'ai toujours deux ou trois équipes qui se penchent simultanément sur divers projets dans l'agglomération de Chicago. À l'occasion, je remanie l'une ou l'autre de ces formations en fonction des besoins. En ce qui vous concerne, vous êtes le groupe à qui je n'ai pas hésité à confier ce qui pourrait être le plus important contrat de ma carrière jusqu'ici.

Le collège des jésuites de Chicago doit devenir la carte de visite des ateliers Deblois.

Et il se tapa dans les mains après s'être replanté le cigare dans le bec.

— Allons, messieurs ! Au travail !

*

À L'Islet, dans la maison basse qui avait abrité les Frédéric Saintonge depuis tant de générations, une solide complicité était en train de s'établir entre deux femmes qui auraient tout aussi bien pu se détester. Leurs réactions aux gestes de leur entourage, précisément devant le comportement de leurs maris respectifs, avaient rassemblé les conditions d'une estime qui s'était transformée en affection. L'adversité unit et ouvre parfois même les esprits.

En quelques semaines, les enfants de Francine avaient rejoint leur mère, individuellement ou par grappes, chez leur tante Géraldine. Ils étaient venus chercher leur bonheur là où il pouvait encore fleurir.

Félicien se terrait désormais seul dans sa maison comme un chien méchant dans sa niche. Dans l'état d'esprit où il devait se trouver, ses voisines se demandaient comment il assumerait sans aide l'entretien des deux fermes des Saintonge.

Une seule de ces exploitations agricoles réclamait déjà plus de soins que l'époux et père délaissé n'était en mesure d'en dispenser. Le solitaire consacrait une partie de son temps en vaines tentatives pour répartir des tâches entre les rejetons des deux fratries qu'il parvenait à attraper au passage. La consigne avait circulé. Les enfants s'enfuyaient dès qu'ils le voyaient tourner la tête dans leur direction.

222

On était en août, la saison de tous les travaux. Les belles-sœurs se penchaient avec sollicitude sur ce qui croissait encore au potager, en même temps qu'elles recueillaient certains légumes qui avaient atteint leur maturité pour mettre en pots, cruches, barils et paniers, sinon en bacs de sable, une récolte qui mettrait les deux familles à l'abri de la faim pendant l'hiver. Il allait sans dire que l'approvisionnement en lait, beurre, œufs, poules et viandes de toute nature devait être assuré par Félicien. L'état des rapports entre les deux clans avait préparé Francine, Géraldine et leurs tribus d'enfants respectives à s'adapter aux mœurs alimentaires des végétariens.

Ce jour-là comme tous les autres, des équipes avaient été constituées par les femmes, les corvées réparties. Les deux fratries qui n'en formaient désormais plus qu'une avaient été poussées vers le large des champs et des potagers sous l'autorité des aînés. Rien ne garantissait toutefois que les consignes seraient respectées, mais le travail de deux ou trois des plus responsables d'entre eux finirait par engendrer des résultats convenables, paniers bien garnis et sections de jardins nettoyées et binées.

L'état de tension dans lequel tout ce petit monde vivait incitait même les mieux intentionnés à précipiter l'exécution de leurs tâches pour se lancer dans des aventures tout aussi imaginaires que libératrices. Ces échappées leur permettaient de décoller d'une réalité obsédante.

Sous le plafond bas de la maison de Géraldine, les belles-sœurs s'étaient mises en frais de remplir le programme d'une journée déjà trop chargée, quand un bruit de pas sur le perron les fit sursauter. Géraldine se figea sur place. Sans prendre le temps de réfléchir à ce qu'elle faisait, Francine se dirigea à vive allure vers la porte, qui s'ouvrit avant même qu'elle n'ait eu le temps de l'atteindre. Félicien pénétrait dans cette demeure pour la première fois depuis que son épouse y avait cherché refuge. Pendant que le nouveau venu les examinait d'un regard sans expression, Géraldine se tourmentait les mains et Francine durcissait les poings sous son tablier.

— Arrêtez de vous tortiller les doigts, leur jeta Félicien, vous finirez par ne plus savoir les démêler.

Et il fit trois pas vers elles. Les femmes s'étaient repliées devant le poêle et l'évier, de l'autre côté de la table. Le menton de Géraldine tremblait.

— Tu as l'air d'un renard ! lança Francine à son époux. Au cas où tu ne le saurais pas, ce n'est pas un poulailler ici !

Félicien posa les mains à plat sur la table qui les séparait.

— Alors, si ce n'est pas un poulailler, rétorqua-t-il, commencez donc par cesser de caqueter comme des volailles. J'ai à peine mis le pied ici dedans que déjà vous battez des ailes.

Francine connaissait assez son mari pour savoir qu'il ne fallait pas le pousser à bout. En même temps, elle pressentait qu'elle ne supporterait pas les bravades provocatrices d'un époux dépité.

— Je présume que tu n'es pas venu ici pour nous donner un cours sur l'anatomie des oiseaux de basse-cour, lui jeta Francine sur un ton un rien insolent. Si tu as quelque chose à nous dire, parle !

Sous le coup de cette gifle, Félicien contourna la table. Géraldine recula jusqu'au mur du fond de la cuisine. Francine s'était emparée du tisonnier accroché au rebord du poêle.

— Il vaudrait mieux que tu n'approches pas, le prévint-elle.

Géraldine se saisit d'une bûchette de bouleau. Sa mine effrayée n'impressionnait guère son beau-frère.

— Plutôt que de jouer au chat et à la souris, insista Francine, tu devrais nous dire ce que tu nous veux et retourner bien vite d'où tu viens.

— Comment voulez-vous qu'on se parle ? leur opposa-t-il en haussant la voix. Vous me répondez avant que j'aie ouvert la bouche.

Et il tendit les bras pour se battre les cuisses, en assenant à l'intention des deux femmes l'un de ses proverbes passe-partout :

— À force de lâcher toutes sortes de menteries, vous avez les joues gonflées comme des souffleurs de boudin.

Francine sentit que la situation pouvait basculer à tout moment.

— Tu n'es tout de même pas venu ici pour nous réciter des fables ! On pourrait s'asseoir et se parler tranquillement.

— Ce n'est pas moi qui ai commencé, plaida Félicien.

— Commencé quoi ? demanda Géraldine.

— Personne ne cherche de coupable, enchaîna Francine. Nous essayons simplement de comprendre ce que tu viens faire ici.

Félicien saisit la chaise qui se trouvait devant lui et la retourna pour la chevaucher, les coudes appuyés sur le dossier.

— À vous deux, vous n'êtes même pas capables de faire travailler la quinzaine de paires de bras dont vous avez la charge, grommela-t-il. Pendant que je m'échine d'un soleil à l'autre à tenir les deux terres à flot, vos enfants s'amusent et moi je me crève pour vous nourrir. Trouvez-vous ça raisonnable ?

Et il lâcha un autre des dictons à travers lesquels il adaptait la réalité à sa vision des choses.

— Les moins vaillants marchent toujours sur la meilleure herbe.

— N'exagère pas ! lui répliqua Francine. Tu ne peux tout de même pas dire que tu nous nourris. Tu ne donnes rien pour tes enfants. Encore moins pour ceux de Géraldine. Tu ne nous as même pas offert un œuf depuis que nous sommes ici.

Félicien secouait la tête. Il se leva de sa chaise inversée.

— J'ai rempli les bâtiments de paille et de foin, protesta-t-il.

— Nous ne mangeons pas de cette pitance-là, lui opposa Francine.

Félicien commençait à serrer les dents.

— Tout ça parce que je me suis laissé emberlificoter chez le notaire par le beau Frédéric ! Il a raconté à tout le monde qu'il me confiait la gestion de son bien. Ce n'est pas de la terre qu'il m'a donné, c'est de l'ouvrage !

Il hennit d'un rire qui s'étira en un cri d'effroi.

— Je suis venu vous annoncer que le temps est venu de vous faire payer votre complicité avec lui.

Et il fit un pas de trop pour contourner la table. Brandissant son tisonnier, Francine se rua sur celui qui avait été son mari. Géraldine la suivit, le poing serré sur sa bûchette. Elles le frappèrent en même temps. Dès le premier élan, le fer du tisonnier avait meurtri l'épaule de Félicien. En même temps, Géraldine l'atteignait en plein front avec sa bûchette. L'intrus leva les bras pour se protéger. Les deux femmes multipliaient les assauts. Félicien reculait. Il était dos à la porte. Il dut se retourner pour l'ouvrir. Il en fut quitte pour recevoir d'autres coups par-derrière. Sortant le dos rond, il dégringola la marche du perron. Il fit deux ou trois pas de travers pour se rétablir. Il s'arrêta après s'être assuré qu'il était hors de portée des furies qui venaient de l'évincer.

— L'herbe sera bien courte avant que vous trouviez de quoi brouter, leur lança-t-il.

— Combien de fois faudra-t-il te répéter ? s'exaspéra Francine. Nous ne sommes pas des animaux ! Nous ne broutons pas.

— Le mal que tu nous fais aujourd'hui, sentencia de son côté Géraldine, tu devras le payer en arrivant là où nous allons tous.

Félicien sombrait dans l'hébétude. Des cris et des rires emplirent soudain l'air. Les enfants des deux familles, dont bien entendu les siens, apparurent au coin du bâtiment. Il était passé 11 heures. Ils avaient faim. Félicien déguerpit, le dos courbé.

*

Dans les premiers jours de septembre, Frédéric le père avait fini de mettre en place le bois du plancher du rez-de-chaussée sur les fondations qui supporteraient le nouveau presbytère. La prochaine étape consisterait à élever les murs du bâtiment. Ceux des paroissiens qui étaient toujours dévoués au curé, ou qui ne pouvaient rien lui refuser, lui avaient fourni les matériaux nécessaires à cette fin. Frédéric vivait chaque jour en équilibre entre un présent fermé et un futur toujours hypothétique.

Il voyait le curé de moins en moins souvent, toujours en coup de vent et surtout à l'heure des repas. La plupart du temps, Gustave et l'un ou l'autre de ses sbires occupaient la cuisine de l'ancien presbytère, proférant des propos désobligeants à l'endroit de ceux et celles qui hésitaient encore à suivre la voie nouvelle tracée par leur pasteur.

Après l'avoir écarté de ses fonctions de sacristain, l'abbé Quintier se désintéressait maintenant du sort de Frédéric. Cet homme qui avait une douceur de mouton et en même temps la tête aussi dure que l'enclume d'un forgeron s'employait sans frais, sauf pour ce qu'il en était de sa nourriture, à lui élever un presbytère que personne d'autre que lui n'aurait pu bâtir à si bon compte. L'homme d'Église en était à se réjouir du cours des événements quand son engagé s'était approché de lui pour réclamer une infime partie des gages qui lui étaient dus depuis son arrivée à Sainte-Anne. Des sous pour acheter du tabac et divers petits articles de première nécessité. L'abbé avait dévisagé Frédéric en ayant l'air de se demander ce qui lui prenait.

— Au train où vont les choses, finit-il par répondre sur le ton d'un homme accablé de soucis, on peut craindre que les despotes de Chicago ne réussissent à m'évincer de chez moi avant que vous n'ayez terminé ma nouvelle demeure. Je me vois donc forcé de reporter la question de vos émoluments au temps où les travaux seront assez avancés pour que personne ne puisse prétendre détenir des droits sur cette nouvelle construction. Hélas, à ce propos, je peux vous le prédire, le pire est à venir. Nous n'avons encore rien vu.

Frédéric avait ravalé son envie de riposter. À compter de ce jour, le bâtisseur du nouveau presbytère se fit invisible derrière un rythme de vie immuable. Il quittait le grenier de l'écurie où il dormait sur un lit de paille posé sur le plancher, passait en coup de vent à l'actuel presbytère où il attrapait un bout de pain et avalait une tasse de café de céréales avant d'aller s'astreindre en solitaire à son entreprise titanesque. Le tout sans avoir prononcé un seul mot. Ce qui ne l'empêchait pas de cultiver quelques pensées à l'aide desquelles il édifiait un avenir qui refusait toujours de s'implanter dans le présent.

Ce matin-là du début de septembre, Frédéric taillait à l'herminette des tenons dans les pièces de bois de pin qui composeraient les murs. Il creuserait ensuite des mortaises dans les supports verticaux. Plus tard, il emboîterait ces deux éléments pour former les parois à la fois extérieures et intérieures de la future demeure du curé. Comme le chantier s'élevait à quelques pas de l'actuel presbytère, donc à proximité de l'église, le bâtisseur pouvait observer, au rythme de ses mouvements, l'activité qui se déroulait de ce côté.

Ce matin-là donc, son attention fut d'abord attirée par des craquements provenant de l'intérieur de l'église.

Un peu plus tard, Frédéric constata que Gustave et ses hommes transportaient à l'extérieur les sections de la balustrade qui n'avaient pas été enlevées précédemment. Par la suite, ce fut l'autel lui-même qu'on jeta sur les vestiges de la balustrade. Et soudain, par-dessus tout le tumulte engendré par cette opération, on entendit distinctement la voix grêle de l'abbé Quintier qui s'efforçait de prendre les accents les plus vibrants des prophètes.

— Nous allons faire de notre église un temple d'inspiration biblique.

Plus tard, Gustave et ses hommes s'acharnèrent sur les deux confessionnaux qu'ils durent tailler en pièces pour leur faire franchir la porte de la sacristie. Le temple martyr de Sainte-Anne résonnait du fracas des coups de marteau et du gémissement des clous arrachés par les pieds-de-biche.

Les premiers paroissiens qui s'étaient présentés pour assister à ce qui ne s'appelait plus la messe du matin, une poignée d'hommes et une majorité de femmes, n'avaient pas été peu étonnés d'apercevoir un bout de papier apposé sur la porte de l'église. Ceux qui savaient lire l'avaient déchiffré à l'intention des autres. Il annonçait la suppression temporaire de l'office quotidien.

La nouvelle s'était répandue dans le village. Une meute consternée s'était assemblée devant l'amas de vestiges du mobilier sacré. La matinée était bien avancée quand M. Quintier parut enfin devant ses paroissiens.

— Mes très chers et fidèles frères et sœurs, commença-t-il en avançant pour prendre position devant les débris de la démolition. À première vue, vous pourriez vous inquiéter de ce que vous apercevez aux abords de votre église. Je vous en conjure, ne tirez pas de conclusions hâtives. Il est encore trop tôt pour que je vous révèle ce qu'il en est, mais faites-moi confiance. Nous vivons un moment marquant de l'histoire de notre paroisse. Un jour, dans votre grand âge, vous pourrez raconter à vos petits-enfants que vous avez assisté à la métamorphose de votre vieille église enlisée dans un catholicisme étouffant, en un temple régénéré par la voix des prophètes.

Et, sur un signe discret de l'abbé, Gustave et deux de ses hommes mirent le feu à des brassées de paille judicieusement disposées parmi tout ce qui avait été arraché à l'église. Les flammes montrèrent rapidement les dents. Des cris de joie et même un hurlement sauvage ponctuèrent l'embrasement. Le reste du village accourut.

À l'écart, quelques paroissiennes offusquées devant le coup d'éclat du curé s'efforçaient de convaincre leurs maris de quitter rapidement les lieux. Ce groupe de dissidents n'était toutefois constitué que d'une dizaine de familles.

La chaleur du brasier était devenue si intense que personne ne pouvait demeurer à proximité. En s'éloignant, les villageois s'étaient regroupés selon leurs allégeances sociales et familiales ou leur ferveur religieuse. M. Quintier allait parmi tout ce monde, les paumes des mains refermées l'une sur l'autre dans une attitude de fausse modestie, la tête inclinée de côté pour bien montrer qu'il pardonnait à l'avance les manifestations d'émotion de ses paroissiens.

Pour sa part, Frédéric s'était approché quand il avait vu monter les flammes. Il se tenait à l'écart. Il sursauta. Il n'avait pas vu arriver le frère Régis qui venait de lui mettre la main sur l'épaule.

— Même pour moi qui ne suis pas pratiquant, déclara Frédéric, ce spectacle est des plus désolants.

L'interpellé se contenta d'un signe de tête en guise d'acquiescement.

— Je désespérais de trouver l'occasion de vous parler, poursuivit le frère. Il aura fallu que ce curé de malheur dépasse toutes les bornes pour que j'aie la possibilité de m'approcher de vous sans attirer l'attention. Ce qui se présente à nous aujourd'hui va bien au-delà de tout ce que j'aurais pu imaginer.

Comme à l'habitude, la pomme d'Adam du frère battait la mesure de son émotion. Frédéric réagissait comme il le faisait dans les moments les plus imprévisibles, en demeurant impassible. Des mouvements s'amorçaient cependant autour d'eux. Les deux hommes ne souhaitaient pas être emportés par ces courants. Une partie de l'autodafé s'effondra à ce moment. Effrayée, la foule recula. Dans l'affolement, Frédéric et le frère furent emportés dans le flot humain. Ils en profitèrent pour prendre assez de distance pour conclure en paix leur entretien. Sans trop savoir pourquoi, Frédéric attendait que le frère apaise un peu ses interrogations.

— Je présume que vos soirées vous appartiennent, avança tout simplement le religieux. Venez donc frapper à la porte de l'école après le souper et demandez à me voir. Il est urgent que j'aie un entretien avec vous.

Et le frère Régis se remit en route vers ses pénates, pendant que Frédéric demeurait figé sur place. Il ne pouvait s'enlever de l'esprit l'idée que le frère avait probablement reçu de mauvaises nouvelles de son fils.

*

Le soir même, Frédéric se retrouvait dans le cubicule qui tenait lieu de parloir au collège des frères à Sainte-Anne. Toujours la même table et les deux chaises. Le frère Régis avait du mal à faire pénétrer ses genoux sous le plateau de cette table sur laquelle il finit par joindre les mains comme d'habitude. De son côté, Frédéric habitait discrètement son corps tout en maintenant son esprit en éveil comme il le faisait dans les circonstances délicates.

— Vous me pardonnerez d'avoir insisté, commença le frère, mais il fallait que je vous parle franchement et le plus tôt possible. Les nouvelles ne sont pas bonnes. À mon avis, il est plus que temps d'intervenir.

Frédéric réprima un frémissement de nervosité. L'aventure du jeune Frédéric à Chicago avait-elle tourné à la catastrophe ? À quoi fallait-il s'attendre d'autre ? Pas plus que son père d'ailleurs, le jeune Frédéric n'avait jamais mis les pieds hors des limites de sa paroisse natale, sinon pour des traversées en goélette vers la rive nord, de courtes équipées dans les villages avoisinants ou de longues saisons de coupe de bois dans les forêts de l'arrière-pays. Par ailleurs, les traits de caractère du père s'étaient accentués chez le fils. La fougue, chez le jeune homme, était moins maîtrisée que l'ardeur du père. Depuis son arrivée à Chicago, le jeune Frédéric avait-il défoncé une porte ouverte ou répliqué d'une phrase impertinente à une remarque par trop justifiée ?

Frédéric se tassait sur sa chaise, attentif et muet comme si sa retenue pouvait inciter le frère à pondérer la portée de ses propos.

— Si nous le laissons aller comme il est parti, poursuivit le frère Régis, il finira par se croire le maître du monde et il nous entraînera avec lui dans sa déconfiture.

Frédéric commençait à trouver que le religieux noircissait à l'excès le tempérament de son fils. Le jeune Frédéric avait peut-être un caractère bouillant, mais il avait appris au côté de son père, à bord de *La Charentaise* notamment, à accorder ses élans à ceux de la nature, qu'elle soit humaine ou matérielle.

— Ce n'est pas de cette façon que je l'ai élevé, rétorqua Frédéric. Dans notre famille…

— Mais de qui parlez-vous donc ? se récria le frère.

— De mon fils ! s'exclama un Frédéric légèrement agacé.

Pour toute réponse, le frère réprima un rire qui lui mit la pomme d'Adam en branle. Il se prit la tête à deux mains pour se redonner une contenance.

— Et moi, je vous parle du curé de la paroisse, rectifia-t-il d'une voix qu'il avait du mal à maîtriser sous les soubresauts de rire qui lui agitaient la poitrine.

— Le monde peut bien aller de travers ! fit observer Frédéric. Voyez comme nous pouvons nous écarter l'un de l'autre sans même nous en apercevoir.

Il leur fallut un certain temps pour accorder leurs violons. L'harmonie commença à se refaire après que le frère eut pris la peine d'annoncer à son interlocuteur que les nouvelles en provenance de Chicago présentaient un portrait plutôt flatteur du jeune Frédéric. Surmontant sa curiosité pour ce sujet, Frédéric le père finit par consentir à se pencher sur la question que le frère entendait aborder avec lui.

— On pourrait croire que le curé est tombé entre les griffes du démon, commença le religieux. Il a convaincu une très grande partie de ses paroissiens de le suivre dans l'hérésie. Il détruit l'église qu'eux-mêmes ou leurs pères ont bâtie de leurs mains il y a vingt-cinq ou trente ans.

— Je veux bien l'admettre, intervint Frédéric, mais vous n'avez aucune autorité sur l'abbé Quintier. C'est à l'évêque de Chicago qu'il faut en référer.

— Ce prélat voit les choses de haut et de loin, intervint le frère. Mgr O'Leary ne mesure pas à quel point le travail de sape du curé Quintier a déboussolé les esprits à Sainte-Anne. La majorité des paroissiens est prête à le suivre sur les chemins de la réforme. Sans en être vraiment conscients, ils font cela pour marquer la distance qui les sépare d'un évêque irlandais qui ne les comprend pas quand ils lui parlent dans leur langue.

— Cela commence à ressembler au Canada, fit observer Frédéric. Les rapports des Français avec les Anglais n'ont jamais été simples. Et puis il y a un autre point en commun. Au Canada comme ici, les Églises sont dirigées par des hommes qui les mènent comme s'ils étaient à la tête d'entreprises destinées à leur assurer la prospérité.

Ces institutions se font une concurrence qui ressemble souvent à des guerres de pouvoir.

Le frère hochait la tête en examinant ses mains sur le plateau de la table.

— Les hommes ne seront hélas toujours que des humains, commenta-t-il. Nous en avons la parfaite illustration ici. Mais revenons au sujet qui nous occupe, si vous le voulez bien. Le curé a plus de la moitié de la population de son côté. Pour établir encore davantage son autorité, il peut compter sur son frère et sa bande de voyous.

— Il paraît, intervint Frédéric, qu'ils ont commencé à tondre ceux qui s'opposent aux décisions du curé.

— Raison de plus, enchaîna le frère, pour que nous nous organisions rapidement de notre côté. Je ne vois qu'une personne qui pourrait prendre la tête d'un mouvement de défense de nos intérêts.

Frédéric haussait les épaules pour bien montrer qu'il ne voyait pas qui, parmi ceux qu'il connaissait, aurait la prestance suffisante pour assumer cette fonction.

— Et c'est vous, enchaîna le religieux.

Frédéric faisait de grands « non » de la tête.

— Vous n'y pensez pas ! Je suis le citoyen le moins bien placé pour dire aux autres comment se comporter. Je viens à peine d'arriver ici. Je ne suis même pas payé pour le travail que je fais. Du moins, pas encore. Pire, mon employeur est justement le curé contre lequel vous souhaitez que je m'élève. Tout ce que je pourrais gagner en me mêlant de cette affaire, ce serait de me retrouver sans toit ni pain. Encore que…

— Pour ce qu'il en est de votre arrivée récente, raisonna le frère, j'y vois plutôt un avantage. Aux yeux de toute la population, vous n'êtes impliqué ni dans un camp ni dans l'autre. En ce qui concerne le gîte et le couvert, nous pourrions vous offrir cela au collège. Vous deviendriez la figure emblématique du paroissien sans parti pris qui défend avec pondération et lucidité les intérêts de toute la collectivité.

— Mais vous ignorez toujours l'essentiel, affirma Frédéric en durcissant la mâchoire. En venant ici, je répondais aux écrits de l'abbé Quintier qui remplissait les journaux du Canada français d'appels insistants pour que de vaillants défricheurs acceptent de venir épauler ses efforts.

Au tour du frère Régis de laisser une grimace de suspicion se dessiner sur son visage.

— Je sais, reconnut Frédéric en accompagnant à son tour ses propos d'un sourire forcé, le curé développe la paroisse comme son affaire personnelle en se désintéressant totalement du sort de ceux qui mettent des terres nouvelles en culture. Et moi aussi, c'est bien ce que je comptais faire en arrivant ici, défricher une terre...

— ... et inviter votre famille à venir vous rejoindre le plus tôt possible, oui, enchaîna le frère.

Frédéric secouait toujours la tête.

— C'est beaucoup plus compliqué que ça, rectifiat-il. J'ai quitté le Canada français pour deux raisons. En premier lieu, je n'en pouvais plus d'entendre mon curé prêcher le blanc et agir en noir. Et puis, je ne supportais plus de partager ma vie avec une femme qui m'avait perdu de vue depuis longtemps. Pour vous dire la vérité, je n'attends plus que d'avoir mis la main sur une terre dans votre paroisse pour inviter la femme de mon frère à venir m'y rejoindre.

Il se fit un silence retentissant. Frédéric enfonça le clou.

— Maintenant, laissez-moi vous demander si vous avez toujours envie de me confier le rôle de défenseur de la religion et de la famille à Sainte-Anne.

Le frère se passa les mains de chaque côté de la tête comme pour replacer des cheveux qu'il portait pourtant courts à l'extrême.

— Vous avez en partie raison, reconnut-il. Dans les circonstances, nous n'aurions évidemment pas intérêt à mettre votre statut religieux et matrimonial en avant. Tout simplement, pour sortir de l'impasse sans mentir, il suffirait de ne pas évoquer ces considérations. D'autre part, ce que vous venez de m'annoncer confirme l'intuition que j'ai eue à votre endroit dès la première fois que je vous ai aperçu, ne fût-ce que de loin. Vous avez un tempérament hors du commun. Vous ne pouvez pas vous accommoder de la conformité dans laquelle se cantonnent la plupart des gens. On dirait que vous êtes venu sur terre pour faire avancer les choses.

— J'essaie de voir plus loin que le bout de ma vie, acquiesça Frédéric. Et pourtant, je ne vois toujours pas comment je pourrais répondre favorablement à votre proposition.

Une cloche sonna dans un corridor. Le frère sursauta.

— Je dois vous quitter, annonça-t-il. Pour vous comme pour moi, il serait inapproprié de prendre une décision à la hâte parce qu'une cloche a sonné. Réfléchissons chacun de notre côté. Je n'ai qu'une chose à ajouter avant de vous quitter. Rien de ce que vous venez de me révéler n'a ébranlé le respect ni même l'admiration que je vous porte. Lors de nos premières conversations, quand j'ai commencé à soupçonner que vous ne partagiez pas nos convictions religieuses, je reconnais que votre dissidence m'a un peu déçu. Puis, je vous ai vu agir et penser. Vous vous comportez comme un honnête homme et, à ce titre, vous avez toute mon admiration.

Et le frère entreprit de retirer ses jambes de sous la table.

— Acceptez au moins que nous reprenions le plus tôt possible le cours de cette conversation.

Frédéric inclina la tête en se levant à son tour.

*

À Sainte-Anne, la messe du dimanche n'en était plus une. Le célébrant, l'abbé Jean-René Quintier, n'était plus tout à fait un prêtre de l'Église catholique. Et les paroissiens, stupéfaits devant les mutilations que l'on avait fait subir à leur église, étaient moins nombreux à se toucher du coude dans les bancs dont certains demeuraient à moitié vides. Une dérive que l'abbé Quintier qualifiait de traversée du désert avant d'atteindre la Terre promise.

— Dois-je vous le rappeler encore une fois, lança l'abbé de sa voix de fausset, l'Église catholique est à la fois romaine et universelle. Cela signifie qu'elle englobe une grande diversité de personnes fort différentes les unes des autres. Gardez bien cela à l'esprit et suivez mon raisonnement.

Le curé se tenait debout devant l'allée centrale. Il ne se passait plus rien dans le chœur de l'église qui avait été vidé de tout son mobilier. La célébration ne consistait plus qu'en soliloques débités par l'officiant qui se cantonnait entre l'endroit où s'était déployée la table de communion et le centre de la nef.

— Dans un autre domaine, poursuivit M. Quintier, vous le savez aussi bien que moi, les États-Unis d'Amérique sont une puissance qui n'appartient en propre à aucune nationalité. Il est vrai que l'anglais est la langue la plus répandue sur le territoire américain mais, en même temps, et vous êtes la preuve vivante de ce que j'avance, de nombreuses ethnies persistent à y préserver leur langue maternelle. Autrement dit, les États-Unis sont un melting-pot. Nous nous trouvons, vous et moi, dans une soupe socio-linguistique dans laquelle nous entremêlons nos saveurs.

L'abbé Quintier marchait maintenant de long en large devant l'assemblée de ses fidèles, multipliant les effets de manche, joignant les mains devant lui et les levant vers le ciel.

— Cette diversité d'origines, qui nous est encore à peu près inconnue au Québec, est une réalité ancienne, ici aux États-Unis. Si vous ne vous en rappelez pas, je vous l'apprends, c'est un Français, le jésuite Jacques Marquette, qui fut le premier Européen à mettre le pied sur le territoire de l'actuelle ville de Chicago. C'était en mille six cent soixante-quatorze. Depuis ce temps, et vous en êtes la preuve vivante, les immigrants de tous les horizons qui débarquent aux États-Unis s'intègrent à la masse américaine en préservant le sel de leurs différences.

Le curé s'immobilisa comme sous l'effet d'un sort qu'on lui aurait jeté. Son visage absent ne semblait plus vivant. Après quelques secondes de ce manège, il sortit de sa torpeur pour déployer d'une voix qu'il aurait voulue retentissante la conclusion de son homélie.

— Or, c'est justement ce que Mgr O'Leary refuse aux Canadiens français qui font partie intégrante des fidèles de son diocèse. L'évêque de Chicago entend régner sur un troupeau docile et unanime, c'est-à-dire irlandais. Et pourtant, cet homme devrait être sensible au sort des minorités. Les Irlandais se sont battus depuis la nuit des temps pour préserver leur saveur particulière dans la soupe britannique. Cela ne vous rappelle-t-il pas les Canadiens français du Canada ?

Fort de la conclusion qu'il venait de prononcer, l'abbé Quintier s'était avancé encore plus loin dans l'allée qui séparait la nef. Les mutilations que l'on avait infligées à l'édifice ces derniers temps avaient laissé des cicatrices dont la vue retentissait comme autant de cris de douleur.

— Nous ne sommes pas ici par hasard, je veux dire dans le Midwest américain ! Il y a tout de même près d'une cinquantaine d'années que des Français du

Canada ont commencé à s'établir dans ces contrées. Et le mouvement s'intensifie, ce qui m'autorise à affirmer que notre présence au centre des États-Unis ne constitue sûrement pas un accident de l'histoire. Nous sommes d'authentiques partenaires du développement de la plus grande société au monde. Malgré ce fait, aux yeux de l'évêque actuel du diocèse, nous formons une ethnie de seconde classe. Appelons les choses par leur nom. Ce monsieur voit nos particularismes comme des tares. Vous comprenez maintenant pourquoi tout ce que nous faisons à notre manière lui paraît si détestable. Mettons-nous un instant à la place du prélat de Chicago mais, rassurez-vous, nous n'y resterons pas longtemps. Quand on est issu d'une minorité comme c'est le cas de Mgr O'Leary, on ne doit pas avoir envie de se laisser dicter sa conduite par une frange encore plus marginale de la société.

Le curé sembla se tasser sur lui-même. Sa silhouette se balança d'une jambe sur l'autre. Il finit par tendre les bras alternativement à gauche et à droite, en direction de ses fidèles.

— J'apprécie plus que jamais votre présence dans ce sanctuaire. Elle me rappelle l'époque où les paysans se regroupaient dans le château fort du village avant l'arrivée des troupes ennemies. C'est précisément ce qui nous attend, n'en doutez pas.

L'abbé Quintier avait pris le ton de la confidence que l'on emploie pour révéler des informations privilégiées à des gens de confiance. Plus un souffle dans l'église. Comme il se tenait entre le chœur et les portes arrière du bâtiment, ceux qui étaient assis à l'avant de l'église devaient se retourner en se contorsionnant pour le voir prophétiser sur leur sort éventuel.

— Vous me connaissez, je ne mène pas ma vie en me fondant sur les élucubrations des devins. Et pourtant, je n'hésite pas un instant à prédire que Mgr O'Leary débarquera prochainement ici en brandissant sa crosse épiscopale. Et croyez-moi, ce ne sera pas pour nous louanger de nous être rapprochés de la position qu'il préconise. Ce sera plutôt pour nous remettre dans ce qu'il considère, lui, être le droit chemin. Nous avons épuré nos rites liturgiques. Par conséquent, leur signification nous apparaît cent fois plus évidente que les simagrées importées de la vieille France et même du Canada. Et cela, notre évêque ne peut pas le supporter. Parce qu'il n'a pas d'autre intention que de nous imposer de voir le monde à travers ses yeux à lui.

Il haussa la voix, ce qui en accentua le timbre nasillard.

— Allons-nous nous laisser dépouiller de ce que nous avons de plus précieux ? Des attributs qui font notre identité ! De la façon toute personnelle que nous avons de prendre contact avec Dieu !

L'assemblée se leva dans un mouvement unanime. On commençait à entendre des murmures dans la nef.

— Je vous préviendrai dès que ce monsieur aura annoncé sa visite. Le jour venu, ne tardez pas à vous regrouper ici, à l'église. Notre réponse à ce que l'évêque essaiera de nous faire avaler dépendra de la force du nombre que nous lui opposerons. D'ici là, allez dans la paix du Seigneur et ne doutez surtout pas que nous cheminons dans la bonne direction. La nôtre !

Et il les entraîna à sa suite vers les grandes portes du temple.

*

L'abbé Quintier avait demandé à son frère de tenter d'influencer le cours des événements en sa faveur. Gustave avait déjà constitué une petite milice. Il lui restait à la mettre à l'œuvre.

C'était un matin où les splendeurs de l'automne s'apprêtaient à rutiler. Au chantier du presbytère, Frédéric Saintonge révisait le plan de travail de la journée. Une charrette longeait les lieux. Le frère du curé était assis à l'avant, tenant entre ses mains les guides du cheval. Cinq ou six hommes s'entassaient à l'arrière entre les ridelles.

Les gaillards de Gustave connaissaient Frédéric pour avoir souvent pris leur repas en sa présence à l'ancien presbytère. Ils passèrent devant lui en lui lançant quelques invectives et quolibets. « T'as les mains pleines de pouces ! C't'un vrai taouin ! Ça sert à rien d'essayer de parler avec un gnochon de même ! Ce qu'on dit entre par un boutte et ressort par l'autre ! »

Dans ces circonstances, pour Frédéric, la réplique la plus éloquente demeurait le silence. Gustave dut insister pour ne pas perdre la face.

— Tu viens avec nous autres, cow-boy ? On va à la chasse au wendigo.

Comme leur souffre-douleur ne ripostait pas, l'un des hommes prit la relève du meneur de la bande.

— Vous avez rien compris, bande de crackpots ! C'est lui, le wendigo !

Gustave en remit.

— Attends pas qu'on t'attrape ! Tu pourrais t'ennuyer de ta mère.

La charrette s'éloignait. Gustave se tourna vers Frédéric pour avoir le dernier mot.

— Et ne va surtout pas croire que tu t'en es tiré à bon compte, espèce de moron ! On te garde tout simplement pour la fin.

La voiture était maintenant hors de portée de voix. Frédéric s'était mis tranquillement à l'ouvrage. Il se retrouvait en paix dans sa tête au milieu de ses pensées. Il n'avait même pas envie de se demander si son attitude pouvait avoir offensé ses insulteurs.

La charrette menée par Gustave était sortie du village en direction de l'ouest. Elle remontait à présent vers le nord en longeant les terres que les nouveaux colonisateurs du comté avaient entrepris de défricher depuis peu. Une demi-heure plus tard, la voiture était immobilisée dans la cour d'une ferme à peine digne de ce nom.

Près de la porte de la cabane, une femme se torturait les mains dans son tablier. À proximité de la charrette, un homme en salopette rayée fronçait les sourcils en attendant que ses visiteurs lui révèlent ce qu'ils étaient venus faire chez lui. Les hommes de Gustave sautèrent à terre pour entourer le colon qui demeurait muet. Gustave répéta la question qu'il venait de formuler sans obtenir de réaction de la part du paysan.

— Écoute-moi bien parce que, si tu ne comprends pas, on connaît le moyen de te mettre les paroles en bouche. Tout ce qu'on te demande, c'est de nous dire si tu es du bord de l'évêque ou du côté du curé !

Le colon arrondissait les yeux, haussait les épaules et regardait ses interlocuteurs à la ronde. Sa femme prononça une phrase de trop.

— On n'avait pas besoin de vous autres pour refaire notre messe à votre manière. Il y a juste le pape qui a le droit de faire ça.

Les membres de la milice de Gustave se saisirent aussitôt du bonhomme. Ils l'entraînèrent dans la cuisine, lui ligotèrent les mains dans le dos et lui attachèrent les pieds au banc sur lequel ils l'avaient assis.

Deux des hommes de main de Gustave entreprirent alors de lui couper les cheveux à l'aide de longs ciseaux. Sa femme protestait dans l'embrasure de la porte. Le colon se murait encore derrière le silence, les lèvres pincées et le regard dans le vide. Et, surtout, il demeurait immobile.

Quand le crâne de leur victime fut dégarni, deux autres hommes prirent la relève de leurs collègues à l'aide de rasoirs. Cette fois, la victime ne put retenir ses plaintes. Sans mousse émolliente, les longues lames droites mettaient le cuir à vif. En dépit de ses liens, la victime se tordait dans tous les sens. Les hommes de Gustave devaient se mettre à deux pour la retenir. Tant et si bien que, une dizaine de minutes plus tard, le sang perlait en maints endroits sur le crâne rasé à nu. Une plaie vive. Gustave attendit ce moment pour se pencher sur le visage de sa victime.

— Bienvenue dans la société des Tondus ! annonça-t-il. Mais attention, ce qui vient de t'arriver n'était qu'un avertissement. Il faudrait à tout prix que tu sois devant l'église de Sainte-Anne quand l'évêque viendra confronter notre curé. Je ne peux te dire à l'avance ni le jour ni l'heure. À toi de t'informer. En tout cas, si jamais tu n'étais pas dans ton banc aux côtés des autres lors de cet événement, tu viendrais de te mettre dans une situation encore moins agréable que celle d'aujourd'hui.

Le tondu faisait de rapides signes d'acquiescement de la tête.

— Et puis, de toute façon, conclut Gustave, les cheveux, ça ne repousse pas du jour au lendemain. Il faudra bien que tu finisses par passer au village. Que tu portes un chapeau ou non, les gens auront envie de te poser des questions sur ton absence de crinière. D'une manière ou d'une autre on nous rapportera ce que tu leur auras répondu. Tu as vu de quoi nous étions capables pour te donner l'envie d'appuyer la cause du curé. De toute façon, je suis persuadé que nous pouvons désormais te compter parmi les nôtres.

*

Six jours plus tard, Frédéric procédait à l'assemblage des pièces qui formeraient l'angle sud-est des murs du nouveau presbytère. Seul sur un échafaudage avec sa tête et ses deux mains, aux commandes de tout un réseau de câbles et de poulies, il mettait en place avec une minutie surprenante des poutres d'une taille et d'un poids bien trop considérables pour être manœuvrées par la seule force humaine.

Frédéric tirait de cette activité une joie profonde qui lui chatouillait l'âme. L'ingéniosité décuplait son énergie. Des appels, des cris, des mouvements de voitures et des hennissements de chevaux finirent par le tirer de son ravissement. Il se passait encore quelque chose du côté de l'église.

Levant la tête, Frédéric aperçut une élégante calèche sur laquelle se tenaient trois ecclésiastiques en grands ornements. Au milieu de la place, la voiture était déjà entourée d'un rassemblement de villageois ainsi que de quelques charrettes autour desquelles s'égaillaient des enfants agités. Frédéric allait se remettre au travail quand les deux battants des portes de l'église s'ouvrirent sur un abbé Quintier en grand surplis, tenant un bénitier d'une main et son goupillon à bout de bras. Le curé avançait à pas pressés vers les nouveaux venus. Il était suivi de Gustave et ses Tondeurs. Le nombre de curieux s'accroissait de minute en minute.

Frédéric ne put se retenir d'approcher. Ce faisant, il vit le frère Régis qui se haussait sur la pointe des pieds parmi la foule, de l'autre côté de la place, s'efforçant visiblement de se faire lui aussi une idée de ce qui se passait. Frédéric se mit alors en frais de fendre la masse humaine pour rejoindre celui qui devinait sans doute déjà quelle tortueuse affaire se mettait en marche sous leurs yeux. Ayant rejoint le religieux, Frédéric dut hausser le ton pour s'adresser à lui tant le brouhaha s'amplifiait autour d'eux.

— Que se passe-t-il ?

— Ce que j'avais prévu, répondit le frère.

Le bâtisseur n'eut pas l'occasion d'en dire davantage. De sa voix de fausset portée par les accents de la plus ardente colère, l'abbé Quintier s'adressait à ses visiteurs impromptus :

— Vade retro, Satana !

La réplique, s'il y en eut une, fut couverte par les hurlements d'approbation de la foule dont les rangs ne cessaient de grossir d'instant en instant. On avait maintenant l'impression que tout le village se pressait sur la place de l'église.

L'attroupement se répartissait en quatre groupes bien distincts. D'abord l'abbé Quintier, son frère Gustave et leurs Tondeurs face aux trois mandataires de l'évêché de Chicago, soit le grand vicaire du diocèse accompagné de deux prêtres de haut rang.

Puis la grande majorité des habitants de Sainte-Anne, presque unanimement favorables aux menées du curé, derrière lesquels on distinguait enfin le maigre troupeau des partisans de l'orthodoxie romaine, une poignée de vieilles dames et quelques hommes à la tête rentrée dans les épaules. Deux silhouettes émergeaient de cette minorité, celles du frère Régis et de Frédéric.

La voix d'une dame pieuse s'éleva des rangs des fidèles défavorables aux idées de l'abbé Quintier pour annoncer qu'elle reconnaissait celui des visiteurs qui semblait mener le trio sur la calèche.

— C'est le grand vicaire de Chicago. Il se nomme O'Malley. Rien que d'entendre son nom, on comprend qu'il faut se méfier de lui. Les deux autres, je ne sais pas qui ils sont mais je ne doute pas un instant que nous devons prendre des précautions avec ces gens-là également, sinon ils ne se tiendraient pas ensemble tous les trois.

À ce moment, le grand vicaire O'Malley leva les bras vers les cieux tout en apostrophant le curé de Sainte-Anne dans un français laborieux.

— Monsieur l'abbé Quintier, c'est sans préjugés que nous venons vers vous dans le seul but de vous entendre nous annoncer une fois pour toutes que vous acceptez de vous conformer aux règles et directives de Notre Sainte-Mère l'Église catholique, apostolique et romaine que nous représentons ici.

Un frisson parcourut l'assistance, lequel déboucha sur un hurlement émis par le curé qui se débattait dans le registre des aigus.

— Jamais, vous m'entendez ! Jamais je n'accepterai que l'évêque irlandais de Chicago et ses complices viennent farfouiller avec leurs gros doigts dans la conscience des francophones du diocèse. Messieurs, la religion catholique ne vous appartient pas, et ce que vous êtes en train d'en faire ressemble à un viol des convictions les plus intimes.

Un puissant « Hourra » se fit entendre. Les premiers hommes qui parvinrent à abattre un mammouth dans les temps anciens n'avaient pas dû pousser cris plus retentissants. Le grand vicaire O'Malley reçut le porte-documents que venait de lui tendre l'un de ses adjoints. Ceux des premiers rangs purent constater que les mains du représentant de l'évêque tremblaient. Le grand vicaire ouvrit un livre à tranche rouge qui ressemblait à un missel, tenant de l'autre main quelques feuilles de papier manuscrites. Il se mit à lire dans son livre d'une voix solennelle. L'abbé Quintier avait remis son bénitier et son goupillon à l'un de ses acolytes et s'était croisé les bras dans une attitude de provocation pour entendre la charge de son accusateur.

Pour commencer, il y eut quelques : « *Si quis frater praesumpserit sine jussione abbatis fratri excommunicato quolibet...* » et autres : « *Propter multam turbationem et seditiones...* », puis la voix du grand vicaire s'envola sur des accents plus familiers. Il lisait maintenant ce qui était écrit sur ses feuilles volantes.

— Toute l'horreur du crime commis par l'abbé Quintier se révèle quand nous constatons qu'il s'est acharné à entraîner dans les broussailles de l'erreur un très grand nombre d'âmes innocentes dont il avait la charge. Qu'on le sépare et qu'on le retranche de la communion de l'Église et de la participation au corps et au sang de Jésus-Christ ; qu'on le livre au pouvoir de Satan, pour l'humilier et l'affliger en sa chair, afin que, venant à se reconnaître et à faire pénitence, son âme puisse être sauvée au jour de l'avènement du Seigneur.

Quelques personnes dans la foule levaient le poing en direction du grand vicaire. Cela ajoutait l'injure à l'insolence. Un homme que toute la communauté de Sainte-Anne respectait, le bonhomme Beaupré, que sa prestance et la justesse de son jugement avaient élevé au rang de sage du village, tendit les bras vers la foule en l'exhortant de s'apaiser.

— Calmez-vous, mes amis, calmez-vous ! Ce n'est pas en levant le poing que vous parviendrez à ébranler les convictions des élites épiscopales de Chicago. Si vous souhaitez y changer quelque chose, il vous faudra parlementer en prenant des accents plus diplomatiques.

Le grand vicaire profita de l'instant de répit que cette intervention avait entraîné pour conclure sa condamnation :

— Je déclare en vertu de l'autorité de l'Église catholique dont je suis revêtu que M. Quintier a été réellement et validement interdit et excommunié, afin qu'aucune des personnes ici présentes ne puisse prétendre cause d'ignorance.

Ce qui n'apaisa rien. Cette fois, la foule allait s'en prendre aux excommunicateurs juchés sur leur voiture. L'un des assistants du grand vicaire O'Malley eut alors le réflexe de mettre la calèche en marche en direction de l'église. La robustesse du cheval qui entraînait l'appareil produisit le même effet que la proue d'un navire sur les vagues de la mer. Les fidèles de Sainte-Anne s'en écartèrent. Devant les grandes portes fermées, l'un des consorts du grand vicaire s'empara d'un document calligraphié, se pencha pour prendre un clou et un marteau posés à ses pieds, sauta en bas de la calèche, fixa l'avis sur la porte de l'église et reprit aussitôt sa position aux côtés de ses confrères. Dans le même temps, son collègue contraignait le cheval à faire demi-tour en dépit de la pression de la foule qui l'entourait. Énervée, la bête faisait de grands « oui » de la tête tout en secouant la crinière. L'animal se remit enfin en marche. Les fidèles s'écartèrent. La voiture s'éloigna, suivie de quelques enfants qui s'employaient à transformer l'événement en amusement. La foule exprima son étonnement en émettant un brouhaha assourdissant.

On vit alors l'abbé Quintier se diriger vers les portes de son église, en arracher le document et le parcourir rapidement des yeux. Il leva la tête, les traits soudain transformés. Une expression d'intense détermination se dessinait sur son visage. La foule attendait qu'il parle.

— Mes amis, proclama-t-il, je vous annonce que je suis encore à la tête de cette paroisse, ce bout de papier qui était censé me destituer n'étant même pas signé. Autrement dit, il est nul et non avenu. Il ne s'est rien passé ici ce matin.

Une clameur encore plus retentissante que les précédentes monta de la foule. L'abbé Quintier s'efforça de l'apaiser en tendant les bras. C'est à ce moment que Gustave décida de pousser hors de l'église une poignée de ses Tondus, cinq ou six, tête basse et crâne lacéré. Celui qui les menait resplendissait d'autorité. Pour sa part, son frère le curé n'avait rien remarqué de ce qui se jouait dans son dos. Il poursuivit donc son envolée sans se douter que ses propos étaient renforcés par la scène orchestrée par Gustave.

— Ou plutôt, tout commence aujourd'hui, proclama le curé. Les envoyés de Chicago n'ont pas eu raison de vous. Vous venez d'assister à la dernière heure de l'Église catholique romaine de Sainte-Anne. Du même coup, vous venez de signer l'acte de naissance de l'Église catholique nouvelle. L'histoire retiendra que vous avez été les témoins et, pour certains d'entre vous, les instruments de ce moment historique.

Frédéric et le frère Régis échangèrent un regard en haussant les épaules.

— Toujours le même air, prononça le frère. Un pas en avant, un de côté, deux en arrière !

— Ce qui donne à tout le monde l'impression d'aller quelque part, ajouta Frédéric.

— Alors que dans notre coin perdu nous sommes tout simplement encore un peu plus en retard sur l'histoire de ce pays désemparé, conclut le frère.

*

Dans le grand salon double de la résidence bourgeoise où l'architecte Désiré Deblois avait installé l'équipe qui devait préparer les plans du nouveau collège des jésuites de Chicago, le jeune Frédéric Saintonge ne s'attendait vraiment pas à ce qui allait lui arriver ce matin-là. Comme au début de chaque journée, les trois architectes et dessinateurs ainsi que l'apprenti dessinateur Saintonge étaient assis chacun sur un tabouret haut, devant sa table à dessin. Ils commentaient les derniers événements de la vie publique ainsi que certaines péripéties de la destinée de leur patron.

Chicago traversait à cette époque une fulgurante période de croissance où les mises en chantier dépassaient tout ce que concepteurs et constructeurs pouvaient assumer. Une fièvre s'était emparée du deuxième plus important pôle de croissance des États-Unis. Les membres de l'équipe chargée de dessiner les plans du collège des jésuites se sentaient emportés à leur tour dans une tourmente qui les déconcertait. Leur employeur, le célèbre architecte Désiré Deblois, n'avait de cesse de les inciter à accélérer la cadence. D'une part, on réclamait les plans du collège et, d'autre part, certains autres projets étaient en suspens en attendant que le groupe soit disponible pour s'y consacrer.

L'équipe en était à son deuxième café. Chacun s'était mis à fumer dès son arrivée sur les lieux, la pipe pour trois d'entre eux incluant Frédéric, le seul abstinent étant le dessinateur Zéphirin Langlois, déjà saturé par la fumée des autres. C'est alors que leur patron, Désiré Deblois, entra en coup de vent. Celui-là tenait comme toujours entre l'index et le majeur de sa main droite le prodigieux cigare dont l'odeur annonçait son arrivée à distance. Il prit place à la table à dessin qui lui était assignée près de l'entrée, et sur laquelle la veille, avant de quitter les lieux, ses acolytes avaient étalé le résultat de leurs travaux de la journée. Ce matin-là, plutôt que de s'y attarder comme il le faisait d'habitude, le boss tira une bouffée de son cigare et porta son regard sur chacun de ses employés tour à tour.

— Au rythme où nous avançons, commença-t-il, ils vont avoir achevé la construction du collège avant que nous ayons terminé les plans.

Il fut secoué par une toux profonde.

— Aujourd'hui, je suis contraint de vous priver des services de Zéphirin. Il y a des modifications à faire sur les plans de l'hôtel commandé par Harry Dolimer.

Pendant que Zéphirin Langlois, petit, maigre et servile, rassemblait déjà ses affaires, les autres membres de l'équipe manifestaient leur déception de voir partir l'un de leurs collègues, se forgeant des expressions de déception sur le visage et formulant quelques bouts de phrases marmonnées à voix basse. Le patron mit fin à ce qu'il qualifiait d'enfantillages en leur montrant les paumes de ses mains au bout de ses bras.

— Mais une mauvaise nouvelle ne vient jamais sans une bonne, annonça-t-il. Vous allez dorénavant pouvoir compter sur l'aide de notre petit nouveau, à qui vous confierez désormais des sections de l'ouvrage qu'il exécutera selon vos instructions.

L'équipe fut aussi étonnée que Frédéric Saintonge lui-même. Le patron ne laissa pas retomber cet état d'esprit prometteur.

— Il est avec nous depuis deux mois, deux mois et demi, je ne sais plus trop, et, plus je regarde son travail, plus je me persuade qu'il a le talent pour dessiner sous votre supervision certains éléments dont vous lui aurez brouillonné l'esquisse.

Tous les regards étaient tournés vers Frédéric qui levait lui-même les yeux au ciel en déployant un sourire de béatitude. Désiré Deblois se leva à cet instant en repoussant le tabouret sur lequel il n'avait posé qu'une fesse. Il se dirigea vers la sortie. Frédéric le rejoignit dans le vestibule pour un aparté dont il était parvenu à écarter son confrère Langlois.

— Cela signifie-t-il que vous allez commencer à me payer ? demanda-t-il à son patron.

— Je te loge et je te nourris déjà…

— … mais je vais travailler pour de vrai !

— N'oublie pas que je devrai réviser ton travail ou confier cette tâche à quelqu'un d'autre. Je ne te demande rien pour cela.

Frédéric ne savait pas s'il devait rire, protester ou se soumettre. Il fut convenu qu'ils aborderaient la question de sa rémunération à la fin de la semaine, après avoir examiné ses premiers travaux. S'adressant à William Fullister par-dessus l'épaule de Frédéric, Désiré Deblois confia alors à ce dernier le soin de superviser les efforts de l'apprenti.

— *You better check every line he draws.*

Et le grand architecte Désiré Deblois quitta son équipe sans prendre le temps de saluer qui que ce fût, laissant derrière lui dans le vestibule un Frédéric Saintonge qui cachait mal sa joie, tandis que Zéphirin Langlois passait à côté de lui sans le voir pour rejoindre son patron dehors.

*

À Sainte-Anne, les travaux ne progressaient plus au chantier du nouveau presbytère. Au lendemain de l'affrontement devant l'église, Frédéric ne s'était pas présenté sur les lieux de son travail. Emporté dans la perturbation qu'il avait lui-même engendrée, l'abbé Quintier n'avait pas remarqué que son ouvrier manquait à l'appel. À l'heure du repas du midi, Gustave et ses Tondeurs avaient si bien empli la cuisine du presbytère de cris, d'exclamations et d'expressions de triomphe que personne n'avait constaté l'absence de Frédéric. Une seule question à l'ordre du jour : comment empêcher l'évêque de Chicago de reprendre la main sur le cours des événements ?

En après-midi, le curé partit en voiture vers une destination inconnue. Il ne revint qu'après la tombée de la nuit. Ce ne fut qu'en milieu de matinée le lendemain que le curé de Sainte-Anne se rappela soudain, en voyant Frédéric entrer dans son bureau, que cet homme travaillait pour lui au chantier du nouveau presbytère. Pointant le menton vers celui qui ne s'était pas annoncé, l'abbé Quintier s'empressa de lui jeter un reproche à la tête.

— Comment se fait-il que vous ne soyez pas en train de monter les murs de mon presbytère ? Après ce qui vient de se passer, il est plus urgent que jamais que vous finissiez ces travaux dans un temps record.

— Je ne travaille plus au chantier du presbytère, répondit calmement Frédéric. C'est ce que j'étais venu vous annoncer.

Les deux hommes froncèrent les sourcils en même temps, l'un soulagé, l'autre décontenancé. Le curé n'allait pas laisser un subalterne prendre l'avantage sur lui.

— Depuis quand prenez-vous des décisions de cette nature sans me consulter ?

Frédéric, qui était resté debout, fit un pas vers le bureau. Sa stature faisait de l'ombre sur le sous-main de l'abbé.

— Depuis que rien ne fonctionne comme dans un monde normal à Sainte-Anne, répliqua-t-il. Le premier jour où nous avons mis les pieds ici, mon fils et moi, il y avait déjà une bande de désespérés qui brandissaient le poing vers vous. Vous vous en souvenez ?

Frédéric se retourna pour désigner dehors l'espace qui s'étendait entre le presbytère et l'église.

— Ça s'est poursuivi jusqu'à avant-hier. Il y avait encore une foule sur la place qui jouait au chat et à la souris avec l'envoyé de l'évêque à propos de la propriété de l'église.

Il fit de nouveau face au curé.

— J'étais venu ici avec mon fils pour me bâtir une vie digne de ce nom, mais il est évident maintenant que ce n'est pas l'endroit pour accomplir un tel projet. Mon fils l'a compris le premier. Il a détalé. C'est à mon tour de vous annoncer que je ne ferai pas long feu ici. Il ne nous reste plus qu'une chose à régler avant que je ne parte à mon tour. Donnez-moi l'argent que vous me devez et vous n'entendrez plus parler de moi.

En même temps qu'il réclamait son dû, Frédéric avait posé les deux mains à plat sur le bord du plateau du bureau, s'inclinant sur le curé qui levait vers lui un regard indigné.

— Voulez-vous bien reculer et reprendre un peu de tenue ! enjoignit-il à son visiteur.

Frédéric se redressa sans toutefois battre en retraite. L'abbé se passa la main sur le menton à quelques reprises comme un homme qui réfléchit à une grave question.

— Une charretée ou deux de pierres, quelques bouts de bois à peine assemblés, énuméra-t-il les dents serrées, vous appelez ça un presbytère ? Vous voulez que je vous paie pour ça ? Vous n'aurez pas un sou tant que de la fumée ne s'échappera pas de la cheminée de ma nouvelle résidence.

Il se leva, satisfait de ce qu'il venait de s'entendre dire. Il alla rejoindre son interlocuteur de l'autre côté du bureau.

— Je considère que nous sommes quittes, annonça-t-il à Frédéric. Nos rapports prennent fin ici, aujourd'hui, monsieur. Vous pouvez donc disposer. Pour ma part, c'est sans regret que je vous vois quitter Sainte-Anne.

Frédéric durcit les poings.

— Vous ne l'emporterez pas en paradis ! jeta-t-il au visage de celui qui avait été son employeur sans jamais le dédommager pour ses services. Ou plutôt en enfer, puisque c'est là que vous passerez l'éternité ! Et surtout, n'allez pas croire que je vous donne quittance de ce que vous me devez. Je prendrai tous les moyens pour recouvrer l'argent que vous essayez de me voler. Vous m'avez bien entendu ? Tous les moyens !

Frédéric s'était raidi. On aurait dit qu'il avait filé dans une autre dimension. Il semblait avoir oublié que le curé se tenait devant lui. L'abbé l'apostropha.

— Qu'est-ce que vous attendez pour partir ?

— Une dernière chose… Au moment de vous quitter, je songe au premier jour où je suis arrivé ici et je me rappelle l'engagement que vous avez pris avec ceux que vous qualifiez de Dupes. Vous m'aviez autorisé à leur annoncer que vous leur verseriez un cinquième des profits que vous pourriez faire en revendant leurs propriétés. Je ne sais pas si vous avez revendu l'un ou l'autre des lots concernés, mais je suis persuadé, si c'est le cas, que vous avez oublié de verser leur quote-part à ces créanciers. J'ajoute cette obligation à ce que vous me devez. Ne craignez pas, je saurai vous le rappeler en temps et lieu.

— Mais allez-vous déguerpir ! tonna le curé.

Frédéric sortit en laissant la porte du bureau et celle du presbytère ouvertes derrière lui, comme pour montrer qu'il pourrait réapparaître à tout moment.

*

Chicago envisageait l'avenir du haut des gratte-ciel de son centre-ville. Un magma de bruit et d'agitation. Les tramways hippomobiles ahanaient entre les rangées de buildings qui bordaient les rails. Le frère Régis se déplaçait tout à son aise dans cette cohue, ayant trotté par les rues de Paris en d'autres temps.

À l'issue de la réunion bimestrielle de la Commission des instances francophones, le directeur de l'école des garçons de Sainte-Anne s'était mis en tête de rendre une petite visite au jeune Frédéric, qu'il considérait plus que jamais comme son protégé. Ce ne fut pas une mince affaire.

La maison où l'architecte Deblois avait installé son équipe était sise dans le quartier nord de la ville, à proximité d'une boucle de la rivière Chicago. Après avoir emprunté le tramway jusqu'en bout de ligne, le frère se retrouva dans un territoire desservi par le train. Ayant vu partir un convoi sous ses yeux, il se résolut à faire un bout de chemin à pied.

Plus le temps passait, plus le religieux se persuadait que les employés les plus dévoués de l'architecte Deblois, y compris bien entendu l'apprenti qui venait de se joindre à eux, devaient déjà être rentrés chacun chez soi. Le frère se consolait en se répétant qu'il pourrait à tout le moins laisser dans la boîte à courrier de la maison un mot qui ferait le bonheur de son récipiendaire le lendemain. Après avoir marché pendant une bonne heure, il parvint enfin à l'adresse que Frédéric lui avait indiquée dans un récent envoi.

Le religieux actionna le heurtoir à deux ou trois reprises, il arpenta le perron qui menait au vestibule verrouillé, puis il tira de la large poche de sa soutane un bout de crayon et un petit carnet sur lequel il s'appliqua à inscrire le plus lisiblement possible quelques phrases bien senties. Il achevait sa besogne quand la porte s'ouvrit dans son dos.

Ahuris de se retrouver l'un devant l'autre, Frédéric et le frère s'étreignirent avant de s'expliquer, à coups de petites phrases hachées, sur les tenants et aboutissants de ces retrouvailles qui avaient bien failli ne pas se produire. Frédéric finit par entraîner son visiteur vers la cuisine, par-delà le salon double aux tables à dessin, non sans avoir pris le temps de lui indiquer à quel emplacement il travaillait désormais à titre de membre à part entière de l'équipe Deblois.

On voyait sur la grande table de la cuisine les reliefs du repas que le jeune Frédéric avait commencé à prendre, pain, jambon et bouteille de bière d'épinette. Le frère se montra enchanté de l'invitation que lui fit Frédéric de partager ce qui lui semblait pourtant n'être qu'une humble collation. Après s'être accordé le temps d'avaler deux ou trois bouchées, le religieux aborda sans plus attendre le sujet qui l'emmenait en ces lieux.

— Il faut à tout prix que je vous dise…

— Vous pouvez me dire « tu », suggéra Frédéric.

— Vous oubliez que je suis né en France, lui opposa le frère. Nous aurons tous les deux la barbe bien blanche avant que je ne me permette cette familiarité.

— Dommage, laissa tomber le jeune homme. Alors, qu'alliez-vous m'annoncer il y a un instant ?

— C'est à propos de votre père.

Et le directeur de l'école des garçons de Sainte-Anne fit au jeune Frédéric un récit circonstancié des récents événements survenus dans la paroisse. Il en ressortait que les relations de son père avec le curé s'étaient détériorées au point de frôler la rupture.

— Les rapports n'ont jamais été très harmonieux entre eux, fit observer le jeune homme.

— Peut-être, répliqua le frère, mais cette fois, les deux belligérants sont sur le point de se déclarer une guerre qui se terminera par l'extermination de l'un ou de l'autre. Je veux dire que celui qui perdra devra quitter Sainte-Anne, et j'ai tout lieu de croire que ce pourrait être votre père.

— Dans ce cas, enchaîna le jeune homme, nous serions malvenus de le laisser se débrouiller seul. Avec des mots sur le papier, il peut tenir tête à n'importe qui...

— ... mais pas dans les affrontements d'homme à homme, se permit de conclure le frère. Il ne sait pas être méchant.

— Nous devons le sortir de Sainte-Anne, annonça le fils.

— Où voulez-vous l'envoyer?

— Ici..., proposa le jeune Frédéric en inclinant la tête de côté pour attirer une approbation.

— C'est bien ce que j'avais en tête, reconnut le frère, mais je préférais vous l'entendre formuler en premier.

— Ce n'est pas tout de le suggérer, enchaîna le jeune Frédéric, il faut aussi voir comment nous parviendrions à mettre cette idée à exécution. Je ne suis le maître de rien ici. Je peux toujours en discuter avec M. Deblois. La maison est grande. Personne d'autre que moi ne l'habite après les heures de travail. Et puis, mon patron vient tout juste de me consentir un salaire. S'il le fallait, je l'autoriserais à en retenir une partie pour assumer la pension de mon père.

Le frère Régis saisit Frédéric aux épaules et riva son regard dans le sien.

— Ne cherchez plus, mon ami. L'affaire est résolue.

— Attention ! le prévint Frédéric en fronçant les sourcils. Il est facile d'avoir une idée, mais pas toujours aisé de la mettre en application. Je dois d'abord approcher M. Deblois.

— Vous trouverez les accents qu'il faudra pour le convaincre, lui assura le frère.

Et, levant les yeux au ciel, le religieux ajouta d'une voix vibrante :

— Merci, mon Dieu, d'avoir mis ce jeune homme sur mon chemin.

*

Frédéric le père se sentait écartelé entre celui qu'il n'était plus et celui qu'il allait forcément devenir. Il se retrouvait tiraillé entre un présent éprouvant et la perspective d'un avenir chargé d'audace. Il fut saisi d'une inspiration soudaine : faire le point dans le cahier où il consignait ses réflexions les plus intimes. Cet élan lui rappela qu'il avait laissé ses affaires personnelles au grenier de l'écurie du presbytère. Ayant cessé d'être à l'emploi du curé, il n'y habitait plus que clandestinement, s'y retrouvant après que tout le monde fut couché à Sainte-Anne et quittant les lieux avant le lever du jour. Il prit donc la décision d'aller récupérer discrètement ses possessions.

Les environs de l'église et du presbytère semblaient déserts. Au grenier de l'écurie, il ne trouva aucune trace de son cahier et pas davantage du sac dans lequel il conservait quelques vêtements de rechange. Plutôt que de s'affoler, il préféra présumer que le curé avait ramassé ses affaires, considérant sans doute qu'elles lui appartenaient désormais en remboursement des frais qu'il avait consentis pour nourrir et loger son employé. Frédéric se dirigea donc vers le presbytère.

Il frappa. Attendit. Rien ni personne. La porte de la cuisine n'était pas verrouillée. Il entra et appela. Le silence lui répondit. Il s'enhardit à visiter le cagibi où il avait dormi avec son fils aux premières heures de leur arrivée à Sainte-Anne. Ne subsistait rien qui lui ressemblât dans ce réduit abandonné au fouillis de Gustave. Frédéric songea que le curé avait peut-être rangé ses effets personnels dans son bureau. Il se dirigea vers la pièce où l'abbé Quintier recevait ses paroissiens.

Le bureau était encombré, papiers, livres ouverts et dossiers sommairement refermés à l'aide de bouts de ficelle. Il souleva le tout. Rien qui lui appartînt. Inventoriant les lieux d'un regard circulaire, il constata que la porte du coffre-fort était ouverte. Pourquoi l'abbé Quintier y aurait-il déposé une chemise sale et un cahier ayant appartenu à un subalterne qu'il venait de congédier ? Frédéric ne se laissa pas moins tenter. Il n'avait jamais vu ailleurs que sur les gazettes un tel meuble destiné à préserver les documents précieux et les billets de banque.

Celui-ci contenait quelques gros registres, une enveloppe intitulée *Testament* et une autre sur laquelle était écrit le mot *Placements*. Se gardant bien de rien toucher, Frédéric se pencha pour examiner un objet de plus petite taille, à demi dissimulé sous un registre. Il s'agissait d'une enveloppe bourrée de dollars dont on pouvait discerner l'extrémité sans parvenir à en déterminer la dénomination.

Frédéric commençait à se sentir mal dans cette peau d'enfant fouineur qui inventorie le tiroir d'une commode appartenant à ses parents. Il allait se retirer quand des pas se firent entendre du côté de l'entrée. L'instant d'après, Gustave était devant lui.

— Que fais-tu là, toi ? tonna le frère du curé.

— Je vérifiais si ton frère n'aurait pas mis mes affaires dans son bureau, répondit Frédéric en s'efforçant de dompter sa respiration affolée. Tu ne les aurais pas vues ? Une chemise, un cahier…

— Tu crois vraiment qu'il aurait pu mettre tes saletés dans son coffre ?

Gustave fit un pas en direction du bureau.

— Tu sais, je commence à en avoir vraiment assez de te retrouver partout sur mon chemin ! Alors, laisse-moi te donner un conseil. Le mieux serait que je ne te revoie plus jamais, parce que si je te retrouve encore une fois sur mon chemin, ça pourrait être très mauvais pour ta santé.

*

Quelques jours plus tard, au détour d'un temps splendide que, faute d'oser s'en approprier la dénomination, les Européens établis en Amérique du Nord qualifiaient d'été des Indiens, l'abbé Quintier, assisté de cinq ou six de ses fidèles, remettait de l'ordre sur la place de l'église. Il s'agissait avant tout de débarrasser les lieux de l'amas de cendres engendrées par l'autodafé d'une partie du mobilier et des boiseries de la maison de Dieu.

Après avoir bien vérifié qu'elles étaient refroidies, l'équipe des volontaires qui avaient été désignés à cette fin s'était mise en frais de ramasser de pleines brouettées de ces cendres qu'on allait déverser à l'orée de la forêt voisine. L'opération s'effectuait à pas comptés, les yeux baissés. Les tâches qu'on accomplissait à proximité de la maison de Dieu ne devaient pas perturber son céleste occupant. Pourtant, des cris et des hurlements crevèrent bientôt la quiétude. Gustave et sa bande de Tondeurs approchaient, entourant ce qui semblait être une de leurs prochaines victimes. L'abbé Quintier se porta à leur rencontre. Les comparses de Gustave s'écartèrent. Frédéric apparut alors en pleine lumière, les cheveux devant les yeux, la chemise déboutonnée et les mains ligotées dans le dos.

— On en a attrapé un gros ! annonça Gustave.

— Et vous lui avez fait avouer ses fautes ? s'enquit le curé sur le ton d'un inquisiteur sûr de son bon droit.

— Il n'a pas voulu lâcher un mot, répondit Gustave. Pourtant, tout le monde l'a entendu t'apostropher ici même l'autre jour, quand tu as affronté l'envoyé de l'évêque de Chicago.

Les porteurs de cendres opinèrent.

— Et où l'emmenez-vous, comme ça ? demanda l'abbé Quintier.

— Pas plus loin qu'ici, annonça Gustave en grattant le sol de la pointe de sa botte. Le crime a été commis devant l'église. Il sera expié au même endroit. C'est dans les règles, non ?

— Absolument, décréta l'abbé Quintier en réprimant un rictus. D'ailleurs, si cette accusation ne vous suffisait pas, je pourrais vous proposer d'autres raisons de le contraindre à parler. Cet homme est dangereux. Sous des dehors d'apparente soumission, il est capable des plus graves déviations. Que voulez-vous, il est persuadé d'en savoir plus long que tout le monde et d'avoir raison sur tous les sujets. Mais je n'en dis pas davantage. Nous verrons bien ce qu'il trouvera lui-même pour sa défense.

Après avoir exprimé cette opinion, le curé examinait les environs pour tenter de déterminer où et à quoi son frère et ses Tondeurs pourraient ligoter leur prisonnier. Les alentours de l'église étaient plantés de jeunes arbres suffisamment robustes pour retenir un homme adulte. On finit par asseoir Frédéric dans l'une des brouettes et on le lia à cet instrument.

— Vous pouvez commencer, annonça Gustave.

Les hommes entouraient Frédéric. Une commotion se produisit au même moment. Cinq ou six commères et compères du magasin général, deux femmes et quelques hommes accoururent. L'un des ramasseurs de cendres était allé les prévenir de ce qui se tramait aux abords de l'église. Ces nouveaux arrivants formèrent une seconde rangée de témoins derrière les membres de la bande de Gustave. Celui-ci tira une paire de longs ciseaux de la poche de sa salopette. L'intervention allait commencer.

Frédéric ferma les yeux et laissa son souffle descendre au plus profond de sa poitrine. Des vagues de consolation baignaient chacune de ses respirations. Il avait pris la décision de ne pas laisser ses tourmenteurs attenter à sa paix profonde. Il s'embarqua pour une traversée sur ses eaux intérieures. Ce ne fut pas une navigation de tout repos.

Pendant tout le temps que dura le supplice, Frédéric garda les yeux fermés, serra les dents et gémit par en dedans. Par moments, des accalmies le jetèrent sur des plages de répit où il put oublier un peu ses afflictions. L'instant d'après, il affrontait les plus grandes souffrances. Il avait la tête en sang et un tremblement dans tous les membres. Une voix familière le rejoignit tout au fond de son effarement.

— Mais vous allez m'arrêter ça tout de suite !

Frédéric ouvrit les yeux. Une intense brûlure le força à les refermer aussitôt. Sans même avoir aperçu son visage, il avait reconnu la voix du frère Régis qui s'en prenait à ses tourmenteurs. Soulevé d'indignation, le religieux avait repris l'accent du Français qu'il était avant de débarquer à Sainte-Anne, quinze ans plus tôt.

— Vous allez me foutre le camp, bande de corniauds ! Qu'est-ce que vous attendez ? Que je vous élimine l'un après l'autre comme le firent les grands chefs de guerre des temps anciens ? Allez, du balai !

Le frère avait tiré son couteau de la poche de sa soutane et tranchait les liens de Frédéric. Le supplicié s'effondra. Le religieux le remit debout et le tint dans ses bras, tout en adressant de sévères remontrances aux auteurs de cette tragique mise en scène.

— J'ai le sentiment de descendre encore une fois le Christ de sa croix ! leur jeta-t-il au visage. Vous n'en finirez donc jamais de répéter les bêtises de vos prédécesseurs ?

— De quoi il se mêle, celui-là ? vociféra Gustave en tournant vers le frère une figure grimaçante.

Le curé s'interposa :

— Allons, Gustave ! Et vous autres aussi ! C'est terminé pour aujourd'hui. Nous aurons d'autres occasions de demander à ces gens-là de justifier leurs motivations.

Pendant ce temps, le frère Régis entraînait son protégé vers le collège. Les porteurs de cendres se retrouvèrent bientôt seuls sur la place de l'église.

*

Au presbytère de L'Islet, dans le bureau de l'abbé Cyprien Desnoyers, se tenait une réunion prévue depuis un certain temps déjà et dont l'issue préoccupait tous ceux qui y participaient. Cinq personnes que leurs convictions partageaient en deux camps s'entassaient dans la pièce plutôt exiguë. Deux ecclésiastiques siégeaient côte à côte derrière le bureau, soit l'abbé Desnoyers, le curé de la paroisse, lequel était à l'initiative de la rencontre, ainsi que Mgr Roméo Bastarache, l'un des coadjuteurs du diocèse de Québec auquel Sainte-Anne était rattaché. Dans le même camp, sur un fauteuil qu'on avait placé à côté du bureau, le notaire Guérin serrait les genoux de façon à pouvoir y déposer un cahier sur lequel il noterait les tenants et aboutissants de la rencontre.

L'autre camp était constitué de deux femmes, Géraldine, l'épouse de Frédéric, ainsi que Francine, dont la présence en ce lieu avait été contestée par les membres du clergé. Géraldine s'était portée à la défense de sa belle-sœur, menaçant de se retirer si on écartait Francine de la discussion. Le sort des enfants de cette dernière était tout autant en jeu que celui de la progéniture de Géraldine.

Assises à la place des visiteurs, les deux épouses faisaient donc face aux hommes installés derrière le bureau. Géraldine se redressa sur sa chaise. Francine replaça les plis de sa robe. Mgr Bastarache consulta sa montre après l'avoir repêchée sous sa soutane où elle était enfouie au bout d'une chaînette, entre deux boutons nacrés.

— Je suggère que nous commencions sans l'attendre, suggéra-t-il sur un ton qui n'appelait pas de réponse.

Ce devant quoi Francine tourna la tête vers la porte du bureau derrière elle.

— Je ne vois pas ce qui peut le retenir, s'énerva-t-elle, comme si elle ne supportait pas de voir son époux manquer encore une fois à ses engagements.

— Nous l'apprendrons quand il arrivera, prononça le notaire.

Composant alors son habituelle attitude onctueuse, l'homme de loi tourna lentement la tête en direction du haut gradé de l'évêché, pour lui signifier qu'il lui remettait la conduite de la séance.

— Au Canada français, commença Mgr Bastarache, la société s'est développée sur le terreau des familles nombreuses. Grâces en soient rendues aux autorités religieuses qui nous ont maintenus dans la confiance en la Providence.

Les deux femmes se regardaient, le curé les observait, le notaire examinait ses ongles tandis que le coadjuteur semblait perdu dans ses réflexions.

— La situation que nous devons résoudre est à la fois très délicate et elle n'a hélas, en même temps, rien d'inusité, poursuivit Mgr Bastarache.

Le coadjuteur tournait sèchement du doigt les feuillets d'un dossier ouvert sur le bureau devant lui, trop vite selon toute évidence pour parvenir à en lire ne fût-ce qu'une ligne.

— L'affaire qui nous occupe remonte au printemps dernier, finit-il par rappeler, quand un agriculteur de la paroisse, M. Frédéric Saintonge, a lâchement abandonné sa famille, entraînant son fils aîné avec lui dans sa dérive. Sa courageuse épouse, Mme Géraldine ici présente, a alors rallié ses enfants autour d'elle pour surmonter l'épreuve. Elle allait y parvenir quand son beau-frère, M. Félicien, lequel assurait le maintien de l'exploitation agricole de son frère en même temps qu'il cultivait sa propre terre, s'est effondré sous le poids de la charge. Au cours des jours et des semaines qui suivirent, les enfants de Francine et de Félicien ont alors commencé à venir s'installer chez leur tante Géraldine.

Le curé Desnoyers raclait ses grosses chaussures sur le plancher.

— Au fil des événements, enchaîna le haut gradé ecclésiastique, le reste de la progéniture de Mme Francine, y compris elle-même, ont fini par rejoindre les autres membres de la famille élargie chez Mme Géraldine. En plus d'héberger sa belle-sœur, cette dernière s'est donc retrouvée à la tête d'une fratrie reconstituée de dix-sept frères et sœurs, cousins et cousines entremêlés.

Il toussota dans son poing pour attirer l'attention sur ce qui allait suivre.

— Dans la vie, il suffit d'un décès ou d'une grave maladie pour qu'un foyer se retrouve sans âme. D'autre part, une maison d'accueil n'offrira jamais le même sentiment de sécurité que le nid familial. Encore moins si elle est surpeuplée d'enfants. C'est donc à une situation d'une extrême complexité que nous sommes confrontés ce matin.

Mgr Bastarache se tourna vers les deux femmes qui arrondissaient le dos sur leur chaise.

— Pourrais-je vous demander, mesdames, de vous retirer quelques instants pendant que nous échangerons quelques réflexions entre nous ?

Géraldine entreprit de se lever. Francine fronça les sourcils sans bouger.

— Cela nous permettra de réfléchir à voix haute, insista le prélat.

Géraldine était debout. Elle se pencha pour ramasser son sac à main. Elle tourna en même temps la tête vers sa belle-sœur.

— Viens ! Plus tôt ce sera fini, mieux ce sera.

— Mais je ne veux pas que ça finisse sans nous ! protesta Francine en haussant le ton.

— Je vous ferai observer, lui répondit le haut gradé ecclésiastique, que nous ne sommes pas ici ce matin pour régler quoi que ce soit, mais bien pour passer les faits en revue. C'est à l'évêché de Québec que la décision finale sera prise.

Malgré l'évidente insatisfaction qui se lisait sur le visage de Francine, les deux femmes finirent par sortir l'une derrière l'autre. Mgr Bastarache ne se contenta pas d'attendre qu'elles aient refermé la porte. Il prit le temps d'écouter le bruit décroissant de leurs pas sur le plancher du vestibule avant de reprendre le fil de sa réflexion.

— Si jamais nous acceptons, commença-t-il enfin, que les enfants soient confiés à une seule et même famille, et ce serait nécessairement Mme Géraldine qui écoperait de cette tâche, je ne serais pas étonné que Francine, l'épouse de Félicien, sachant ses enfants en sécurité, ne prenne alors ses jambes à son cou pour aller rejoindre son amant aux États-Unis.

Les trois hommes sursautèrent en même temps sous la morsure du mot « amant ». Les deux religieux ouvraient des yeux ronds comme s'ils pouvaient voir défiler certaines scènes interdites dans leur tête, cependant que le notaire demeurait impassible derrière sa légendaire réserve. Quant aux deux femmes, elles se mordaient les lèvres dans le vestibule sans rien entendre.

L'abbé Desnoyers profita de cette parenthèse pour intervenir. Il souffrait de ne pas pouvoir mener lui-même le fil de l'enquête ecclésiastique dans son propre presbytère.

— Vous savez aussi bien que moi, Excellence, que la législation canadienne et les préceptes de notre Sainte-Mère l'Église ne parviennent que rarement à ramener la brebis égarée dans son enclos une fois qu'elle a brouté dans le pré d'à côté.

Un moment de silence renvoya les trois hommes à leur conscience ou à leur imagination, selon le cas.

— Nous allons devoir prendre la seule décision possible, prononça le curé du village, comme s'il avait été question d'autre chose depuis le début de la rencontre.

Ce devant quoi le coadjuteur inféra d'une voix funèbre :

— Si nous ne parvenons pas à faire l'unanimité sur une solution qui nous satisfasse tous et chacun, je vous annonce dès maintenant que je disperserai les rejetons des deux familles dans les fermes des environs. Leurs parents regretteront jusqu'à la fin de leurs jours d'avoir manqué à leurs devoirs. Sans compter que le Divin Créateur sanctionnera à son tour sévèrement leur comportement à leur arrivée dans l'au-delà.

Des coups frappés à la porte firent sursauter tout le monde. Félicien apparut. Il était loin d'être endimanché sous sa salopette maculée de taches, les manches retroussées sur des avant-bras rougis et couverts d'égratignures. Les deux belles-sœurs qu'il avait croisées dans le vestibule inséraient leur tête dans l'encadrement de la porte derrière lui.

— Ma Caillette devait pas être très attentive à l'école, annonça le mari de Francine, le jour où on a enseigné aux jeunes vaches la bonne manière de vêler pour la première fois. Elle poussait par en dedans.

Le notaire porta son poing devant sa bouche pour contenir un fou rire. De son côté, le coadjuteur ne semblait nullement concerné par les fonctions reproductrices des animaux de la ferme. Pendant ce temps, Félicien avait fait un pas dans le bureau pour s'installer à cheval sur une chaise, les bras appuyés sur le dossier. Les deux femmes demeurèrent dans l'encadrement de la porte.

— C'est pas toujours celui qui part le premier qui gagne la course, pronostiqua Félicien, mais dépêchons-nous de régler le sort de mon frère avant qu'il commence à croire qu'il a pris le dessus sur tous nous autres.

Visiblement exaspéré, Mgr Bastarache se leva alors pour mettre fin au laïus du nouveau venu.

— En dépit de tout le pittoresque de votre intervention, vous arrivez trop tard, monsieur Saintonge. La séance de réflexion est terminée.

— Mais vous ne nous avez pas encore dit ce que vous avez conclu, objecta Francine.

— Nous allons tout simplement continuer de nous pencher sur la question, chacun de notre côté, annonça le coadjuteur.

— Ça coûte moins cher et ça peut rapporter gros, décréta Félicien.

— Vous pouvez disposer, annonça le prélat en faisant un pas vers les visiteurs.

— Vous allez nous convoquer à nouveau ? s'enquit Francine.

— Notre verdict serait sans effet si vous n'en étiez pas prévenus, affirma Mgr Bastarache.

Les deux femmes entreprirent de se retirer en direction du vestibule. Félicien n'avait pas encore bougé.

— Il était temps de desserrer la poulie, lança-t-il à l'intention du prélat à ceinturon violet. Quelques minutes de plus et les deux femmes auraient pris le dessus sur vous. Vous n'êtes peut-être pas habitué à ça, vous autres, mais je peux vous assurer qu'avec leurs voix pointues elles peuvent vous crever les yeux, ces bestioles-là.

*

Frédéric demeura prostré pendant plusieurs jours dans la chambre du frère visiteur du collège où le directeur avait pris l'initiative de l'héberger. C'était un petit appartement de deux pièces à l'étage, un bureau et une alcôve, le tout constituant une enclave dans le couloir où les frères enseignants avaient leur chambrette individuelle. L'endroit était demeuré inhabité depuis des années. En fait, le frère visiteur n'y avait séjourné qu'à une seule reprise depuis la construction du collège. Celui dont le titre décrivait les fonctions avait pour mission de parcourir les maisons d'enseignement tenues par les frères des Écoles chrétiennes, tant au Canada qu'aux États-Unis, un territoire à la démesure d'un continent. Cela consistait à évaluer la qualité de l'enseignement qu'on y pratiquait tout autant que les niveaux de discipline et de piété qui y régnaient.

Frédéric vécut aux limites de la souffrance pendant les premiers jours de sa réclusion dans cette cellule hors du temps. Le frère infirmier, qui tenait sans doute toute sa science des recettes de bonne femme que lui avait transmises sa grand-mère auvergnate, lavait les coupures et lésions du crâne de Frédéric à l'aide d'une solution de vinaigre et d'eau. Faut-il souligner que ce traitement faisait bouillir de douleur celui à qui on l'appliquait ?

Puis, le frère soignant déposait sur cette plaie vive une pâte composée d'une base de graisse animale à laquelle il avait incorporé du phénol qui devenait ainsi moins corrosif et plus stable. Les propriétés de cet analgésique n'avaient pas encore été toutes explorées. On se contentait de savoir qu'il atténuait la douleur... après l'avoir accentuée. Cette phase du traitement terminée, le frère infirmier enveloppait le crâne de Frédéric à l'aide de bandes Velpeau que la communauté se faisait expédier depuis la France par sa maison mère, car leur usage n'avait pas encore été introduit aux États-Unis. À tout le moins ne pouvait-on pas s'en procurer dans les contrées de l'Ouest, où les derniers raffinements de la civilisation n'avaient pas encore pénétré. La tête ainsi enveloppée, Frédéric prenait l'allure d'une momie, du moins pour ce qu'il en était de la partie supérieure de sa personne.

Cet enfer dura près d'une semaine. Les premiers jours, Frédéric ne pouvait poser sa tête sur un oreiller ou sur un dossier. Il dormait donc assis bien droit dans le fauteuil placé derrière le bureau du frère visiteur, la tête pendant sur une épaule et sur l'autre.

Quand il n'était pas assoupi, Frédéric s'employait à se remettre du choc psychologique qu'il avait subi. Apprendre à vivre sous un crâne au cuir mutilé, bandé de blanc, et surmonter le désarroi dans lequel son départ du chantier du presbytère l'avait précipité sollicitaient ses énergies à l'extrême. En ces temps où Sigmund Freud ne s'était pas encore lancé sur la piste de l'inconscient, le frère Régis devait déployer toutes les ressources de sa compassion pour tenter de soulager son patient de ses tourments.

Au bout d'une semaine, Frédéric éprouva le besoin de faire quelques pas dehors. Il n'osait cependant pas encore se présenter dans la rue, aux yeux de ceux et celles dont la majorité estimait qu'il avait bien mérité le sort qu'on lui avait fait subir. Il sortit donc à l'arrière du bâtiment du collège, en direction du potager dépouillé à cette période de l'année, et il se mit à déambuler dans ses allées comme le faisaient les curés dans toutes les paroisses du monde.

*

Pendant que le cuir du crâne de Frédéric commençait à guérir, son humeur se renfrognait. Depuis son arrivée à Sainte-Anne, ceux qui avaient été amenés à le fréquenter s'entendaient pour voir en lui un être énigmatique dont ils devinaient qu'il portait un lourd secret. L'agression dont il venait d'être l'objet le rangeait désormais parmi ceux dont on s'efforce d'éviter la compagnie. Étranger dans les deux cas.

Ce matin-là, le frère Régis avait réclamé l'aide de son protégé pour accomplir une tâche urgente à la cuisine de l'école. L'une des deux dames du village qui étaient chargées de préparer les repas du personnel et des élèves de l'institution avait été appelée pendant la nuit au chevet de sa mère. La seule auxiliaire restante en avait plein les bras.

En grand tablier blanc, perchés sur de hauts tabourets devant un comptoir, les deux hommes pelaient donc des pommes de terre. Penchés l'un vers l'autre afin que les pelures tombent dans un même bol, on aurait dit deux commères qui bavardaient à voix basse. En réalité, le frère profitait de ce moment d'intimité pour faire prendre conscience à son protégé que sa situation à Sainte-Anne était plus précaire qu'il ne le pressentait.

— On dirait que l'épreuve que vous traversez vous a mis dans un état second. Je serais plus rassuré si je me persuadais que vous envisagez bien la situation dans son ensemble. Mais ce n'est pas le cas. Plus je vous observe depuis l'incident, plus je me persuade que vous n'avez qu'une idée en tête : régler vos comptes avec l'abbé Quintier.

Frédéric dévisageait le frère comme s'il ne le reconnaissait pas.

— Vous ne trouvez pas que ce serait une réaction normale ? finit-il par demander.

Le frère commençait à s'énerver :

— Combien de fois faudra-t-il vous le répéter ? Vous êtes en danger ici. Le curé est cent fois plus malin que vous et il peut vous entraîner dans des affrontements où vous serez perdant à tous les coups. Vous n'avez vraiment pas le tempérament qu'il faut pour vous lancer dans ce genre de confrontation.

— Mais si je ne riposte pas, ce sera lui le vainqueur et moi le vrai perdant, alors que dans la réalité ce devrait être le contraire.

— Tout ce qui importe, c'est que vous évitiez de recevoir d'autres coups ! s'emporta le frère.

Frédéric déposa sa pomme de terre sur le comptoir avant d'y planter son couteau, puis il tenta d'insérer ses doigts sous le bandage qui lui recouvrait la tête pour se gratter afin d'apaiser la démangeaison.

— Ne faites pas ça…, plaida le frère. Vous aggravez votre cas.

— Vous ne comprenez donc rien à ce qui m'arrive ! se plaignit Frédéric. En abandonnant le chantier du nouveau presbytère, je m'attendais à quitter Sainte-Anne dès que j'aurais été payé pour le travail accompli. Je n'ai pas touché un sou, vous savez…

Il désigna les bandages qui lui enveloppaient la tête.

— … et j'ai gagné ça. Si je partais sans avoir rendu la monnaie de sa pièce au responsable de l'agression que j'ai subie, je veux parler du curé, tout le monde me croirait coupable de quelque chose.

Le frère se mordit les lèvres. Il ne bougeait toujours pas. Il inclina la tête pour saisir le regard de Frédéric.

— Vous savez ce qui arrive quand un soldat rentre de guerre. Pour commencer, il se remet de ses blessures. Il a bien autre chose à envisager qu'à prendre sa revanche. Puis, le temps passe et notre homme oublie l'idée de retourner au combat. Bientôt, il n'a plus d'autre projet que de recommencer à mener une vie normale.

Le frère redressa la tête et se remit à éplucher sa pomme de terre.

— Mais vous, avant même de vous être remis sur pied, vous n'avez qu'une chose en tête, et c'est de repartir en guerre.

— Vous le savez très bien, je ne suis pas bagarreur de nature, plaida Frédéric. Je suis plutôt d'un caractère conciliant. Mais cet homme-là, je parle du curé, il a tout fait pour me mettre des bâtons dans les roues depuis que je suis arrivé ici.

— Vous voyez où cela vous a conduit ! Tenez-vous loin de lui. Je veux que vous me promettiez de ne pas retourner au village tant que vous n'aurez pas entrepris les démarches pour partir d'ici.

À ce moment, l'assistante cuisinière s'approcha des deux hommes qui avaient tout l'air de bavarder plutôt que d'exécuter la tâche qu'elle leur avait confiée.

— Avez-vous bientôt fini de jacasser comme des pies ? Vous êtes pires que des femmes. Si vous continuez de même, les patates, je vais être obligée de les mettre au menu du repas de ce soir !

Le frère et son acolyte se remirent à la tâche en arrondissant le dos.

*

Quelques jours plus tard, un dimanche après le souper, Frédéric était assis sur une chaise berceuse en compagnie des frères, dans la salle commune du collège. Pour ne pas penser à ce qui lui hantait l'esprit, il écoutait ces derniers se remémorer avec nostalgie les belles heures de leur existence antérieure dans la Mère patrie. La cloche de la porte principale se fit entendre. Le portier se résigna à se lever et descendit à pas comptés l'escalier qui menait au rez-de-chaussée. Quelques éclats de voix plus tard, suivis de bruits sourds dans l'escalier, l'abbé Quintier et son frère Gustave pénétraient dans la salle commune des frères.

— Le voilà, ton suspect ! annonça Gustave à l'abbé en désignant Frédéric.

Se haussant tant qu'il le pouvait, le curé s'avança droit sur ce dernier.

— Commence donc par te lever de ta chaise !

Frédéric s'exécuta. Saisis d'étonnement, les religieux ne quittaient pas la scène des yeux.

— Et réponds à ma question, continua le curé. Que faisais-tu dans mon bureau quand mon frère Gustave t'y a surpris ?

Tous ceux qui étaient présents dans la salle retenaient leur souffle.

— Je cherchais mes affaires personnelles que je ne trouvais plus à l'écurie.

Le lien entre la réponse et la question ne parut évident à personne.

— Et comment se fait-il, enchaîna l'abbé, qu'après ton départ, mon frère et moi nous ayons constaté qu'il manquait mille cinq cents dollars dans le coffre-fort dont j'avais imprudemment laissé la porte ouverte ?

Inclinant sur le côté sa tête bandée de blanc, Frédéric parut éberlué.

— Vous n'êtes pas en train de m'accuser d'avoir pris votre argent ?

— Si, justement, annonça le curé, et tu devras en rendre compte devant la justice.

Deux jours plus tard, Frédéric montait sur la scène à l'avant de la salle des fêtes de l'école des frères. C'était une étroite plate-forme qui dominait un parterre pouvant accueillir tout au plus une soixantaine de personnes. En cette fin d'octobre, le déclin du jour achevait de rosir le ciel de Sainte-Anne à travers les fenêtres de l'auditorium.

Pendant un moment, Frédéric concentra son attention sur le bout de ses chaussures, avant de relever la tête pour porter son regard sur l'auditoire. Ses premiers mots jaillirent alors que le public, les sept frères de la communauté et une trentaine de villageois et surtout de villageoises ne les attendaient plus.

— En m'invitant à monter ici pour prendre la parole devant vous, commença Frédéric, le frère Régis vous a annoncé que je vous dirais toute la vérité. Il me connaît bien maintenant, ce merveilleux homme, mais il n'a pas beaucoup de mérite. Je n'ai jamais parlé autrement que des deux côtés de la bouche en même temps. Par ailleurs, vous le savez aussi bien que moi, la vérité est une pelote d'épingles. Ce soir, des flèches vont passer au-dessus de vos têtes. Il n'y a pas d'autre moyen de raconter ce qui m'est arrivé. Ne vous étonnez donc pas que je lance des piques à des personnes que vous pouvez estimer par ailleurs. Peut-être même aurez-vous le réflexe de rentrer chez vous, la tête dans les épaules ? Que vous vous sentiez visé ou que votre regard se porte sur les autres, sachez en tout cas que je n'ai pas d'autre ambition, en proclamant bien haut la vérité, que de départager le vrai du faux dans tout ce qui se colporte au village.

Il fit silence pour s'emplir d'air, tout en se frottant les mains l'une contre l'autre.

— Il y en a quelques-uns à Sainte-Anne qui ont juré de ne pas prendre de repos tant qu'ils n'auront pas exterminé leurs ennemis. Comme s'il pouvait n'y avoir que des adversaires dans la grande famille qui compose l'humanité ! L'ennui, c'est que, dans des affrontements de ce genre, il y a des flèches qui peuvent atteindre des innocents. Prenez, moi par exemple, j'en ai deux ou trois de plantées dans le dos, que je n'avais pas méritées.

Frédéric se tut à nouveau, sans geste cette fois et sans quitter son auditoire des yeux.

— Pour ne rien vous cacher, j'ai bien l'intention ce soir d'arracher tout ce qui m'est rentré dans la chair et qui me fait ressembler à un hérisson. D'ailleurs, ces flèches qu'on m'a lancées sont encore bonnes. Elles ont tout simplement pris la mauvaise direction. Avec votre permission et dans le plus grand souci de justice, je vais les renvoyer vers ceux à qui elles étaient destinées. Mais attention ! Je n'ai rien d'un justicier. Je n'ai pas le réflexe d'agresser les gens, sauf pour me défendre, mais en même temps je suis incapable de me comporter en victime, même et peut-être surtout innocente.

Il désigna les bandages qui lui enveloppaient la tête.

— À ce propos, permettez-moi d'annoncer à ceux qui m'ont fait ça qu'ils ne l'emporteront pas en paradis.

Frédéric laissa son auditoire apprécier sa détermination. Il reprit sans trop attendre.

— Ce n'est pas pour que je vous raconte ma vie que le frère Régis m'a invité à prendre la parole devant vous ce soir. Je vais donc en venir tout de suite à l'essentiel. Au cas où il y en aurait parmi vous qui ne le sauraient pas encore, je suis arrivé à Sainte-Anne au début de l'été qui vient de se terminer. Sans entrer dans les détails, disons que mon sort était devenu trop lourd à porter au Canada. J'avais adopté des positions qui contrecarraient celles du curé de ma paroisse et, pour ne pas arranger les choses, ma terre ne me rapportait presque plus rien. J'ai donc répondu à l'appel lancé par l'abbé Quintier dans les gazettes du Canada français et je suis débarqué à Sainte-Anne dans le but d'y refaire ma vie.

Frédéric laissa couler là-dessus une pause d'orateur conscient de ses effets, pendant que son auditoire bougeait, toussait et raclait ses chaussures sur le plancher.

— Cependant, poursuivit-il, comme je n'avais pas vendu ma terre en partant du Canada puisque ma famille s'efforçait encore d'en tirer sa maigre subsistance, je n'avais pas les poches pleines d'écus qui m'auraient permis d'en acquérir une autre dès mon arrivée ici. D'ailleurs, ce jour-là, je ne pouvais pas plus mal tomber. Des gens qui se traitaient eux-mêmes de Dupes réclamaient devant le presbytère que le curé leur rembourse les sommes qu'ils avaient investies dans l'achat d'une terre qui ne les faisait pas vivre. Vous savez comment les choses ont tourné. Le curé leur a fait des promesses qu'il ne tiendra pas et, moi, je me suis retrouvé homme à tout faire au service de ce même abbé. Je venais de mettre la patte dans le piège.

L'un des aînés parmi l'auditoire se leva pour émettre un commentaire.

— Même si on t'avait prévenu et même si tu nous avais écoutés, tu serais tombé malgré tout dans ses filets. Le Quintier, il mène le village comme les seigneurs des temps jadis. Tout pour lui, rien pour les autres !

Frédéric acquiesça d'un profond signe de tête. Ceux de l'auditoire en profitèrent pour remuer encore une fois sur leur chaise, satisfaits de ce qu'ils venaient d'entendre.

— Il n'y a pas de faute à être pauvre, poursuivit Frédéric, et quand on n'est pas riche, vous le savez aussi bien que moi, on prend ce que la vie nous donne. Je me suis vu offrir par votre pasteur de mettre en chantier le nouveau presbytère qu'il se proposait de bâtir. Il m'a attelé seul à la tâche. Vous l'avez remarqué, l'église, l'ancien presbytère et le nouveau qui n'est pas encore très avancé se trouvent au cœur du village. De là, on voit et on entend tout. Ça m'a mis dans la position idéale pour bien juger les forces en présence quand la guerre a été déclarée entre le curé et son patron, l'évêque du diocèse. Dans ce monde-là comme partout ailleurs, le gros veut toujours manger le petit mais, ici, à Sainte-Anne, le petit était coriace. Vous vous en souvenez, l'évêque s'était mis en tête d'empêcher le curé d'accommoder la liturgie à sa manière. Pour lui rendre la monnaie de sa pièce, l'abbé avait complètement dépouillé l'église de son mobilier et de sa décoration. Une façon comme une autre de déplacer les pions sur l'échiquier. C'était au tour de l'évêque de jouer. Il a révoqué le curé de ses fonctions, mais l'abbé a continué de faire à sa tête avec l'appui de la très grande majorité de la population. Et quand je parle de la majorité, ce n'est pas à vous que je pense, même si vous êtes l'élite de la paroisse. Le gros de nos adversaires est du bord du curé. Et à Sainte-Anne, c'est le curé qui a le dessus. Ça ne pouvait pas durer éternellement.

Dans la salle, les gens se regardaient. Quelques-uns bougeaient sur leur chaise pour se redonner une contenance. D'autres arrondissaient le dos. Frédéric prit une grande inspiration. Il allait entrer dans le vif du sujet.

— Cette querelle qui divise le village battait son plein depuis un certain temps déjà quand le curé m'a attaqué. Je ne suis pas ici pour me donner le beau rôle, ce n'est pas dans ma nature, mais je ne pouvais tout de même pas laisser l'abbé Quintier, son frère et ceux qui les suivent colporter des faussetés à mon sujet. Je me suis retrouvé parmi vous dans les rangs des opposants. Ça m'a valu d'avoir le crâne rasé.

Il inclina le torse comme un comédien à la fin d'une représentation, ce qui mit en évidence l'assemblage de bandages qui lui enveloppait encore le dessus de la tête. Le tout d'un blanc éclatant piqueté d'étoiles de sang. Les gens de l'assistance n'avaient pas détaché leurs yeux de ce pansement depuis le début de la rencontre. Frédéric releva la tête pour enchaîner.

— Ces bandages parlent haut et fort. Ils disent : « Voici ce qui arrive à ceux qui ne marchent pas sur le même chemin que tout le monde. » Je croyais que j'avais touché le fond du baril. Qu'il ne pouvait rien m'arriver de pire. Je me trompais. Voici qu'on m'accuse d'avoir volé mille cinq cents piastres dans le coffre-fort du presbytère.

Frédéric laissa les personnes présentes songer à ce qu'elles pourraient faire de cette somme. C'était largement suffisant pour acquérir cinq ou six belles terres dans la grasse campagne environnant Sainte-Anne. Cela étant acquis, les gens qui étaient venus entendre Frédéric ce soir-là n'en pouvaient plus d'attendre qu'il leur révèle comment il entendait réfuter cette accusation.

— Oui, il est vrai que je suis bel et bien allé dans les environs du presbytère, voici quelques jours, pour essayer de mettre la main sur les maigres affaires que j'avais laissées au grenier de l'écurie. Toutes mes possessions, en somme. N'ayant rien trouvé à l'écurie où j'avais logé, j'ai dirigé mes pas vers la maison du curé. J'ai frappé. Pas de réponse. Je me suis permis d'entrer. J'ai regardé partout, jusque dans le bureau où j'avais déjà remarqué qu'il y avait un coffre-fort derrière le fauteuil du maître des lieux. C'est intriguant, un coffre-fort. La porte de cette armoire blindée était ouverte. On n'a pas l'occasion tous les jours de voir un tel meuble de près. Par bêtise autant que par curiosité mal placée, j'admets que j'ai jeté un coup d'œil à l'intérieur. Il contenait des cahiers et des dossiers, mais surtout une enveloppe mal fermée, bourrée d'une liasse de billets de banque dont l'extrémité s'effeuillait en éventail.

Il s'accorda un instant de silence. Il se relança sans attendre dans la suite de son histoire.

— Je suis venu vous annoncer ce soir que, contrairement à ce que le curé et son frère colportent dans toute la paroisse, je n'ai touché à rien. Et je n'ai jamais retrouvé mes affaires que je venais reprendre chez le curé. Deux ou trois pièces de vêtements sans importance, mais surtout quelques livres, mon cahier d'écriture et ma correspondance.

Frédéric se tut un instant pour laisser cette énumération descendre au fond de la conscience de ceux de ses concitoyens qui étaient prêts à l'entendre.

— Et pour mon plus grand malheur, enchaîna-t-il, le cadet du curé, Gustave, est entré à ce moment-là au presbytère. Il cherchait sans doute son frère. Il s'est présenté par la porte du bureau et il m'a surpris agenouillé devant ce maudit coffre. Je me suis relevé en un éclair. Je le reconnais, je pouvais avoir l'air d'un voleur. Le cœur me battait dans la gorge. Je suis sorti sans attendre mon reste, pendant que Gustave me courait après.

Un tumulte s'était levé dans la salle. On commentait l'incident à voix haute. Frédéric eut du mal à rétablir une écoute convenable.

— Depuis, l'abbé Quintier, son frère, ses sbires et ceux de ses paroissiens qui se rangent derrière eux sans réfléchir n'en finissent pas de trompeter que j'ai pris l'argent. Certains vont jusqu'à dire que je me suis emparé de cette enveloppe bien bourrée pour me rembourser de tout le temps que j'avais consacré aux affaires du curé et pour lequel il avait toujours refusé de me payer.

Frédéric se tut en tendant les bras et en ouvrant les mains devant les gens qui échangeaient des commentaires devant lui. Le silence vint à se rétablir quelque peu. Frédéric conclut ce qu'il avait à leur dire d'une voix forte à laquelle les murmures de son auditoire conféraient des accents de mystère.

— Non, je n'ai pas pris les mille cinq cents dollars dans le coffre-fort du curé. D'ailleurs, je n'aurais jamais su combien il y avait d'argent dans l'enveloppe si ceux à qui cet argent appartenait n'en avaient annoncé le montant à qui voulait l'entendre. Mais, oui, je sais que l'abbé Quintier est capable de répandre les histoires les plus invraisemblables. Diviser pour régner, c'est bien connu. Quant à son frère Gustave...

Frédéric inclina la tête pour tout dire sans avoir à ouvrir la bouche. Puis il salua l'assistance et retourna s'asseoir aux côtés du frère Régis, qui l'accueillit en le prenant dans ses bras. En même temps, des applaudissements nourris montaient de la salle.

*

L'après-midi du même jour, une dame affolée entra dans le bureau du directeur du collège sans s'être fait annoncer.

— Ils sont sur le point de se battre ! annonça-t-elle sur un ton effaré au frère Régis.

— Mais qui donc ?

— Le curé et puis l'autre... Frédéric, au magasin général. Venez vite !

Le directeur de l'école était en train de réprimander un élève qui se tenait debout, tête baissée devant lui.

— Minute ! J'arrive !

Le vaste espace qui constituait l'avant du magasin général et au centre duquel trônait le gros poêle à bois qu'on n'avait pas encore allumé avait pris des allures d'arène de combat. De part et d'autre de ce poêle, comme le font les pugilistes chacun dans son coin, Frédéric et l'abbé Quintier se lançaient des menaces provocantes en se pointant du doigt. Autour d'eux, le cercle des villageois tenait lieu de spectateurs d'un combat de boxe. Pour l'heure, aucun arbitre n'était cependant encore entré en scène.

— Plus vous parlez, plus vous aggravez votre cas ! tonna l'abbé.

— Et toi, répliqua Frédéric, plus tu m'accuses, plus tu démontres mon innocence. L'acharnement que tu mets à me charger de ce méfait prouve à quel point tu te sens coupable. Ton attitude désespérée te condamne.

Depuis un certain temps déjà, Frédéric avait laissé tomber le « vous » de politesse en s'adressant à cet autre curé. À plus forte raison dans la circonstance présente où l'altercation durait depuis un bon moment. Chaque phrase, un coup de poing. Chaque réplique, une attaque inattendue. Pris de la soudaine inspiration de proposer une démonstration pour confirmer ses affirmations, Frédéric se mit en frais de retourner ses poches à l'envers.

— Tu vois bien que je n'ai rien à cacher !

Et sans laisser le temps à l'abbé de répliquer, il se mit à arracher sans ménagement les bandes Velpeau qui lui recouvraient le crâne. Bientôt, le dessus de la calotte de bandages se détacha d'une seule pièce. Les vestiges du pansement gisaient par terre à ses pieds. L'assemblée tout entière avait le regard fixé sur le crâne de Frédéric. Quelques gouttes de sang perlaient çà et là. Sinon, l'ensemble semblait en voie de guérison avec des vestiges de plaies par endroits et des traces de cicatrisation ailleurs. Frédéric avait les bras ballants de chaque côté du corps et inclinait la tête en direction de tous les angles de la salle pour permettre aux spectateurs de bien mesurer le résultat des sévices que lui avaient infligés ses adversaires.

— Vous voyez bien qu'il n'y a rien de caché là-dessous non plus ! répétait-il à l'intention du public. Faudra-t-il maintenant que j'enlève mon caleçon pour que vous puissiez vérifier que je n'y ai pas mis les dollars du curé ?

Quelques sifflements et hurlements d'encouragement accueillirent cette suggestion. Le curé intervint pour ne pas perdre l'avantage.

— Ne jouez pas à l'innocent, Frédéric Saintonge ! La nudité n'est pas une vertu et la vôtre serait plutôt une grave offense. Adam et Ève aussi étaient nus au premier jardin et c'est dans cet appareil qu'ils ont tenté de duper

Dieu en essayant de le convaincre qu'ils n'avaient rien à cacher eux non plus. Vous savez comment la scène s'est terminée. L'humanité tout entière paie encore le prix de la fanfaronnade de nos premiers parents.

Frédéric fit un pas en direction du poêle, ce qui le rapprochait du curé.

— En revanche, lança-t-il, j'aurais bien envie de voir ce que tu dissimules, toi, sous ta soutane. Non, il ne s'agit pas de ce que tu crois, qui doit être infiniment plus petit que celui de la moyenne des gens. Non, je veux parler de tout ce que tes concitoyens laissent traîner et que tu t'empresses de ramasser quand ils ont le dos tourné.

Et il entreprit de contourner le poêle pour rejoindre son contradicteur.

— Je vous interdis de faire un pas de plus, Frédéric Saintonge !

La voix du frère Régis avait précédé de quelques secondes son apparition au milieu de l'arène improvisée.

— Quant à vous, l'abbé, vous allez cesser immédiatement de jeter de l'huile sur le feu.

Tout en lançant ses avertissements, le religieux s'était positionné devant le poêle, à égale distance des deux protagonistes. Les curieux s'étaient rapprochés en rangs serrés. Les opposants étaient en grande forme et le public escomptait un affrontement.

Le frère Régis s'approcha de Frédéric et le prit par le bras. Il était légèrement plus grand que celui qu'il tentait d'apaiser, mais sa maigreur donnait envie à ceux qui assistaient à la scène de miser sur celui qu'il s'efforçait de ramener à la raison.

— Viens, Frédéric ! Viens ! Ces gens-là ne méritent pas que tu te mettes en colère devant eux.

Le frère fit un pas sans lâcher son compagnon. Ce faisant, il constatait qu'il avait tutoyé Frédéric pour la première fois. Celui-ci se laissa entraîner sans résister. La considérable décharge d'affection qui le soudait en ce moment à son protecteur avait désamorcé sa rage, laquelle se dispersait maintenant comme le brouillard sous un soleil ardent. Avant de sortir par les grandes portes de l'avant, le frère se tourna vers l'abbé Quintier pour ajouter :

— Quant à vous, sortez donc par-derrière. À bien y penser, c'est ce qui vous convient le mieux.

*

Quand le mauvais temps s'installe, il dure parfois plus longtemps qu'on ne pourrait le supporter sans dommage. Deux jours plus tard, un huissier se présenta à l'école des frères, porteur d'un document juridique qu'il devait remettre en mains propres à M. Frédéric Saintonge. Le messager parlait anglais. Le portier de l'école connaissait cette langue. Il alla quérir Frédéric et, tout en l'accompagnant vers le parloir, il lui expliqua ce qu'on attendait de lui : une signature sur un formulaire de récépissé.

Cette formalité accomplie, l'huissier se retira pendant que Frédéric remontait l'escalier en direction de sa chambre. Il en redescendit pourtant presque aussitôt. Il avait ouvert l'enveloppe pour constater qu'il ne reconnaissait pas un seul des mots alignés sur le papier. Le portier se mit en frais de lui traduire laborieusement le libellé d'une mise en demeure.

Derrière une barricade de termes juridiques susceptibles de dérouter les esprits non familiers de ce jargon, le document sommait son destinataire de rétracter les propos inconvenants, mensongers et dommageables qu'il avait prononcés à plusieurs reprises à l'endroit de l'abbé Jean-René Quintier, lequel se réservait le privilège de poursuivre l'intimé pour diffamation devant les cours de justice appropriées si celui-ci ne satisfaisait pas dans le délai prescrit aux exigences de la présente. Ce déchiffrage terminé, Frédéric remercia son traducteur, remonta dans sa chambre et déposa le document dans le tiroir de la table de nuit qui jouxtait son lit. Il se réservait le temps de réfléchir à l'affaire à tête reposée. Mais la roue des incidents bons ou mauvais n'arrête pas de tourner sous le prétexte qu'on a reçu une mise en demeure. Le lendemain, c'est une lettre de son fils qui attendait Frédéric chez le portier de l'école. Le père choisit d'aller prendre connaissance de cette missive dehors. Civilité de la nature, le temps était revenu à de meilleurs sentiments. Frédéric décacheta l'enveloppe dans une allée du potager dégarni.

À l'intérieur, s'alignaient sur une seule page – neuve cette fois et non récupérée d'un usage préalable – quelques phrases rédigées avec soin mais surtout illustrées, dans les espaces libres, au recto et au verso, en haut et en bas de la page et dans les marges, d'une série de dessins montrant la façade d'une demeure bourgeoise, une vue d'ensemble d'une vaste pièce où étaient disposées quatre ou cinq tables à dessin, l'un des angles d'une cuisine et le lit d'une chambre à coucher, meublée en tout et pour tout d'un matelas posé par terre. Le contenu de la lettre se résumait en quelques phrases engageantes :

Il ne manque que toi ici. Il ne se passe pas une journée sans que je me prenne à rêver que nous nous retrouvons tous ensemble, moi devant ma table à dessin, toi sur le chantier des prestigieux édifices que j'aurais contribué à concevoir, sans oublier que nous serions entourés de tous ceux des membres de la famille qui accepteraient de venir nous y retrouver. Je n'attends qu'un signe de toi pour parler de tout cela avec mon patron, mais ne tarde pas trop, car je suis si impatient de te voir débarquer ici que ma bouche pourrait s'ouvrir d'elle-même et

notre projet s'en échapper avant que tu aies donné ton
accord.

*

Géraldine avait mis son chapeau fleuri, Francine, un grand foulard mordoré sur ses épaules. Toutes deux grandies dans leurs bottines à talons hauts. Ayant entendu des voix dans la salle d'attente, le notaire Guérin se rendit voir ce qu'il en était. Il fut fort étonné d'y apercevoir les deux épouses Saintonge. En règle générale, l'espèce féminine n'avait pas sa place chez le notaire, sauf en cas de décès du mari.

Or, si l'un des époux de Francine ou de Géraldine était décédé pendant la nuit, Me Guérin l'aurait appris dès le lever du jour. Que pouvaient donc bien attendre de lui ces deux femmes qui n'avaient pas pris rendez-vous ?

En toute galanterie, le notaire les invita à le précéder dans son étude, les fit asseoir et s'installa derrière son bureau. Géraldine constata qu'une des fougères en pot manquait d'eau.

— Que puis-je faire pour votre bonheur, mesdames ? s'enquit l'homme de loi.

— Nous débarrasser de nos maris, répondit Géraldine sur le ton qu'elle aurait adopté pour annoncer qu'elle souhaitait changer les boutons de son manteau pour un assortiment d'une autre couleur.

Francine dut serrer les dents pour réprimer l'ébauche d'un sourire.

— Tout un programme ! signala le notaire en se rejetant en arrière sur son fauteuil. Tout d'abord, je dois vous rappeler ou vous apprendre, selon le cas, que vous devez obtenir la permission de vos maris pour vous séparer d'eux. Cela peut donner lieu à de longues tractations et, en même temps, si cela devait se conclure, vous ne pourriez en aucun cas vous remarier. Devant toutes ces contraintes, vos intentions s'en trouvent-elles modifiées ?

Géraldine durcit la mâchoire tandis que des plis apparurent sur le front de Francine. Le notaire se redressa sur son fauteuil, se frotta les mains l'une contre l'autre et, interprétant le silence des deux dames comme une réponse négative à sa question, il s'engagea à leur tête dans la jungle juridique qui se dressait devant elles.

Me Guérin, qui se considérait à juste titre comme le confesseur civil de ses concitoyens, entreprit d'abord de remonter à petits pas vers la source du malaise qui avait conduit les deux femmes à vivre séparées de leur mari. Ce qui était déjà de notoriété publique.

Cependant, le notaire s'avançant dans le vif de leur intimité, les belles-sœurs ne se sentiraient-elles pas enclines à dissimuler l'une à l'autre certains secrets de nature trop intime ? L'homme de loi fut vite rassuré à ce sujet. Les deux femmes ne craignaient pas d'étaler tous les détails de leurs tours et détours respectifs. L'épreuve vécue en parallèle dans le même temps les avait menées à une franchise qui avait débouché sur la plus absolue complicité. Leur avenir individuel se dessinait dans un horizon commun.

Me Guérin n'attendait personne ce matin-là. Engoncé dans un gilet qui comprimait sa bedaine, ses manchettes de lustrine enfilées sur les avant-bras de sa chemise fraîchement repassée, sa visière de celluloïd verte lui protégeant toujours les yeux, il joignit les mains en se rejetant encore une fois en arrière sur son fauteuil pour écouter le récit des drames passés et des espoirs anticipés des belles-sœurs Saintonge. L'horloge sonna 10 heures.

Il ressortait du récit entrelacé des deux femmes que ni l'une ni l'autre ne pouvait plus envisager de vivre au côté de son conjoint légitime. Conséquemment, la première, Francine, souhaitait aller s'établir avec quelques-uns de ses enfants auprès du mari de l'autre aux États-Unis. La seconde, Géraldine, entendait finir ses jours au village de L'Islet, en gardant elle aussi quelques-uns de ses enfants auprès d'elle, quitte à en répartir certains chez des parents et des amis, comme le font les veuves.

Francine avait dix enfants, Géraldine sept dont l'un, Frédéric junior, était déjà aux États-Unis avec son père. Cela laissait seize dépendants parmi lesquels il restait à faire le tri pour déterminer leur sort individuel. Pendant des jours, des nuits et des semaines, les deux mères avaient joué ensemble une partie de dames dans laquelle leur progéniture tenait lieu de pions. À la fin, elles en étaient arrivées à un accommodement complexe mais acceptable qu'elles soumirent au notaire.

Géraldine irait vivre au village dans la grande maison de sa sœur aînée dont les enfants avaient déjà quitté le foyer. L'épouse de Frédéric garderait auprès d'elle ses trois plus petits. Les trois d'âge moyen qui restaient seraient hébergés chez un oncle, voués en ce qui concernait le garçon aux travaux des champs en été et aux chantiers de coupe de bois en forêt en hiver, les filles se consacrant à l'entretien ménager.

Pour sa part, Francine emmènerait ses quatre plus jeunes avec elle rejoindre Frédéric aux États-Unis. Son aînée, Marie-Françoise, tenait cependant à demeurer avec son père Félicien pour veiller sur lui. Les deux autres, d'âge moyen, qui demeureraient au Canada, seraient répartis chez des tantes au village. Les trois derniers, un garçon et deux filles, trouveraient leur avenir chez des agriculteurs des campagnes environnantes. Un arrangement dont chacun pourrait se tirer indemne avec de la bonne volonté. Il restait à régler la question de la propriété de la maison et de la terre de Frédéric. C'est alors que Géraldine tira un atout de sa manche.

Elle croyait se rappeler que la vente de cette maison et de la terre attenante était évoquée dans des documents signés antérieurement par son mari chez Mᵉ Guérin. Le tout, en faveur de Félicien.

— Effectivement, reconnut le notaire, mais pour cela je vais d'abord devoir m'entretenir avec votre époux aux États-Unis.

Et il se tourna vers Francine.

— Pour ce qui est du vôtre, la proximité facilite les choses, mais on ne peut jamais présumer de l'état d'esprit dans lequel nous trouverons M. Félicien.

Les deux femmes opinèrent. Se tournant alors vers Géraldine, le notaire ajouta :

— Quant à votre époux toujours légitime, les tractations se feront par correspondance, ce qui engendrera des délais. Mais ne désespérons de rien. En vingt ans de pratique, je n'ai pas encore vu de dossier dont la complexité n'ait pas été résolue à force de patience et de ténacité. Sauf dans quelques cas d'authentique mauvaise foi, ce qui semble évidemment hors de propos ici.

Et il se leva pour inciter ses visiteuses à en faire autant, leur prodiguant un dernier conseil tout en ouvrant devant elles la porte donnant sur la salle d'attente.

— Permettez-moi, mesdames, de vous recommander la plus grande discrétion dans cette affaire. Une parole de trop pourrait engendrer des commérages qui vous rendraient vulnérables à bien des égards. Silence, donc, et patience !

*

Les lacérations sur le crâne de Frédéric guérissaient si bien qu'il put enfin poser sur sa tête le bonnet de laine bleue que le frère Régis lui avait prêté en prévision de l'hiver qui venait et dont il annonçait que le prochain serait de toute évidence le plus rigoureux que Frédéric ait jamais connu. Ce dernier refusait de le croire. Les hivers américains n'étaient rien à côté de ceux du Canada.

Le bonnet redonnait à Frédéric une prestance que les événements n'en finissaient pas de lui ravir. Ainsi protégé des regards moqueurs ou franchement hostiles de ses concitoyens, il se crut autorisé à effectuer des allées et venues au village au gré de l'inspiration. Il ne put satisfaire cette impulsion très longtemps. Chaque rencontre prenait l'allure d'une provocation. En l'apercevant, les femmes et les hommes du village détournaient le regard ou durcissaient leurs traits. Sainte-Anne continuait de le rejeter.

Frédéric prit alors la décision de ne sortir du collège que par l'arrière pour aller se perdre dans les champs qui donnaient sur la lisière de la forêt. Il pratiquait ce rituel chaque jour, s'interdisant de réfléchir aux perspectives que lui réservait l'avenir. C'est au retour de ces promenades régénératrices, pendant les jours qui suivirent, que deux incidents successifs prirent des décisions à sa place.

Dans le premier cas, Frédéric avait à peine mis le pied dans le collège par la porte arrière que le portier fonçait sur lui en brandissant les bras au ciel.

— Mais où étiez-vous donc, pour l'amour ?

— Je faisais ma promenade comme tous les jours.

— Quelqu'un vous attend depuis près d'une heure.

— Qu'est-ce qu'on me veut ?

— Vous remettre un courrier.

— Pourquoi cette personne ne vous l'a-t-elle pas confié ?

— Encore une fois, vous devez signer pour le toucher.

Et le portier haussa les épaules en le précédant vers l'entrée principale. Après lui avoir demandé de s'identifier, le messager tendit à Frédéric un bon de livraison sur lequel il lui demanda d'apposer sa signature, après quoi il lui remit une grande enveloppe froissée. Le commissionnaire inclina ensuite la tête pour saluer avant de sortir sans ajouter un mot. Frédéric en fit alors autant en se dirigeant vers sa chambre. Il avait besoin d'intimité pour prendre connaissance de ce courrier que le portier lorgnait d'un œil envieux.

L'enveloppe contenait un document juridique orné sur la première page d'un sceau embossé dans le papier. Deux signatures en marquaient la dernière, celles de l'abbé Quintier et d'un avocat au nom illisible. Cette fois, la pièce était rédigée en français, mais Frédéric ne s'y retrouvait pas plus facilement que si elle avait été écrite dans une langue étrangère. Elle comportait des « nonobstant les faits précédents » et autres « considérations relatives à l'affaire » qui le déroutaient. Après une première lecture, Frédéric revint sur l'un des paragraphes de la fin qui lui paraissait contenir l'essentiel du sujet. Il était ainsi libellé :

« L'intimé pourra échapper aux effets et conséquences des contraintes énumérées précédemment s'il convoque dans les sept jours suivant la réception de la présente une assemblée publique qui devra nécessairement être tenue en l'église du village de Sainte-Anne et obligatoirement en présence du curé, M. l'abbé Jean-René Quintier, au cours de laquelle ledit intimé reniera publiquement ses déclarations antérieures, à savoir que le curé aurait pu dissimuler lui-même les sommes manquantes dans son coffre-fort pour rejeter la responsabilité de leur disparition sur les épaules de celui qui fut un temps son sacristain. »

Frédéric soupira et enfouit la nouvelle mise en demeure sous le matelas de son lit. Elle y rejoignit la précédente qu'il avait fini par y déposer. L'accumulation des documents juridiques le perturbait tout de même quelque peu. Il ressortit pour se laisser inspirer par la douceur de l'air.

Trois balançoires étaient installées dans la cour arrière de l'école, qui était déserte à cette heure. Il s'installa sur l'escarpolette du milieu et se laissa bercer dans son monde intérieur, le seul qui semblait tourner tout naturellement dans le bon sens.

Francine éclatait de rire dans la tête de Frédéric, des mains lui bouchaient les yeux, des lèvres de femme papillonnaient autour de sa bouche et, enfin, un baiser à l'emporte-pièce lui fit perdre conscience. La balançoire avait fini par s'immobiliser. Les mains toujours accrochées aux câbles, Frédéric atteignit l'état d'absolu bienêtre qui soustrait momentanément les humains aux effets de l'attraction terrestre. Une main se posa sur son épaule. Deux ou trois secousses. Une voix rocailleuse.

— Monsieur Saintonge !

Frédéric revenait lentement au point où il en était avant son évasion.

— Ils m'ont dit en dedans que vous étiez dehors.

Frédéric ouvrit les yeux.

— Il y a encore de la malle pour vous, annonça le facteur. On vous écrit souvent de ce temps-ci !

Frédéric finit par émerger de son extase. Il tendit la main, saisit une enveloppe qui lui parut bien mince et remercia le facteur comme il convenait, pendant que le bonhomme retournait vers la rue du village pour poursuivre sa tournée. Demeuré seul, Frédéric examina le libellé de l'adresse et reconnut avec une vive émotion l'écriture de son fils. Il tira son couteau de sa poche et incisa l'enveloppe. Sept, huit lignes tout au plus, sur un petit bout de papier. À première vue, presque rien.

Tu n'as pas répondu à ce que je t'ai proposé dans ma dernière lettre. Veux-tu, oui ou non, venir vivre et travailler avec nous ici ? J'ai eu l'occasion de parler seul à seul avec mon patron l'autre jour dans la cuisine du bureau. Il dit avec humour que, si tu es aussi vaillant et déluré que moi, il est prêt à t'engager. Alors dépêche-toi, on t'attend.

P. S. Voir au verso l'adresse et un croquis du chemin
à suivre pour arriver jusqu'ici.

Lecture faite, Frédéric inséra le courrier de son fils entre son tricot de corps et la grosse veste de laine qui le protégeait de l'automne. Les quelques lignes qu'il venait de parcourir en disaient très long. Des visages, ceux de Francine et de son fils, sonnaient les cloches de Pâques dans sa tête. En un instant, Frédéric éprouva un apaisement si grand qu'il rachetait toutes les contrariétés qu'il avait subies depuis son arrivée à Sainte-Anne. Et puis soudain, sans qu'il l'ait ni vue ni entendue approcher, une présence réelle se joignit à l'assemblée des invisibles. Le frère Régis se tenait à ses côtés.

— Vous dormiez ? s'étonna le frère. Vous n'avez donc pas reçu de courrier ?

— Si, s'exclama Frédéric.

— Et puis-je vous demander qui vous a écrit ?

— Mon fils à Chicago. Il propose que...

— ... vous veniez le retrouver là-bas, enchaîna le frère. Je sais, il m'a écrit aussi. Je viens de lire son mot. Et alors ?

Frédéric en avait le souffle coupé.

— Je ne sais pas...

— Et si je vous disais, avança le religieux, après avoir pris connaissance du petit billet dont votre Frédéric m'a gratifié d'une copie, que l'Esprit saint m'a subitement inspiré une ligne de conduite ? Vous savez, le facteur qui apporte le courrier ici au collège est une connaissance de longue date. J'ai profité de la complicité que j'ai établie avec lui au fil des années pour lui demander d'aller boire un café aux cuisines pendant que je répondrais succinctement à mon correspondant.

— Vous voulez dire que vous avez écrit à mon fils ?

— Oui ! Pour lui annoncer que je ferais tout en mon pouvoir, énonça le frère en enfonçant son regard dans celui de Frédéric, pour vous accompagner, dès demain si possible, jusqu'à Chicago où une vie nouvelle vous attend.

Frédéric se statufia.

— Vous auriez pu m'en parler, tout de même ! finit-il par lâcher.

Le directeur de l'école ouvrit les deux bras comme pour signifier que cette pensée lui avait traversé l'esprit.

— Vous dormiez, assis sur votre balancelle. Alors, j'ai cacheté la lettre, je l'ai remise au facteur et je lui ai compté des sous pour qu'il règle les frais de timbres en cours de route. *Alea jacta est*. Le sort en est jeté.

Frédéric avait toujours peine à reprendre son souffle.

— Et moi, je n'ai même pas eu le temps de lui répondre !

Le religieux posa la main sur l'épaule de l'homme sur lequel il avait reporté ces derniers temps les trésors d'empathie que la vie avait accumulés en lui.

— Si vous acceptez ma proposition maintenant, lâcha-t-il sur un ton désinvolte, en partant très tôt demain matin, nous arriverions sans doute à Chicago en fin de journée. Sûrement avant que le courrier ait eu le temps d'y parvenir. Ça lui ferait toute une surprise à votre fils, ne croyez-vous pas ?

Et le frère éclata d'un bon rire franc qui lui mit encore une fois la pomme d'Adam en branle.

Frédéric examinait son interlocuteur comme s'il découvrait en lui un être nouveau.

— Pour un serviteur du bon Dieu, lança-t-il, je vous trouve pas mal ratoureux !

Il fixait le frère sans pouvoir détacher ses yeux de sa personne.

— Je présume, repartit le frère, que ce terme dont je ne connais pas la signification comporte à la fois des accents de finasserie et de bonhomie.

— Dans mon langage à moi, précisa Frédéric, c'est un compliment.

— Et moi de mon côté, le relança le frère Régis, je dis que si nous étions en France je vous prendrais dans mes bras et je vous embrasserais sur les deux joues.

*

Le père et le fils n'en finissaient plus de se dévorer des yeux et de se heurter des coudes en se déplaçant d'une pièce à l'autre dans la grande maison à moitié vide qui abritait les bureaux de la plus brillante équipe de l'architecte Deblois à Chicago. On aurait dit deux naufragés qui se seraient retrouvés après une errance de plusieurs années.

L'arrivée en fin de journée de Frédéric le père en compagnie du frère Régis, dans cette ancienne demeure bourgeoise qui tenait lieu de bureau d'architecture, avait entraîné des flots d'émotion. À cette heure, tous les dessinateurs étaient encore au travail. Frédéric le fils avait bondi de son tabouret en apercevant la silhouette de son père derrière la vitre de la porte. Les deux hommes s'étaient soudés en un seul. Enlacés, ils étaient à peu près de la même taille et leurs gestes s'emboîtaient.

Après une longue accolade, ils s'étaient reculés chacun à bout de bras pour s'observer. Un éclat de rire, et ils s'étreignirent à nouveau. Les occupants de la pièce partageaient leur émotion. Un début de retour à la normale finit par s'établir. Les deux Frédéric amorcèrent quelques pas chacun de son côté.

— Soyez le bienvenu à Chicago! prononça l'architecte Deblois en se présentant devant Frédéric le père pour lui serrer la main. Permettez-moi de vous parler tout net, monsieur. Vous avez un fils remarquable.

Les occupants du bureau éclatèrent d'un rire unanime. L'architecte en chef se retourna ensuite vers le religieux qui avait ramené l'un des deux homonymes à l'autre.

— Et c'est à vous que nous devons ces grandioses retrouvailles, s'exclama-t-il. Soyez-en remercié du fond du cœur.

Il lui serra vigoureusement la main avant de rallumer son cigare à l'aide de son briquet, dont la flamme lui frôlait le nez entre chaque aspiration. Après quoi le maître des lieux tira sa montre du gousset de sa veste. L'ayant consultée, il annonça à ses employés :

— Au point où nous en sommes, on peut dire que la journée est déjà au bord du perron. Si vous me promettez de ne pas regarder l'heure qu'il est, je vous autorise à rentrer chez vous.

Le langage imagé du patron fit sourire. Ils étaient tous familiers des enflures verbales du célèbre architecte. Quelques minutes plus tard, le bureau achevait de se vider. Il ne restait plus dans la grande pièce aux tables à dessin que les deux Saintonge, le frère Régis, le patron, ainsi que Zéphirin Langlois, qui n'en finissait plus de ranger ses plumes et ses crayons. Curieux à l'excès, le dessinateur défaisait d'une main ce que l'autre venait d'accomplir, tout en bombardant le père et le fils de questions.

— Vous savez, je suis un Canadien français moi aussi, même si je suis né ici, aux États. Mais, dites-moi, en Canada, vous ne laissez pas la neige s'accumuler sur le poil de vos bêtes pendant tout l'hiver, je présume ? Et le chemin de fer, il doit bien être près d'arriver ? Mais il y a tout de même une question qui me chicote encore : pourquoi les Canadiens ne se sont-ils pas encore affranchis de la domination britannique ?

L'échange aurait pu se prolonger si l'architecte en chef n'avait pas pris l'initiative de proposer au frère Régis de le raccompagner dans sa voiture au cœur de Chicago. Le religieux avait annoncé, plus tôt, qu'il y trouverait comme à son habitude un accueil fraternel à la maison provinciale des religieux de sa communauté.

Les adieux furent touchants entre les deux Saintonge et leur bienfaiteur. Le frère Régis fit du mieux qu'il put pour adoucir la séparation en leur rappelant qu'il revenait dans la plus grande ville de l'Illinois au moins quatre fois l'an pour siéger à la commission des études, puis il sortit pour aller rejoindre l'architecte qui l'attendait dehors.

Zéphirin Langlois ayant fini par s'éclipser à son tour, le jeune Frédéric put enfin entraîner son père à la cuisine et mettre le repas du soir en marche. Assis à la table, le père s'abandonna à la contemplation de son fils qui célébrait d'une main sûre le rituel de la vie. C'était inévitable. Une question du fils en fit surgir une flopée d'autres.

— Qu'est-ce qui t'a pris de te raser le crâne ?

Les réponses s'entrecroisaient quand elles ne s'entrechoquaient pas. Le père et le fils se relançaient à propos de l'avenir comme du passé. Le fils réclamait des nouvelles de Sainte-Anne. Le père répondait qu'il ne se produirait jamais rien de valable en cet endroit du monde, et il continuait de se préoccuper du sort qui l'attendait lui-même à Chicago. Le fils lui répétait pour la énième fois que l'architecte Deblois les ferait engager tous deux, comme il l'avait promis, au chantier du collège des jésuites. Le père se disait rassuré à ce sujet mais, comme on lui avait expliqué qu'on était en train d'ériger ce bâtiment à l'autre bout de la ville, il ne voyait pas comment lui-même et son fils pourraient s'y rendre chaque matin pour en revenir exténués à la fin de la journée. Le fils affirmait en riant qu'on trouverait aisément à se loger à proximité de leur lieu de travail.

Après le repas, le fils entraîna son père à l'étage, vers la seule chambre où l'on pouvait trouver un matelas. Celui-ci était posé directement sur le sol. Cette fois encore, il était trop étroit pour accueillir plus d'une personne. Le fils en réserva l'usage à son père. Pour sa part, il enfila le manteau que l'un de ses confrères dessinateurs lui avait prêté afin d'affronter l'hiver qui venait, et il s'enroula dans une couverture étalée sur le plancher.

Épuisés par une journée farcie d'émotion, les deux Saintonge ne tardèrent pas à descendre en eux-mêmes. Au moment où il commençait à s'assoupir, Frédéric le père se rappela soudain qu'il avait laissé sous le matelas de son lit, dans la chambre du visiteur du collège des frères à Sainte-Anne, les mises en demeure qui lui enjoignaient de s'excuser publiquement du tort que ses propos pouvaient avoir causé au curé de la paroisse. Il rejeta la question hors de ses pensées, persuadé que son installation à Chicago la rendait caduque.

*

Les jours qui suivirent, Frédéric le père remit sa vie en marche comme on remonte une horloge. D'abord à petits coups puis dans l'allégresse. L'architecte Deblois avait tenu sa promesse. L'aîné des Frédéric avait été intégré à l'équipe qui édifiait le collège des jésuites. Des dizaines de brouettes pleines de pierre et de mortier, quand ce n'était pas du ciment qui les alourdissait, se croisaient sur des passerelles. Frédéric le père tenait les mancherons de l'une d'elles.

Pour sa part, le fils Saintonge avait connu un changement d'affectation. Les plans de l'édifice étaient à peu près terminés. Il restait à y faire les corrections que les jésuites réclamaient. Le jeune Frédéric passait dorénavant ses journées dans une baraque érigée à l'entrée du chantier où s'activait son père. Devant une table surélevée sur laquelle étaient étalées les diverses vues en coupe et à vol d'oiseau des sections et des étages du futur collège, le jeune Frédéric servait de courroie de transmission entre les responsables de la construction et l'architecte qui se présentait quotidiennement sur les lieux pour s'assurer que les plans étaient exécutés avec la plus extrême rigueur.

Vingt fois par jour, le jeune homme parcourait le projet et revenait en hâte vers sa cabane où quelqu'un l'attendait inévitablement pour obtenir une précision sur un détail de première importance. Notant la question pour la soumettre à l'architecte, le jeune Frédéric avait la conviction d'être un rouage essentiel de l'entreprise.

En fin de journée, père et fils rentraient à pied à la pension où ils logeaient, fourbus mais heureux. C'était une maison située à proximité, laquelle fournissait chambre et nourriture à ses pensionnaires.

Après s'être lavé le visage et les mains, ils s'installaient autour de la grande table qu'ils partageaient avec trois autres occupants des lieux. Ils mangeaient le dos courbé, le visage dans leur assiette, dans un silence entrecoupé par le choc des ustensiles sur la faïence de la vaisselle. Des mots d'esprit, des éclats de rire ponctuaient à l'occasion les grands *slurp* que tout ce monde faisait en avalant la soupe.

Les deux Saintonge se couchaient tôt. Ils se levaient aux aurores, ce qui n'avait rien de nouveau pour eux. Ils ne disposaient toujours que d'un seul lit, mais celui-là était bel et bien conçu pour deux personnes. Ils s'y allongeaient tout à leur aise et conversaient à voix basse dans le noir avant de s'endormir au milieu d'une phrase, évoquant les incidents qui avaient marqué la journée.

Un confrère ouvrier mal luné avait fixé une rambarde provisoire sans l'arrimer assez solidement. Quand elle avait cédé, Frédéric le père avait fait une chute d'une dizaine de pieds qui n'avait heureusement blessé que son orgueil. Pour sa part, le fils avait remis au mauvais récipiendaire un mot que l'architecte destinait à un contremaître qui n'était arrivé sur le chantier que la veille. Tous ces incidents contribuaient par leur diversité au bonheur qu'on éprouvait à la pensée d'inscrire son nom dans la pierre d'une institution qui traverserait les âges longtemps après qu'on serait disparu. Jusqu'au jour où un autre huissier – finirait-on par abolir une fois pour toutes cette profession calamiteuse ? – se présenta à la guérite où se tenait le fils Frédéric pour lui remettre une enveloppe timbrée et estampillée sur laquelle son nom avait encore une fois le malheur de figurer. Le jeune homme comprit tout de suite que ce document ne lui était pas destiné, mais il n'hésita pas un instant à signer le récépissé qui l'accompagnait. Il glissa ensuite ce courrier dans le grand sac de cuir dans lequel il transportait la paperasse qu'il devait distribuer aux personnes concernées sur le chantier. En rentrant à la maison ce soir-là, la sacoche qui lui battait le flanc agitait une sinistre cloche dans la tête du jeune Frédéric. Le garçon dut pourtant se résoudre à remettre le document timbré à son père. Ce dernier était assis sur le lit, le dos rond, les mains entre les cuisses. Dans un éclair, il avait compris de quoi il s'agissait encore. Il ne leva pas les yeux pour s'adresser à son fils.

— Si ce curé de malheur parvient encore une fois à prendre le dessus sur moi, grommela-t-il, ce sera la fin de mon règne. Et probablement aussi du tien. Alors, ne t'étonne pas si je recours cette fois à tous les moyens pour me défendre.

*

Un mois plus tard, le père et le fils Saintonge abandonnaient leur emploi pour se rendre à Kankakee, le chef-lieu du comté du même nom. Cette ville était située à mi-chemin entre Chicago et Sainte-Anne. La poursuite intentée par l'abbé Jean-René Quintier contre Frédéric Saintonge le père allait donner lieu à un procès qui se déroulerait devant la cour de circuit du comté.

Sitôt arrivés à Kankakee, les deux hommes s'étaient dirigés vers l'hôtel où ils avaient retenu une chambre pour la durée des procédures. Établi sur la rue Court, l'établissement sans prétention avoisinait le palais de justice qui venait d'être reconstruit après qu'un incendie eut rasé le précédent.

Kankakee était en train d'accoucher d'elle-même. On n'avait pas encore recouvert les rues de macadam. Sable et cailloux en constituaient la trame. On y voyait cependant une enfilade d'édifices de deux et même de trois étages, boutiques et magasins au rez-de-chaussée, appartements au-dessus. Le tout aligné devant des trottoirs de bois.

L'agglomération tirait sa prestance du fait de sa position sur la route qui partait de Chicago et s'étirait jusqu'aux fabuleux États du Sud. Le chemin de fer traversait le même territoire parallèlement à cette route, suivant en cela le sentier très ancien tracé par les Amérindiens. Cependant, ce jour-là, ce n'était pas tant la géographie qui préoccupait les Saintonge, mais bien plutôt la menace suspendue une fois de plus au-dessus de la tête du père.

Sitôt entrés dans leur humble chambre d'hôtel, les deux hommes avalèrent sans appétit le casse-croûte qu'ils avaient emporté en prévision de cette circonstance, puis ils s'allongèrent côte à côte pour tenter en vain de dormir afin de se remettre de la fatigue du voyage. Des brouillards d'images s'effilochaient dans leur tête. Ils finirent pourtant par s'assoupir, puisque la préposée vint les éveiller vers les 6 heures le lendemain. Le père et le fils procédèrent avec des gestes de somnambules au rituel de tous les jours. À 9 h 30, ils se présentèrent au tribunal. La salle était remplie à craquer de curieux qui bavardaient à voix haute en anglais.

L'avocat Charles-Albert Bélanger, dont Frédéric le père avait retenu les services à la suggestion de l'architecte Deblois, vint à leur rencontre et il entraîna son client vers le premier banc qui faisait face à la tribune. L'accusé s'y retrouva aussitôt seul, son défenseur s'étant replié vers un siège qui faisait pendant à celui du procureur de la poursuite. Pour sa part, son fils avait fini par dénicher une place sur un banc déjà occupé par des curieux, qui faisaient de grands moulinets de bras pour appuyer leurs prédictions relatives à l'issue de l'affaire.

Un huissier annonça bientôt dans la langue qui était toujours incompréhensible à l'accusé que l'honorable Andrew K. Willett allait faire son entrée. C'était un magistrat d'une cinquantaine d'années, au visage rubicond et aux fins cheveux blancs lissés sur le dessus de la tête où s'entrevoyait le rose du crâne. Le juge prit place derrière un pupitre sur une estrade surélevée à l'avant de la salle. Appuyé sur les coudes, le magistrat se pencha vers Horatio Richardson, aussi émacié que lui-même était rondelet. Le greffier Richardson entreprit alors de lire l'acte d'accusation, toujours en anglais, d'une voix à laquelle il s'efforçait de donner le plus d'emphase possible en la faisant vibrer sur tous les registres.

— … la somme de mille cinq cents dollars que l'inculpé, Frédéric Saintonge, est accusé d'avoir dérobée dans le coffre-fort du bureau du curé de la paroisse de Sainte-Anne, au sud-est du comté de Kankakee. Le prêtre demandeur dans la présente affaire se nomme Jean-René Quintier.

Relevant la tête pour reprendre souffle, le greffier rencontra le regard de l'accusé. Ne parvenant pas à départager les bons des méchants, l'intimé en était réduit à considérer que tous ceux qu'il ne connaissait pas pouvaient s'aligner dans les rangs de ceux qui lui voulaient du mal. Le poids de l'imposant public qui emplissait les bancs de la salle accroissait son embarras en lui rappelant les fidèles du dimanche dans les petites églises de l'arrière-pays de sa Côte-du-Sud natale.

Pour s'apaiser, Frédéric le père concentra son regard sur son fils. Le jeune homme était toujours là, dans les premiers rangs, légèrement incliné vers l'avant, les deux mains l'une contre l'autre entre les cuisses. Mais la tête du jeune homme ne semblait plus porter les attributs qui permettent aux êtres humains de communiquer entre eux sans ouvrir la bouche. Le greffier poursuivait sa lecture de l'acte d'accusation.

Pour ajouter à la confusion des deux Frédéric, le procès se déroulait en anglais, la langue maternelle du président, du greffier et du pays tout entier mais, comme l'accusé et plusieurs des témoins n'entendaient que le français, le tribunal avait retenu les services de deux interprètes. Mlle Céleste Desrosiers, ancienne institutrice des temps héroïques, traduirait de l'anglais vers le français. L'autre procéderait à l'inverse, du français vers l'anglais. C'était un instituteur en congé pour cause de maladie. Il se nommait Logan Wythers. On avait cependant oublié de signaler à ces auxiliaires de la justice que le temps était venu d'exercer leurs fonctions. Pendant ce temps, le greffier poursuivit toujours la lecture de l'acte d'accusation.

Frédéric le père ressentit un coup au cœur. Il venait d'entendre prononcer son nom dans l'embrouillamini de mots anglais dans lesquels l'inconnu s'exprimait.

— … ledit Frédéric Saintonge ayant entrepris une campagne de diffamation à l'endroit de l'abbé Quintier, l'accusant entre autres d'avoir acculé à la faillite un groupe de Canadiens français émigrés dans la paroisse de Sainte-Anne qui avaient acheté des terres à cultiver dont l'homme d'Église s'était porté acquéreur au fil des années, dans le but de les revendre à bas prix à ses paroissiens, leur évitant ainsi le marchandage éhonté des spéculateurs. L'accusé aurait répété à maintes reprises dans divers lieux publics de Sainte-Anne que le curé aurait indûment réclamé de ses débiteurs d'importantes sommes d'argent dont il exigeait le versement immédiat, alors qu'il avait été convenu que les nouveaux arrivants ne commenceraient à rembourser leur dû qu'après avoir fini de défricher leur lot et moissonné une première récolte. L'acte d'accusation soutenait par ailleurs que devant l'incapacité de ses débiteurs à satisfaire ses réclamations monétaires, le curé les aurait forcés à lui rendre sans compensation les terres qu'ils avaient déjà commencé à défricher. Le document stipulait même que Frédéric Saintonge aurait incité les colons récalcitrants à réclamer du curé qu'il leur remette la somme, ou du moins une partie de l'argent qu'ils avaient déjà versé à la signature de l'acte d'acquisition de leur terre.

Le président du tribunal, qui était toujours penché en avant, se redressa pour prévenir d'un geste le greffier Richardson qu'il entendait poursuivre lui-même la lecture de l'acte. Le juge Willett supportait mal que son greffier s'accorde des pauses et multiplie les effets oratoires dès qu'une occasion s'en présentait dans le texte. En même temps, le juge s'était soudain rappelé que l'accusé n'entendait rien de ce dont on l'accusait dans une langue étrangère. Il signala aux interprètes que le temps était plus que venu de se mettre à l'œuvre.

— … ce M. Saintonge est par ailleurs accusé d'avoir dérobé la somme de mille cinq cents dollars qui appartenaient à l'abbé Quintier, et d'avoir mené par la suite une campagne de diffamation à l'endroit de ce curé catholique de la paroisse de Sainte-Anne.

Frédéric se mit à secouer la tête sitôt que l'interprète commença à reprendre en français les propos qui s'entendaient en anglais dans ces lieux.

— C'est un mensonge, lâcha l'accusé quand il eut reconnu de quoi il retournait, et je peux vous donner la preuve que le curé a inventé toute cette affaire.

— Monsieur Saintonge, l'interrompit le juge Willett, à cette étape de la procédure nous vous demandons simplement de nous dire si oui ou non vous vous reconnaissez coupable des accusations qui sont portées contre vous.

Frédéric secoua vigoureusement la tête.

— Bien sûr que non...

Et il dut serrer les dents pour ne pas en dire davantage. Peu après, le président du tribunal, ayant achevé la lecture de l'acte d'accusation, appela un premier témoin à la barre. Le frère du curé, Gustave, se retrouva face à l'avocat de la poursuite, Harry Kane, lequel se comporta avec lui en complice.

Il fut d'abord établi que cet autre M. Quintier consacrait plus ou moins son existence à appuyer les œuvres de son frère le curé, recrutant à l'occasion les bras de quelques paroissiens de Sainte-Anne et des environs pour rendre des services non rémunérés au pasteur de la paroisse. Il pouvait tout aussi bien s'agir de relever une clôture servant à contenir dans son pré la vache fournissant le lait au presbytère que de déplacer du mobilier dans l'église. Après avoir démontré que ledit Gustave Quintier était le bras séculier du curé, accomplissant en son nom de nombreuses tâches matérielles et jouant parfois même le rôle d'intermédiaire entre le pasteur et ses fidèles, l'avocat de la poursuite rappela à son témoin un événement susceptible de mettre l'accusé en position délicate devant le tribunal.

— Monsieur Quintier, pouvez-vous nous relater maintenant l'incident au cours duquel vous avez surpris l'accusé, M. Frédéric Saintonge, dans le bureau de votre frère au presbytère ? Et d'abord, dites-nous qui se trouvait sur les lieux.

— Avant que j'arrive, il était tout seul.

— Votre frère le curé n'était donc pas là ? Et la porte n'était pas verrouillée ?

— Nous autres, on n'a pas coutume de barrer nos portes quand on part pour quelques heures. Mon frère a l'habitude de dire qu'il n'y a que du bon monde à Sainte-Anne.

— Sauf quelques exceptions, suggéra le procureur.

Gustave acquiesça d'un généreux signe de tête.

— Vers où vous êtes-vous dirigé en entrant au presbytère ? demanda l'avocat.

— J'ai entendu du bruit, comme si quelqu'un bougeait dans le bureau de mon frère. J'ai cru que celui-ci pouvait être revenu plus tôt que prévu. Je me suis donc avancé de ce côté.

— Et qu'avez-vous vu en entrant dans le bureau de l'abbé Quintier ?

Gustave fit un grand signe de tête en direction de l'accusé.

— J'ai vu celui-là…

— Pouvez-vous le nommer ? intervint le procureur de la poursuite.

— … je veux dire Frédéric Saintonge.

— Et que faisait ce M. Saintonge ?

— Il était à genoux devant le coffre-fort de mon frère et il avait les mains dedans.

— À votre avis, s'enquit le procureur, comment avait-il pu déverrouiller cet appareil conçu de telle manière qu'il ne puisse pas être ouvert par quiconque n'en possède pas la clé ou la combinaison ?

— Le coffre n'était pas barré, expliqua Gustave. Mon frère, qui a toujours mille choses dans la tête en même temps, oublie parfois de le refermer avant de quitter les lieux. Il m'est arrivé de le chicaner à ce sujet. Il me répondait chaque fois que, s'il devait se méfier de ses paroissiens, cela signifierait qu'il faisait mal sa besogne de curé.

Le procureur de la poursuite sourit, imité en cela par le président du tribunal. Le petit peuple assemblé dans l'enceinte pour assister à la joute verbale en profita pour changer de position sur les bancs. La suite s'annonçait palpitante.

— Vous avez donc surpris M. Saintonge devant le coffre-fort dans le bureau de votre frère, reprit l'avocat Kane.

— Et je peux vous dire, enchaîna Gustave, qu'il ne savait plus où se mettre en m'apercevant.

— Avez-vous échangé quelques paroles avec lui ? s'enquit le procureur.

— Je lui ai demandé ce qu'il faisait là.

— Et que vous a-t-il répondu ?

— Qu'il cherchait des vêtements qu'il avait laissés à l'écurie où il avait logé quelque temps auparavant.

— Attendez ! s'exclama l'avocat. Vous ai-je bien entendu ? L'accusé aurait affirmé qu'il cherchait des vêtements lui appartenant dans le coffre-fort de votre frère ?

— En tout cas, l'affaire tournait autour d'une question de vêtements.

L'auditoire était saisi de stupeur.

Le président du tribunal laissa ce moment d'étonnement se résorber de lui-même avant de rappeler son monde à l'ordre.

— Et comment s'est terminé cet incident ? s'enquit-il.

— Il est parti sans demander son reste, conclut Gustave en haussant les épaules comme si l'évocation de la scène le déconcertait encore.

Le juge Willett remercia Gustave et fit signe au procureur de convoquer le témoin suivant. Ce fut l'abbé Jean-René Quintier lui-même qu'on appela à la barre. Le prêtre jura sur la Bible que lui tendait le greffier Richardson de dire toute la vérité, puis il adopta la contenance d'un célébrant dans les lieux saints. Il tenait maintenant en main son propre exemplaire de la Bible. Harry Kane, le procureur de la poursuite, se gratta le menton avant de formuler sa première question.

— Pouvez-vous nous dire, monsieur l'abbé, dans quelles circonstances vous avez fait la connaissance de l'accusé ?

L'abbé Quintier inclina la tête comme s'il invitait l'Esprit saint à l'inspirer, avant de se lancer dans son témoignage d'une voix grêle à laquelle il s'efforçait de donner des accents de vérité.

— Le jour où il s'est présenté chez moi, il ajoutait une couche de malheur à l'affrontement qui s'y déroulait déjà. Je ne sais plus combien ils étaient devant mon presbytère, quinze ? vingt ? à réclamer que je leur rembourse le peu d'argent qu'ils avaient versé pour se porter acquéreurs d'une terre dans ma paroisse. Incapables de mener à bien la tâche de défricher et de mettre en culture leur nouvelle propriété, ils m'accusaient de les avoir dupés. Les impuissants reportent toujours leurs déficiences sur les autres.

Le président du tribunal se permit d'intervenir.

— Quel rôle pouvait jouer l'accusé dans ce groupe ?

— Le hasard ou le diable a voulu que ce soit lui qui soit désigné pour venir discuter en leur nom avec moi au presbytère. J'ai tout de suite su à qui j'avais affaire. En toute circonstance, cet homme se range du côté de ceux qui rouspètent et réclament davantage que ce à quoi ils ont droit. Ces gens-là se reconnaissent entre eux.

— Et pouvez-vous nous résumer en substance la discussion que vous avez eue au presbytère ce jour-là avec ce monsieur ?

— Rien de très inattendu, affirma l'abbé. Il réclamait en leur nom que je leur réserve une part des profits que je pourrais éventuellement tirer de la revente des terres qu'ils avaient acquises auprès de moi sans jamais les payer.

Le juge, le greffier, les interprètes, l'avocat de la poursuite et la très grande majorité des spectateurs hochèrent la tête en émettant quelques grognements et toussotements.

— Et comment l'affaire s'est-elle conclue ? s'enquit le juge.

— J'ai signé un bout de papier dont la rédaction alambiquée m'avait été suggérée par votre accusé, qui n'engageait personne dans les faits, répondit le curé. Comme vous le présumez sans doute, la mésentente qui devait s'ensuivre entre lui et moi a commencé le jour même de notre première rencontre.

Le président du tribunal laissa ce point de vue se déposer au fond de la conscience des procureurs et de toutes les personnes présentes dans la salle.

Il était près de midi. Le juge Willett prononça l'ajournement, en précisant que le procès ne reprendrait que le lendemain matin à 10 heures car des procédures d'urgence devaient être tenues en après-midi dans cette même salle d'audience.

Le juge, le greffier et les interprètes se retirèrent par une porte située derrière la tribune. Les procureurs ramassaient leurs papiers. Le public était debout. Frédéric le fils rejoignit son père dans l'intention de l'entraîner vers la sortie.

— Attendons qu'ils soient partis, suggéra ce dernier en faisant un signe de tête en direction de la salle où la fin des procédures avait engendré une grande animation. Ces gens-là seraient du genre à jouer du coude pour assister à ma pendaison.

Des coursiers portant des messages partaient en hâte vers divers établissements de la ville, tandis que des inconnus agglutinés çà et là soupesaient le sort qui attendait l'accusé. L'avocat Charles-Albert Bélanger s'approcha de Frédéric le père pour lui adresser les quelques mots de réconfort que la finasserie diplomatique lui suggérait dans les circonstances.

— Rien n'est encore joué, annonça-t-il. La défense aura son heure. En justice, tout repose sur la confiance.

Le père et le fils hochèrent la tête en le regardant s'éloigner.

*

Le théâtre de la justice reprit sa représentation comme convenu le lendemain à 10 heures. Chacun à son poste mais sous un ciel différent, selon qu'on se trouvait du côté de la poursuite ou dans le camp de la défense. Déjà la veille, en soirée, les échanges entre les deux Frédéric, dans le lit de l'hôtel où ils s'étaient allongés une fois de plus en même temps, avaient mis en lumière dans la pénombre de la chambre les abîmes dans lesquels l'aventure risquait d'entraîner celui à qui on trouvait déjà une tête de coupable. Marteler de toutes ses forces qu'on ne s'était retrouvé que par inadvertance devant le coffre-fort, mû par une bien vilaine mais innocente curiosité. Tenter de démontrer qu'on s'était opposé à certains projets du curé sans pour autant être inspiré par l'animosité. En somme, naviguer au plus serré sur une mer démontée. Les réponses de l'abbé Quintier aux questions que lui adressait le procureur de la poursuite, Me Harry Kane, réservaient bien des surprises à l'accusé.

— Pouvez-vous nous dire, monsieur l'abbé, et je vous demande de me pardonner à l'avance l'impertinence de la question, pourquoi vous êtes-vous entêté à garder l'accusé à votre service si vous lui trouviez un caractère et des motivations aussi opposés aux vôtres ?

— J'ai tout simplement accompli mon devoir de charité chrétienne en venant au secours d'un individu et de son fils qui désiraient s'établir à l'ombre de notre clocher. C'est plus fort que moi. La nature m'a doté d'un tempérament entreprenant. C'est par centaines que se comptent les Canadiens dont le sort n'était vraiment pas très enviable dans leur pays d'origine et qui rêvent de s'établir à Sainte-Anne et dans les environs. J'ai accueilli chacun comme le père le fit dans la parabole pour son fils prodigue. Hélas, il arrive parfois que certains moutons noirs dissimulent leur tempérament discordant sous des dehors conciliants. J'ai toujours considéré qu'il était de mon devoir d'écarter les êtres malveillants de mon troupeau. Je n'ai jamais sévi autrement qu'avec humanité, mais avec la fermeté d'un père qui veille au bien-être de l'ensemble de son troupeau.

Frédéric se raidissait sur son banc. Dans la salle, on fronçait les sourcils pour évaluer les chances de survie de l'accusé après de telles assertions. L'abbé Quintier poursuivit en prenant le ton chagriné d'un patriarche que la mauvaise conduite d'un de ses protégés a contraint à la sévérité :

— Alors que je lui procurais du travail sur le chantier de mon nouveau presbytère, votre accusé s'employait à miner ma crédibilité auprès de mes paroissiens en critiquant chacune de mes décisions. Prenons l'exemple du réaménagement intérieur de l'église actuelle de Sainte-Anne. L'évêque de Chicago soutient qu'elle lui appartient, alors que ce sont les fidèles de Sainte-Anne qui l'ont payée. En attendant que la nouvelle église soit mise en service, ce qui n'était pas envisageable dans un proche avenir, vu le rythme avec lequel mon engagé faisait progresser les travaux au presbytère, j'avais pris la décision de dépouiller l'ancienne église de son ornementation désuète. J'estimais que ce foisonnement de fioritures distrayait mes paroissiens de leur relation intime avec Dieu. Ou encore, autre exemple à propos de l'obligation de la confession qui n'a pas cours dans bon nombre d'autres religions que la nôtre. Voyez-vous, je considère que se débarrasser de ses fautes en les confiant à l'oreille d'un tiers relève tout simplement de l'infantilisme. En même temps que je conseillais à mes fidèles d'abandonner cette pratique, je ne pouvais me permettre de l'interdire à ceux de mes paroissiens qui n'en étaient pas encore arrivés là dans leur cheminement personnel. Mais tout de même, vous ne trouvez pas la chose un peu simpliste ? J'avoue mes péchés, tu me les pardonnes et je recommence de plus belle. Ce n'est certainement pas ainsi qu'on grandit dans la confiance de Dieu.

Un brouhaha s'éleva de la salle. Quelques-uns approuvaient l'affirmation. D'autres la réfutaient avec des accents d'indignation. On constatait en tout cas que bon nombre de personnes présentes dans la salle du tribunal estimaient que la confession était un irremplaçable outil pour affronter de nouveau les embûches de la vie après avoir chuté.

Une fois de plus, le président du tribunal laissa l'auditoire démêler ses sentiments pendant quelques instants, avant de rappeler son monde à l'ordre à grands coups de maillet sur la tribune. Pendant que l'attention se rétablissait, Frédéric s'était levé pour finir par apporter une précision sur un sujet qui avait été abordé il y avait déjà un certain temps :

— Il faut que vous sachiez que le curé ne m'a jamais payé pour le travail que j'ai fait sur le chantier de son nouveau presbytère.

Le président ajouta quelques coups de maillet à ceux qu'il venait d'abattre, pendant que Frédéric se rasseyait.

— Vous aurez votre tour, monsieur Saintonge, et tout votre temps, le moment venu, mais pas maintenant. La parole est à la poursuite.

— Revenons à notre affaire, annonça l'avocat de l'abbé Quintier en réponse à l'invitation du juge Willett. La question de savoir si le curé a eu raison ou non de dépouiller son église pour ramener les fidèles à l'essentiel de la liturgie n'a aucun rapport avec la cause que nous entendons ici. Selon ce que je sais du droit romain, l'abbé Quintier avait les pleins pouvoirs sur l'utilisation des biens de la fabrique, que ce soient les vases, les vêtements, les meubles meublants ou les bâtisses. Seul l'évêque, et encore, j'ai certaines réticences à formuler cette restriction, pouvait se permettre de débattre cette question de propriété avec son subordonné.

L'abbé se rengorgea à la barre derrière laquelle sa comparution prenait des allures de règlement de comptes.

— Votre Honneur, ce n'est ni l'endroit ni l'heure pour tenir un débat sur des procédures ecclésiastiques qui n'ont rien à voir avec l'acte d'accusation, s'offusqua Charles-Albert Bélanger, l'avocat de Frédéric.

Le président du tribunal allait remettre son monde sur les sentiers de la démonstration des faits. L'abbé Quintier s'était engagé avant lui dans la brèche.

— Avez-vous songé qu'au début du présent procès, s'enquit le curé, l'accusé a juré sur la Bible de dire toute la vérité, alors qu'il ne fréquente plus notre Sainte Mère l'Église depuis longtemps? J'ai consulté le curé de la paroisse où il habitait avant de venir ici. Ce saint homme m'a révélé une vérité que l'accusé tient cachée sous le boisseau depuis son arrivée à Sainte-Anne. Cet homme, monsieur le président du tribunal, a fait un esclandre dans l'église de sa paroisse natale il y a peut-être un an de cela, et il n'a plus jamais remis les pieds dans la maison de Dieu depuis ce temps, sauf pour m'accompagner de temps à autre à l'église dans le seul but que je continue de lui accorder des faveurs. Par conséquent, le serment qu'il a prêté sur la Sainte Bible en entrant dans ce tribunal ne serait-il pas nul et non avenu? Comment peut-on jurer de dire la vérité sur la foi d'une religion que l'on ne reconnaît plus?

Le président du tribunal devait mettre de l'ordre dans ces considérations.

— Nous ne sommes pas ici pour discuter des opinions religieuses de tous et de chacun.

L'irruption à l'arrière de la salle d'un personnage hors du commun, très grand, les traits sculptés à la hache et qui avançait à grands pas vers l'avant du tribunal, le porte-documents sous le bras, saisit d'étonnement les occupants des lieux, y compris ceux qui se trouvaient sur la tribune et arrondissaient les yeux en le voyant approcher.

— On pourrait dire de moi que je suis un sceptique et l'on ne m'insulterait pas, prononça l'individu d'une voix au timbre grave qui concordait bien avec la démesure de son apparence.

Il était parvenu devant le juge.

— Vous savez, enchaîna-t-il, on peut entrer en rapports intimes avec la divinité sans adopter pour autant l'attitude soumise des pratiquants les plus conventionnels.

— Bienvenue parmi nous, maître Galton, prononça le juge Willett. Je constate que vous ne ratez pas une occasion de faire mousser votre pratique en faisant des apparitions remarquées.

— Pardonnez mon intrusion, votre Honneur, plaida le nouveau venu. J'avais promis à mon confrère Kane de me présenter devant vous dès que je pourrais me libérer, mais des cantonniers avaient barré la route. Il faut bien laisser ces braves gens gagner leur vie.

Exceptionnellement grand, osseux, anguleux, le visage couvert de plis autour d'un collier de barbe noire, les bras et surtout les jambes d'une longueur hors du commun, les gestes erratiques en conséquence, l'avocat Henry Galton trimballait sa carrière dans les villes où siégeait la cour de circuit de comté. Les gens qui le connaissaient bien ne doutaient pas que cet ambitieux accomplirait un jour son rêve de se faire élire à la législature de l'État.

Le nouvel arrivant avait laborieusement pris place auprès de son confrère, insérant avec difficulté ses longues jambes sous le pupitre sur lequel il avait posé son porte-documents au cuir racorni. Il l'ouvrit pour en examiner l'abondant contenu. Bûcheur acharné, Galton était renommé pour étudier ses causes une bonne partie de la nuit précédant une apparition au tribunal. Après avoir jeté un rapide coup d'œil à son confrère pour s'assurer que celui-ci ne l'interromprait pas, Galton se mit en frais de déplier sa longue carcasse tout en gratouillant sa barbe d'une main aux longs doigts.

— Votre Honneur, commença-t-il en adressant un bref salut de la tête au juge Willett qui semblait en excellents termes avec lui et le reconnut à son tour en inclinant la tête, j'ai été appelé en consultation par mon confrère Kane…

Qu'il gratifia également d'un bref salut.

— … et je me suis consacré en soirée hier et même ce matin, en attendant que les cantonniers me libèrent le passage, à étudier en profondeur le dossier dans lequel mon confrère m'a demandé de l'appuyer, ce qui m'incite à vous annoncer…

Le juge prit une attitude désolée pour déclarer :

— Refrénez vos chevaux, maître Galton. Vous savez aussi bien que moi que la justice a ses règles et qu'il est d'usage dans nos contrées d'interrompre les procédures en milieu de journée pour permettre à ceux qui œuvrent à divers échelons du système judiciaire de se retirer du tribunal pour aller se sustenter.

Et le juge ajouta dans un sourire qui aurait été un éclat de rire en un autre lieu :

— Vous prendrez bien une bouchée avec nous, mon cher Henry ?

Ce dernier écarquilla les lèvres à son tour, ce qui multiplia les plis qui marquaient ses joues, et il entreprit de ramasser ses documents avant de sortir du pupitre derrière lequel il n'était de toute évidence pas à son aise.

*

Au retour de la pause de la mi-journée, aux environs de 14 heures, chacun reprit son rôle à l'endroit où il l'avait laissé. Le juge Willett commença par annoncer qu'il prenait en délibéré la question de savoir si un individu qui avait abandonné la pratique religieuse pouvait prêter serment sur la Bible. Pour sa part, l'abbé Quintier était de retour à la barre des témoins. Son avocat, Me Harry Kane, était pris de court. L'arrivée du juriste Galton lui coupait l'herbe sous le pied. Il s'était pourtant maintenu en bonne position jusque-là.

En effet, il paraissait évident aux yeux de l'avocat de la poursuite que l'absence de pratique religieuse de l'accusé était de nature à clouer une bonne fois pour toutes le couvercle du cercueil de ce M. Saintonge qui portait sans l'honorer le mot « saint » dans son nom. Mais, ne trouvant pas de nouvel angle pour aborder le sujet, le plaideur annonça qu'il libérait l'abbé Quintier et qu'il n'entendait pas appeler d'autre témoin. Le juge se tourna alors vers l'avocat du défendeur, Me Charles-Albert Bélanger, un vieux routier de la cour de circuit du comté, pour l'inviter à procéder.

Ce dernier était assez penaud. Les deux boulets de canon qui venaient d'être tirés l'un après l'autre en direction de l'accusé, soit la vision proposée par Gustave d'un Frédéric penché sur le coffre-fort dans le bureau de l'abbé, ainsi que le portrait d'un paroissien en froid avec la religion, avaient anéanti en lui toute perspective de défense. Encore moins de victoire. En plaideur aguerri, il se mit à dégorger des phrases boursouflées de vent jusqu'à ce que Frédéric se lève pour réclamer la parole. Ce que le juge, ennuyé lui aussi par les propos de l'avocat, ne se fit pas prier pour lui accorder.

— Je vais vous le dire une bonne fois pour toutes, commença Frédéric, je ne suis coupable de rien de ce que vous me reprochez. D'autres choses peut-être, mais pas de ça. Pourtant, je reconnais que je me suis bel et bien rendu aux abords du presbytère, mais était-ce un crime ? C'est que, au temps où j'habitais le grenier de l'écurie, j'y avais laissé une poche contenant quelques vêtements et des papiers personnels. J'y suis monté. Il ne restait rien qui me ressemblait à cet endroit. Présumant que le curé avait pu récupérer mon bien, je suis allé frapper à la porte du presbytère malgré l'embarras dans lequel ce geste me mettait. J'étais presque heureux qu'on ne me réponde pas. Cependant, la porte n'était pas verrouillée. L'occasion était belle de reprendre mes affaires sans avoir à en débattre avec le curé qui ne me voulait d'ailleurs aucun bien. Je suis entré. J'ai regardé partout. En vain. Parvenu dans le bureau de M. Quintier, j'ai constaté que le coffre-fort était ouvert. Je n'avais encore jamais vu un tel meuble de près. Poussé par la curiosité, je me suis agenouillé devant, mais je jure que je n'ai soulevé aucun papier. Je n'avais rien d'autre en tête que de me faire une idée de ce que les gens pouvaient déposer dans ce genre de boîte à mystères. Il a fallu que Gustave entre à ce moment. Je l'admets, il m'a surpris alors que j'étais agenouillé devant le coffre-fort.

Dans la salle, des soupirs, des quintes de toux, des chuchotements et le bruit des chaussures que l'on déplaçait sous les bancs constituaient un exutoire à des réactions qui n'auraient pas trouvé à s'exprimer autrement en ce lieu. Frédéric demeura un instant ramassé sur lui-même, et sortit enfin de ce repli pour réfuter le second volet de l'attaque que la poursuite avait montée contre lui.

— En même temps, on m'accuse d'être en froid avec la religion. C'est tout à fait vrai, mais je ne suis pas un criminel pour autant. À mon sens, le mystère de la vie humaine est trop immense pour être réduit à une explication magique qui résoudrait tout.

Il laissa le poids de ses propos faire leur effet chez ceux et celles qui l'observaient de toutes parts comme s'il avait été un animal rare et peut-être dangereux.

— À mon âge, je suis sans doute parvenu au milieu de la durée normale d'une vie humaine. Peut-être même davantage. Et pourtant, ces dernières années, j'ai connu successivement deux épreuves d'une intensité telle qu'il ne m'était rien arrivé d'aussi bouleversant au cours de toute mon existence.

Il laissa le temps à son auditoire d'anticiper l'étrangeté de ce qui allait suivre. On n'est jamais trop attentionné devant la susceptibilité des gens prudes.

— Le premier événement mettait en cause le curé de la paroisse de L'Islet où je vivais, dans le bas du fleuve, au Canada dont je suis originaire. Ici comme là-bas, ce sont les gendarmes de la religion qui font la loi. Leur intervention pourrait être justifiée quand il s'agit de proposer une explication aux mystères qui entourent l'existence des êtres humains sur la Terre…

Frédéric laissa couler un filet de silence pour permettre à l'affirmation qu'il venait de formuler de se déposer au fond des consciences.

— … mais leur intrusion dans la vie privée des gens devient inadmissible quand un prêtre consacré, voué de ce fait au célibat, le curé de la paroisse en l'occurrence, fait des avances à une femme qui vient de lui avouer en confession qu'elle a des élans à l'endroit d'un homme qui n'est pas son mari. Comment qualifier le geste de ce représentant de Dieu sur Terre qui, profitant de l'autorité que lui confère son statut, se lance dans un siège de tous les instants pour entraîner la pénitente dans son lit !

L'auditoire de Frédéric demeura interdit devant l'énormité du fait. On entendit tout au plus quelques murmures. Frédéric avait levé le regard vers les curieux qui emplissaient le prétoire. S'attendait-il à y retrouver les paroissiens qui l'avaient entouré, à l'époque, dans l'église de L'Islet, au temps où il la fréquentait encore ?

Frédéric ressentit un coup au cœur, les mains moites et les jambes molles. Son regard venait de s'arrêter sur le visage de Francine qui s'insérait entre les épaules des deux colosses qui l'entouraient. Leurs âmes s'étaient aussitôt reconnues. Elle sourit. Il serra les dents. Au même moment, Frédéric constatait, le souffle coupé, que son fils revenait dans la salle pour prendre place auprès de la femme qu'il aimait. En un éclair, le père pressentit que le jeune homme n'était pas étranger à la présence de la femme de sa vie en ce lieu. Mais le procès se poursuivait pendant ce temps. Le juge l'interpellait.

— Monsieur Saintonge, on dirait que vous n'êtes plus là. Vous nous aviez annoncé que vous nous feriez part des deux grandes épreuves qui ont marqué votre vie. J'ai compris que vous étiez sur le point de nous relater la seconde, mais vous ne dites plus rien. Auriez-vous des remords ?

— Pas du tout, répondit Frédéric en secouant la tête.

— Alors, nous vous écoutons.

Frédéric reprit la parole sur le ton qu'il aurait employé pour s'adresser à Francine :

— Pour ce qu'il en est de la deuxième affaire que j'étais sur le point d'évoquer, elle est peut-être encore plus compliquée que la première. C'est l'histoire d'un prêtre, je ne le nommerai pas mais tout le monde le reconnaîtra, qui se sert de la religion pour faire mousser ses affaires personnelles. Pour dire le fond de ma pensée, cet homme n'était pas fait pour le sacerdoce. Au Canada français, et la chose ne semble pas différente chez les francophones des États-Unis, il est beaucoup plus facile d'accéder aux affaires en portant la soutane que de grimper un à un les échelons de la prospérité dans une entreprise financière. Autrement dit, il n'y a qu'une seule conclusion possible : au Canada comme aux États-Unis, les curés des paroisses détiennent un tel pouvoir qu'on devrait les obliger à se confesser publiquement avant de les autoriser à entendre nos propres aveux derrière une petite fenêtre grillagée. Celui dont je vous parle aurait dû se dépouiller des habits de l'homme d'affaires avant de se consacrer au salut des âmes. Et il arrive souvent que ces gens traitent des affaires de la religion en gardant à l'esprit les objectifs très matériels qu'ils se sont fixés.

L'assistance avait levé la tête d'un geste unanime pour tenter d'apercevoir le curé de Sainte-Anne, qui venait de se lever, derrière les avocats qui le représentaient. Personne n'avait oublié qu'il était à l'origine des accusations portées contre Frédéric Saintonge.

Les bras au ciel, l'abbé Quintier réclamait réparation pour le massacre dont il faisait l'objet. Le président du tribunal donnait en vain des coups de maillet pour tenter de rétablir l'ordre. Il parvint tout de même à se faire entendre.

— Monsieur Saintonge, vous portez le débat à un niveau qui n'a pas sa place dans un tribunal de justice. Vous avez en droit le privilège de présenter des arguments qui vous aideront à rétablir les faits en votre faveur mais, pour y parvenir, vous ne devez pas proposer une interprétation hypothétique des motivations psychologiques qui pourraient animer les pasteurs de nos paroisses. Tenez-vous-en donc aux faits, sinon je me verrai contraint de vous enlever la parole.

— Vous avez raison, reconnut Frédéric. Pour que chacun de nous ait droit à son opinion, nous ne devrions pas chercher à imposer la nôtre aux autres. Retournons donc chacun à nos intimités. Et que le souffle de la vérité illumine nos vies.

Ayant prononcé ces mots inspirés, Frédéric se tut et s'assit. La foule, tout comme les acteurs du tribunal, se demandait avec raison à qui Frédéric destinait les paroles qu'on venait d'entendre. Pour sa part, Frédéric n'en pouvait plus d'attendre le moment où il se jetterait dans les bras de la femme dont l'apparition venait encore une fois de lui rendre le goût de la vie.

Le juge cherchait une réplique. En échangeant des regards, les avocats ne semblaient pas capables de reprendre le cours du procès. Dans la salle, tous les curieux arrondissaient des yeux stupéfaits. Le ton inspiré de Frédéric Saintonge les avait ramenés à leur vérité propre. Henry Galton profita de ce moment hors du temps pour se lever et s'adresser au tribunal :

— Votre Honneur, puis-je vous suggérer d'ajourner la séance afin que les procureurs de la poursuite puissent se réunir en privé ? Nous avons le projet de rédiger une motion que nous souhaiterions vous présenter demain à l'ouverture de la Cour.

Le président échangea un regard complice avec l'homme de loi qu'il respectait au plus haut point.

— Proposition acceptée, mon cher maître Galton. La séance est suspendue jusqu'à demain, 10 heures.

*

Francine et Frédéric ne s'étaient pas lâchés depuis l'ajournement du procès. Soudés l'un à l'autre. Avides du souffle de l'autre. Hors du temps mais à portée des curieux qui n'en revenaient pas de constater la métamorphose de leur accusé. De l'inquiétude à la grâce la plus légère.

Dans l'allée centrale de la salle du tribunal, le couple n'était pas conscient que son étreinte avait suspendu tout mouvement du public vers la sortie. Ils y seraient encore si le gardien de sécurité n'était pas intervenu pour inciter la foule à se disperser.

L'ajournement prématuré du tribunal fournissait à tout ce monde l'occasion de quitter les lieux plus tôt que prévu. Frédéric le fils parvint à rappeler au couple égaré dans son étreinte que son exaltation influait sur le cours de la vie de beaucoup de gens. Ils finirent par se ressaisir et sortir.

Il y avait encore beaucoup de monde dans la rue devant l'édifice. Quelques dames et des hommes, plus nombreux, dont certains s'étaient remis à palabrer tout en allumant leur pipe ou un cigare. L'apparition de la belle amoureuse dans la salle du tribunal constituait un coup de théâtre comme les auteurs en avaient toujours rêvé. L'appréciaton de l'événement était partagée entre les lectrices de romans à l'eau de rose et les tenants de la stricte observance des règles de la Sainte Église.

Encadrant Francine, les deux Frédéric n'eurent que quelques pas à faire pour rejoindre l'hôtel où ils étaient descendus. Ils ouvrirent toutes grandes les portes devant la dame qu'ils escortaient. Dès qu'ils furent à l'intérieur, le jeune Frédéric annonça qu'il laissait le champ libre à ceux qu'on ne pouvait désigner autrement que sous le vocable d'amoureux. Frédéric le fils savait déjà que l'hôtel affichait complet. Il se rendit sur-le-champ requérir du gérant le privilège de dormir ce soir-là sur l'un des divans du hall de l'établissement.

Dans la chambre, sitôt la porte refermée derrière eux, Francine et Frédéric se ruèrent l'un sur l'autre, se dépêtrant de leurs vêtements à grands gestes déments comme si leur survie avait dépendu de leur nudité. Sitôt cette condition remplie, ils accédèrent au paroxysme de leur amour. L'après-midi fut un serment renouvelé de minute en heure en faveur d'un engagement éternel.

Quand ils reprirent pied sur le cours des obligations terrestres, ils mouraient de faim et n'avaient pas d'autre intention, en même temps, que de demeurer enlacés sur le lit à se répéter une simple vérité qu'ils échangeaient depuis qu'ils s'étaient retrouvés. Ils s'aimaientt.

La fenêtre du repas du midi était refermée depuis un certain temps déjà. Ils ne s'en préoccupaient guère. Ils avaient encore tant de choses à se dire après s'être révélé l'essentiel de leurs secrets à grands gestes non mesurés !

— C'est lui qui t'a prévenue ? demanda Frédéric.

— Oui, c'est ton fils qui a tout orchestré, reconnut Francine. Ce garçon a une maturité étonnante. Quand nous avons commencé à nous fréquenter là-bas, toi et moi, je craignais qu'il ne soit pas disposé à te partager avec quelqu'un d'autre que les membres de sa famille immédiate. En d'autres mots, qu'il soit méfiant à mon endroit. Je craignais même de le retrouver plus offusqué que tous les autres, si jamais notre aventure était dévoilée. Je savais également qu'il était très préoccupé par sa mère. Ce jeune homme est un être sensible. Il possède un souci des autres que l'on ne retrouve habituellement que chez les femmes. Ce qui ne lui enlève rien de sa virilité.

Si Francine avait tracé le portrait d'un autre que son fils, Frédéric en aurait été envieux. Il se pressa contre sa compagne pour lui prendre un peu de sa lucidité.

— Et comment se passent les choses là-bas ? s'enquit-il.

— Sans doute beaucoup mieux que tu ne te l'imagines, répondit-elle. Nous en étions venues, chacune de notre côté, Géraldine et moi, à assumer ce qui était arrivé. Par étapes, il faut bien le dire. D'abord, je dois t'annoncer que je ne vis plus avec ton frère depuis un certain temps déjà. Sous le prétexte de me démontrer à quel point il tenait à moi, il a fini par me lier les pieds et les poings. Mais je t'ai déjà écrit tout ça, je crois.

— Si tu l'as quitté, où habites-tu alors ? s'enquit Frédéric.

— Jusqu'à tout récemment, chez toi, avec ta femme et toute la marmaille de nos deux familles réunie.

— Vous dormez à trois dans le même lit ? ironisa Frédéric.

— La nécessité est la mère des plus grandes inventions, proclama Francine. Nous dormions à trois par chambre, oui, je le reconnais, mais nous avions chacune notre paillasse. Et tu serais étonné de voir quelle belle tribu solidaire nous finissions par former tous ensemble.

La pensée que Francine retournerait prochainement là-bas reprendre son rôle de gardienne de la tribu au côté de Géraldine assombrissait Frédéric. Il se répétait qu'il ne devait pas rêver de retenir à ses côtés la femme dont il aurait eu besoin pour aller au bout de sa vie. Sans elle, il vivrait comme un homme amputé. De toutes parts, bras, jambes et cœur.

— Tu viens à peine d'arriver, murmura-t-il, et je me débats déjà contre l'idée qu'un jour prochain tu retourneras là-bas.

Francine enfonça ses ongles dans l'avant-bras de Frédéric.

— Je ne repars plus, prononça-t-elle. Je reste ici avec toi jusqu'à la fin des temps.

— Mais les enfants ? s'étonna-t-il.

— Tout est arrangé. Nous avons trouvé une place pour plusieurs d'entre eux. Pour ce qu'il en est des autres, tu en verras bientôt apparaître quelques-uns ici. Ils viendront vivre à nos côtés. Il n'y a que pour nous deux que tout n'est pas encore réglé. Je veux dire, où allons-nous nous installer, toi et moi ? Et puis, pourquoi te le cacher plus longtemps ? Mes malles sont parties avant moi. Elles devraient arriver à Chicago dans quelques jours.

Il se rua sur elle et l'étreignit si fort qu'elle en gémit. L'instant d'après, il cherchait encore une fois à lui prouver son amour en la rejoignant dans sa plus grande intimité.

Sans trop s'en être rendu compte, ils s'étaient rapprochés du souper. Ils finirent par descendre à la salle à manger, où ils firent une entrée de roi et de reine.

Pendant ce même après-midi, à la taverne des Trois Sangliers, les procureurs de la poursuite avaient repassé trois fois plutôt qu'une la conclusion où avaient abouti leurs réflexions. À l'heure du souper, les membres de la coalition composée de deux avocats, les maîtres Henry Galton et Harry Kane, ainsi que du demandeur dans l'affaire, l'abbé Jean-René Quintier, achevaient de vider les chopes de bière qui leur avaient tenu compagnie depuis leur arrivée. Le curé, qui ne buvait pas, était le plus hésitant des trois.

— Vous êtes bien certains qu'il n'y a pas d'autre moyen ? s'enquit-il.

— Absolument ! trancha Henry Galton. Il faut considérer les faits sans émotivité et tirer nos conclusions en conséquence. Le compromis que nous proposerons demain nous permettra de nous en tirer avec les honneurs de la guerre.

*

Le lendemain à 10 heures, à la reprise de l'audience au tribunal, le juge Andrew K. Willett autorisa l'un des procureurs, Me Henry Galton en l'occurrence, à présenter au nom de la poursuite une motion qui, sans résoudre l'affrontement, permettrait à tout le moins de commencer à dénouer ce qui s'annonçait comme une impasse. Ce matin-là, la silhouette du procureur qui s'illustrait dans toutes les cours de justice à la ronde était plus anguleuse que jamais, genoux pointus sous les longues jambes de son pantalon et rides profondes comme les labours de l'Illinois sur les joues. La coiffure rebelle pour couronner le tout, l'ensemble en extrême harmonie avec sa gravité de la voix de basse. Son accent témoignait de l'origine rurale du plaideur. Tout le monde savait que l'avocat Galton était issu d'une famille modeste de l'Indiana voisin. Étant parvenu à sortir de nouveau ses jambes de sous le bureau devant lui, il se lança dans l'exposé de sa requête avant même d'avoir fini de se redresser.

— Vous permettez, votre Honneur, que je vous dise le fond de ma pensée ?

Et il n'attendit pas la réponse du président du tribunal pour enchaîner :

— Depuis le début de l'affaire, plutôt que de s'efforcer de départager leurs responsabilités dans le différend qui les oppose, les deux parties qui devraient être ici pour chercher ensemble une façon de rapprocher leurs positions entretiennent le conflit qui les divise. Ceux que nous ne pouvons qualifier autrement que d'adversaires s'emploient à se porter des coups comme si la seule chose qui importait aux yeux de la justice était de ternir la partie d'en face aux yeux du tribunal. Cette attitude risque de n'engendrer que des perdants de part et d'autre. Nous ne sommes pas ici pour éliminer la partie adverse, mais bien pour résoudre un *casus belli*.

L'avocat Galton se passa la main sur l'abondant toupet qui lui tombait sur le front, ne parvenant toutefois guère à le dompter. Sa main droite demeura suspendue dans l'air comme si son possesseur avait oublié de lui commander de reprendre sa place.

— Il ne subsiste pas moins une question obscure dans cette affaire, poursuivit le plaideur. C'est celle de la disparition d'une somme de mille cinq cents dollars…

Une voix s'éleva des rangs de l'assistance.

— C'est Gustave qui les a pris !

Un bonhomme râblé se levait au fond de la salle, gauche et timide mais sûr de son bon droit. Tous les regards convergèrent vers lui, pendant que le juge abattait son maillet sur la pièce de bois qui lui tenait lieu de support.

— Qui vous a donné la parole ? Et d'abord, qui êtes-vous ?

— Quelqu'un qui sait la vérité, proclama le bonhomme.

— Nous verrons cela plus tard, annonça le président du tribunal.

Mais l'autre ne semblait pas disposé à s'arrêter en si bon chemin.

— Vous ne pouvez pas décréter qui est coupable ou qui ne l'est pas si vous ne connaissez pas la vérité !

— Et vous prétendez la connaître, vous, la vérité ? ironisa le juge.

— Bien sûr, affirma l'autre. J'étais là quand Gustave a réparti le butin.

— Quel butin ?

— Les mille cinq cents dollars qu'il avait pris dans le coffre de son frère le curé.

— Et ce butin aurait été réparti entre qui et qui ? s'enquit le juge.

— Sa bande, expliqua le bonhomme, Les Tondeurs.

— Tondeurs de quoi ?

— Tondeurs de ceux qui en voulaient au curé.

— Et qui en voulait au curé ?

— Les Dupes.

— Mais de qui et de quoi parlons-nous ici ? s'emporta le juge. Nous ne sommes pas au cirque ! Et que venez-vous faire dans ce tribunal ?

— Si vous ne voulez pas m'entendre, s'énerva le petit homme râblé, vous vous arrangerez avec votre conscience quand vous aurez libéré un coupable et condamné un innocent ! Moi, en tout cas, j'étais là quand Gustave a distribué en parts égales les billets de cent dollars qu'il avait pris dans le coffre de son frère le curé.

— Et pourquoi leur aurait-il donné cet argent ? s'enquit le juge.

— Pour les remercier de l'aider à faire régner l'ordre et la justice dans la paroisse.

— Vous étiez donc l'un de ses complices ?

— Pas du tout ! s'emporta le bonhomme. Moi je n'ai pas touché un sou…

— Et pourquoi donc ?

— Parce que j'étais un nouveau venu dans la bande. Je venais tout juste d'être recruté.

Henry Galton était debout, les boutons de sa redingote détachés.

— En tout cas, votre Honneur, prononça-t-il d'une voix qui semblait réfléchir en même temps qu'elle reflétait une assurance extrême, si cette histoire était vraie, elle résoudrait la dernière interrogation qui subsistait encore dans cette affaire. Ce témoin volontaire exonère l'accusé en reportant sur quelqu'un d'autre la faute qu'on lui reproche.

Le juge se leva. Un début de calme se rétablit dans la salle et parmi les plaideurs.

— J'aurais bien envie, déclara Son Honneur Andrew K. Willett, d'inviter les procureurs des deux parties, poursuite et défense, à venir conférer avec moi dans mon bureau.

Et il sortit, bientôt suivi des avocats. Dans la salle, tout le monde s'était remis à parler en même temps. Francine avait profité du répit pour essayer de se frayer un chemin vers Frédéric qui demeurait figé sur place, se contentant de la regarder comme on contemple une apparition. Le gendarme chargé d'assurer l'ordre dans le tribunal n'allait pas laisser les spectateurs quitter leurs places et semer la confusion dans la salle. Au retour du juge et des avocats, la reprise des procédures en serait perturbée.

— Retournez à votre place, madame. Le procès n'est pas terminé. Il est seulement suspendu. Retournez à votre place, sinon je vais être forcé de vous demander de quitter les lieux.

Sans regagner son siège, Francine se résolut à ne plus bouger. Le juge et les représentants des parties revenaient justement sur l'estrade. Ayant repris son siège, le président du tribunal écouta avec grande attention, le buste penché en avant, Me Galton se débattre avec des considérations qui dépassaient le simple exposé des faits.

— En fin de compte, conclut l'avocat, et après avoir consulté la partie adverse dans cette affaire, nous recommandons à la cour l'abandon de la poursuite et le renvoi de chacune des parties au règlement de ses frais et dépens.

Il porta ses mains derrière lui, au bout de ses longs bras, pour mesurer la distance qui le séparait du dossier du banc, et il se rassit en prenant une attitude pensive. Dans la salle, le public commentait à voix basse ce retournement inattendu. La somme de ces murmures faisait comme un bruit de ressac sur la mer. Le juge Willett donna un coup de maillet sur la plaque de bois prévue à cet effet, ce qui parut modifier le sens de la marée dans l'auditoire. Puis il enchaîna spontanément comme s'il avait déjà préparé la suite dans son esprit.

— Je vous remercie, maître Galton, de l'intervention que vous venez de faire. Elle témoigne éloquemment de votre parti pris en faveur de la justice, fût-ce au détriment de votre avantage personnel. Avant d'aller plus loin, il me reste à recueillir le point de vue de l'avocat de la défense.

Et, se tournant vers ce dernier, le président du tribunal s'enquit de son sentiment.

— Maître Charles-Albert Bélanger, pouvez-vous nous dire quelle position vous adoptez devant cette motion de la poursuite ?

— Nous serions bien bêtes de ne pas y voir notre avantage, prononça l'avocat en se levant. Vous pouvez procéder, votre Honneur.

La suite prit la forme d'une succession de signatures et de poignées de main plus ou moins chaleureuses selon le cas, l'abbé Quintier se montrant de loin le plus réservé à cet égard, à l'endroit de Frédéric Saintonge et de son procureur. À n'en pas douter, le curé de Sainte-Anne aurait préféré porter des coups jusqu'au bout, quitte à ce que la sentence lui fût défavorable.

Pour sa part, Frédéric Saintonge, dont le sort venait de se dénouer sans qu'il ait eu le temps d'en prendre conscience, se haussait sur la pointe des pieds et tendait le cou pour ne pas perdre Francine de vue. Cette dernière progressait à contre-courant dans sa direction. Frédéric fit quelques pas vers elle. C'est derrière le banc de la défense qu'ils se rejoignirent pour se jeter une fois de plus dans les bras l'un de l'autre.

*

C'était une fin de fraîche mais claire matinée. Un vent coulis faisait frissonner les feuilles jaunies encore accrochées aux branches des arbres. Les curieux dépités achevaient de se disperser. Un procès sans coupable ni vainqueur dépassait toutes les attentes des citoyens, qui venaient de voir l'affrontement se dissoudre sous leurs yeux. En voyant apparaître les ex-accusés dans une attitude paisible, ils ne se privèrent pas de les dévisager comme s'ils avaient commis quelque faute.

Fort heureusement, les deux Frédéric et Francine n'avaient que quelques pas à faire pour rejoindre l'hôtel où ils avaient laissé leurs affaires. Ils se retrouvèrent dans la chambre, assis à trois sur le lit encore défait. Les amoureux se tenaient toujours par la main. Le fils n'arrivait pas à en détourner les yeux.

— Et qu'allez-vous faire maintenant ? s'enquit-il.

Francine et Frédéric éclatèrent d'un même rire.

— Nous efforcer d'être heureux le plus longtemps possible ensemble, annonça Francine.

— Je veux dire, où comptez-vous vous installer ? précisa le fils. Ici ou là-bas ?

— Avant mon départ, annonça Francine, j'ai réglé le sort des enfants avec ta mère, Géraldine. Une séparation entraîne toujours des déchirements, c'est bien entendu, mais nous avons arrangé les choses au mieux. Je crois bien que chacun, chacune y trouvera son compte et finira par faire son bonheur.

— Pour ma part, intervint Frédéric le père, je ne me vois pas retourner en arrière. L'Islet, c'est terminé pour moi ! À plus forte raison Sainte-Anne !

— En en ce qui me concerne, annonça Francine, je suis venue rejoindre Frédéric pour demeurer ici avec lui jusqu'à la fin des temps.

— Pour le reste de vos jours ? insista le jeune Frédéric.

— Il n'y a qu'un seul domaine où l'on doive s'engager pour toute la suite de sa vie, renchérit Frédéric le père.

Il farfouilla dans sa poche, sourit de toute son âme, prit la main de Francine dans la sienne qui était demeurée libre et, ouvrant la sienne qui dissimulait toujours un objet, il présenta à la vue de Francine et de son fils éberlué un anneau d'or qui brillait sous l'effet de l'ampoule dénudée qui pendait du plafond.

En même temps qu'il embrassait Francine, Frédéric le père passa l'anneau à l'annulaire gauche de sa compagne.

— Je t'aime pour l'éternité, murmura-t-il sans détacher ses lèvres de celles de Francine.

Le jeune Frédéric ne savait plus s'il devait éclater de joie ou fondre d'émotion.

Nicolet
Novembre 2012-novembre 2014

Cet ouvrage a été composé par
Atlant'Communication
au Bernard (Vendée)

Impression réalisée par

MARQUIS

en mars 2015
pour le compte des Éditions de l'Archipel,
département éditorial
de la S.A.S. Écriture-Communication.

Imprimé au Canada

Dépôt légal : mai 2015